HI TO TSUKI TO KATANA
by MARUYAMA Kenji

Originally published in Japan by Bungei Shunju Ltd., Japan.
Korean translation rights arranged with MARUYAMA Kenji, Japan
through THE SAKAI AGENCY and BC Agency.

해와 달과 칼 下
ⓒ 마루야마 겐지, 2009

지은이 마루야마 겐지 | 옮긴이 조양욱 | 펴낸이 우찬규 | 펴낸곳 도서출판 학고재
초판 1쇄 발행일 2009년 4월 15일 | 초판 1쇄 인쇄일 2009년 4월 9일
등록 1991년 3월 4일(제1-1179호) | 주소 서울시 종로구 계동 101-12 신영빌딩 1층
전화 편집 (02)745-1722/3 | 관리/영업 (02)745-1770/6
팩스 (02)764-8592 | 이메일 hakgojae@gmail.com
주간 손철주 | 편집 손경여 · 강상훈 | 디자인 문명예
관리/영업 김정곤 · 박영민 · 이창후 · 이현주 | 인쇄 현문

ISBN 978-89-5625-091-5 03830
ISBN 978-89-5625-089-2 (세트)

※ 가격은 뒤표지에 있습니다.
※ 잘못된 책은 구입처에서 바꿔드립니다.

해와
달과
칼

마루야마 겐지 장편소설

조양욱 옮김

下

학고재

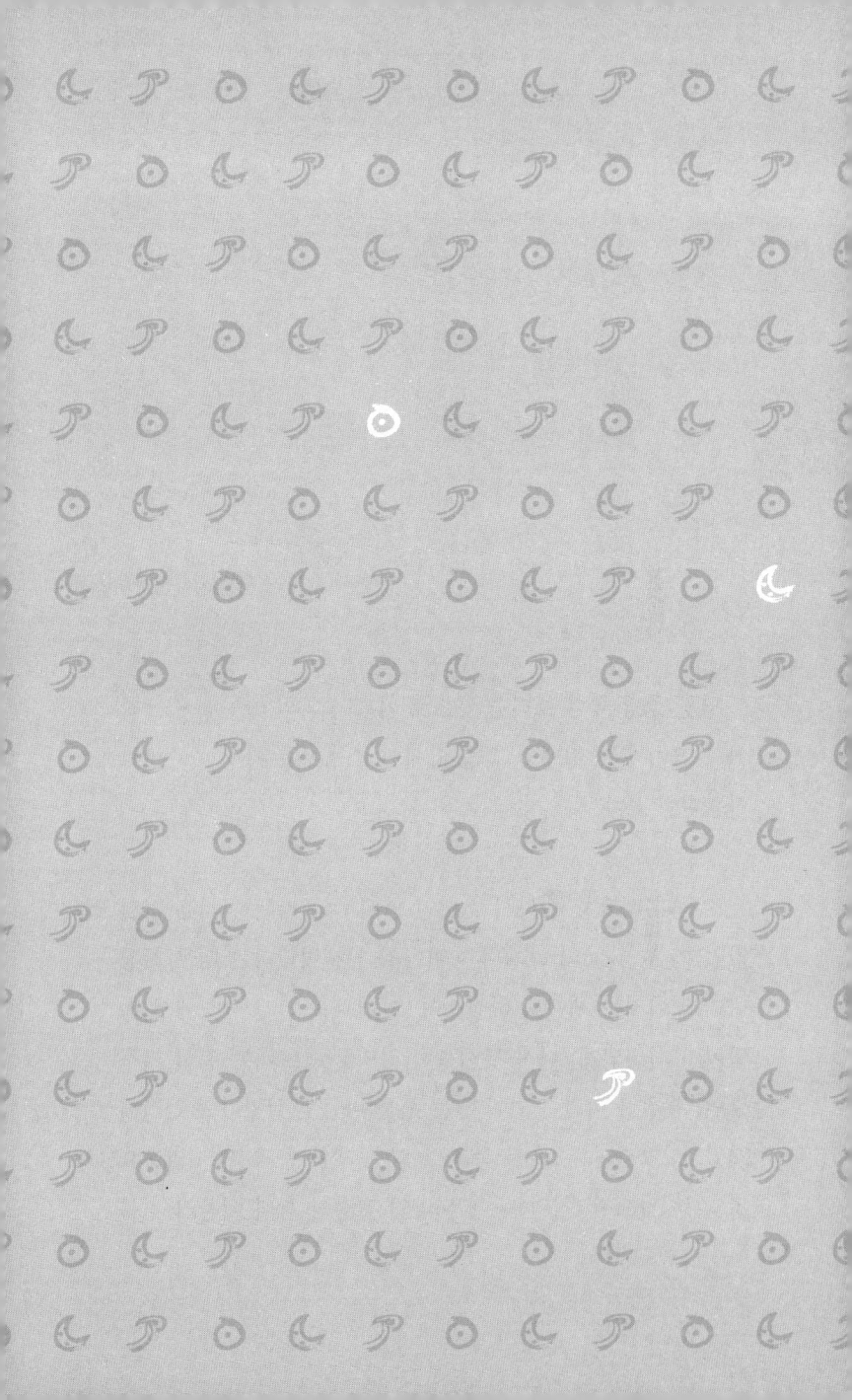

병풍 그림을 다 그리는 것으로 이 세상과의 인연을 끊으려
한 무묘마루는, 완성한 작품 앞에서 스스로를 각성과 수면의
한복판에 둔다.

고독과 적요를 심화시킬 뿐인 만년晩年이라는 자각은 일절
없었고, 고영孤影의 들개나 마찬가지 일생이었다는 너무나 정
나미 떨어지는 생각도 없었으며, 다채로운 인간 세상에서 정
말이지 자신답게, 다시 말해 안심입명安心立命*과는 전혀 거꾸
로인, 흥취가 다하는 법이 없는 생을 마음껏 살았다는 감개에
젖었고, 그 가슴은 흡사 축혼祝婚의 노래와 춤과 같은 밝음으
로 가득 찼으며, 청랑晴朗에 뒤덮인 절정의 봄과 어울려 지복

의 심경으로 높아졌고,

자신을 되돌아보아 개전改悛해야 할 일 따위는 하나도 없었으며, 정주의 장소를 찾기만 하는, 오로지 그것을 위해서 아까운 세월을 허비하기만 하는, 그런 팔십 년이 아니어서 너무나 좋았다는 생각이 일정하게 유지되었고, 생의 종언을 가까이에 두고서도 여전히 전진의 길을 디디려는 기분에 하등 변함이 없다는 사실은, 묘지명 따위를 일체 필요로 하지 않는다는 무엇보다 중요한 근거에 다름 아니었으며,

요컨대 이 세상을 살아온 증거 따위는 무용했고, 전신전령全身全靈을 쏟아 부어 일기가성—氣呵成**에 그려낸 여섯 폭 한 쌍의 병풍 그림만 하더라도, 오랜 세월 동안 방랑의 벗이었던 두 자루의 칼만 하더라도, 유별난 대물은 아니었으며, 지금 눈 앞에 놓고 태워버리거나 부수어버리더라도 조금도 무념할 리가 없었고, 마음 내키는 대로 살아온 행운의 대가로서라면 무엇이건 다 내놓을 심산이었다.

단지 문제 많은 똑같은 인생이 다시 한 번 주어지는 것만큼은 사양하겠다, 그것만큼은 제발 참아달라고 애원한다.

그렇다고 해서 선덕善德을 쌓고, 모범을 보이며, 어리석은

*안심에 의하여 몸을 천명에 맡기고 생사 이해에 당면하여 초연함 **단숨에 일을 해치움

근면함에 칭칭 얽매여, 보잘것없는 행복을 손가락을 꼽아가며 기다리는 것 같은, 그런 심성 곧은 자로 바뀌어서 태어나는 것도 질색이었고, 만약 가능하다면 이처럼 과격한 형태의 존재는 무사완료시켜버려서, 두 번 다시 현세로 되돌아오는 일이 없다는 보증을 해주면 좋겠지만,

그러나 필경 그리 쉬 원하는 대로 될 리는 없을 것이며, 죽자마자 또다시 하늘의 황파荒波에 의해 피안으로 밀려가버려, 불완전한 형해形骸에 휘감기어, 고난의 무거운 짐이 지워진 채 최선의 것과 최악의 것 사이를 오락가락하면서, 심술궂고 얄궂은 인생에 마구 농락당하면서 실컷 얻어터지고, 그래도 여전히 명색뿐인 감동에 일루의 희망을 걸고 계속 살아보았자, 결국은 얼토당토않은 운명의 힘에 굴복하지 않으면 안 될 모진 시련을 짊어지기 십상이며,

그렇다고 해서 무저항으로 따를 생각은 없었고, 영세永世의 자리에 앉아 만유萬有에 군림하며, 혹은 혼을 한 손에 쥐는 위대한 자를 상대로 거역할 만큼 실컷 거역한 뒤, 만약 그런 일이 가능하다면 그자의 목을 졸라 숨통을 끊어버리고, 녀석의 잠자리인 번쩍번쩍 빛나는 궁전을 박살을 내어서 해체해버리며, 감정을 마비시킬 따름인 종교적 세계관을 철저하게 두들겨 부수고, 그렇게 함으로써 절대로 신생新生을 안겨주지 않는 암흑의 세계가 고정화되어버리더라도, 그것은 그것으로 또 터무니없을 만큼 위대한 승리를 거둔 셈이 될 터였다.

주지의 시중을 드는 어린아이가 자신보다 어린 새내기 어린아이 두 명을 데리고 초암을 찾아와, 무묘마루의 상태보다는 창작의 진행 상황을 확인한다.

그들은 언제나 그랬듯이 한 사람분으로는 여겨지지 않을 양의 먹을 것과 마실 것을 들고 있었으며, 쭈뼛쭈뼛거리면서 벼락치기로 지은 조잡한 암자에 다가와, 느닷없이 뛰어드는 것 같은 행동은 취하지 않았고, 벽의 틈새에 눈을 붙이고 내부가 어떻게 돌아가는지를 가만히 살폈으며, 혹시 작업에 방해가 되지나 않을까 열심히 확인한 다음, 이어서 절에서 부탁한 일의 진전을 자세히 살폈는데,

이윽고 어린아이들은 두 가지에 깜짝 놀라 한동안 말문이 막혔고, 서로 얼굴을 바라보았으며, 완성된 그림이 뿌리는 압도적인 박력과, 그 앞에서 바싹 마른 노체老體를 축 늘어뜨리고 드러누워, 이마 가득 임사臨死의 주름을 잡은 채, 흡사 천둥의 우두머리같이 험악한 형상으로 허공을 노려보는 노인을 서로 비교하는 사이에, 난행고행難行苦行 끝에 해탈하더라도 도저히 얻을 수 있을 것 같지 않은 지순한 혼의 소유자가 되어, 가슴 밑바닥에서 치밀어 오르는 감동을 도저히 억누를 수 없게 되어, 엉겁결에 저절로 '앗, 앗, 앗' 하고 외쳐버렸고,

자신들이 터트린 작은 목소리로 인해 제정신을 차린 어린아이들은, 평상시와는 크게 달라진 상황에 어떻게 대처해야

좋을지 몰라서 허둥지둥 대면서도, 당장은 이 건에 관해 보고 하지 않으면 안 된다는 사실을 깨달았고, 누군가 한 명을 남겨 두고 가는 편이 낫지 않을까 하는 의견도 나오기는 했으나, 자신이 그 한 명이 되고 싶지는 않았던지라 이내 흐지부지되어 버렸고, 들고 온 물건을 재빨리 문 앞에 늘어놓자마자 세 명이 함께 산기슭의 절로 달려 내려갔다.

어린아이들의 발자국 소리가 이내 멀어지더니, 다시 한가 롭고 요염한 봄의 풍광이 되돌아오고, 들떠서 떠들썩한 꽃구 경 인파의 종고鐘鼓 소리도 되살아난다.

마른 참억새에 뒤덮인 거친 들판의 일각에 드러누워, 날마 다 심해지는 찬바람을 맞으면서, 발열에 의해 몸이 달아올라 남모르게 생사의 경계를 헤매던 무묘마루는, 서로 울어대면서 납빛 하늘을 가로질러 가는 후조候鳥˙ 무리를 넋 놓고 바라보 았으며, 날개가 다 닳아 염주를 굴리는 것 같은 소리밖에 내 지 못하는 귀뚜라미 소리를 황홀하게 들었고, 고열이 안겨주 는 상식을 벗어난 이런저런 환각에 농락당하고 있었으나, 발 상과 상식의 조리가 점점 더 앞뒤가 맞지 않게 되었으며, 마침 내는 시간의 흐름조차 파악하지 못할 지경이 되었고, 낮과 밤, 해와 달의 구별마저 헷갈리게 되었으며, 급기야는 생과 사의 어느 쪽에 있는가 하는 것조차도 모르게 되었고,

치명상을 입고 싸움터에 드러누운 잡병雜兵이 된 기분이 들었다가, 수명이 다해 길가에 쓰러져 죽은 사루마와시〔猿回し〕**가 된 기분이 들었다가, 이윽고 자신이 어디의 누구였던가 하는 기본 자각조차 애매해졌으며, 계속 고통을 주던 옆구리의 총상에 관해서도 도통 신경이 쓰이지 않게 되자, 아직 한 번도 본 적이 없는 도읍이 홀연히 현전現前하더니 왁자지껄한 환락의 날들이 침울한 마음을 대번에 날려버렸고,

자신이 숨 쉬는 오체가 찢어질 것처럼 강렬한 정열을 느꼈으며, 달구지가 열 대라도 쉽사리 스쳐 지나갈 것 같은 드넓은 길을 오가는 뭇사람들의 얼굴에는 한결같이 죽음을 가벼이 여기는 미소가 떠올랐고, 죽음에 미쳐서 살아가지 않아도 괜찮은 안일이 가는 곳마다 광휘를 더했으며, 돈을 치르기만 하면 혼 그 자체까지 목욕시킬 수 있을 듯한 공간이 가는 곳마다 있었고, 온갖 물건을 취급하는 상인들이 모이는 장소는 거래와 흥정의 혼란으로 비등했으며, 눈물을 강요하는 일 따위는 일절 없는 것으로 여겨졌고, 보기에도 끔찍한 광경 따위는 눈을 비비고 찾아도 없었으며, 물론 그것은 마음의 투영으로서의 신천지에 다름 아니었으나, 비록 동경憧憬으로 채색된 환영幻影이기는 했지만, 대륙에서 건너온 특효약을 훨씬 웃도는 효과가 있었다.

*철새 **원숭이를 데리고 다니며 재주를 부리게 하여 돈을 버는 사람

먹을 것은 없었고, 그러나 아침저녁으로 내리는 이슬로 목을 축이는 정도는 되었으며, 도음으로 치닫는 아버지에 대한 사모思慕가 영양榮養을 대신해준다.

그리고 또다시 의식이 투명도를 높인 저녁 어스름, 태양과 달이 교체할 무렵, 귀에 익은, 도저히 잊지 못할, 저 비파의 깊은 감동에 젖은 음색이 어디서부터인지 들려왔고, 거의 죽음의 심연으로 미끄러져 떨어지려던 무묘마루를 단숨에 끌어올려, 복귀의 출입구까지 옮겨버리고 마는 경악스럽고도 위대한 순간이 찾아오는가 싶더니, 그토록 농후했던 체념과 자기自棄의 염念이 순식간에 옅어졌으며,

별들이 제각각의 색깔로 빛나기 시작할 무렵에는 파안일소를 터트릴 것 같은 회복을 보였고, 의지에 반한 근육의 수렴收斂은 딱 멎었으며, 옆구리를 관통한 탄환의 입구와 출구는 단단하고 두꺼운 딱지에 의해 완전히 밀폐되었고, 다소의 통증은 남아 있었지만 몸을 움직일 때마다 얼굴을 찌푸리지 않으면 안 될 정도는 아니었으며, 철저하게 세상을 등질 만큼 불쾌했던 기분이 말끔히 사라졌고, 망월望月에 기대는 심정이 깊어져 가을날 기나긴 밤의 매혹에 몸과 마음을 내줘버렸으며,

그로부터 얼마 지나지 않아 싸움터로밖에는 어울리지 않을 것 같은 광야가 갑자기 쥐 죽은 듯 고요해져 비파 소리도 벌레 소리도 들리지 않았고, 그렇다고 해서 어쩐지 위태로운 사태

가 터질 것 같은 가슴 답답한 정적과는 달랐으며, 하물며 죽음의 전조로서의 적막함 따위는 절대로 아니었고, 다시 말해 무묘마루의 부활을 세상에 골고루 알리기 위한 무음無音에 다름 아니었다.

어떤 기지가 떠올라 복수複數의 피가 달라붙은 채인 칼을 잇달아 뽑아, '별의 칼'을 이마에 대고, '풀의 칼'을 뺨에 대본다.

그렇게 하자마자 완전히 쇠약했던 오체에 바로 뜨거운 피가 통하기 시작하여, 어떠한 죽음도 피해갈 만한 생기가 원을 그리며 춤추었고, 갈기갈기 찢어졌던 마음은 불순물이 섞이지 않은 연명延命의 저력으로 이중 삼중 튼실하게 달라붙었으며, 죽기에는 아직 너무 이르다는, 구태여 숨길 이유조차 없는 본심이 입을 통해 튀어나왔고,

그 직후에, 단 한 번이라도 좋으니까 아버지를 보고 싶다, 아니, 만나서 이야기를 나누고 싶다, 아니, 가능한 일이라면 함께 생활해보고 싶다는, 그런 애절한 욕구가 불쑥불쑥 치솟았으며, 그리운 마음이 폭발 직전에 도달했을 때, 상처를 중심으로 전신에 퍼져 있던 오한惡寒이 대번에 칼날에 흡수되어가는 것을 뚜렷이 느꼈고, 드디어 상승의 길을 걷기 시작한 체력이 여실히 자각되었으며,

그 정신은 육체보다도 한 걸음 먼저 변모를 이루어, 살기

위해서라면 때로는 비열한 짓도 하지 않으면 안 되고, 때로는 용납할 수 없는 죄일지라도 저지르지 않으면 안 된다는 방향으로 발걸음을 내밀었으며, 언제나 두 가지 측면을 지니고 살아가는 것이 이 세상에서의 올바른 자세가 아닐까 하는, 그런 유연한 색깔로 마음이 물들어갔고, 그와 같은 자세야말로 세상의 황파로부터, 나아가서는 위태로운 고비에서 스스로를 지킬 유일한 방법에 다름 아니라는 답이 굳어지는 것이었다.

명월明月 외에는 아무것도 눈에 들어오지 않았고, 푸른 기를 띤 노란색이 눈동자를 통과하여 마음 깊숙한 곳까지 선명하게 비추어 갈망의 근원을 부상浮上시킨다.

그러자 그다지도 완고했던 허무에의 편집偏執이 슬금슬금 가슴을 떠나갔고, 아울러 치명적인 장벽이 될 수도 있었던 무미건조한 염세관도 사라져갔으며, 무슨 수를 써도 서로 맞지 않았던 영과 육이 딱 합치되었고, 그것은 마치 누렇게 뜬 잎이 다시금 젊음을 되찾아 푸르게 빛나기 시작한 것 같은 기적에 다름 아니었으며,

그런 싱싱한 '신생 무묘마루'가 그려보는 몽상은, 무진장한 천체를 품에 안은 무한계無限界를 분방하게 뛰어다니고, 광포한 냄새를 터트리면서, 낡아가기만 하는 세계 속에서 자신만은 간단없이 스스로를 유지할 수 있는, 그런 특별한 능력이 갖

추어진 자가 아닌가 했으며, 그렇게 진심으로 우쭐해져서 몸이 실로 기분 좋은 상태로 바뀌었고, 하늘에서 쏟아지는 부드러운 미광微光을 듬뿍 받으면서, 꿋꿋이 역경을 이겨내는 생자生者의 제일인자가 되기 위해 한 걸음 한 걸음 다가가는 자각이 급속히 강해졌고,

생명력과 표리일체인 정신력의 강인함에 새삼 감탄하는 사이에도 밤은 점점 깊어갔으며, 그 고개를 넘을까 말까 할 무렵에는 하늘에 멋들어진 이변이 생겨나, 만월滿月을 축으로 하여 동심원상으로 퍼져가는, 무지개도 아니고 채운彩雲도 아닌 장대하고도 괴이한 광경이 전개되었고, 이야말로 세상에서 말하는 정토淨土로부터 마중나오는 신호가 아닌가 하고 여겼을 때, 별안간 시간의 흐름이 빨라지는 게 느껴졌으며, 밤의 지배자인 달은 즉시 그 지위를 횡포한 태양에게 빼앗기고 말았다.

신선한 빛과 선렬鮮烈한 열을, 흡사 절대선과 같은 자신감을 품고 지상에 방사하는 욱일旭日은, 무묘마루의 기분을 환하게 만들어준다.

그리고 억누르기 힘든 충동이 전신을 골고루 휘도는가 싶더니, 이내 일어나야만 한다는 힘이 아랫도리에 되살아났고, 기합을 넣으며 시험해보려고 머리를 들었을 때, 얼굴 바로 앞에 아침이슬에 젖은 나그네의 다리가 불쑥 내밀어졌으며, 보

15

나마나 행려병자로부터 금품을 빼앗는 쩨쩨한 도둑으로 여겨 주저 없이 시선을 슬슬 위로 올리니, 평생 잊을 수 없는 바로 그 행각승이 흡사 한 그루의 낡은 말뚝처럼 무기적인 풍정으로 서 있었는데,

각고의 날들을 보낸 끝에 얻은 부드러운 인상과, 너무나 입이 무거워 보이는 표정이 어울려서 일종의 독특한 분위기를 풍기는 그 선각자의 날카로운 안광은, 무묘마루의 가슴속을 가차 없이 파고들어 이제까지 걸어온 모든 길을 죄다 읽어내었고, 혼의 상자마저 쪼개어서 남들이 모르는, 아니 당사자조차 알아차리지 못하는 슬픔의 인유因由까지 간파해버렸으며,

금빛 태양을 등진 현자賢者는 손에 쥔 지팡이로 딱지가 앉은 지 얼마 되지 않은 무묘마루의 상처를 톡톡 두드리면서 '과연 그렇도다, 과연 그렇도다'라는 한마디를 경문經文이나 주문처럼 중얼중얼 중얼거리더니, 그런 다음 너무나 괴로운 듯한 말투로 '모두가 헛되도다, 모두가 헛되도다'를 외었고,

그러나 그것은 기력을 위축시키고 체력을 저하시키는, 악의에 가득 찬 행위 따위는 아니었으며, 실제로 무묘마루가 그 비례非禮에 대해 막 항의하려던 참에, 비력秘力이라고 말해도 틀리지 않을 힘이 지팡이 끄트머리에서 전해져오는 것이 분명히 느껴졌고, 자신이 결코 불모의 존재 따위가 아니라는 사실을 명확하게 깨달았으며,

그리고 알지 못하는 사이에 상체를 일으켜 고요한 심정으

로 정좌하고 있었고, 그 무릎 위에 놓인 주먹밥과 물을 채운 죽통, 게다가 한 켤레의 새로운 짚신을 물끄러미 바라보면서, 인간으로서 살아가지 않으면 안 될 이런저런 업業을 발바닥으로 밟으며 멀어져가는 행각승이 던진 묘한 이야기 속에 포함되어 있는 의미를 찬찬히 곱씹으면서, 하마터면 꺼져버릴 뻔했던 생명의 불길이 다시금 훨훨 타오르는 것을 분명히 알아차리지 않을 도리가 없었다.

달을 보고 해를 잃어버리지 말 것이며
해를 보고 달을 잊어버리지 말 것이며
칼을 보고 사람을 깔보지 말 것이며
사람을 보고 칼을 버리지 말 것이며

그런데 너의 혼은 나변那邊*에 있는고?

*어느 곳

옛 위인의 영묘靈廟라고 그 지방 사람들에게 전해 내려오는, 이끼 낀 돌로 쌓아올린 유적을 잠자리로 삼아 상처를 치유하고, 그다지 춥지 않은 겨울을 난다.

여전히 넉넉한 형편을 배경으로, 먹은 뒤 자고, 자고 나서 먹는 식의 나날을 보낼 수 있었고, 그로 인해 순식간에 무묘마루의 체력은 회복되어갔으며, 원숭이 같은 몸놀림으로 바위에서 바위로 뛰어다니는 그 모습은 마을사람들을 놀라게 만들었고, 너무 두려운 나머지 돈도 받지 않고 먹을거리를 건네주는 농부도 결코 적지 않았으며, 심지어는 일부러 찾아와서 밥 짓는 것을 도와주는 자까지 나타날 지경이었고,

그 대가로, 만약 도적들이 나타나 설치려 들 경우에는 한바탕 본때를 보여주겠노라는 약속도, 악당들이 점을 찍을 만큼 풍족한 마을이 아니었기에 지킬 기회가 찾아올 것 같지 않았으며, 덕분에 사람을 베어야 하는 경우에 처하지 않고 매듭지어졌고, 피 냄새에 괴로워하지 않고 끝났으며, 상쾌하게 번쩍이는 표정을 지닐 수 있었고, 석굴의 가장 깊숙한 곳에서 시든 풀을 깔아 만든 잠자리에 드러누워 잠잘 때도, 작은 동물이나 바람이 내는 소리에 일일이 민감하게 반응할 필요가 없었으며, 무묘마루의 귀는 주변에 흩어져 있는 소리의 파장 모두를 기쁜 마음으로 들을 수 있었고,

또한 어떠한 종류의 위안을 얻고 싶다고도 생각하지 않았으며, 슬픔과 고통으로 가득 찬 추억에 괴로움을 당하는 일도 없었고, 오로지 사대四大를 구성하는 모든 세포의 충실한 재생에만 몸을 맡기면서, 인간들과는 되도록 관계를 맺지 않도록 애를 쓰고, 타자와의 만남은 식량을 얻기 위한 최소한도의 접촉과 대화에만 한정시키며, 기분 내키는 대로 낮과 밤을 보냈고,

그도 그럴 것이, 봄이 찾아오는 것에 맞춰서 도읍으로 나아가, 아버지를 찾아보겠다는 오직 하나의 바람에 모든 것을 맡길 수 있었기 때문으로, 문득 가슴에 싹튼 생각에 감정이 북받치는 적도 없었으며, 설령 쇼군에게 당한 일이 기억나는 일순이 있긴 했지만 분노가 치민 적은 없었고, 기억에는 전혀 남아 있지 않아도, 혼에는 깊숙하게 새겨져 있는 탄생 때의 사건,

산적에게 유괴되어 가는 도중에 말 위에서 내던져져 절명하고 만 어머니가 낳았다는 인생 최초의 충격에 비한다면, 하등 보잘것없는 일임에 틀림없을 터였다.

분노가 넘치는 시선을 잊어버린 것 같은 삶은, 한눈으로 사태의 추이를 간파해버리는 지성을 갈고 닦는 데 안성맞춤일지 모른다.

아무리 씻어도 지워지지 않는 혈흔이 배인 의상을 대신할 것을 찾아서, 강을 두 개나 건너간 곳에서 열흘에 한 번 열리는 장날에 맞추어 찾아가, 튼튼하고 보온성이 뛰어난 질 좋은 무명 옷감으로 제대로 만든, 그리 눈에 띄게 더러워지지 않은 쪽빛 물들인 의상을 걸치고 돌아오는 길에, 언제나 먹을 물을 떠가는 샘 근처에서 아주 그럴싸한 숫돌을 발견하자, 몸에 차지 않은 지 오래된, 마른풀로 만든 요 밑에 넣어둔 채 잊었던 칼이 불현듯 떠올라, 실컷 써먹은 사람 베는 도구를 정화淨化해주지 않으면 안 되겠다는 애틋한 생각이 치밀어 올랐고,

물이 제법 미지근해진 이튿날 이른 아침부터, 긴 시간을 들여서, 며칠 동안에 걸쳐, 천천히 두 자루의 칼을 신중하고도 정성껏 갈았으며, 근기根氣만이 승부인 그 작업은 차츰 무묘마루의 마음을 이음매가 없도록 해주었고, 기력을 높여주었으며, 수염을 깎으면서 잘 드는지 확인한 칼날 끝을 뚫어져라 바

라보고 있노라니, '별의 칼'도 그렇고 또한 '풀의 칼'도 그렇지만, 무언가 깊은 의미를 지니게 되어, 만대에 걸친 세대를 관통하는 힘은 두말할 나위가 없고, 커다란 무대의 막을 내릴 정도의 힘마저 감추어져 있는 것으로 여겨졌으며,

그러자 흥분으로 설레어 몸이 떨릴 만큼 감개에 휩싸였고, 지금은 구별하기 어려운 일대一對가 되어 있는, 교치巧緻하기 짝이 없는 그 어느 쪽 칼도 자신에게만 속하는, 수족에 필적하는 가장 듬직한 무기로 여겨져 대번에 마음이 들떴으며, 그때그때의 기세에 맡겨 그것들을 휘두름으로써, 설사 예전보다 갑절의 죄업을 불러오는 결과가 되더라도 그게 무슨 상관이냐는 배짱이 솟구쳤고,

결코 자진하여 제 자식과 헤어진 게 아니며, 처자와 절과 제자들과 재산을 모조리 하룻밤에 잃어버리고 만 아버지의 여생을 지켜주기 위해서라면, 햇빛을 받아 유난히 빛나는 칼이 이루어줄 공功은 미처 헤아리기 어려웠고, 반드시 실력을 능가하는 활약을 보여줄 것임에 틀림없으며, 어쩌면 그렇게 하기 위하여 만들어진, 그 이외의 목적은 용납되지 않는 칼일지도 모른다는 확신을 얻었다.

봄에 대해 이상스레 질투가 깊은 겨울이 때 아닌 눈을 뿌리거나, 강의 웅덩이를 얼어붙게 만들어 발목을 잡아당기기도 했으나, 결국은 자리를 내놓는다.

여하한 악몽도 접근하지 못할 만큼 숙면을 취한 뒤, 잠자리로 삼고 있는 영묘 바깥으로 느릿느릿 나와보니 사방은 온통 봄 일색으로 물들어 있었고, 대지를 구석구석 뒤덮고 있는 것은 눈동자에까지 번질 만큼 파릇파릇한 어린 풀들이었으며, 방일放逸한 계절풍은 그윽한 향기를 실어왔고, 번쩍이는 상공 여기저기에는 종달새가 하늘 높이 날면서 앞 다투어 복음을 퍼트리고 있었으며, 저 멀리 아름다운 숲 그림자는 목숨을 위무하는 빛에 가득 찼고,

모두에게 골고루 혜택을 나눠주는 기색이 짙어진 세계는, 겨울 동안 최후의 성채에서 농성을 벌이는 듯이 인고忍苦를 강요당해온 마을사람들의 마음을 잇달아 억지로 열어젖혔으며, 오랫동안 땅속으로 파고들었던 벌레나 연약한 작은 동물들에게는 존재를 소거消去당하지 않았다는 사실을 일깨워주었고, 구애의 기회가 또다시 돌아왔음을 직감시켰으며,

광범위하게 퍼져가는 흔들림 없는 봄을 자신의 피부로 감지한 무묘마루는, 마침내 때가 왔음을 체감했고, 새로운 인생의 개막을 강하게 인식하여 안절부절못하게 되어, 어젯밤에 먹다 남은 밥을 모조리 먹어 배를 채우자 서둘러 길 나설 준비를 했는데, '별의 칼'을 등에 메었고, '풀의 칼'을 허리춤에 찼으며, 그 행각승으로부터 받은 세 켤레째의 짚신으로 갈아 신은 다음, 아직 별로 줄어들지 않은 돈을 몽땅 한 묶음으로 하여 품속에 쑤셔 넣었고, 태양이 적확하게 가르쳐주는 방각을

향하여, 자신을 쏙 빼닮았다는 나이든 남자가 산다는 도읍을 향하여 발걸음을 내밀었으며,

한 걸음 한 걸음 발을 내디딜 때마다 더욱더 의지를 강하게 하여, 다시 말해 목적이 있는 여로가 얼마나 멋있는지를 실감하며, 그렇다고 해서 방랑에 동반하는 충실감까지 사라지지는 않았고, 현세의 상황에 관해 막무가내로 수긍하지 않았던 신념은 휙 뒤바뀌어 낙천가의 전형이 되었으며, 그 같은 심경 변화가 옳다는 쪽으로의 확신이 점점 심화되어갈 따름이었다.

무묘마루의 내면에 부활한 생명력은 그 이전에는 없었던 종류의 것이며, 설레는 마음과 더욱 심해지는 가슴 두근거림이 그 증거다.

하늘도 맑고, 가슴도 맑으며, 꽃구경을 겸하여 여로에 나선 자신을 여태까지와는 달리 사랑스럽게 여겼고, 모르는 길에다 모르는 마을로 걸음을 옮길 때마다 불가사의한 기쁨에 젖어들 수 있었으며, 그 얼굴 표정은 점점 번쩍번쩍 빛이 날 따름이었고, 여기저기에 빛이 응고해 있는 눈부신 일각—角이 드러났으며, 나아갈수록 봄은 깊이를 모르는 곳으로 아득하게 빠져들었고, 하늘만이 알 따름인 앞날에 눈곱만큼도 불안이 느껴지지 않았으며,

스쳐가는 나그네들이 품은 저마다의 관념이 훈풍에 들여다 보일 것 같은 착각을 즐기면서 더 길을 가자, 마음과 혼의 경계 언저리에서 되풀이되는 만성적인 한탄이 잦아들었고, 이상야릇한 일로 인해 행복 넘치는 인생이라도 손에 넣은 것 같은, 마치 꿈을 꾸는 듯한 황홀한 기분에 사로잡혔으며, 자신도 모르게 저절로 웃음이 흘러나왔고, 그냥 그대로 쉬지 않고 도읍까지 나흘로 예정한 모든 행정行程을 답파할 수 있지 않을까 하는 터무니없는 자신이 생겼으며, 찻집에도 들르지 않았고, 밥집의 생선 굽는 냄새에 이끌려 어정거리는 적도 없었으며, 어디까지나 태양이 이끄는 대로 건각健脚을 발휘했고,

오후에 접어들어 비로소 발걸음을 멈춘 것은, 여전히 청랑晴朗이 이어지고 있었음에도 불구하고 오직 귀가 먹먹해질 정도의 춘뢰春雷가 한 발 울려 퍼졌기 때문으로, 그것도 불과 수십 걸음 가량 앞에서 길을 가던, 얼핏 본 그 차림새로 짐작컨대 떠돌아다니는 공수 무당이지 싶은 노파가, 붉은 기 섞인 금색으로 번쩍인 벼락의 직격을 받는 모습을 두 눈 똑똑히 뜨고 보았기 때문이었다.

그 찰나, 노파의 새우등이 쭉 펴지면서 야윈 몸이 한 자루의 몽둥이처럼 발딱 직립하는가 싶더니, 꼭두서니 빛의 화염에 휩싸인다.

그것은 흡사 정염情炎으로 몸을 태우는 처녀를 방불케 하는 모습이었고, 그도 아니라면, 화재 현장에서 망측한 모습으로 허둥지둥 달아나는 여인들의 그것이었으며, 그렇기는 해도 당사자는 울부짖거나 놀라서 기겁을 할 틈도 없이 싱겁게 승천해버렸고, 하늘과 땅을 번갈아 쳐다보면서 실제로 일어난 일인지 아닌지를 거듭 확인하던 무묘마루는, 경이의 눈으로 응시할 수밖에 없는 사실을 지워버릴 말을 열심히 중얼거리면서도, 수증기도 연기도 아닌 기체를 뿜어내면서 땅바닥에 엎드린 늙은이에게 살짝 다가가서, 희미한 생의 흔적을 더듬으면서도 돌이키지 못할 죽음이라는 사실을 확인할 따름이었고, 결코 봄의 환영幻影이 시키는 대로 하는 것이 아니라는 현실을 알아차릴 따름이었으며,

 예전에는 없었던 체험에 충격을 받아, 한동안 어찌할 바를 몰라 쩔쩔매기만 했으나, 잠시 지나자 달리 목격자가 있었는지 없었는지 알고 싶어졌고, 주위에 시선을 돌려보긴 했지만 길거리 어디에도 사람의 왕래는 없었으며, 한동안 기다려보았으나 아무도 오지 않았고, 다시 말해 언제까지나 생자가 한 명, 사자가 한 명이라는 쓸쓸한 상태가 이어졌으며, 노체老體를 절묘하게 빠져나간 벼락의 기색조차 이제는 어디에도 남아 있지 않았고, 그 자리를 지배하는 분위기는 화창하다는 한마디면 충분했으며,

 너무나도 당돌한 사태에 무묘마루의 가슴속에서 세워지는

논리는 아무리 해도 비약이 지나쳤고, 망상이 사실에 우선하기 십상이었으며, 만약 그때 발걸음이 조금만 빨랐더라도 희생이 된 것은 자신이었을지 모른다는 것에서 시작하여, 어쩌면 이 노파는 자신을 대신하여 목숨을 내던져주었을지 모른다는 비뚤어진 추론을 내렸고, 새로운 운명에 돌입하는 전 단계의 상징적인 사건으로서 포착하기에까지 이르렀으며,

그런데 이것이 어떤 표시이며 징조인가 하는 가장 중요한 점에 관해서는 아무리 머리를 굴려보아도 속 시원히 알아낼 수 없었고, 단지 불길한 전도前途를 암시하는 것이라고는 도저히 느껴지지 않았으며, 그로 인해 도리 없이 예정을 변경하는 것에까지는 이르지 않았고, 머리카락이 타는 냄새로 가득 찬, 드러누운 채 꼼짝도 하지 않는 사자와 정면으로 부딪치는 일은 피하여, 합장이나 묵도默禱도 하지 않았고, 그래도 본 적도 없고 알지도 못하는 노인의 영혼이 달라붙을까 조심스러운 심정에서 허리의 칼을 삼분의 일 가량 뽑은 다음, 찰칵 하는 기분 좋은 소리를 내면서 다시금 칼집에 꽂았으며, 그런 뒤 아무 일도 없었던 것으로 하고 조용히 그 자리를 떠났다.

조금 가다가 묘하게 가슴이 설레어 뒤돌아보니, 거기에 쓰러져 연기를 피우고 있는 것은 노파와는 닮았으되 닮지 않은 다른 여자다.

나이도 달랐고, 몸에 걸친 옷도 달랐으며, 훨씬 젊고 훨씬 고가의 의상이었으며, 무엇보다 불에 탄 상태가 몹시 달라서 낙뢰에 당한 것이 아니라 들불에 휩쓸렸을 때의 모습이었고, 게다가 높은 곳에서 던져진 것처럼 머리가 탁 쪼개어져 뇌의 일부가 흘러 나왔으며, 그것은 아무리 멸시해도 지나침이 없을 무리들에게 받은 끔찍한 처사에 다름 아니었고, 흐트러진 옷자락 구석에서도 부정不淨한 액체가 흘러나와 혈관이 비칠 정도로 하얀 넓적다리를 몹시 더럽혔으며,

문득 그 곁으로 시선을 던지니 약간 작은 고깃덩어리가 뒹굴었는데, 그것은 깊은 우수憂愁와 오래된 양수羊水로 범벅이 된 영아嬰兒였으며, 피하지방이 두터운 모체와 푹신한 풀밭이 낙하의 충격을 완화시켜준 덕으로 상처받기 쉬운 신선한 생명은 간신히 무사함을 얻긴 했으나, 생의 주변에 둘러쳐진 벽은 도무지 믿음직스럽지 못했고, 새벽이 올 때까지 찾아올 죽음은 보증을 서도 좋을 만큼 확실했으며, 실제로도 들불이 바로 옆에까지 번져와 있었고, 홍련紅蓮의 불길 너머에 그 아이의 전도를 조망하는 것 따위가 가능할 리 없었으며,

그러자 무묘마루가 말하지 못할 분노와 슬픔에 휩싸여 이런 생각 저런 생각에 잠긴 사이에, 팔다리를 꽉 오그리면서 이 세상의 시련을 견디려고 하는 갓난아기의 애처로운 모습에서 다름 아닌 바로 자기 자신을 분명히 느꼈고, 자신도 모르게 '강해져라'고 하는 유의 말을 던져주지 않고는 배길 수 없었으

며, 그 목소리가 점점 거칠어져 마침내 진짜로 고함을 질렀고,

　그러더니 갑자기 구원을 바라듯이 비참한 목소리로 변했으며, 동시에 마음의 갈증이 치유되어가는 것을 깨달았고, 머리 위에 두둥실 떠올랐다가 서서히 흘러가던 구름이 별안간 연달아 빠르게 내닫는가 했더니 시간의 흐름이 몇 배, 몇십 배로 빨라졌으며,

　쏜살같은 광음光陰에 몸을 맡기고 있는 사이에, 자신의 최상의 생애를 현 시점에서 분명히 보고 싶다는 격렬한 욕구가 치밀어, 생을 서두르는 것의 위험성을 잘 알면서도, 침울해져 가는 기분을 다시 한 번 추슬러 의지의 힘으로써 혼을 불요不撓의 색깔로 물들인 다음, 두 번 다시 되돌아보지 않고, 격류를 떠올려주는 현재라는 이름의 파도를 타고 순식간에 그 자리를 벗어나, 아무리 노심초사해보았자 정해진 대로 되어갈 수밖에 없는, 모호하면서도 혼돈스러워서 형태조차 이루지 못하는, 당대 유일이라는 평판의 음양사나 점쟁이 여인들도 감당하기 벅찬 그런 미래를 향하여, 노도와 같이 단숨에 밀려나가는 것이었다.

달이 밤을 비단으로 짜고, 해가 낮을 비단으로 짜며, 비가 갑자기 내리기 시작하는가 했더니 멀리 떨어진 강과 호수를 하나로 이은 거대한 무지개가 걸렸다.

　사람의 수, 들개의 수, 승려와 거지의 수, 아름다운 여인의 수, 주인의 일빈일소一嚬一笑*를 살피는 부하와 머슴의 수, 금전에 몸을 숙이고 만 패거리의 수, 끊어지지 않고 늘어선 집들, 끊어지지 않는 장사꾼들의 외침, 훤화낭자喧譁狼藉로 날뛰는 자들의 노호怒號, 손님을 유혹하는 유녀들의 난잡한 목소

*얼굴을 한 번 찡그렸다 한 번 웃었다 하는 것

리, 달구지의 삐걱거리는 소리와 쇠똥 냄새, 거기에 덧붙여 인분人糞 냄새, 신분과 부富에 의한 노골적인 격차, 쭉쭉 뻗어난 드넓은 대로, 벚나무 숲에서 빠져나온, 일별한 것만으로는 외관상의 특색을 찾아내기 힘든 대하고루大廈高樓*의 점재點在,

눈이 핑핑 돌 정도의 부귀를 더욱 돋보이게 만드는 구렁텅이의 가난함과 비열함―햇빛에 드러난 수많은 비극―상하관계에 가담해버리고 만 어리석음―요석要石의 위치를 차지하는 데 성공한 관리들의 공허한 변명―명석한 논리로 뒷받침된 것 같은 지성의 활동―방치된 채인 바람직하지 않은 이런저런 사태들―,

그와 같은 모순과 혼돈 속을 열심히 가치관을 조절하면서 통과해가는 무묘마루는, 가도 가도 자신을 위한 장소를 어디에서도 찾을 길이 없다는 사실을 알아차릴 뿐이었고, 무슨 수를 써보아도 이 공간과 해화諧和**를 이루는 것이 불가능하지 않을까 하는 답으로 점점 기울어갔으며, 여기는 죄가 많아서 죽음에 이르는, 혹은 싸우지도 않고 무릎을 꿇어버리는 자들이 모이는 곳이 아닌가 하는, 그런 인상을 진하게 가지는 것이었다.

우선은 도읍을 벗어나 흐르는 물소리라도 들으면서 가슴의 울화를 진정시키고, 사라져가려는 스스로를 되살리고자 강변으로 향한다.

그런데 일단 돌멩이투성이의 강변에 발을 디디자, 거기 또한 오물로 범벅이 된 삶의 현장이었고, 도읍에 만연하던 휜소를 훨씬 능가하는 저속한 활기가 넘쳐흘렀으며, 아무런 망설임조차 없는 번뇌와 유착된 마음을 송두리째 드러낸 '인간 짐승들'이 숱하게 모여들어 주거하고 있었고, 그곳을 일터로 삼는 자도 적지 않았으며,

분류奔流***에 가까운 곳에서는 조수鳥獸 처리가 비명 하나 올리지 않을 만큼 숙달된 솜씨로 행해졌고, 고위 관리의 저택에서 불하받는 형태로 얻은 것으로 여겨지는 늙은 마소의 급소를 단 한 번에 찔러서 처리해버리는 곁에서는, 절묘하게 배를 갈라 내장을 통째로 들어내는 자가 있는가 하면, 날렵한 칼질로 부위별로 고기를 잘라내는 자도 있었고, 생가죽을 재빨리 벗겨내는 자가 있기도 했으며, 그들의 상공에서는 내버린 잔챙이나마 얻어먹으려고 기웃거리는 새들이 흑과 백의 커다란 원을 그리며 유유히 선회했고,

여울에서는 이제 막 물들인 긴 옷감을 손질하고 있었으며, 바로 그 옆에서는 식용으로 쓰일 소 내장을 잘라서 씻고 있었고, 그래도 끊어지지 않는 훈풍 때문에 여하한 이취異臭도 그 자리에 한정된 불쾌함 외에는 안겨주지 않았으며; 도읍을 뒤덮었던 악취와 비교하자면 아무런 문제도 되지 않을 지경이었

---

*으리으리하게 큰 집과 높은 누각 **조화 ***물살이 빠른 곳

고, 실제로 여태까지 본 적이 없는 커다란 다리에 매료되어 다가가니까, 이번에는 사람의 사취死臭가 왈칵 밀려왔는데, 그것도 처형장을 살짝 벗어나기만 하면 즉각 사라져버렸으며,

그렇지만 널브러져 까마귀와 파리의 먹이가 된 범죄자들과 모반인謀叛人들의 목이나, 방금 망나니의 손에 의해 창에 찔려 절명한 신선한 유체遺體는 과연 순식간에 눈길을 확 끌었고, 특히 그중에서도 업業이 깊은 음영을 새긴, 도깨비도 저리 가라 할 형상은 오래토록 뇌리에서 반짝반짝 명멸을 거듭했으며, 이제 막 죽음으로써 죄를 용서받은 사내의 똥배에 재빨리도 들개가 달려들어 물어뜯는 광경에서 한동안 눈길을 떼지 못했고, 말단 관리로부터 처형하는 일의 보수를 받아, 그 돈을 히히거리며 동료들과 나누면서 술보다 나은 게 있을까 보냐고 서로 떠드는 소리도, 일부러 먼 지방에서 구경온 시골뜨기들의 '지옥은 여기에도 있는가' 하는 유의 감상의 중얼거림도 단단히 귀에 달라붙고 말았다.

큰 다리를 빠져나가자 또 다른 광경이 전개되었고, 모여든 군중은 처형장에 비할 바가 아니었으며, 들뜬 축제 기분으로 가득했고, 어느 목소리나 다 신바람이 난다.

거기에는 온갖 다양한 업종의 장사치들로 들끓었고, 개중에는 꽤 수상쩍은 무리도 있었는데, 사줄 자가 있다면 자신의

자녀들이나 목숨이라도 즉석에서 팔아치우고 말 것 같은 패거리가 모여들어, 각자에게 주어진 새끼줄이 쳐진 좁은 곳으로 옮겨놓은, 온갖 자만自慢의 물건을 잔뜩 늘어놓은 채 장이 서기를 이제나저제나 하고 기다렸으며, 손님들 또한 점찍은 물건을 누구보다 싸게, 빨리 입수할 수 있도록 그 앞에서 돈 주머니를 움켜쥔 채 서 있었고, 그러나 지금은 파는 자의 눈이나 사는 자의 눈이나 단 하나의 예외도 없이 한 곳을 주시하고 있었는데,

그쪽으로 눈을 돌린 무묘마루의 시야에 들어온 것은, 장사꾼들의 우두머리로 여겨지는 지독하게 상스러운 관록을 갖춘 사내가, 지참한 물건을 마름 비슷한 사내에게 공손히 내밀면서 황송스럽다는 듯이 고개를 푹 숙이는 참이었으며, 곁으로 가까이 가서 보니 그것은 강력한 주력呪力을 지녔다는 이세伊勢*의 빗과 하리마[播磨]**의 바늘, 그리고 저울이었고, 상반신을 뒤로 젖힌 채 으스대는 득의양양한 인물은 너무나도 형식적인 너글너글한 태도로 그 세 가지 물건을 받아들었으며, 이어서 격에 맞지도 않는 엄숙하고 숭고한 큰 목소리를 내지르면서 장날의 개막을 선언했고,

그러자 처형장 근처에서 질주해온 두 마리의 말이 느닷없이 나타났는데, 말을 탄 자는 두 사람 다 병사가 아니라 필경

*지금의 미에현[三重縣] 지역의 옛 이름 **지금의 효고현[兵庫縣] 서남쪽 지역의 옛 이름

33

말의 사혈瀉血*을 생업으로 삼는 천민들이겠으나, 말을 모는 솜씨는 정말이지 감탄하지 않을 수 없었으며, 더군다나 쌍방 모두 오른손은 고삐를 잡지 않고 있었는데, 전력 질주하는 가운데 그 손을 안장에 동여맨 항아리에 쑤셔 넣었다가 머리 위로 돌리기를 몇 번씩이나 되풀이하는 것이었다.

공중으로 무언가 번쩍번쩍 빛나는 것이 무수히 뿌려지고, 그것을 천민들이 욕심 많은 환성을 지르면서 앞 다투어 주워 모은다.

바늘이 뿌려지고 있다는 사실을 알아차린 것은, 그중 하나가 무묘마루의 소맷자락에 꽂혔기 때문으로, 말이 말발굽 소리도 들리지 않을 만큼 멀어져버리자 사람들의 관심은 드디어 매매와 거래로 옮아갔고, 오가는 목소리는 한없이 밝았으나 돈과 결부된 탓으로 한결같이 어떤 종류의 처절함이 넘쳤으며, 타인의 주머니를 노리는 패거리들의 횡행橫行에 대하여 주의를 환기시키는 관리의 외치는 소리가 요란했으나, 그것이 효과가 있다고는 도저히 믿어지지 않았고,

무묘마루만 하더라도, 품속으로 자신의 것이 결단코 아닌 손이 쓰윽 미끄러져 들어오는 것을 자주 느꼈으며, 그때마다 뿌리쳤으므로 탈 없이 넘기기는 했지만, 그렇지 않았다면 굶어 죽는 길을 걷든지, 도둑의 흉내를 내든지 둘 중 하나의 선

34

택을 하지 않으면 안 될 지경에 빠지고 마는 것이 필지였으며, 사실 도읍과 그 주변의 이상하리만치 번잡한 분위기를 지탱하고 있는 것은 돈이 전부라는, 너무나 노골적이고 너무나 솔직한 가치관에 다름 아니었으며,

그 증거로 어디를 가더라도 눈길을 끄는 것은 벽토壁土를 두텁게 바른 내화성이 높은 창고로, 저당을 잡고 돈을 꾸어주는 전당포의 숫자는 술집이나 반찬가게를 훨씬 능가할지도 몰랐고, 그 외에도 보다 고리로 영세한 푼돈을 빌려주는 일수놀이꾼이 어느 누구 가릴 것 없이 닥치는 대로 말을 걸어올 지경이었으며, 실제로 무묘마루도 두 자루의 칼에 눈독을 들인 자들로부터 상당히 끈질기게 권유를 받을 정도였다.

무묘마루를 사무라이로 보는 자도 있거니와, 길거리의 광대 패거리로 보는 자도 있었고, 대체적으로 멸시의 눈초리를 띤다.

그러나 무묘마루가 일단 눈길을 돌려 주시하면, 상대는 즉시 시선을 피하며 꼬리를 내리는 수밖에 없었고, 보무당당히 달려온 감시 역의 하급 병사들조차 기가 죽어 의념疑念의 표정을 이내 접어버렸으며, 불러 세우지도 않고 재빨리 다른 곳으

*치료 목적으로 일정량의 피를 뽑아내는 일

로 가버리고 마는 꼬락서니였고, 여자들에 이르자면 한 번 보자마자 즉시 길을 열어주든가, 왔던 길로 되돌아가든가 둘 중 하나였으며,

그도 그럴 것이, 무묘마루의 전신에서 뿜어져 나오는 살벌한 분위기가 너무나 진실에 넘치기 때문으로, 다시 말해 전조도 예고도 없이 별안간 목숨 자체를 빼앗으려 들지도 모른다는 정체 모를 예감을 안겨주기 때문으로, 밀정密偵의 일을 돈으로 청부받아 거친 태도에도 익숙하기 마련인 만만찮은 상대조차 가까이 다가오려 들지 않았고, 살그머니 배후에서 몰래 돈을 훔치고자 품속으로 손을 집어넣은 자의 절반은 봉으로 여긴 사람의 얼굴을 보는 순간 꽁무니를 빼기에 바빴으며,

타면他面, 식품의 재료로 팔리는 산 동물들은 어쩐지 의미심장한 눈길을 던졌고, 닭만 하더라도, 토끼만 하더라도, 산새만 하더라도 무묘마루가 곁을 지나갈 때마다 구원을 바라는 듯한 시선을 던졌으며, 그도 아니라면, 어차피 목숨을 내버릴 숙운宿運*을 지고 있는 것이라면, 하다못해 이 남자의 손에 죽음을 맞고 싶다고 애원하기라도 하는 것처럼, 마치 귀명歸命**의 정신을 지니기라도 한 듯한 인상을 던지는 것이었다.

무묘마루가 욕심나는 물건은 단 하나도 없었고, 찾는 물건은 가슴속 깊숙한 곳에밖에 없었으며, 지금은 그것이 무엇인지도 모르는 상태다.

고독하게 힘든 병과 싸우면서 광대한 인간 세상을 방황하고, 사람을 벨 때마다 내성內省으로 이끌려가며, 활활 타오르는 격정에 감싸여 오늘을 살고, 그리고 내일을 살며, 엉뚱한 때에 자신의 입에서 불쑥 새어나오는 웃음소리의 애처로움을 깨닫고 번쩍 정신이 돌아오고, 새파란 빗속을 살그머니 가로질러 가서, 모기떼들과 더불어 꼭두서니 색깔의 황혼을 떠돌며, 사람 한 명 보이지 않는, 쥐도 다가오지 않는, 아름다운 석양에 비친 죽어가는 마을을 콧노래를 부르면서 지나쳐가고, 너무나 고요한 밤으로 뒤덮인 하늘 아래에서 편안한 잠을 탐내며,

그리고 규칙이나 규정 따위로부터 완전히 선탈蟬脫***한 나날은 더욱 잘 연마되어가고, 솟구쳐 오르는 온갖 생각들에 따라 발걸음을 옮길 수가 있으며, 마음이 갈피를 잡지 못하면서도 감정에 반하는 행위 따위는 절대로 없고, 얽히고설킨 비수悲愁 또한 두 자루의 칼과 마찬가지로 무이無二의 친구에 다름 아니며, 잘 익은 과실로 목을 축이면서 염천炎天 아래의 푸른 산들을 넘어갈 때의 지복에 이르면 극락정토니 뭐니 하는 곳을 딱 잘라 거부할 수 있을 정도이고,

태양을 바라보며 '야, 뭐하는 짓이야!' 하고 엉겨 붙을 때의 고양감은 그 무엇과도 바꾸기 어려우며, 달을 바라보며 '그걸

---

*숙명 **삼보三寶에 돌아가 몸과 마음을 불교에 의지함 ***매미가 허물을 벗는다는 뜻에서 낡은 인습과 속박에서 벗어남을 뜻함

왜 따지는 거야!'하고 일갈할 때의 충족감 또한 멋들어지고, 그렇다고 해서 신불神佛의 자비에 매달릴 수밖에 없는 현세에 대해 남겨둘 것 따위는 하나도 없으며, 모범으로 삼아야 할 것은 언제나 인간 이외의 생물이고, 혹은 바람에 길게 뻗은 조각구름이었다.

망설이는 사이에 도읍 외곽까지 나왔는데, 물떼새 무리가 일으키는 날개 소리와 강물을 훑어가는 바람이 어울려 청상淸爽의 기운이 넘친다.

그렇지만 흰소를 벗어나 잠시 한숨 돌릴 모처럼의 환경도, 서로 처절하게 퍼붓는 욕지거리에 의해 산산이 부서져버렸고, 화사하고 부드러운 흥청거림도 그 일각에서 멀어져버렸으며, 그리고 눈 깜빡할 사이에 험악한 관계로 빠져든 당사자들은 어떤가 하니, 쌍방 모두 여섯 명으로 동수이면서도, 그 악당 같은 짓이나 무기의 숫자로 봐서 별것 아닌 트집을 잡아 물고 늘어지는 쪽이 상당히 유리하게 비쳤으며,

한쪽, 즉 당하고 있는 측은 뚱뚱하게 살이 찐, 실눈의, 붙임성이 좋아 보이는, 마음이 약해 보이는, 부호에 끼인다는 사실이 그럭저럭 위안이 될 것 같은, 제법 나이가 들었음에도 아직 동안을 유지하고 있는, 그런 덩치 작은 사내를 중심으로, 하얀 망사를 뒤집어쓰고 백분白粉에다 연지를 마구 바른 여인이

두 명, 나머지 세 명은 경호 역으로 고용된 사무라이 나부랭이인 듯했으나, 모두가 화사한 골격이라는 사실과 날카로운 안광과는 너무 동떨어진 눈초리 탓으로, 내지르는 고함에도 힘이 없었고, 아직 칼싸움이 시작되기도 전에 벌써 상대방에 압도되어 쩔쩔 매는 형세가 굳어지려 했으며,

그들이 벌벌 떠는 것을 간파하여 위압적으로 나오는 악당들의 주장은 억지라는 한마디면 더 이를 필요가 없었고, 허가받지 않은 떠돌이 장사꾼이라는 사실을 잘 알면서도 그들에게 사들인 물건을 회수할 테니 넘기라는, 도무지 이치에 맞지 않는 트집이었으며, 자신들은 저마다 정식으로 의뢰받은 역할을 해내고 있을 따름으로, 결코 사리사욕 때문이 아니라면서, 언뜻 그럴싸한 대의를 내세우고 있기는 했으나 금품 강탈이 목적이라는 사실은 누구의 눈에도 분명히 드러났으며, 더구나그 행색으로 봐서 상대가 상당한 부호라는 사실을 노려, 벌금까지 내놓으라는 구실을 붙여 터무니없는 고액을 요구했고,

확실히 늙고 덩치 작은 사내의 품속에는 그만한 돈이 들어있어도 이상할 게 없었으며, 실제로 유녀 출신으로 딴살림을 차려준 첩인 듯한 여인들의 손에는, 장에서 사준 도읍산 직물의 두 배가 훌쩍 넘는 값으로, 적어도 15관 아래로는 내려가지 않을 가격으로 거래되고 있는 대륙산 직물이 듬뿍 들려 있었고, 역시 원나라 시대의 수입품인, 눈이 번쩍 뜨일 정도로 선명한 색깔의 진사辰砂 도자기를 아주 소중하게 끌어안고 있

는 것이었다.

이런 장터에는 있기 마련인 옥신각신하는 다툼에 일일이 신경을 쓰는 취광자醉狂者는 없었고, 순찰을 도는 관리들의 눈길도 그런 곳까지는 미치지 않는다.

오직 한 명의 구경꾼인 무묘마루가 언걸먹을 것을 각오하고 사태의 추이를 지켜볼 기분이 든 것은, 결코 뇌수에 깃든 투쟁본능이 자극되어 타인끼리의 살육을 가까이에서 냉철하게 관찰하고 싶었기 때문이 아니었고, 대관절 금력과 권력 사이에 어느 정도의 차이가 있을까 하는 철학적인 대大문제에 흥미를 가졌기 때문도 아니었으며, 또한 두 사람 가운데 어느 쪽인가의 여인에게 마음이 끌리는 것을 느꼈기 때문 또한 아니었고,
그 호기심은 비칠비칠대는 덩치 작은 사내 오직 한 명에게 쏠려 있었으며, 다른 자들은 거의 안중에도 없었고, 그도 그럴 것이 가느다란 실을 붙여놓은 것 같은 조그만 눈을 가진 노인이 드러내는 침착한 태도와, 똑같은 지방에서 자란 자가 아니고서는 절대로 눈치 채지 못할 사소한 사투리가 무묘마루의 발목을 잡은 주인主因이었는데,
그러나 동향 출신자라고 단정할 만한 결정적인 단서는 아직 모자랐으며, 지금은 그저 소심자小心者의 전형으로밖에 여겨지지 않는 외관의 노인이, 언제까지 태연한 태도를 유지할

지 어떨지 하는 한 가지에만 관심이 집중되었고, 예상으로는 부호에게 흔히 있는 허세에 지나지 않아 어차피 고분고분 몽땅 털리게 되고, 요염하게 차려입은 여자들 역시 대번에 시들어버린 꽃처럼 되고 말리라는 짐작을 하고 있었는데,

어찌 상상이나 했으랴, 그 뚱뚱하고 작달막한 노인은, 극도의 공포 탓으로 꼼짝달싹 못하고 서 있는 여인과, 완전히 무능을 드러내고 만 경호하는 자를 밀어낸 뒤 건달들과 정면에서 대치했고, 키가 큰 그자들이 노인을 아래로 내려다보았으며, 바로 눈앞에 칼집 아가리가 풀린 길고 짧은 칼들이 드러나 있었음에도 불구하고 조금도 허둥대는 법 없이, 가진 돈을 모조리 넘겨줌으로써 위기를 모면한다는 손쉬운 해결책을 취하는 법도 없이, 그렇다고 해서 높은 지위에 올라 있는 자들과의 관계를 강조함으로써 자신의 영향력을 과시하는 듯한 행동도 취하지 않았다.

좀 더 사람들 눈이 없는 장소로 이동할 것을 권유받은 악당들은, 불감청이언정 고소원이라고 여긴 것도 눈 깜짝할 사이, 가만히 상대의 진의를 살핀다.

하지만 덩치 작은 사내는 강동강동하는 동자를 닮은 걸음걸이로 스스로 앞장섰으며, 작년 가을에 시든 참억새와 금년 봄에 싹트기 시작한 참억새가 뒤섞인데다, 신록의 잡목림으로

덮여 있는 인적 드문 제방 쪽으로 걸어가기 시작했고, 경호하는 세 명과 여자 두 명은 도망칠 기회를 잡지 못한 채 마지못해 주인을 따랐으며, 공갈 협박으로 등처 먹고 사는 건달들은 어떤가 하면, 버럭 의심이 들면서도 여차하면 칼로 말해주면 그뿐이라고 자세를 다잡았으며, 어쩌면 예상외의 금품뿐 아니라 실컷 갖고 논 다음 미련 없이 팔아치울 수 있는 여자까지 손에 넣을 수 있을지 모른다는 뻔뻔스러운 기대로 가슴을 두근거리면서, 주위에 조심스러운 눈길을 던지며 뒤를 따랐고,

무묘마루는 쌍방 전원이 숲속으로 들어갈 때까지 그 자리에서 움직이지 않다가, 마지막 한 명의 모습이 상큼한 어린잎이 무성한 곳으로 사라지자마자 그쪽을 향하여 전력 질주를 시작했으며, 그리고 즉시 뒤쫓아가자 꿩처럼 살짝 덤불 속에 몸을 숨긴 다음 덩치 작은 사내의 일거수일투족을 뚫어져라 살폈고, 그의 일언일구에 귀 기울였으며, 역시 예사 인물이 아니다, 역시 동향 사람에 틀림없다는 확신을 더했고, 무슨 일이 일어날지 짐작조차 못할 진전에 혼마저 빼앗겼으며,

얼마 지나지 않아, 이 정도 배짱의 소유자를 죽게 내버려두는 것은 참지 못할 일이라는 기특한 기분이 들어, 앞으로는 타인의 일에 되도록 개입하지 않고 살아가겠다던 자기 침잠의 맹세도 어디론가 날아가버렸고, 일찌감치도 완전히 그럴 마음에 휩싸여 대단히 즉물적인 사고를 시작했으며, 가장 효과적인 가세의 수단을, 다시 말해 언제, 어떤 식으로 뛰쳐나가, 제

일 먼저 어느 놈부터 처치하는 게 좋을까 하는 수순에 관해 재빨리 머리를 굴리면서, 허리춤에 찬 '풀의 칼'을 쓰기로 작정했다.

한 줌, 두 줌 땅바닥에 뿌려진 동전들이 나뭇잎 사이로 비치는 햇살을 받아 반짝반짝 빛났고, 한바탕 꿈을 꾸는 듯한 상태가 이어진다.

그러더니 덩치 작은 사내는 아직 듬뿍 돈이 들어 있는 가죽 주머니를 패거리들 앞으로 휙 던져주었고, 그러자 제법 악당인 척 거드름을 피우던 불량배들은 좀도둑처럼 조그만 욕심에 눈이 어두워져 저마다 앞 다투어 허리를 굽혔으며, 사람 죽이는 것에 길들여진 거칠고 울툭불툭한 팔을 일제히 땅바닥을 향해 뻗은 바로 그때, 우선 가까이 있던 세 명이 동전을 집어 든 채 천천히 앞으로 꼬꾸라지더니 그냥 그대로 얼굴을 땅바닥에 퍽 박아버렸고, 더군다나 두 번 다시 일어나지 못했으며, 짧은 경련을 일으킨 다음에는 아예 미동조차 하지 않았고,

다른 세 명이 동료의 이변을 간신히 알아차리고 얼굴을 든 순간, 동전과는 다른, 훨씬 싸늘한 색깔의 빛이 그들 코앞을 제비의 비상을 닮은 잽싼 움직임으로 가로지르는가 싶더니, 한 명은 목에서, 한 명은 심장에서 선혈을 뿜으면서 쓰러졌고, 단도였던 탓으로 불과 한두 치의 차이로 칼끝이 닿지 않아 난

을 면한 나머지 한 명은, 단도를 휘두르며 덤벼드는 동안의 늙은이를 보고 마치 악귀라도 대한 것처럼 벌벌 떨었으며, 그 머리에서는 둔주逃走 외에 아무것도 떠오르지 않았던지 온몸에 힘이 쭉 빠지는 것을 필사적으로 견디면서 발꿈치를 돌려 뒤도 돌아보지 않고 내달았으나, 한창 힘이 넘칠 나이여서 당연히 발걸음이 빨라 늙은이에게 붙잡힐 리는 없었고, 경호 역의 세 명만 하더라도 눈앞에서 일어난 살육에 벌벌 떠는 망연자실의 꼬락서니였으며, 여자들은 비명을 지를 여유마저 없이 거의 졸도 직전의 상태였고,

그것은 냉철한 관찰자여야 할 무묘마루조차 마찬가지였으며, 심모원려가 펼치는 업業과는 다른, 찰나의 결착에 대해 완전한 파악을 할 수 없었고, 덩치 작은 사내가 순식간에 다섯 명의 노련한 상대를 처치해버렸다는 엄연한 사실을 받아들이는 것도 수월치 않았으며, 눈앞에서 일어난 사태임에도 불구하고 구체적인 정황을 도통 기억하지 못했다.

'그자를 부탁해!'라는 덩치 작은 사내의 목소리만은 뚜렷이 들렸고, 또한 그것이 자신을 향해 던져진 말이라는 사실도 알았다.

의미에 관해서도 즉각 이해한 무묘마루였지만, 그런 제멋대로의 부탁을 들어주어야 할 의리도 은혜도 없다고 하는, 혹

은, 비참한 패배자는 어디까지나 저쪽이며, 따라서 도와줄 필요 따위가 전혀 없다는 사실을 충분히 알면서도, 어찌된 영문인지 손발 쪽이 민감하게 반응해버려, 정신을 차렸을 때는 이미 이쪽으로 도망쳐오는 잔당 앞으로 튀어나갔고, 새로운 적의 출현에 의해 안면이 창백해진 그자를 단칼에 베어버렸으며, 떨어진 목과 몸통 사이로 피를 흠뻑 뒤집어쓴 덩치 작은 사내가 흡사 마물인지 뭔지와 같이 보이는 순간 넋이 나갔고,

일순 백일白日의 세계가 완전히 침묵해버렸으며, 장터에서 들려오는 한없이 들뜬 흰소도, 만춘晚春을 소리 높여 구가하는 작은 새들의 지저귐도, 피와 사체에 전혀 어울리지 않는 한가로운 여울물 소리도 딱 끊어졌고, 현세의 죄의 거품 속에 모든 음성이 갇혀버리고 만 듯했으며, 아니, 이 세상 따위 애당초 존재하지 않았다는 듯한 흔들림 없는 한적함에 지배되었고,

잠시 지나 되살아난 속세가 내는 소리에 의해 정신을 되찾은 무묘마루는, 취할 점이 재력만이 아니었던 주인 덕택에 간신히 위기를 모면한 경호 역의 인간들이 도망쳐가는 모습을 차가운 눈길로 바라보았으며, 임무를 완수하지 못한 사실로 인해 완전히 면목을 잃고, 더는 그 자리에 있을 수 없게 된 탓인지, 혹은 돈을 세거나 여자를 안거나 하는 정도의 체력밖에 남아 있지 않았어야 할 약해빠진 늙은이가, 감추고 있던 단도를 불시에 전광석화의 빠르기로 휘둘러, 흡사 아수라인 양 미쳐 날뛰며 다섯 악당의 급소를 한 치 어긋남이 없이 찔렀다는

사실에 까닭 모를 외포畏怖를 느낀 것인지, 그도 아니라면, 그와 같은 주인이 보는 자리에서 저지른 실태는 죽음으로 책임을 져야 할 것임에 분명하다고 지레짐작해버린 것인지, 무수히 아름다운 그림자를 뿌리는 자작나무와 버드나무 숲속에서 쾌락의 빛으로 가득 찬 장터 쪽을 향하여 달려가는 칠칠치 못한 세 명의 뒷모습을, 멍하게 바라보고 있었다.

주인의 무시무시함에 간담이 서늘해진 여인들도 이제 막 주인이 사준 고가의 물건들을 내던지더니, 쭈뼛 선 머리카락을 마구 휘날리며 달아난다.

그렇지만 덩치 작은 사내의 태도는 백팔십도 바뀌어 정적靜的인 그것으로 돌아갔으며, 신속한 행동 따위는 꿈도 꾸지 못했고, 겨울철의 비썩 마른 나무처럼 차갑고 조용했으며, 뚱뚱하게 살이 쩌서 움직이기조차 힘겨운 몸으로 일심전력 활약한 직후였음에도 불구하고 숨결 하나 가쁘지 않았으며, 사안의 중대함이나 어마어마한 승리감을 깨닫고 눈동자를 굴리거나 토하거나 하는 법도 없었고, 피범벅이 된 사체뿐인 그 자리가 마치 안거安居의 공간이기라도 한 것처럼 유유자적했으며, 품속에 감추어두었다가 아주 쓸모 있게 쓴 단도의 칼날을 사자死者가 쓰고 있던 두건을 사용하여 깨끗하게 닦은 뒤 칼집에 넣었고,

그리고 잠에 취한 눈을 비비면서 잠자리에서 빠져나온 아이와 같은 얼빠진 표정을 지으면서, 방금 자신이 땅바닥에 뿌렸던 동전을 하나라도 빠뜨릴 새라 열심히 주워 모았으며, 동전 한 닢 한 닢의 숫자를 소리 내어 헤아리면서 원래 들어 있던 가죽 주머니에 넣었고, 이어서 아직 온기가 남은 채 뚝뚝 피를 흘리는 사자 곁으로 다가가, 악에 물든 그 손가락을 하나하나 펼치면서 손바닥 안의 동전을 남김없이 되찾았으며,

그것이 끝나자 이번에는 유체의 품속을 뒤지기 시작하여 푼돈 한 닢마저 모조리 빼앗았고, 더군다나 크고 작은 칼까지 가만히 살핀 다음, 나라[奈良]인지 어디인지에서 조잡하게 만든 싸구려에 지나지 않는다는 사실을 알아차린 순간 흥미를 잃었으며, 여인들이 내던지고 간 고가의 직물과 도자기를 두 손으로 꽉 끌어안자, 벌써부터 파리와 까마귀가 몰려들기 시작한 살육의 현장을 벗어나, 얕은 여울을 철벅철벅 건너서 대안對岸으로 가는 것이었다.

명부冥府에 홀로 남겨지고 만 듯한, 모든 죄를 뒤집어쓰고 만 듯한, 어디에 몸을 두어야 할지 모르게 되어버린 듯한 무묘마루다.

하다못해 인사 한마디쯤 해도 당연하지 않느냐는 불만은 웬일인지 생겨나지 않았으며, 이것이 속안俗眼으로는 이해하

지 못할 위대한 인물인가 하고, 그런 감개에 깊이 젖으면서도, 타면他面, 금품에의 집착이 너무나 강한 것이 어딘가 마음에 걸렸으며, 또한 욕심을 조장하여 방심하게 만들어 그 틈을 타서 쓰러트린다는, 한마디로 상대가 죽고 자신이 살면 그뿐이라는 물불 가리지 않는 방법에도 상당한 위화감을 느꼈고, 진심으로 우러러볼 상대가 아니지 않을까 하는 느낌이 아무래도 먼저 들고 말았지만,

그래도 여전히 끌리는 무엇인가가 있었으며, 인간이 현세에서 가장 우열愚劣하고 비열卑劣한 존재라는 사실에 도통 의문을 품고 있지 않은 것 같은 삶의 자세에, 자신의 인생을 살아가는데 무슨 양보가 필요할 것인가 하는 강렬함에, 가슴이 콱 찔려서 그것이 나쁘다는 생각이 전혀 떠오르지 않을뿐더러 어슴푸레한 불안이 치밀어 오르기만 했고,

나아가서는, 덩치 작은 사내가 그저 단순하게 상술만 뛰어난 본받지 못할 서배鼠輩* 따위가 아니라, 싸잡아서 한통속으로 얕볼 평범한 부호는 절대로 아니라는 사실과, 동향의 사투리가 아무래도 신경 쓰여 확인하지 않고는 견디기 어려운 기분이 들어서, 뒤를 쫓지 않고는 배겨날 수 없어져서, 그리고 그렇게 해도 항거하지 못할 운명의 힘이 세차게 움직이는 것이 느껴져서, 무묘마루는 거기에 따르기로 했다.

*쥐새끼처럼 하찮은 무리

도읍의 외곽이라고는 해도 으리으리한 솟을대문의 저택으로 사라진 덩치 작은 사내의 정체는 쌀을 파는 자로, 고용인이나 창고의 숫자로 봐서도 굴지임에 틀림없다.

거기까지 가는 동안 무묘마루는 몇 번이나 말을 걸어보았으나 여지없이 무시당하고 말았으며, 대안에 도달한 덩치 작은 사내는 대륙산 직물의 옷감과 진사의 항아리와 호신용의 단도와 동전이 든 가죽 주머니 등을 모조리 몸에서 내려놓았고, 의상을 걸친 채 흐름이 멈춘 깊은 곳으로 점점 더 들어가, 마침내는 머리까지 물속에 담근 뒤 온몸을 골고루 북북 문지르기 시작했으며, 그것이 뒤집어쓴 피를 씻어내기 위한 것이

라는 사실을 알아차렸을 때는 이미 물가에 닿았고,

아무리 맑은 날씨의 한낮이라고는 해도, 흠뻑 젖은 채 태양 아래 드러누워 마르기를 기다리는 것이 여북이나 춥겠느냐고, 그렇게 여기면서 무묘마루는 좀 떨어진 곳에서 바라보고 있었는데, 그러나 고령에도 불구하고 전혀 아무렇지도 않은 모양이었으며, 부르르 떨거나 재채기를 하지도 않았고, 오히려 쾌적하게 보였으며, 벌렁 드러누운 그 모습은 죽은 너구리를 빼다 박았으나 널브러져 있는 생명력은 예사롭지 않았고, 늙음을 모르는 자란 바로 이런 인간을 가리키는 것이 아닐까 싶은 생각이 들었으며,

이야기를 주거니 받거니 하는 것을 단념한 무묘마루는 어쩐지 원숭이를 연상시키는 형상의 돌 위에 털썩 주저앉았고, 이해의 범주를 넘어선 사내를 자못 불가사의한 듯이 바라보았으며, 어쩌면 인간과 닮았으되 닮지 않은 생물이 아닐까 하고, 그런 기분이 불쑥 뇌리를 스치는 순간을 즐겼으며, 대단히 진종珍種인 인간과 똑같은 시간과 장소에 있고, 똑같은 빛을 받으며 똑같은 공기를 들이키거나 내뱉거나 하고 있다는 그 인연을 유쾌하게 여겼으며, 장이 선 곳에서 그리 멀지 않은 예의 그 숲에서 아까 벌어졌던 비정非情의 사건이, 꿈의 연장이든가, 혹은 옛날의 사건으로 굳어져가는 기묘함에 취해버렸다.

강물의 수증기와 더불어 덩치 작은 사내의 의상이나 머리카락에서도, 눈이 부셔서 눈을 뜨고 있지 못할 지경으로 물기가 궁륭穹窿으로 자꾸자꾸 솟아올랐다.

반쯤 말랐을 때, 볼품없이 기묘한 늙은이의 눈이 개개풀려 흐리멍덩해졌고, 얼마 지나지 않아 꾸벅꾸벅 졸았으며, 눈꺼풀이 절반쯤 닫혀져 그냥 그대로 잠에 빠져버리는가 여겼더니, 별안간 벌떡 상체를 일으켰고, 크게 치뜬 눈으로 무묘마루를 뚫어져라 쳐다보더니, 어린 풀 위에 가지런히 늘어놓은 자신의 소지품 쪽으로 턱을 치켜들었다가, 이제부터 한숨 잘 것이므로 좀 지켜봐주지 않겠느냐고 말했으며, 상대의 대답을 기다리지도 않고 말을 이었는데, 만약 천민들이 다가와 훔치려고 하거든 손대지 않고 주위를 어슬렁거리기만 해도 사정없이 죽여버리라고 했고,

그 말투는 일단 의뢰의 형태를 취하고 있긴 했으나, 귀에 들려오는 울림으로서는 거의 명령에 다름 아니었으며, 더군다나 폭력적인 것에 대하여 타인을 수족처럼 부리는 데 너무나 익숙해진 말투였고, 가타부타 따지지 못할 압박감이 넘쳐흘렀으며, 무묘마루는 아차 했으면 승낙의 대답을 할 뻔한 스스로를 세차게 억누르면서, 생판 모르는 타인의 지시를 따를 이유가 없다는 뜻을 딱 부러지게 전해주려고 입을 빼물었으나, 아직 한마디도 터뜨리기 전에 덩치 작은 사내의 의식은 코 고는

소리에 의해 차단되었고,

자는 체하는 것일 뿐이라고 짐작했으나 사실은 그렇지 않아, 어디를 어떻게 살펴도 숙수熟睡 속에 몸을 던지고 있었으며, 시험 삼아 작은 돌멩이를 하나둘 던져 확인해보았는데, 귀바로 옆에서 탁탁 하는 소리가 났음에도 잠결의 숨소리는 흐트러지지 않았고, 다가가서 내려다보니 그토록 편안한 늙은이의 잠든 얼굴을 대한다는 사실이 믿어지지 않았으며, 갓난아기의 그것에 필적할 정도로 여겨졌고, 십전+全*의 행복에 젖어 있는 것 같은 너그러운 표정은 잔학함과도, 호담豪膽함과도, 교활함과도, 일체 무연한 양상을 드러내는 것이었다.

무례한 취급에 분격하고 맹렬한 반발심이 일어난 것도 눈깜짝할 사이, 이내 무묘마루는 곁에서 나는 숨소리에서 연민과 자애를 번갈아 느낀다.

심정 변화를 겨냥한 이런저런 사고를 시험은 해보았으나 아무리 해도 그 자리를 벗어날 수 없었고, 고위 관리나 무장 계급으로부터 늘 멸시만 당하는 일개 장사꾼인 그 노옹老翁에게 어찌된 영문인지 마음의 지침이 딱 정해지고 말아 타인이 아닌 것 같은 기분이 들었으며, 자신이 이 세상에서 생을 얻은 것은, 그리고 방랑의 여로를 이어온 것은, 오로지 이 사내를 만나기 위한 것이 아니었을까 하고 아주 진지하게 고민

했고,

곁에 있는 것만으로도 궁지에 몰린 절박한 상황에 몸을 둔 나날이 어쩐지 너무 어리석게 느껴졌으며, 그렇다고 해서 고용되는 신세가 되어 철저하게 한번 해보자는 기분은 전혀 들지 않았고, 원래부터 타인의 일에 용훼容喙**할 마음은 없었으며, 과대평가였다는 사실이 판명되는 며칠간을, 아니, 어떤 장사로 부호가 되었는지를 알게 되는 수각數刻을, 아니, 잠에서 깨어나기까지의 사이만이라도 함께 있어주어야겠다고 생각하여, 늙은이의 소지품을 훔치기 위해 접근해오는 자가 있는 경우에는 즉시 쫓아버리겠노라 작정했고, 다시 말해 결과로서는 '의뢰적 명령'에 따르고 만 꼴이 되었으며,

그런데 태양의 이동과 더불어 점점 더 따뜻해지고 바람은 적당했으며, 장터의 떠들썩함은 가라앉을 줄 몰랐고, 필멸의 생명이 재확인되는 요인 따위는 어디에서도 발견되지 않았으며, 미칠 것 같은 마음만이 자각되었고, 그럭저럭하는 사이에 의지력으로는 어쩔 도리가 없는 숙명에 억눌려, 도마 위의 생선이 되고 만 듯한 기분에 빠져들었으며, 몸으로 오슬오슬 밀어닥치는 슬픔에 휩싸이는가 싶더니 갑자기 졸음이 쏟아져, 봄날 대낮의 번쩍임에서 대번에 멀어져갔다.

*아주 완전함 **참견

해가 사라지고 달이 찾아왔으며, 물밀듯이 밀려드는 어둠과 적막이 졸졸 흘러가는 물소리로 강가 전체를 가득 채우면서 무묘마루를 각성으로 이끈다.

달은 교교하게 성의가 넘치는 온정의 빛을 비쳐주었고, 일제히 울려 퍼지는 절의 종소리는 절망적인 슬픔에 잠긴 자에게는 잘 어울리는 반주에 틀림없었으며, 자갈 위의 태아와 같은 모습으로 몸을 웅크린 덩치 작은 사내의 모습은 빈사瀕死의 중상을 입고 금생을 마치려 하는 자와 닮았고, 별의 당우堂宇*는 무술巫術에는 안성맞춤의 분위기를 자아냈으며, 갈대밭은 분명奔命**에 지친 작은 새들이 둥지에서 꼼지락거리는 기색으로 가득 찼고,

아직 반수半睡 상태인 무묘마루는, 서서히 등 뒤를 돌아보면서 무수히 많은 등불이 모여 있는 도읍 중심부로 꿈의 자취를 쫓았으며, 다박수염을 한 번 쓰다듬으면서 늙은이가 일어나려 했고, 아니, 그게 아니라 몸이 얼어붙어 진짜로 죽고 만 게 아닌가 의심스러워져, 그것을 확인하느라 코 위에 손바닥을 덮었으며,

그와 동시에 말문이 열렸는데, 오늘밤 잠잘 곳이 없으면 따라와도 좋다는 이야기였고, 거기에 가면 먹을 것도 있다고 했지만, 그런 것보다도 쫓아내지 않아 다행이라는 기쁨 쪽이 앞섰으며, 그렇게까지 해서 함께 있고 싶어 하는 것은, 동향인끼

리 눈에는 보이지 않는 인연의 끈이 맺어주는 업 때문이 아닐까 하는 결론을 멋대로 내렸고,

한 밑천이 충분히 될 만한 물건을 듬뿍 안고 자갈길을 강동강동 걸어가는 부호의 뒤를 따르는 무묘마루는, 밤이 되어서도 인적이 끊어지지 않는 대로의 번잡함에 압도되었으며, 신분의 폭이 넓은 것을 목격하여 자꾸만 한숨이 새어나왔고, 행불행의 노골적인 낙차에 그저 어안이 벙벙하기만 했으며, 그래도 사람들이 저마다의 숙명에 몰두한다는 사실에 몹시 감심感心했고, 해가 지고 난 다음에도 여전히 팔고 사는 물건의 종류가 많다는 사실과 그 양에 앙천하지 않을 도리가 없었으며, 눈앞을 통과해가는 노토[能登]***의 솥, 가와치[河內]***의 냄비, 빗추[備中]***의 칼, 아와지[淡路]***의 먹[墨], 이즈미[和泉]***의 빗, 다지마[但馬]***의 종이, 오키[隱岐]***의 전복, 오우미[近江]***의 붕어, 기이[紀伊]***의 낫, 이와미[石見]***의 명주, 심지어는 나가도[長門]***의 소[牛] 등등의 물건에 자꾸만 마음을 빼앗기고 마는 것이었다.

온갖 가무음곡이 뒤섞여서 끊어질 틈도 없는 번화한 지구地區로 다가가자, 네거리에 서서 쉴 새 없이 남자를 유혹하는 매춘부가 눈길을 끈다.

골목과 골목을 이어주는 조그만 길에 잠자리를 갖춘 유녀들은, 남정네가 앞을 지나갈 때마다 선정적인 목소리로 웃거나, 집게손가락을 의미심장하게 입 안으로 집어넣어 보이거나, 술 장식이 달린 북을 퉁하고 치거나 하면서 유혹했으며, 손님과 여자를 맺어주는 역할을 맡은 중매쟁이는, 들고양이처럼 그늘에서 불쑥 튀어나오는가 했더니 판에 박은 듯한 외설스러운 차문借問을 퍼부어대는데, 상대에게 그럴 마음이 없다는 사실을 알아차리면 간살부리는 웃음을 그대로 유지한 채 들을 테면 들으라는 투로 혀를 찼고, 그리고 이내 다른 봉을 노렸으며,

좀 더 나아가자, 그런 색가色街와는 어울리지 않는 격조 높은 솟을대문의 호화로운 저택이 눈에 들어왔고, 덩치 작은 사내가 거기에 다가가기도 전에 문이 활짝 열리는가 했더니, 태도나 말투로 보아 하인임에 틀림없는 몇 명이 와르르 뛰어나와 주인의 짐을 받아들였으며, 가장 측근인 듯한, 의중을 살피는 데 이골이 난 것으로 여겨지는 날렵한 자가, 등 뒤의 무묘마루 쪽으로 힐끗힐끗 경계의 시선을 던지면서 질문을 퍼부었는데, 대관절 무슨 일이 있었던 것인가, 경호 역은 어떻게 된

것인가 등등을 연달아 물었고,

하지만 주인 쪽은 한마디도 대꾸하지 않았으며, 함께 장으로 나갔던 경호하는 자와 여인들이 돌아왔는지 아닌지를 물었을 따름이며, 돌아오지 않았다는 대답을 듣자, 그러면 그렇지 하는 표정으로 고개를 주억거리면서 너무나 작은 눈을 반짝 빛냈고, 어딘가에서 그자들을 목격할 경우에는 잠자코 미행하여 숙소를 알아내라는 지시를 내렸으며, 그런 다음 귀엣말로 무언가 특별하고 어려운 것 같은 일을 시켰으며, 절대복종에서 기쁨을 얻는 것으로 짐작되는 하인들은 다시 뜀박질로 저택 안으로 흩어져갔고,

도읍에 몸을 두는 순간 별안간 존재감이 두드러진 덩치 작은 사내는, 쌀장사를 한다는 사실을 세상에 널리 알리기 위해 통널빤지에 쓴 묵직해 보이는 다마키〔玉木〕라는 간판을 넋을 잃고 올려다보는 무묘마루 쪽을 돌아보며 처음으로 눈길을 똑바로 던지면서, 자신의 집 정면에 있는, 품격과는 거리가 먼, 기둥이라는 기둥은 몽땅 붉은 칠을 한, 처마 끝에 복숭아 색깔의 제등提燈을 줄줄이 달아 장식한, 칙칙하고, 야하고, 유곽으로서는 눈에 확 띄는 가라하후〔唐破風〕*를 도입한 팔작지붕의 건물을 가리키며, 남의 집이라 여기지 말고 편하게 지내라고 말했으며, 밥도 술도 여자도 내키는 대로 실컷 하라면서 안내를 했다.

*곡선형으로 된 박공牔栱의 하나로 지붕을 장식하는 데 쓰임

덩치 작은 사내가 으리으리한 현관으로 들어서자마자 여자들의 수다가 딱 멎고 긴장된 분위기가 감돌았으며, 술과 안주와 화장 냄새마저 굳어진다.

신세를 망치기 십상인 여자 그 자체의 냄새를 오랜만에 맡은 무묘마루이긴 했으나, 하지만 그렇다고 해서 벌써 마음이 모조리 무너질 만큼 약해빠진 정신의 소유자는 아니었고, 긴 여로와 세월이 안겨준, 여하한 유혹에도 긴박緊縛되지 않는 강인함에 물을 끼얹는 일은 결단코 없었으며, 설령 하나의 방에서 여러 명의 젊고 싱싱한 여성들과 가슴을 맞대고 사는 사태가 생기더라도, 예전에 여자투성이의 나날을 보낸 적이 있는 체험에서 이를 악물고 견디지 않더라도 괜찮을 만한 자신감이 단단히 몸에 배어 있었고,

그런데 덩치 작은 사내의 체격에 어울리지 않는 큰 소리에 의해, 안쪽에서 거울도 이럴까 싶을 만큼 반질반질한 복도를 종종걸음으로 달려오는 여인을 한 번 보자마자, 무묘마루는 자신도 모르게 흠칫 놀라 '앗' 하고 비명을 질렀으며, 그래도 남남끼리 우연히 닮았을지도 모른다고 생각하여 찬찬히 그 아름다운 상대를 계속 뜯어보았는데, 이미 몇 번이나 아슬아슬한 장면에서 만나, 그때마다 멋들어진 기지를 발휘하여 위태로운 상황에서 벗어나게 해준 대은인이라고 불러야 마땅할, 분명히 몸놀림은 닮지 않았더라도, 기억이 뇌뿐만 아니라 혼

에까지 새겨져버린, 그 유녀에 틀림없다는 확신에 이끌려, 거듭되는 기우奇遇에 깜짝 놀랐으며,

그야 어쨌든 최초의 만남에서 강렬하게 인상에 남았던 미모와 젊음에는 전혀 변화가 없었고, 그로부터 벌써 몇 해가 경과했는지 모를 지경인데도 용색容色은 털끝만큼도 달라진 것을 느끼지 못하게 했으며, 그렇기는 하지만 두터운 화장과 현란한 의상으로 세상을 속이려는 것이 아닌지라, 과연 동일인물인가 하고 의심스러워지는 것도 무리는 아니었다.

상대에게 무묘마루와 마찬가지의 놀라움은 없었고, 맑은 눈초리는 미지의 사람을 대할 때의 그것에 분명했으며, 미를 초월하는 동요는 이끌어내지 못한다.

가게의 운영을 맡아 살림살이 일체를 책임지고 있는 듯한 그 미인은, 바로 그 유녀 이외에는 절대로 지닐 수 없는 다정다감한 미소와 말투로, 어디까지나 자연스럽게, 어디까지나 서먹서먹하게 첫 대면의 인사를 했고, 그런 다음, 어쩐지 이곳의 주인이기도 한 것 같은 덩치 작은 사내를 향해 어떤 지시라도 달갑게 받아들이겠노라는 각오를 드러내는 얼굴을 돌렸으며, 눈 한 번 깜빡거리지 않고 말문이 열리기를 기다리는 그 모습은 아무리 봐도 단순히 고용된 자로는 여겨지지 않았으며, 경애敬愛 이상의 무언가가 느껴졌고,

그러자 덩치 작은 사내는 이름조차 모르는, 굳이 물으려고
도 하지 않는 나그네의 허리 언저리를 손바닥으로 탁탁 두드
리면서, 가장 귀한 손님과 다름없는 대접으로 보살펴달라고
당부했으며, 방은 도로가 내려다보이는 2층이 좋으리라고 했
고, 입을 옷을 적당한 것으로 골라주라고 말했으며, 갈아입을
옷도 준비하라고 했는데, 여자는 오늘 밤중으로 신품을 사서
준비하겠노라고 약속했고, 무묘마루에게 짚신을 벗으라고 권
하면서, 발 씻을 물을 가져오라고 시중드는 동녀童女에게 명했
고, 그렇지만 칼을 맡겨두면 안 되겠느냐는, 그런 장소에서는
따라붙기 마련인 주문은 입에 담지 않았으며,

그런 뒤 덩치 작은 사내는 발을 씻는 무묘마루의 귓전에 대
고, 들뜨고 소란한 장소여서 안정되지 않을지 모르지만 금방
익숙해질 것이라고 말했으며, 이어서 따로 다른 설명은 없이
저택 쪽으로는 절대로 출입하지 말라고 했고, 아직 주종관계
가 성립한 것이 아님에도 불구하고, 자신이 외출할 때는 문 앞
에 서 있을 테니까 즉시 바깥으로 나와 동행하도록 하라고 말
했으며, 보수는 먹고 마시는 것과 방사房事뿐이지만, 특별한
활동이 있었을 때는 그에 상응하는 대우를 하겠노라고 말했
고, 마지막으로 목소리를 살짝 죽여서, 어떤 여자를 안아도 상
관없지만 제발 이 여자에게만은 손대지 말라고 쐐기를 박았으
며, 그러더니 무묘마루의 대답은 기다리지도 않고 서둘러 자
신의 성으로 돌아가버렸다.

여기까지 신고 온 짚신이 버려질 것 같은 사실을 알아차린 무묘마루는, 당황하여 그것만은 남겨주면 좋겠다고 부탁한다.

안내하는 대로 다른 손님에 섞여서 큰 도로처럼 넓은 복도를 걷기도 하고, 이국풍으로 지은 빙글빙글 도는 계단을 올라가기도 하면서, 지금까지 받은 거듭된 은혜에 대한 인사를 하기 전에 우선 배를 채워두지 않으면 미덥지 않은 기억이 점점 더 이상해지리라고 판단하여, 2층의 어느 방으로 안내받은 무묘마루는 즉시 공복을 호소했고, 보면 볼수록 바로 그 유녀에 다름 아니라고 여겨지는 여자에게 밥을 부탁했지만, 그냥 그 길로 시중드는 동녀와 교대해버려 쌓인 이야기를 하지 못하게 될까 염려스러워서, 입고 싶은 옷에 관한 이야기부터 시작했는데, 가능하면 지금 걸치고 있는 것과 같은 의상으로, 다시 말해 튼튼하고 입기 편한 남빛 물을 들인 것으로 구해주었으면 좋겠다는 주문을 했고, 품속에서 돈 꾸러미를 꺼내 털썩 내려놓았으며, 그렇게 함으로써 단순히 밥줄 끊어진 자 따위가 아니라는 사실을 분명히 보여주었고,

그런데 여자는 온화한 말투로, 여기 있는 한 그런 멋없는 물건은 일절 무용하다고 말하면서 돈 꾸러미를 도로 디밀었으며, 사양하지 말고 무엇이든지 전부 이쪽에 맡겨주면 고맙겠노라고 꾸밈없는 미소로 거듭 말했고, 그리고 무묘마루가 드디어 예전의 고마움에 대한 인사를 차리려고 자세를 바로잡았

을 때는 이미 복도로 나가버렸으며, 스쳐가는 손님에게는 재치 있는 농담을 던졌고, 새로 들어온 것으로 여겨지는 유녀에게는 잠시라도 얼굴에서 미소를 지워서는 안 된다느니, 남자의 기분을 잡치게 해서는 안 된다느니 하는 충고를 던지면서, 쾌락의 관습慣習 어딘가로 자취를 감추어버렸으며,

아니나 다를까, 상객용上客用의 호화로운 식사를 들고 온 것은 아까의 그 동녀로, 술잔에 술을 따르거나 밥그릇에 밥을 담거나 하는 동작은 실로 바지런했지만, 이내 아자唖者*라는 사실이 판명되었고, 그래도 귀 쪽은 정상인 모양이었으며, 손짓 발짓의 응답에 기대를 걸고 여주인에 대해 이런저런 것을 물어보았으나, 입을 벌리고 잘려나가 절반 밖에 남아 있지 않은 혀를 보여줄 뿐으로 도무지 요령부득이었으며, 결국은 헛수고에 그치고 말았고,

실컷 먹고 마신 다음에 증기 욕탕에 몸을 담그고 있는 사이에 취기가 돌았으며, 기분이 좋아 손님용 잠옷을 입고 푹신푹신한 침상에 누우니 이제는 세상이 어떻게 돌아가든 내 알 바 아니라는 심경이 들었고, 그곳이 어디든, 여주인이 그 유녀이든 아니든, 덩치 작은 쌀장사 사내가 어느 지방 출신이든, 다 별로 대수롭지 않은 문제로 여겨졌으며,

사방에서 울려 퍼지는 가무음곡과 야비한 웃음소리와 일부러 지르는 듯한 교성도 결코 귀에 거슬리지 않았고, 마침내 그 같은 음란한 음성이 한 곳으로 녹아들어 어슴푸레한 음악

처럼 바뀌었으며, 방황의 나날에 지친 방랑자의 의식의 흐름
을 싹둑 자르는가 했더니, 상당히 무리하게 잠의 세계로 끌어
들였다.

•벙어리

새벽에 잠에서 깨어난 무묘마루는, 이제는 이미 깊은 침묵에 빠진 관능과 유락愉樂의 관관館에서 하룻밤을 보낸 사실을 조금씩 기억해낸다.

　　혼자서 잠든 것으로만 여겼던 자신의 허리에 두 팔을 감고, 양쪽 유방을 찰싹 가슴에 밀어붙이고 있는 상대를 느꼈으며, 살짝 빨아들이는 것만으로 입 안으로 쑥 들어올 것처럼 가까이 있는 복숭아 빛깔 꽃잎과 같은 혀를 느꼈고, 그렇게 되자이미 양쪽이 따뜻하고 보들보들한 사타구니에 단단히 끼었으며, 더구나 일은 벌써 끝나고 만 것 같은 양상을 드러내었고, 아무래도 그 언저리가 미끌미끌, 끈적끈적해 있기는 했으나,

그렇다고 해서 결코 불쾌하지는 않았으며,

그러나 과거의 체험에 의해 그 정도의 일로는 그다지 놀라지 않는 무뮤마루이기는 했지만, 곁에서 잠들어 있는 상대가 다름 아닌 여주인이라는 사실을 안 순간 튕겨 나가듯이 잽싸게 몸을 뗐고, 그리고 두리번두리번 주위를 둘러보면서 천천히 몸을 일으켜, 의지에 반하여 일찌감치도 덩치 작은 사내와의 맹세를 깨트리고 만 사실에 허둥댔으며, 그래도 이내 냉정을 되찾아,

일방적으로 듣기만 했지 맹세한 기억은 없다든가, 자신 쪽에서 손을 댄 것이 아니라든가 하는 변명을 마음속으로 중얼거리는 사이에, 설령 나중에 무슨 소리를 듣더라도 일을 치른 기억이 없다는 것은 너무나 억울하다는, 헛꿈으로 끝난 방사나 마찬가지여서는 너무 아깝다는, 그런 타산적인 사고가 즉시 마라魔羅에 반영되어, '스스로를 다스려라!'는 평상시의 계율이 순식간에 멀어졌으며,

또한 화장기 전혀 없는 맨 얼굴이었음에도 불구하고 매력과 마력은 한이 없었고, 일시적인 기분전환이나 하는 여자와는 명확하게 일선一線을 그었으며, 제아무리 몸가짐이 바른 자이더라도 그 품격을 단숨에 분쇄하지 않고는 배겨내지 못할 원시적인 사랑의 대단함을 감추었고, 그런 기분이 들었을 때는 이미 그 여체를 꼭 끌어안고 격렬하게 달라붙어 있었으며,

새하얀 달을 연상시키는 촉촉한 피부는 한 송이 꽃인 양,

한 척의 조각배인 양 흔들흔들 움직였고, 벌건 해에 비견되는 뜨거운 음부는 육肉을 넘어 혼魂까지 감쌌으며, 충분히 담금질함으로써 알맞게 휜 칼에 필적하는 일물은 어떤가 하면, 끊어지지 않는 생각을 충실하게 따라가면서 일심전력의 활약을 했고, 만족을 모르는 거침없는 원망願望에 따라할 수 있는 모든 일을 다 하고자 분투했으며, 가슴속에서는 '이제 마지막이다, 이제 마지막이다'는 말만 오갔고,

그리고 허공에 던져진 여인의 눈초리는 순식간에 젖어갔으며, 새들의 지저귐까지 눌러버리는 교태 넘치는 신음 소리를 들으며 흘러가는 사이에, 언제나 갖추고 있었음이 분명한 아주 신중한 자조自照의 정신마저 사라져버렸고, 유위有爲의 기技로밖에 비유하지 못할 사타구니의 드센 힘에, 그토록 당당하던 무묘마루도 완패를 인정하는 비명을 올리지 않을 도리가 없어졌으며, 잘못된 관념이 불식된 것 같은, 마음의 파단면破斷面이 말끔하게 봉해진 것 같은, 이루지 못했던 꿈이 이루어진 것 같은, 그런 후련한 기분이 급속히 바짝 졸아드는가 했더니, 사랑 전체를 일망一望으로 건너다본 듯한 기분이 들어 대번에 자지러지고 말았다.

배개를 나란히 하고 당장이라도 비가 쏟아질 것 같은 하늘을 바라보는 남녀는, 한동안 말을 잊었고, 처지도 잊었으며, 가쁜 숨결의 여운에 흠뻑 취해 있다.

돌이킬 수 없이 흘러가버린 세월을 새삼 자각했고, 시간의 흐름을 통절하게 느끼는 사이에 웬일인지 초조감이 생겨났으며, 기분이 너무 앞서 가는 바람에 무엇부터 물어봐야 좋을지 종잡을 수 없게 되었고, 여하튼 고마웠다는 인사는 해두지 않으면 안 되겠다고 여겨 그것을 입에 올렸으나, 상대는 멍한 표정을 지었을 뿐 아무런 반응조차 없었으며,

어쩌면 여자의 미를 무기로 하여 자극과 변화에 넘치는 날들을 살아온 자로서는 그따위 일이야 기억할 값어치도 없고, 완전히 잊어버리고 말았을지도 모르겠다고 생각하여, 어쨌든 오래되었으나 잊을 수 없는 일의 일단—端을 설명해보았지만, 그래도 그녀는 눈동자를 더 빛내는 법이 없었으며, 속을 끓이면서 그 순간의 그 유녀가 아니었는가 하고 다그쳐 물었지만 여전히 긍정하지 않았고, 뿐만 아니라 지금까지 도읍을 벗어난 적은 단 한 번도 없었다고 버텼으며,

그러나 어디를 어떻게 살펴보아도 짐짓 시치미를 떼는 것으로는 여겨지지 않았고, 그 때문인지 어쩐지는 확실치 않으나 약간 경계하는 눈치를 보이기 시작했으며, 그로 인해 무묘마루 쪽도 차츰 자신을 잃었고, 어느 것이 실상이든 이 화제는 더 이상 언급하지 않는 게 옳지 않을까 하는 소극적인 생각이 굳어져갔으며, 그 이전에 상대가 어디의 누구이든 이제 그런 것은 그다지 큰 문제가 아니었고,

나아가서는 한 명의 여자에게 이토록 마음이 흔들리고 말

줄은 꿈에도 예상하지 못했으며, 이해를 초월하는 정념의 저력에 예사롭지 않은 것을 느끼게 되었고, 그것을 알아차렸을 때는 벌써 늦었으며, 무슨 일을 당할 때마다 자신을 내관內觀한다는 여유를 완전히 잃어버렸고, 그런 자신에게 조금이라도 동조해주는지 어쩐지 확인하지 않고는 견디기 어려워진 무묘마루는, 또다시 그녀에게 덤벼들어 상대의 이름을 물어보면서, 거칠고 닥치는 대로 마구 허리를 흔들어대는 것이었다.

하지만 재삼 재사의 절정에 도달한 뒤에도 이름을 대지 않았으며, 기명妓名이나 가명假名도 알려주지 않았고, 빨아도 빨아도 사랑스러운 입술이다.

성은 야쿠오지, 이름은 무묘마루라고 말해보았지만 곧이곧대로 수긍해준 자는 지금까지 단 한 명도 없었던지라 그녀의 침묵은 피차일반이라는 의미일지 몰랐으며, 거짓말을 하는 것보다야 낫지 않을까 하는 뜻인지도 몰랐고, 쾌락의 파도가 사라져가자 두 사람은 다시 몸을 뗐으며, 그렇지만 손만은 서로 꼭 쥐었고, 둘 다 태생의 비밀을 털어놓는 따위는 결단코 하지 않을 것 같은 완고한 분위기를 드러내면서도, 그만큼 도리어 연분이 깊어진 것으로 여겨졌으며,

길고 긴 침묵 끝에 지붕을 때리는 빗소리가 두 사람 사이를 파고들었고, 그것은 점점 더 요란해졌으며, 잠에서 깨어난 도

읍이 뿌리는 사치하고 우쭐대는 음성이 완전히 차단되고 말 정도로 본격적으로 내렸지만 중압重壓의 비가 되지는 않았고, 따라서 비참하기만 한 존재를 자각하게 만드는 듯한, 일체가 무無라고 하는 따위의 답을 불러올 것 같은, 그런 지경에는 떨어지지 않았으며, 적멸로의 이행을 선망하지도 않았고, 다시 말해 무연불無緣佛로 묘지에 묻히는 자가 되어, 그냥 그대로 영구히 죽어버리고 싶다는 소극적인 심경에 빠지는 일은 절대로 없었으며,

선명하게 채색된 인생의 그림을 마음껏 살아간다는 확실한 실감에 감싸이면서, 뱉는 숨 들이키는 숨 하나하나에서 운명을 관조하는 여유가 생겨났고, 만물이 귀환해가는 곳을 너무 잘 알면서도 이 세상에 존재하는 것이 반드시 의미가 없지는 않다고 하는, 어슴푸레하면서도 기대해도 괜찮을 듯한 결론이 바로 가까이까지 다가왔으며,

그러자 이 여자를 잃어버리지 않기 위해서라면, 두 자루의 칼에 폭열暴烈의 증오를 담아 흔쾌히 한판 벌이도록 할 수도 있다는 결사의 각오가 생겨났고, 무엇보다 먼저, 금력을 배경으로 남의 마음까지 제멋대로 조종하는, 저 정체불명의 교활한 덩치 작은 사내를 인간사회로부터 배제해야만 하지 않을까 하는, 혹은 그렇게까지 하지 않더라도 둘이서 이곳을 떠나 다른 지방의 어딘가에, 도읍의 빛이 절대로 도달하지 않는 벽지에 남몰래 몸을 숨기고, 인가를 벗어난 죽림 속에라도 조촐한

암자를 지어 세상을 버리며, 자신들의 대代에서 생명의 계보를 끊어버린다는 그런 못된 상상을 점점 키워가는 것이었다.

도읍만이 올바른 세계이며, 도읍 바깥은 지옥 그 자체이고, 하물며 또 그 외곽은 초목금수의 영역이라고 말하면서 여자는 침상을 나선다.

그녀의 발자국 소리도 기색도 순식간에 빗소리에 묻혀버렸고, 당사자가 그 자리를 떠남으로써 한층 더 애절함이 늘어난 잔향殘香만이 벌거벗은 무묘마루에게 달라붙었으며, 일단 이렇게 된 이상 무슨 일이 있더라도 다른 남자의 것으로 내버려둘 수야 없다는 미칠 듯한 욕망에 휘둘렸고, 방황의 여로에 종지부를 찍어줄 사람은 그녀 외에는 없다고 단정해버렸으며, 그녀를 알게 됨으로써 여태까지 헤쳐 나온 세월이 얼마나 이상했고 얼마나 비인간적이었는지를 알게 되었으며,

무엇보다도 그녀의 육에서 영에 이르기까지의 모든 것을 내 것으로 만들지 않으면 안 되었고, 그렇게 하지 않으면 평생 스스로를 수상쩍게 여기면서 부랑인으로서의 비극적인 방황을 이어갈 것임에 틀림없으며, 짐승의 그것보다 훨씬 꾀죄죄하게 길바닥에서 죽음을 맞는 것이 최후의 매듭이 되어버리고, 생에서는 고독, 사에서도 더욱 고독이라는 처참한 결과를 초래할 것임은 필정으로,

그런 불쌍한 길을 피하여 가고 싶다면 우선은 그녀를 계몽하는 것이 선결이었고, 말하자면 도읍이야말로 지옥 이상의 지옥에 다름 아니며, 어느 벽촌보다도 민도가 낮은 불행한 지역이라는 엄연한 사실을 알려주지 않으면 안 되었고, 설령 그녀가 유녀 본인이며 방방곡곡을 돌아다녀본 끝에 도달한 확고한 인생관이라고 하더라도, 대도시의 흥청망청함을 지나치게 평가하는 것은 너무나 위험하고, 거기에 매달려 있는 사이에 미모의 쇠퇴에 따라 폐원廢園이나 마찬가지 말로를 더듬게 되며, 그 무렵에는 이미 천민으로서 멸시 속에서 살아갈 늠름함도 지니지 못하게 되고, 어차피 최종 지점은 물살 빠른 깊은 강밖에 없다는 사실을 깨닫도록 해줄 필요가 있었으며, 하지만 그렇다고 해서 결코 서둘러서는 안 될 것이며, 시간을 충분히 들일 필요가 있었고, 성취할 때까지 여기에 머무는 수밖에 방법이 없는 듯했다.

산재散財*하는 것 외에는 스스로의 존재를 확인하지 못하는 버릇이 굳어져버린 부호들이, 상대해준 여자들의 배웅을 받으며 떠나간다.

제대로 잠을 자지도 못한 채 하룻밤을 보냈을 손님과 유녀

*재산을 이리저리 흩어 없앰

사이에는 어딘지 모르게 울적함이 떠돌았고, 가짜 사랑이 진짜 사랑을 병탄倂呑해버린 위태로운 분위기가 점점 더 농후해졌으며, 빗줄기가 가늘어진 빗속을, 그리고 커다란 나무의 수관樹冠보다도 훨씬 높은 위치에 당당한 풍격을 과시하며 솟구친 대가람, 그 대가람의 상공에 뚜렷이 걸린 무지개의 다리 아래를 지나가는, 사치가 극에 달한 차림새의, 넘칠 만큼 돈이 많은 사내들의 등 뒤에는, 진리의 대용품이라고나 해야 할 확고한 만족감이 찰싹 달라붙어 있었고, 또한 뒤를 돌봐주는 소중한 손님을 정성을 담아 배웅하는 척함으로써 내일을 붙잡으려는 애처로운 여자들의 나긋나긋한 어깨에는, 자조自嘲와 남자에 대한 조롱이 절반씩 얹혀 있었으며,

그리고 무지개가 그 선명한 색깔을 더욱 진하게 하면서 백천百千*의 꽃들도 당하지 못할 하나하나의 색채가 매우 두드러졌고, 그런 양광이 유난히 빛나는 가운데를 상당히 훌륭한 장송葬送이 너무나 조심스럽게 가로질러 갔으며, 금빛 번쩍이는 가사를 걸친 승려가 열 명 이상이나 뒤따르는 관은 눈이 부실 정도로 화사한 대륙산의 두꺼운 천으로 감싸였고, 행렬을 구성하는 친척 지인들의 숫자만 하더라도 상당했으며, 더구나 눈에 잠이 조롱조롱 매달린 자나, 마지못해 참여하여 지켜보는 자 따위는 단 한 명도 눈에 띄지 않았고, 어린아이와 기르는 개마저 진심으로 잔뜩 풀이 죽은 모습이었으며,

상주들은 아무리 봐도 사무라이도 아니거니와 고위 관리도

아니었고, 죽 늘어선 면면의 옷차림이나 태도로 볼 때 일개 장사꾼의 장례식에 틀림없었으며, 그렇지만 그 호화스러움은 신분을 훨씬 일탈해 있었고, 어쩌면 그것은 넘쳐나는 재력을 세상에 알리기 위한 선전을 겸한 약아빠진 행위일지도 몰랐으며, 다시 말해 제아무리 흥청망청해도 일족의 영화가 끊어지는 일은 절대로 생겨나지 않는다는 사실을 세상사람들에게 여봐란듯이 시위하기 위한 것인지도 몰랐다.

2층에서 바라보는 무묘마루의 바로 아래로 장례 행렬이 다가오자 묘한 긴장감이 감돌기 시작했고, 증오를 담은 싸늘한 시선이 집중된다.

그러나 뼈에 사무친 원한의 색깔을 띤, 그 날카로운 눈초리가 쾌락의 관을 향하는 법은 없었고, 골목을 사이에 둔 건너편 저택, 쌀장사꾼의 간판을 내건 덩치 작은 사내의 집으로 퍼부어졌으며, 명백한 욕설과 고함까지는 아니더라도 비난이 담긴 중얼거림이 속삭여졌고, 그 말투는 사원私怨을 풀어버렸으면 하는 기묘한 울림을 띠고 있었으며, 고통을 안겨준 앙갚음은 반드시 실행에 옮기겠다는 의미를 품은 것처럼 들렸고,

실제로 행진이 딱 멈추는가 했더니, 승려로서는 있을 수 없

•수가 많음

는 저주의 말이 저택 대문을 겨냥하여 쏜살같이 퍼부어졌으며, 관심의 도를 한층 높인 무묘마루에게는 그것이 불에 타 죽어 재가 될 때가 가까이 닥쳐왔다는 뜻으로 해석되었고, 그렇기는 하지만 고승이 고하는 불길한 예언은 환락의 관 2층에서 흥미 진진하게 구경하는 국외자의 귀에밖에 도달하지 않았으며,

그로 인해 모처럼의 기도가 빗나가고 만 것으로 여겼더니 사실은 그렇지 않았고, 땅바닥에 발을 댄 그들의 눈에는 비치지 않더라도, 무묘마루의 위치에서는 기와를 충분히 사용하여 강도強度와 풍정을 높인 담벼락 너머에 홀로 오도카니 서서 귀를 쫑긋 세우고 있는 덩치 작은 사내의 모습이 분명하게 눈에 들어왔으며, 그 모습에서 짐작하건대 장례 행렬에 관해서는 물론 그것이 누구의 죽음이며, 어째서 그 관계자들이 비난의 시선을 퍼붓고 있는가 하는 것도 전부 잘 아는 모양이었고, 미묘한 표정까지는 알아낼 수 없었지만 그 얼굴은 이긴 것을 으스대며 득의만면의 미소를 짓는 것으로도, 그도 아니면 여하한 보복도 반드시 되갚아주겠다는 너무나 염치없고 뻔뻔스러운 얼굴 표정으로도 비치는 것이었다.

승려의 무례는 금방 끝났고, 죽음이 개체의 종말이라고 잘라 말하지 못하는 무언가를 남기고 사라져가는 장례 행렬의 상공에서 아침 해가 비친다.

덩치 작은 사내와 똑바로 눈길이 마주치지 않도록 무묘마루는 이내 방 안으로 들어가려고 했으나 때를 놓치고 말았으며, 양자의 시선은 틀림없이 교환되었으나 상대방은 한마디도 터트리지 않았고, 보여주고 싶지 않은 곳을 보여주고 말았다는 께름칙함을 얼굴에 드러내지도 않았으며, 고목과 명석名石을 절묘하게 배치한 드넓은 정원을, 견식이 좁은 우둔한 인물을 연상시키는 걸음걸이로 느릿느릿 산책하면서 되돌아갔고,

　바로 그때 무묘마루는 마음의 평정을 잃기 시작했으며, 아직 그 여자를 절반도 빼앗지 못했다는 사실을 깨달았고, 뿐만 아니라 여전히 그녀와는 연분이 맺어지지 않았다는 허전한 생각에 잔뜩 주눅이 들었으며, 그러자 별안간 따분함이 느껴졌고, 제멋대로 꿈속을 만연漫然*하게 헤매고 있을 따름인, 매사 무언가 부족한 인생을 살아가고 있을 따름인, 언제나 현재現在를 썩히면서 보내고 있을 따름인, 오로지 그것뿐인 스스로를 느낄 수밖에 없게 되자 갑자기 자신의 가슴을 쥐어뜯고 싶은 충동에 휩싸였으며,

　그러자 불문미결不問未決인 채로 계속 보류되어온 자신의 혼이 급기야 소리를 낸 것처럼 여겨졌고, 그 비통한 외침이 확실히 들려왔다고 생각했을 때, 최후의 힘을 다 짜내어 일부러 사람들 눈에 띄기 쉬운 장소로 이동하여, 여기저기의 대로에서,

*일정한 목표가 없이 되는대로 하는 태도

제왕이나 쇼군이 사는 바로 곁에서 비참한 아사餓死의 모습을 당당히 드러내어, 그렇게 함으로써 적어도 유해가 아무렇게나 내버려지지는 않으리라고 짐작하여, 어젯밤 사이에 망자의 대열에 참가한 인간을, 단련과 놀이를 겸한 사무라이가 쏜 활에 의해 사살된 들개와 똑같이 취급하여, 주워 모은 순번대로 난잡하게 쌓아올려 먼 강변까지 운반하는 달구지의 바퀴 소리가 이쪽으로 다가오는 것이었다.

봄날 아침의 아름다운 빛을 희롱하는 터무니없는 사자들도, 그들을 주워 모아 처분하는 과역課役으로 살아가는 생자들도, 모두 똑같이 가엾다.

시간이 끊임없이 성화를 부리는 도읍에서는, 생과 사가 모두 혼연무봉渾然無縫의 일체를 이루고 있으며, 그 교체가 정돈停頓*해버리고 마는 듯한 일은 절대로 없고, 여하한 생명이더라도 일종의 연소燃燒 과정에 지나지 않으며, 세계는 단순한 현상으로서 현존할 뿐이라는 잊어버릴 뻔했던 생각이 급부상했고,

그렇다고 해서 적나赤裸의 혼이 최종적으로 귀납해야 할 곳 따위는 어디에도 없을 듯했으며, 이 세상을 살아가든 저세상을 살아가든, 어차피 무용無用의 장난에 지나지 않을지 몰랐고, 자기自己란 영원히 꿈틀거리는 그림자의 한 조각일지도 모

르며,

　궁박窮迫과 고통으로 가득 찬, 생로병사의, 무시무종無始無終의, 트집을 잡다가는 한도 끝도 없는, 있을 수밖에 없는 세계에 대해 흡족할 때까지 대드는 것이야 실로 손쉬운 일이지만, 결국은 다른 생물들과 더불어 그 도정道程을 걸어갈 수밖에 달리 방법이 없고, 지금은 그저 목숨을 목표로 생으로의 전면적인 몰입에 열중하는 것밖에 수단이 없다는 사실을 통절하게 느낀 무묘마루는, 벚꽃의 희미한 향기 속으로 스며들어가는 죽음의 냄새를 잠자코 전송하면서 흔들리는 마음을 억지로 벗어 팽개쳤고,

　혀를 잘려 말을 하지 못하는 동녀가 가져다준 아침밥에 젓가락을 대면서, 술과 된장으로 졸인 전복을 반찬으로 수북하게 담긴 고봉밥에 덤벼들어, 볼이 미어지도록 입으로 떠 넣고 씹을 때마다 살아나갈 힘이 되살아났으며, 설사 다시 피에 물든 미래가 되더라도 대담하게 질주할 각오가 굳어졌고, 그런 무묘마루를 쳐다보며 동녀는 공기에 밥을 다시 채워줄 때마다 동그랗고 귀여운 눈동자를 크게 뜨고 사랑스럽게 한숨을 쉬는 것이었다.

* 침체하여 나아가지 않음

사람의 경애境涯*만큼 진부한 것이 없고, 도읍은 세상을 베낀 그림에 다름 아니며, 그 위로부터 이어져 내려온 희비극이 여전히 활개를 친다.

부단히 공명심을 불태우면서도 도무지 결말이 나지 않고, 젊음과 정열을 허비할 따름인 날들에 초조감을 느끼는 자 ─ 만일의 요행을 기다리면서 얼렁뚱땅 살아가는 태도를 도저히 바로잡지 못하는 자 ─ 중망衆望**에 따르는 것처럼 하면서 사적인 이해득실에만 머리를 굴리는 자 ─ 연달아 바라던 바가 빗나가고 말아 마침내 인생과 결별해야 할 때가 왔다고 판단하는 자 ─ 매일 밤 정부情婦를 찾아다니는 사이에 가진 돈을 모조리 탕진해버려, 이번에는 빚쟁이 집 앞으로 몰려드는 침륜沈淪***이나 즐기자고 갑자기 태도를 바꾼 자―공물을 받아 먹는 데 이골이 나 충분히 동정할 만한 절실한 탄원에도 일일이 귀 기울이지 않게 된 자―.

제왕이 주최하여 열리는 대축연에 얽힌, 한없는 선망이 담긴 항간의 소문―비정한 달빛에 흔들리는, 숙세宿世****의 그림자를 짊어진 빈자貧者들의 마지막 신음―말법末法 사상에서 쑥쑥 가지를 뻗어 이제는 멈출 줄 모르는 무상관無常觀―노약老若, 남녀, 귀천, 도농都農의 구별 없이, 그 자리만의 감동으로 꾀어 들이는 노가쿠〔能樂〕*****―인간으로서 고뇌하고, 사랑 따위를 욕심내며, 기나긴 수난의 여로를 되풀이하면서, 급기야는 신神으로 전생한다는 새빨간 거짓말―평민 신분의 사람을 하인이나 종자로 다루어서는 안 된다는, 그 줄거리로 볼 때 겉치레뿐인 지시를 기록한 방문榜文―.

스스로가 돈의 망자亡者라는 사실을 선명하게 나타내는 깃발을 요란하게 내건 것은, 비단 대금업이나 술집, 된장 가게나 싸전에 한정된 일이 아니었고, 싸구려 기풍의 도소土倉******라는 사실에 개의치 않는 승려나 신관神官 역시 마찬가지였으며, 막부 내부의 높은 지위에 있는 무장들마저 고리대금으로 떼돈

*환경과 생애 **여러 사람들의 소망 ***몰락함 ****전생의 세상 *****일본의 전통 가면 음악극 ******술집을 겸하던 고리대금업

을 벌었고, 믿을 것은 돈밖에 없다는 풍조를 한탄하는 자나 나무라는 자는 없었으며, 그런 가운데의 활기와 번영이, 독으로 독을 제압한다는 형태로 이 나라를 뒤덮은 대기를 끊임없이 신선하게 유지하는 것이었다.

위대한 봄이 가고, 문득 생각났다는 듯이 내리는 비의 계절이 찾아왔으며, 한때의 무기력을 힘겨워하면서도 무묘마루는 태만의 밑바닥에 가라앉는다.

먹고는 자고, 자고는 여자를 끌어안고, 여자를 끌어안고는 술을 마시고, 술에 취해서는 '너무 송구스럽다'는 혼잣말을 골목을 사이에 둔 건너편 저택을 향해 던지고, 그 외에는 이렇다 할 일도 없었고, 만난 날 이래 그 덩치 작은 사내의 모습을 본 적이 없으며, 아무래도 틀어박혀버린 모양이었고, 다만 이틀 아니면 사흘에 한 번꼴로, 이 관의 여주인이 밤늦게 살그머니 몰래 들어갔으나, 하지만 잠을 자는 법은 없었으며, 아침이 되기 전에 돌아와 한 번 목욕을 한 뒤 이번에는 무묘마루 곁에 불씨를 연상시키는 그 몸을 뉘었고, 도읍의 매춘부들이 무더기로 몰려와도 적수가 될 것 같지 않은, 더군다나 무묘마루의 마음을 활활 태우는 허리 움직임에다 황홀하여 정신을 가누지 못할 아름다운 목소리로 신음했으며,

그러나 두 사람의 관계가 더 이상 진전하는 일은 결코 없었

고, 손에 손을 맞잡고 달아나는 것 같은 일은 장난으로라도 생겨나지 않았으며, 또한 그것을 바라는 기분도 차츰 희미해졌고, 이윽고 잠에 취한 듯한 멍청한 눈동자가 완전히 몸에 배인 자신을 거울 속에서 발견하자 무묘마루는 울적함에 빠졌으며, 혼의 밑바닥에서 솟구치던 샘물이 거의 말라버렸다는 불길한 사태를 알게 되었고, 이 너무나 서글픈 표정을 어떻게 하지 않으면 안 된다고 생각하여 일단 바깥으로 나와 보긴 했으나, 애당초 갈 곳 따위가 없었으며 가보고 싶은 곳도 없다는 사실을 새삼 깨달아, 점점 더 당혹의 정도가 심해져버렸고,

도리 없이, 사는 데 길들여져가는 2층의 방으로 돌아가려던 바로 그때, 건너편 저택의 문이 소리도 없이 열리는 것이 보였으며, 거기에서 불쑥 나타난 것은 쌀을 실어 나르기 위한 달구지나 인부들 따위가 아니라 바로 그 작달막한 노인으로, 오랜만에 보는 덩치 작은 사내는 변함없이 여하한 덩치 큰 사내도 능가하는 강렬한 존재감을 과시하고 있었고, 이마 아래에 살짝 찍어놓은 것 같은, 있는지 없는지 모를 보잘것없는 눈은 동자를 연상시키는 홍안紅顔과는 전혀 어울리지 않았으나, 무슨 일이라도 대충 파악할 수 있다는 듯한 안광을 뿌렸으며, 전신에서는 너무나 호담豪膽한 기골과, 어디까지나 돈에 얽매이는 추악함이 여름철 땀처럼 배어 나오는 것이었다.

손짓으로 자신을 부르자 무묘마루는 빨려 들어가듯이 골목을 가로질러, 십 년 전부터 주종관계가 성립되어 있는 것 같은 자세로 다가간다.

그리고 명령을 받은 것도 아니었건만, 상대는 아직 한마디도 터트리지 않았건만, 종종걸음 치는 늙은이의 뒤를 강아지처럼 졸졸 따랐고, 이미 경호의 역할을 충실히 다하겠다는 태세를 갖추었으며, 몇 걸음 물러나서 뒤따랐고, 조심스러운 시선을 주위에 던졌으며, 언제 어떤 곳에서 튀어나올지 모르는 폭한에 대비했으나, 봉건적인 멍에를 자진하여 짊어진 그런 스스로가 비참하다고는 눈곱만큼도 생각하지 않았고, 그렇기는커녕 모퉁이를 돌 때마다 이것이야말로 천직이 아닐까 싶은 기분이 강하게 들었으며,

그러자 무애의 경지를 겨냥하여, 최종적으로는 혼 전체의 해방에 다가서고 싶다던 막연한 바람은 어느 결에 어디론가 날아가버렸고, 그 대신 인생의 결말에 관해 고뇌하는 일도 없어졌으며, 온갖 기연機緣에 몸을 맡긴 채 흘러가는 대로 가보는 것도 그리 나쁘지는 않은 것 같았고, 돈이 모든 것을 말하는 시대를 배경으로 철저하게 향락을 절망切望하는 세상世相에 박자를 맞추어보는 것 또한 흥미로울지 모른다고 진심으로 여기게 되었으며,

이른 아침부터 떼 지어 몰려드는 거지들이 내미는 마른 나

묏가지처럼 가느다란 팔을 뿌리치면서도, 치수가 짧은 부호는 똑바로 앞을 응시한 채 이따금 동전을 뿌렸고, 그렇지만 그 행위는 자비의 정신과는 도무지 닮았으되 닮지 않은 것이었으며, 생존투쟁이라는 절대의 진리에 칭칭 얽혀 매인 생물 세계의 승리자라는 사실을 자각하기 위해 베푸는 것 외의 아무것도 아니었다.

그래도 신경이 쓰이는 것은, 손을 대지 말라고 쐐기를 박았던 여자를 밤마다 안아준다는 점으로, 벌써 들통났을지도 모른다.

고용주의 정부情婦를 빼앗은 사실이 이미 드러나버렸고, 번견番犬으로서는 도저히 쓸모가 없어 감당하기 어려운 자라는 판단이 내려진 탓으로, 오늘 지금부터 엄격한 처분이 내려질 지경이 되었는지도 모르며, 그로 인해 불러낸 것인지도 몰랐고,

다시 말해 인적 없는 곳으로 들어서는 순간, 덩치 작은 사내는 전혀 고령자로 믿어지지 않는 잽싼 몸놀림으로, 뒤돌아보자마자 품속에 감추고 있는 단도의 칼집을 벗겨내어 상처입은 멧돼지와도 닮은 기세로 돌진해올지도 모르며, 그로 인해 거리를 두고 허리에 찬 '풀의 칼'의 칼집 아가리를 풀어두는 것이 중요하다고 다짐하는 무묘마루이긴 했으나,

그러나 그동안의 나태한 생활이 빌미가 되어 완전히 무디어지고 만 몸을 불안하게 여겼고, 전광석화의 기습에 어떤 식으로 대처해야 할지 걱정이 되었으며, 차츰차츰 불안이 커져서 선제공격이 뇌리를 스쳐가기에 이르렀고, 만약 괴상한 장소로 데려가서 이쪽을 방심시키는 태도로 나오는 경우에는, 더욱 등 뒤에서 확실하게 해치워버려야 하지 않을까 하는 충동으로 팔다리와 허리의 근육이 찌릿찌릿 경련을 일으켰으며, 이상하게도 그때마다 상대의 발걸음이 빨라져 마치 공격을 피하는 연습이라도 하는 것처럼 비쳐졌고,

그런데 예상과는 달리 덩치 작은 사내는 잡목림 쪽으로도, 숲으로 에워싸인 사원 쪽으로도 가지 않았으며, 도리어 사람들 눈에 띄기 쉬운, 수많은 눈길을 항상 의식하지 않으면 안 될 번잡한 대로만 골라서 갔고, 그런 곳에서는 벌레 한 마리조차 함부로 죽일 수 있을 것 같지 않았으며,

더군다나 네거리 한복판에 멈춰선 걸식승이 무변천공無邊天空을 올려다보면서, 굵직하고 잘 울려 퍼지는 목소리로 살생업에 대하여 설파했고, 목숨의 발단과 종말에 관해 설법하고 있었으며, 타자의 목숨을 빼앗는 것은 세상에 등 돌리는 최악의 행위이자 영겁부동永劫不動인 혼의 상실을 초래하는 우행愚行이며, 그러므로 여하한 이유가 있더라도 스스로의 손을 타인의 피로 더럽혀서는 안 된다, 대충 그런 골자의 이야기를 한창 전개하는 중이었다.

금전과 종교에 기대는 것은 살아가기 위한 고육책에 다름 아니며, 그 어떤 영화榮華도 환상이어서 참된 구원이 되지 못한다.

그런 답이 굳어져가는 무묘마루이긴 했으나, 몸에 배인 사람 죽이는 솜씨를 자찬하고, 상대를 죽음으로 몰아넣은 만큼 자신의 삶의 힘이 배가되었다는 착각에 도취하는 법은 결코 없었으며, 칼을 고뇌의 벗 이상으로 다루지는 못했고, 이따금 지옥으로 가는 길동무가 아닐까 하고 생각했으며, 그저 바라는 것은 분노로 인해 스스로를 잊어버릴 지경에는 빠지지 말았으면 하는 것뿐이었고,

그것은 무묘마루와 두 자루의 칼 사이에서 암묵 속에 서로 요해了解하는 점이며, 살육이 고통스러운 슬픔을 안겨주고, 한 사람을 절명시킬 때마다 마음이 닫혀져, 저세상에서 밝게 펼쳐 보일 수 없는 혼이 되어가리라는 사실은 너무나 잘 알고 있었지만, 지금 이런 식으로 몸을 두고 있는 세상은 우려만 하고 있으면 그로써 다 해결될 만큼 호락호락한 세계가 아니며, 태어난 그대로의 인간으로서 일생을 보낼 수 있을 만한 낙원이 아니라는 사실은 분명했고,

그렇기 때문에 구도求道를 하는 게 아니겠느냐는 반론에도 일단 귀를 기울일 정도의 아량은 지니고 있을 터이지만, 역시 몸도 마음도 갈기갈기 찢겨 상처를 입으면서도 이 세상을 살아가기 위해 전력을 기울일 수밖에 없다는, 달리 우선하지 않

으면 안 될 일 따위는 하나도 없다는, 외도外道*들의 손에 의해 만들어져 나온 설說에 따라 하루하루를 보내는 수밖에 없었던 것이다.

눈을 휘둥그레 뜨게 만드는 광경만으로 구성된 도읍을 가는 무묘마루는, 유능한 인종과 무능한 인종의 낙차를 목격하고 마음의 일각이 마비되는 것을 느낀다.

비렁뱅이 무리를 쫓아내는 역할만 하는 자를 고용하고, 빙 둘러친 높은 담벼락에 에워싸인, 너무나 격식 높아 보이는 집들만 줄지어 늘어선 거리로 들어서자, 커다란 창고를 몇 개나 가진, 그토록 훌륭한 덩치 작은 사내의 저택조차 초라하게 여겨질 만큼 훨씬 호사스럽게 지어진, 동업자의 간판을 내건 저택으로 발걸음을 옮겼고, 도읍에 있는 어느 절의 산문에도 뒤지지 않을 정도로 굵은 기둥을 사용한 중후한 문 앞으로 나아갔으며,

치수 모자라는 방문객이 저택 안쪽을 향해 무식하게 큰 소리를 지르자마자 대문 곁의 쪽문이 활짝 열렸고, 안으로까지 동행해도 괜찮은지 어쩐지 몰라 망설이는 무묘마루를 덩치 작은 사내가 눈짓으로 재촉했으며, 하인의 우두머리로 보이는 눈치 빠른 안내자와 함께 아무 멋대가리도 없는 휑뎅그렁한 공간의 안쪽으로 나아갔고,

그저 넓기만 한 저택이긴 했으나 아예 정원도 꾸미지 않았

으며, 나무 한 그루 심어놓지 않은 것은 오로지 몸을 숨길 장소를 침입자에게 제공하지 않기 위한 배려에 틀림없었고, 초목 대신에 무장한 사무라이 떨거지들이 요소요소에 배치되었으며, 그 차림새가 어떤가 하면 흡사 전투 준비를 한 것처럼 요란하여 히타이아테〔額当て〕[**]와 고테〔籠手〕[***], 스네아테〔脛当て〕[****], 게다가 하라아테〔腹当て〕[*****]까지 갖추었고, 개중에는 긴 화살을 화살 통에 가득 담고 사방죽四方竹으로 만든 멋진 활을 손에 쥔 자까지 섞여 있어서, 세상을 압살하리만치 무시무시한 분위기가 구석구석 배어 있었으며,

그렇기는 하지만 긴 복도를 따라 안쪽으로 다가갈수록 한 없이 명랑한 홍소哄笑가 제비처럼 떠다녔고, 여인이나 동자의 새된 웃음소리에는 무제한적인 자유방임의 울림이 담겨 있었으며, 두렵기만 한 무적의 폭군이 사는 성이라는 인상은 점점 옅어져갔고, 그 대신 막대한 양의 현란한 세습 재산만이 눈길을 끌게 되었으며, 곳곳에서 값비싼 향을 태우는 저택 내의 화목한 공기는 화기애애한 상태로까지 상승되었고, 금력의 영향 하에 있는 뿌리 깊은 타락의 상쾌함이 물씬 풍겨 나와, 재財를 이루는 것이야말로 행幸의 지름길이라는 항설을 확실하게 뒷 받침하는 것이었다.

[*]불교도의 입장에서 보았을 때 사도邪道를 믿는 사람 [**]이마를 보호해주는 머리띠와 같은 것 [***]팔과 손등을 보호해주는 갑옷의 토씨와 같은 것 [****]정강이 싸개 [*****]배를 보호해주는 복대와 같은 것

미곡상의 우두머리를 맡은 몬지로(門次郞)라는 이름의 사내가 나타나자마자, 무묘마루는 덩치 작은 사내의 풍격이 한 단段이나 두 단 가량 아래라는 사실을 실감한다.

덩치 작은 사내보다 스무 살 이상이나 젊어 보이는데도 불구하고, 몬지로는 어디에나 있을 듯한 범용凡庸한 풍모만 갖고 짐작해서는 안 될 비범한 기氣를 뿌렸으며, 그저 압도당하면서도 무묘마루는 끽경喫驚*에 값하는 힘의 원천을 찾고자 상대의 언동에 처음부터 끝까지 신경을 집중시켰고, 그러나 끝 모를 심지의 깊이를 알아차릴 따름이었으며, 어쩌다 요행수로 한몫 잡은 근성 비뚤어진 부호들에게 있기 마련인 허풍이나 허세, 겉치레나 자만도 없었고, 몸에 걸친 옷만 하더라도 비단이 아니라 흔해빠진 무명이었으며, 태도 또한 거드름을 피우는 눈치가 전혀 느껴지지 않았고, 말투만 해도 조금도 젠체하는 점이 드러나지 않았으며, 그렇다고 해서 장사꾼 특유의 냉철하면서도 일부러 꾸며서 웃는 표정도 짓지 않았고,

일면식도 없는, 더군다나 어차피 주인을 모시고 온 경호 역에 지나지 않는, 그 존재를 완전히 무시당하는 것이 당장의 업무라 할 무묘마루에 대해, 자기 쪽에서 먼저 말을 걸었고, 그것도 소만疎慢**한 태도로 함부로 내뱉는 것이 아니라 우선은 맡은 역할로 인해 칼은 몸에 지닌 채로도 상관없다고 말했으며, 이어서 제아무리 친한 사이더라도 언제 배신할지 모른다

고 실로 밝은 표정으로 이야기하면서 빙긋이 웃었고, 그것은
뭐 피차일반이라고 말을 잇는가 했더니 느닷없이 손바닥을 짝
짝 쳤는데,

그러자 실내를 덮고 있던 조용한 공기가 갑자기 흔들리더니
옆방에서 숨을 죽이고 대기하고 있었던 듯한 갑주甲冑를 차려
입은 남자 네 명이 우르르 나타났으며, 기쿠치야리[菊地槍]***를
약간 줄여서 실내전室內戰에 대비해서 만든 짧은 창끝으로 무
묘마루와 덩치 작은 사내의 가슴 언저리를 정확하게 겨냥했고,

그렇지만 도가 지나친 취향을 대하면서 무묘마루는 물론이
거니와 덩치 작은 사내도 역시 전혀 동요를 보이지 않았으며,
눈썹 한 번 꿈틀거리지 않았고, 그도 그럴 것이 진짜로 찌르겠
다는 의지가 털끝만큼도 느껴지지 않았기 때문이며,

덩치 작은 사내는 처형장에서 침착하게 죽음을 기다리는
죄인이나 다름없이 잠자코 차를 마셨고, 무묘마루는 어떤가
하면, 만약 살기가 있는 경우에는 적어도 두 자루의 창을 두
팔과 더불어 베어버린 다음, 덩치 작은 사내가 창에 꿰뚫려도
몬지로의 목은 벨 수 있으리라는 나름대로의 계산을 담은 눈
초리로 무장한 자들을 구멍이 뚫어져라 노려보았으며, 상대의
역량을 파악하기 위한 짧은 순간이 지나가자 난입해온 네 마

---

*몹시 놀람 **일에 게으르고 둔한함 ***일본이 남북조로 나뉘어 싸우던 시절 기쿠치라
는 성씨를 가진 사람이 만든 독창적인 창을 가리킴

리의 사육견은 권위 있는 한마디에 재빨리 모습을 감추며 옆 방의 정위치로 돌아갔다.

그 후 한동안 두 사람의 미곡상은 배를 잡고 웃었으며, 차려 온 술과 안주에 손을 내밀면서 여름의 일조량과 가을의 태풍 에 대해 대화를 나눈다.

해마다 더위가 심해졌고, 그 탓인지 날씨가 일단 빛나가기 만 하면 대흉작에 시달렸으며, 금년도 작년의 전철을 밟을 것 으로 점쳐졌지만, 그러나 역풍을 이용하여 떼돈을 버는 것이 장사의 진면목이라는 것이었고, 거기에는 지금부터 기근을 상 정하여 빈틈없이 손을 써둘 필요가 있었으며, 최강의 호적수 이면서 최대의 훼방꾼이었던 저 고지식하고 융통성 없는 자가 사라져준 금년이야말로 절호의 기회가 찾아올지 모른다는 데 견해가 일치했고,

바로 최근까지 미곡상 모임의 우두머리 자리에 있었으며, 불의의 사고로 타계한 그 사내의 장례 행렬이 자신의 저택 앞 을 여봐란듯이 지나쳐가던 때의 자초지종을 그토록 증오스럽 게 전하는 덩치 작은 사내의 얼굴에는, 사후에도 여전히 악담 을 퍼부어주고 싶다는 앙심이 있는 그대로 번져 나왔고, 술잔 을 거듭 기울이는 사이에 증오가 송두리째 드러났으며, 세상 에 널리 알려진 자신의 선량성善良性을 과대평가하는 바람에

호위하는 자도 거느리지 않고 거리를 활보한 대가를 치를 수밖에 없었고, 급기야 그 같은 죽음을 맞게 된 것이라고 내뱉듯이 말했으며,

그러자 몬지로는, 어느 지체 높은 댁의 규수로 착각하리만치 멋진 옷을 차려 입힌 자신의 아이를 무릎 위에 앉히면서, 유족들은 처음부터 강도나 새로 장만한 칼을 시험하는 자들의 짓이라고는 생각하지 않았던 것 같다고 말하더니, 누구로부터 착수금을 받아 움직인 자객인지 그날 중에 알아냈다는 소문을 여기저기 내고 다닌 모양이라고 말했고,

그런 다음, 마음씨가 고운 점에서는 가장 뛰어나다는 막내에게 뺨을 부비면서, 네 아버지는 얼토당토않은 혐의를 뒤집어쓰고 말았다면서 껄껄 웃었으며, 이번에는 이쪽이 당할 차례가 되었으므로 부디 조심하지 않으면 안 될 것이라고 덩치 작은 사내를 쳐다보며 말했고, 사랑하는 아이에게 입에 문 떡을 입으로 넣어주면서 곁눈질로 무묘마루를 살폈으며, 당신이라면 너댓 명이 떼로 덤벼들어도 주인을 지켜낼 것이라고 진지한 표정으로 털어놓았다.

그리고 몬지로는 아직 아무것도 모르는, 오히려 모르는 편이 나은 무묘마루를 상대로, 묻지도 않았는데 자신의 태생을 언급한다.

덩치 작은 사내와 같은 친밀한 관계자는 두말할 나위도 없고, 세상에서도 이미 널리 알려져 있으며, 시새움을 떨쳐내는 안성맞춤의 재료가 되어 있는 것으로 짐작되는 본바탕을 적나라하게 털어놓았는데, 본시 빛조차 들어오지 않을 것 같은 빈민굴에서 태어났다는 사실로부터 시작하여, 철이 들었을 무렵부터 거지의 전형이었다고 말했고, 제 발로는 걷지조차 못하는, 부모에게 버림받은, 아사餓死와 항상 어깨를 나란히 한 날들을 아슬아슬한 심정으로 보낸 동자童子로서의 배역을 멋지게 연기하면서, 눈앞으로 지나가는 부호를 향해 흡사 원숭이처럼 손을 내미는 식의 생존 외에는 살아갈 방도가 없는 시기가 길게 이어졌노라고 말했으며,

그러던 어느 날 저녁, 일진의 한풍寒風이 불어 닥쳐 거지 동료들의 잠자리였던 어느 절 경내의 단풍이 한꺼번에 떨어져 내렸으며, 붉고 노란 얼룩덜룩한 무늬의 나뭇잎이 머리 위를 뒤덮는 순간, 유별나게 이렇다 할 변화가 없었음에도 불구하고, 인간 세상에 대한 의문과 수수께끼에 전율했으며, 진행하는 혼의 고사枯死를 자각했고, 내 한 몸의 한심스러움을 절절히 깨달았으며, 그것을 주어진 운명으로 체념해버릴 수는 도저히 없었고,

그러자 세상의 모든 정해진 틀을 수긍할 수 없게 되었으며, 자기 자신조차 옹호하지 못하게 되었고, 타인으로부터의 도움만 바라는 한 산 목숨이 아니라는 사실을 통절하게 느꼈으며,

이튿날에는 이미 땅바닥을 그토록 애처롭게 기어 다니기 위한 장사 도구였던 수제手製 수레를 팔아치웠고, 수없이 굶주림을 헤쳐 나온 탓으로 나이보다 훨씬 늙어버리는 바람에, 그때는 며칠분의 음식을 확보하고 있었음에도 불구하고 갑자기 수명이 다해버린 모친, 그 모친의 품속에서 빼낸 돈과 합쳐서 밑천을 만들었고, 최하등의 무리들을 상대로 푼돈을 꾸어주는 장사를 시작했으며,

손님의 신용도를 정확하게 파악하는 안목과 수금의 집요함으로 열다섯이 되었을 때는 도읍 외곽에 있던 단독주택 ― 참극이 있었던 탓으로 엄청나게 헐값이었다 ― 을 살 수 있을 정도가 되었고, 그럭저럭 제 집을 갖게 됨으로써 도읍의 정식 주민이 되었으며, 다시 말해 '탈천화脫賤化'의 길을 걷게 되었고, 차별당하는 측에서 일전一轉, 차별하는 측으로 돌았으며, 쫓겨나기 직전에 유력자에게 돈을 뿌려서 도소〔土倉〕 모임의 일원으로 가입할 수 있게 되었으며, 최연소로서의 영광마저 누리게 되었지만,

급기야 최종적으로 힘이 되는 것은 결코 돈 따위가 아니라 쌀이라는 사실을 불현듯 알아차렸고, 아니 그보다는, 먹는 것에 집착하던 근성이 만복滿腹의 생활을 확실하게 확보한 다음에도 고쳐지지가 않았으며, 아무런 지의遲疑*도 없이 편하게

*의심하여 우물쭈물함

돈을 버는 도소를 그만둔 뒤 예상이 빗나가는 경우가 더 많은 싸전으로 전업했고, 거기서도 쑥쑥 뻗어나서 금년 봄에는 급사한 미곡상 모임의 우두머리의 뒤를 이을 수가 있었다고는 하지만, 아직 성공의 도상途上에 있을 따름이며 이제부터가 승부처라고, 꿈꾸는 몬지로는 그렇게 열변을 토했다.

들기에도 애달픈, 숨김없이 털어놓는 이야기와, 잔뜩 제 자랑을 담은 성공담인가 했더니 이야기는 다른 방향으로 크게 벗어났고, 더구나 너무 일방적이다.

사무라이가 다 뭐야, 승려가 다 뭐야, 고위 관리가 다 뭐야, 쇼군이 다 뭐야, 제왕이 다 뭐야, 부조리의 신격화를 꾀함으로써 제 편한 대로만 하려 드는 허세가 이만저만이 아닌 무리는, 스스로 땀투성이가 되어 일하려 하지는 않으며, 머리 숙여 은혜를 바라기는커녕 부지런하게, 뼈 빠지게 일한 타인의 벌이를 떵떵 큰소리를 치면서 후무리고, 폭력과 신불의 힘을 슬쩍슬쩍 드러내면서 남의 것을 가로채며,

말하자면 평생 놀면서 지내자는 심보를 지닌 게으름뱅이가 아닌가, 그렇다고 여기니 끝없는 투쟁으로 날을 지새운 다음, 마침내 도읍을 피투성이로 만들어버릴 인간쓰레기가 아닌가, 이상하게 비대해진 권력 위에서 버티고 앉은 저자들이야말로 화형에 처하기에 충분한 최대의 악당이 아닌, 저자들이야말

로 경멸하고 깔보아 당연한 가장 저급한 인간이 아닌가,

비천한 자신들의 처지를 속이느라 고가의 의상으로 몸을 꾸미고, 금빛 번쩍이는 모자를 쓰며, 홀笏을 들고, 짐짓 우아한 태도와 젠체하는 말투를 흉내 내며, 전통적인 양식미에 집착하고, 시가를 낭송하며, 경을 읽고, 신불과 각별하게 친밀하다는 환각을 퍼트리면서, 터무니없는 번영에 날이면 날마다 도취하여, 견고하게 뿌리내린 편견에 의거한 시점視點을 끝까지 견지하고, 죄로 범벅이 되어 완전히 썩어버린 오장육부를 미주美酒로 씻어 내리며, 독배毒杯가 효험을 발휘할 때는 남몰래 득의의 미소를 짓고, 무고한 백성에게 다대한 희생을 치르게 하면서 안면安眠을 탐하며, 사후에도 여전히 자기 기만을 깨닫지 못하고,

현세와 나락의 경계를 애매하게 만드는 장본인은, 고통당하는 자에 대해 가련한 마음을 전혀 느끼지 않는 그자들에 틀림없고, 피범벅이 된 과거를 소름끼치는 미래로 이어가는 것 또한 그자들의 짓에 다름 아니며, 보다 나은 세계, 조화로운 세계, 원만구족圓滿具足*의 세계라는 식으로 에둘러 하는 말은, 만인의 복지라는 그럴싸한 제목이나 마찬가지로 허구 그 자체이고, 어쩌면 인간의 여하한 예지도 번뇌를 뒤엎을 방도를 모를지 모르며, 그런 것은 명토冥土**에조차 존재하지 않는지도

모르고,

그러므로 타자의 생을 탐식하면서 타자의 희생에 의해 살아가는 것도, 체념과 복종을 절대로 근절하지 못하는 것도, 모두 숙명적으로 대우주의 법칙에 따른 것이며, 지극히 자연스러운 삶의 방식인지라 비난할 거리가 아니지 않는가, 잔혹한 세상의 거친 파도에 스스로 나아가 부대끼고 싸우며, 그런 스스로를 즐길 여유를 지니는 것이야말로 생의 대의와 일체가 되는 게 아닌가 하고, 그렇게 몬지로는 득의양양하게 이야기하는 것이었다.

그렇지만 무묘마루로서 공유할 수 있을 듯한, 진심으로 납득이 가는 설은 한둘에 지나지 않았고, 나머지는 대체적으로 궤변이다.

다음의 대기근을 상정하여 면밀하게, 보다 구체적으로 간계奸計를 짜는 미곡상은, 무묘마루를 이미 자신들의 손바닥 안에 들어온 중요하고 쓸모 있는 패의 하나로 간주하는 모양이었고, 누구보다도 사람 보는 눈을 지녔으며 누구보다도 의심 많을 터임에도, 선뜻 속셈을 드러내려 하지 않는, 출신 성분도 확인하지 않았으며 대한 지도 얼마 되지 않은 사내를, 벌써부터 없어서는 안 될 한 패거리처럼 취급하여, 침묵의 규칙을 엄숙하게 선서한 상대도 아닌 타인을 앞에 두고, 비밀이 새었

다가는 만사휴의가 될 정도로 위험한 이야기를 당당하게 펼쳤고,

그런지라 무묘마루로서는 내심 시험당하고 있는 게 아닐까 하는 의념疑念이 치솟는 것이 너무나 당연하기 짝이 없었으며, 그도 아니라면, 사육견으로는 최적의 들개를 손에 넣은 기쁨이 너무 컸던 나머지 안력이 형편없이 떨어지고 말았는지도 몰랐고, 어쨌거나 무묘마루가 물러서려야 물러서지 못할, 빼려야 뺄 수 없는 처지에 몰려버렸음은 틀림없는 사실이었으며,

그러나 그 같은 인식이 무거운 짐이 되는 일은 결코 없었고, 운명이 모든 농간을 다 부려서 침륜시키려 한다는 식으로 받아들이지도 않았으며, 상대하기 버거운 돈의 힘에 눌려 계략을 짜는 데 여념이 없는 두 사람에게 비위를 맞추려는 짓은 하지 않았고, 스스로의 첨예적尖銳的인 성격을 배후에 감춘 채, 한동안 이 흐름에 자신을 맡겨보는 게 어떨까 하고 작정하는 무묘마루였다.

◉

　매지구름*이 소용돌이치는 장마철의 밤마다 신성을 모독하
는 듯이 천둥소리가 우르르 울려 퍼져 나가고, 무묘마루는 몸
과 마음을 다 바쳐 여체를 희구한다.

　그러나 아무리 안고 안아도 항상적인 관계를 맺을 수는 없
었고, 안으면 안을수록 도리어 간격이 벌어져가는 듯이 여겨
짐을 어쩌지 못했으며, 상대의 마음이 열려 있는지 닫혀 있는
지조차도 파악할 수 없는 지경이었고, 이제 막 쪄낸 떡보다 부
드러운 귓불을 씹으면서, 달콤하고 뜨겁고 끈적끈적한 혀를
빨면서, 목숨을 건 이런저런 이야기를 속삭이면서 눈동자를
뚫어지게 바라보아도, 별들의 골짜기에 내던져진 듯한 그런

기분이 되어버려 관능의 흥분 이외의 번쩍임을 그 눈동자에서 찾아내기란 지난한 일이었으며,

그렇다고 해서 정신적으로 아예 상대를 해주지 않는 것도 아니었고, 실제로 이렇게 매일 밤 달려와 진심으로 유열愉悅의 불길을 태웠으며, 수컷의 피를 끓게 만드는 환희의 소리를 한껏 내질렀고, 그 교접에는 심심甚深한 사랑이 실컷 퍼부어져서 손님을 일찌감치 끝장냄으로써 자신의 피로를 조금이나마 줄이려고 꾀를 부리는 유녀들의 그것과는 확실히 상반되었으며,

몸을 떼는 순간 서먹서먹한 침묵이 찾아오는 법도 없었고, 때로는 하루하루의 마음고생에 관해 장황한 불평을 늘어놓는 경우도 있었으며, 예를 들어 몸을 파는 아가씨는 수없이 있지만 손님을 포로로 삼을 만한 미인은 좀처럼 눈에 띄지 않는다고 털어놓았고, 또한 솜씨 좋은 성실한 요리사는 이런 곳에서 일하려 들지 않으며, 끊임없이 요리의 취향을 짜내어 변화를 줄 수 있을 만한 자는 즉시 그런 전문점으로 발탁되어버리고, 이런 식으로 가다가는 도읍에서 제일이라고까지 높아진 명문名門도 언젠가는 땅에 떨어질 것이며, 고생하여 쌓아올린 신용이 실추될 지경에 이르렀다는 따위의 이야기를 했지만, 그다음으로 나아가는 법은 없었고,

하물며 무묘마루가 제아무리 유인해도 덩치 작은 사내와

*비를 머금은 검은 조각구름

만나게 된 경위에 관해서는 말끝을 흐릴 뿐이었으며, 그래서 이번에는 자신들의 배신을 안다면 덩치 작은 사내가 얼마나 마음이 상하겠느냐, 둘 다 쫓겨나고 마는 게 아니겠느냐, 도저히 그 정도로 마무리되지 않고 목숨을 바쳐서 보상하도록 하지나 않겠느냐, 발각당하기 전에 함께 달아날 생각은 없느냐, 이미 때가 늦었다고 보느냐 등등 이런저런 날카로운 질문을 퍼부어보았지만, 여주인은 알쏭달쏭한 미소를 머금을 따름이었다.

마음은 아직 잠의 밑바닥에 있고, 천둥소리를 던지는 구름은 아직 도읍 위에 버티고 있으며, 부근에 벼락이 칠 때마다 대지가 떨려도 깨어나지 않는다.

아침밥을 들고 온 혀 잘린 동녀가 깨울 때까지 타면惰眠*에 빠져 있던 무묘마루는, 엄청나게 퍼붓는 뇌우를 바라보며 젓가락을 들었고, 한 입 먹으려다가 문득 태어난 이래 배고픔에 시달린 적이 없었다는 사실을 깨달았으며, 어쩌면 가슴에 품은 대지大志가 하나도 들어맞지 않는 것이 그 탓이 아닐까 싶었고, 이어서 어차피 타인에게 먹힐 운명이 아닐까 하는 생각에 사로잡혔으며,

그러자 당장 마음속이 복잡해졌고, 실의와도 닮은 심경이 되어 완전히 식욕이 사라져버렸으며, 밥을 담은 공기를 내려

놓기도 전에 현기증이 일듯이 머리가 빙빙 도는 것을 느꼈고, 그러면서 안개에 휩싸인 숲을 헤매고 있는 듯한 기분에 빠졌으며, 그래도 실신까지는 하지 않았고, 한동안 몸을 옆으로 눕히고 있자 평소의 의식이 되돌아왔으며,

그렇다고는 하지만 자신을 에워싼 모든 상황이 이상하게 여겨졌고, 이런저런 모든 일이 자신의 가슴에서 싹튼 시작도 끝도 없는 환영이 아닐까 의아스러워졌으며, 사실은 벌써 오래전에 사자死者의 한패가 되어버리지 않았을까 하는 터무니없는 가정이 너무나 생생하게 느껴졌고, 그것을 완전히 지워버리려면 역시 진짜 아버지를 만나는 수밖에 없지 않겠는가, 자신의 출발점을 확실하게 붙잡아둘 필요가 있지 않겠는가, 이 일에 계속 등 돌리고 있어서야 언제까지나 살아 있다는 자각이 얻어지지 않지 않겠는가 하고, 그렇게 여겨지는 것이었다.

아버지를 찾아내는 것이 초미의 문제라는 인식은 꾀죄죄한 감정을 말끔히 털어내었고, 정신의 난맥을 막아 적묵寂默으로 꾀어낸다.

그러나 그 건으로 창가娼家의 여주인이 바로 그 유녀라는 전제 아래 이야기를 진척시켰으나, 아무리 질문을 퍼부어보아

*게을리 잠을 잠

도 능구렁이처럼 넘어가버렸고, 아닌 밤중에 무슨 홍두깨 같은 소리냐고 버텼으며, 예전에 나이야 차이가 났으나 나와 똑같이 생긴 고승이 도읍의 대사원을 다스린다고 일러준 것은 물론, 지방 영주를 상대로 장사하느라 도읍을 떠나 헤매고 다녔다는 사실도 완강하게 인정하지 않았고, 그래도 더 파고들자 급기야는 얼토당토않은 오인이라면서, 당사자가 아니라면 아닌 것이지 않느냐, 남남끼리 우연히 닮았음에 분명하지 않느냐고 딱 잘라 말할 지경이었으며,

조금 전에도 끈질기게 물어보았으나, 지나친 믿음과 호기심으로 인한 벌을 받아 허언虛言의 포로가 되었고, 고독의 지옥에 떨어지는 것을 걱정하고 있다는, 그런 듣기 거북한 대답밖에 얻지 못했으며, 혹은 그 젊음으로 뒤만 돌아보다가는 영영 앞으로 나아가지 못하는 사내로 영락할 뿐 아니라, 간단히 피할 수 있는 벽에 부딪쳐 입지 않아도 될 큰 상처를 입든지, 버리지 않아도 될 목숨을 버리고 말지도 모른다고, 그렇게 안타까운 표정으로 충고했으며,

그렇지만 어머니는 어쨌거나 아버지 쪽은 도둑 떼의 습격을 간신히 피한 것이 확실했고, 소실된 야쿠오지를 깨끗이 단념한 뒤 고행 끝에 도읍으로 올라와 새로운 인생을 시작했다고 해도 하등 이상할 것이 없었으며, 어쩌면 여기서 보이는 가람伽藍의 어딘가에서 똑같은 호우와 똑같은 번개를 바라보고 있는지도 모른다고 생각하니 마음에, 아니, 혼의 언저리에, 비유할 길

없는 통증이 느껴져, 평소처럼 자신의 출생과의 사이에 냉철한 거리를 둘 수조차 없어져버리는 것이었다.

극한된 감정은 무묘마루에게 오직 하나의 출구밖에 드러내지 않았고, 따라서 마음도 까닭 없이 들떴으며, 허무와 서로 등을 기댄 열정으로 경사되어간다.

하지만 똑같은 나라에 몸을 둔 동포라고는 도저히 말하지 못할, 수많은 타인이 들끓는 드넓은 도읍을 무턱대고 어슬렁거려보았자 아버지와 마주칠 공산은 대단히 적었고, 단신으로 찾든 연줄을 이용하든, 좀 더 시간을 들여서 교토라는 이름의 대공간에 익숙해질 필요가 있으며, 또한 초조해하지 말고 떡 버티고 있는 편이 의외로 빨리 그 기회를 잡을 수 있을지 모르고, 그렇게 생각을 고쳐먹고 옷 갈아입는 것을 중지한 뒤 벌렁 드러눕자, 도를 넘은 졸음으로 눈꺼풀이 무거워져, 낮이면 잠자는 관館으로 바뀌는 창가의 일원이 되어 숙수熟睡에 빠졌으며,

그러자 나태에서 오는 피로감으로 코를 골았고, 이내 잠꼬대를 연발하게 되었으며, 흡사 이 세상에서 떨어져 나가는 자가 터트리는 듯한 절규를 질렀고, 괴로운 나머지 기억도 몽롱한 머나먼 날들을 열심히 손짓하여 부르려 했지만, 꿈에 나타나는 것은 비소卑小한 대지를 떠돌아다니는 자신의 서글픈 뒷

모습뿐이었고, 가물가물하지 않으면 안 될 미래가 늘어뜨린 암운暗雲에 의해 팔방색八方塞*으로 여겨지고 말았으며,

비와 바람을 띤 눈동자에 비치는 인간은, 모조리 이 세상에서 뿔뿔이 쫓겨나는 생자生者로서의 비애에 감싸여 있었고, 본래라면 극상極上의 빛을 뿌리지 않으면 안 될 해와 달은, 둘 다 취약화의 외길을 더듬었으며, 사기土氣가 죽은, 칙칙한, 재탕再湯의 빛을 발하는 게 고작인 꼬락서니였고, 그러나 아무렇게나 닥치는 대로 하는, 좌절투성이의 생을 비추는 데는 그 정도로 충분하다는 뜻인지도 몰랐다.

쇠사슬로 단단히 묶인 것처럼 온몸에 께름칙한 경직을 느꼈고, 마치 바위라도 올려놓은 것 같은 압박감이 흉부에 있었으며, 숨이 막혀서 눈을 뜬다.

당초는 동틀 녘까지 안고 있던 창가의 여주인에 의해 대낮부터 다시 구애를 받은 것으로 짐작했으나, 이내 그런 것이 아니라는 사실을 알아차렸고, 왜냐하면 가슴 위에 올라탄 것은 사내로, 더구나 살살 다루는 눈치가 전혀 아니었으며, 흡사 돌멩이나 그루터기에라도 앉은 듯이 털썩 주저앉아 무묘마루에게서 등을 돌렸고, 어쩐지 바스락바스락 무언가를 하고 있는 듯했으며,

상대가 저 덩치 작은 사내라는 사실을 알게 되자 무묘마루

의 머리에 가장 먼저 떠오른 것은 배신의 발각이었고, 이다지 무례한 짓을 할 이유가 달리 있을 리 없었으며, '별의 칼'과 '풀의 칼'을 양쪽 칼집에서 뺀 것은 소유자의 무기를 이용하여 한을 풀겠다는 속셈에 틀림없었고, 이쪽이 알아차림과 동시에 찔러올 것이 뻔했으며,

그런데 덩치 작은 사내에게는 아무런 긴장감이 없었고, 적어도 분노로 몸을 떠는 모습도 전혀 느껴지지 않았으며, 목덜미를 움켜쥐고 넘어뜨리려고 마음만 먹으면 간단히 해치울 수 있을 정도로 빈틈투성이였고, 게다가 두 자루의 칼을 찬찬히 훑어보면서 둘 다 상당한 대물이라는 뜻의 혼잣말을 소곤소곤 중얼거렸으며, 다시 말해 이제부터 타인의 목숨을 빼앗으려 하는 자로는 도저히 여겨지지 않았다.

분노의 덩어리로 바뀐 것은 무묘마루 쪽으로, 타인을 금력으로 학대하는 데 익숙한 불손不遜이 그렇게 하도록 만들고 있음을 알아차릴 뿐이다.

경우에 따라서는 단순한 기벽奇癖일지 몰랐지만, 설사 그렇다고 하더라도 도저히 용서할 수 없었고, 그러므로 힘껏 떠밀어버리면서 일어나려고 전신의 근육에 힘을 끌어 모은 바로

*음양도에서 어느 쪽으로 가도 불길한 일

그 순간, 덩치 작은 사내는 슬쩍 무묘마루에게서 떨어져 나가
더니 칼을 각각의 칼집에 꽂았으며, 만면에 미워할 수 없는 웃
음을 가득 머금고, 필시 이름난 명장의 작품이리라고 말하면
서, 누구누구가 만들어낸 명도名刀인지 모르나 둘 다 명도의
영역을 훨씬 초월한 일품逸品이라고 칭찬했고,

그렇지만 칼 이야기는 그것으로 그쳤으며, 어때, 팔 마음이
없느냐거나, 어때, 부르는 대로 사겠다거나 하는 따위의 이야
기로 진전되지는 않았고, 이제 슬슬 비가 그칠 것이므로 외출
할까 하는데, 라고 말하면서 무묘마루에게 외출 준비를 재촉
했으며, 아래층에서 기다릴 테니까, 라는 말을 남기고 방을 나
갔고, 계단 근처에서 여주인과 우스꽝스러운 이야기를 주고받
으며 키들키들 웃었으며, 그 같은 두 사람의 모습으로 볼 때
덩치 작은 사내가 정인情人의 불의를 알아차렸다고는 도저히
상상할 수 없었으며,

그렇기는 해도 유난히 뱃속이 시커먼 간상奸商이 그리 쉽사
리 흉중을 드러낼 리 없었고, 상대를 방심시키는 점에서는 독
사보다 뛰어나니까 당장은 기색을 감추는 것에 전념한 다음,
예정해둔 조용한 장소에 도착하는 순간, 장사용의 웃음을 조
금도 지우는 법 없이, 정온靜穩한 분위기를 털끝만큼도 흐트러
뜨리는 법 없이, 별안간 불가피적인 필살의 일격을 가해오는
게 아닐까 하고, 그렇게 의심하는 게 당연했으며, 아울러 맞받
아칠 각오를 단단히 해두어야만 했다.

아무리 보고 또 보아도 질리지 않는, 이 세상에서 이보다 아름다울 수 없는 여주인의 배웅을 받으며, 덩치 작은 사내와 무묘마루 두 사람은 벌써부터 떠들썩해지기 시작한 거리로 나선다.

비가 갠 직후의 촉촉이 젖은 도읍을 걸어감에 따라, 바둑판처럼 정연하게 배치된 길로 인해 집들의 균정 일률적均整一律的인 인상이 강해졌고, 사람들의 생활을 모조리 뭉뚱그려서 행복과 활기에 넘치는 것 같은 착각이 자꾸 들기는 했지만, 그러나 한 채 한 채의 집과, 한 명 한 명의 인간을 자세히 주시해보면 그 격차에는 놀랄 만한 면이 있었으며, 삶의 구석구석까지 침투해 있는 돈의 힘을 새삼 깨닫게 되었고, 사랑과 위로의 정情을 발견하려면 상당히 애를 먹어야 할 것 같았으며,

스스로의 생존을 유지하는 것만 해도 경황이 없는 그런 힘겨운 현실을 일일이 뇌수에 심어가면서 터벅터벅 걸어가니까, 세계관을 흐리게 만드는 차별의식에 깊이 뿌리내린 이런저런 편견이 마구 눈에 띄었고, 방순芳醇한* 바람 속에서 아사 직전인 갓난아기의 울음소리가 들려왔으며, 퍼져가는 들장미의 방향과 함께 사취死臭가 느껴졌고, 세상에 넘치는 태평과 무애가 사실은 온통 벌레 먹은 것투성이라는 사실이 뚜렷이 드러났으며, 본래라면 미덕이 넘치지 않으면 안 될 인종조차도 완전히

*향기롭고 진함

107

거덜이 나버렸고, 극소수의 통치자에 의한 압정에 정면으로
맞서서 반역하거나, 악의 대표자인 그들에게 과감히 덤벼들어
권위 실추를 야기하려는 기색은 눈곱만큼도 느껴지지 않았으
며, 현존 질서로의 적합만이 눈에 띄었고,

그러자 생의 목적이 무엇인가를 자문하지 않고는 견디지
못하게 된 무묘마루의 내면에 가라앉아 있던 분개가 별안간
되살아나, 자신의 인식이야 어쨌거나, 타인의 눈에는 종자從者
로서 동행하는 것으로밖에 비치지 않으리라는 사실을 깨달았
으며, 덩치 작은 사내와의 사이에 무슨 방법으로 명명백백한
경계선을 그을 것인가 하고 이리저리 머리를 굴려보긴 했으
나, 딱 부러지게 이렇다 할 수단을 찾지 못했고, 도리 없이 어
깨를 나란히 하고 걸어감으로써 동격의 입장을 세상에 알리려
했으나, 유감스럽게도 나이에 의한 관록과 의상의 호화로움으
로 애당초 상대가 되지 않았고, 키의 차이도 그 정도가 되면
오히려 무묘마루 쪽이 격이 낮은 망석중이로 비치고 말며,

게다가 무엇보다 덩치 작은 사내의 얼굴이 얼마나 많이 알
려져 있는가 하면, 집에서 아무리 멀리 떨어진 곳이라도 말을
걸어오는 지인의 숫자에 차이가 나지 않는 놀라운 지경이었
고, 아니, 도리어 더 늘어날 정도여서, 더구나 머리를 굽실거
리면서 겸손하기 짝이 없는 인사를 하는 쪽은 항상 상대방일
뿐이었으며, 너도나도 이럴 때를 대비하여 소중히 간직해둔
애교를 떨었고, 개중에는 손을 꼭 잡고 금방이라도 눈물을 홀

릴 것처럼 사의를 표하는 자까지 있었는데,

그렇다고 해서 덩치 작은 사내가 필요 이상으로 자신의 힘을 세상에 으스대는 듯한 태도로 나오는 법은 결코 없었고, 유한계급에 속한 자들 특유의 말투와 목소리를 흉내 내어 답례를 하거나 하지도 않았으며, 상대를 훨씬 능가할 만한 비굴한 자세로 정중하게 응대했고, 단지 손을 내미는 거지들에게 푼돈을 나눠줄 때만은 달라서, 오만불손을 송두리째 드러내는 것이었다.

도읍에서는 물론이거니와 도읍을 벗어나도 덩치 작은 사내의 얼굴이 알려져 있어서, 지나쳐갈 때마다 그를 알아보고 눈길을 돌려버리는 자는 단 한 명도 없다.

그러나 가는 곳에 대해 불안감을 느끼기 시작한 무묘마루로서는 덩치 작은 사내의 높은 지명도 따위야 아무래도 좋았으며, 모든 직종의 천민들로 들끓고, 눈에 보양保養이 될 것 같은 광경 따위 하나도 없는, 돌멩이투성이 죄투성이의, 생존경쟁의 수행이 너무나도 적나라한, 파멸의 색깔을 충분히 배합한 그 공간으로 한 걸음 발을 디디자마자, 무언가 위험천만한 일이 발발할 것 같은 예감에 사로잡혀, 대번에 자기를 강화하는 방향으로 돌진하여 '풀의 칼'의 칼집 아가리를 풀어 기습에 대비했으며,

전답이 비옥하고 온난한 기후가 이어졌음에도 불구하고, 상품경제에 완전히 휘말려 자급자족의 삶을 꾸려나갈 수 없게 되어버린 농민들이 한꺼번에 도읍으로 쏟아져 유민화流民化했으며, 살아남기 위해 일이나 수단을 가릴 수 없게 되었고, 어느 날을 경계로 마음이 딴 곳으로 가버렸다는 투의 표정을 지었으며, 새로운 지평선을 꿈꾸기를 그만두었고, 죄 속에 매몰된 현실의 흙탕물에 범벅이 되었으며, 법도法度의 목표가 정의의 확립 따위가 아니라는 사실을 깨닫자, 악의 영향 아래 생기生起하는 생명을 좋아라 했고, 동향의 연줄에 의해 무리를 이루었으며, 각 직종, 각 집단에서 그에 상응하는 역량을 지닌 지휘자가 나타났고, 그리하여 세력권 확장이라는 다툼의 씨앗이 생겨났으며, 격분한 무리들의 충돌이 저층 계급에서도 되풀이될 지경에 이르렀고, 아사 외에 횡사도 증가일로를 걷게 되었으며,

가혹한 세상살이가 원인이 된 억누르지 못할 분노와 슬픔의 숙덕거림이 퍼져나갈 따름인 강변을 걷는 무묘마루는, 그 얼굴에서 번쩍임이 지워졌고, 거기에 모여든 야수로 타락해버린 무리들 전원을, 남자와 여자를 가리지 않고, 늙은이와 어린이를 가리지 않고, 하나도 남김없이 영구히 죽여버리고 싶다는 충동에 휩싸여, 그 사실을 규탄하려 드는 신불과도 어깨를 나란히 하여 싸울 패기를 지닌 듯한 고양감을 심화시키는 것이었다.

방랑자, 무예자, 구도자이면서 살육자이기도 한 무묘마루는 주변에 넘쳐흐르는 처절한 삶에 압도되었고, 전도前途를 떠올리며 얼어붙는다.

　　스스로 미래를 계박繫縛*하고, 존재 이유를 물을 권리를 포기해버린 무리와 한 패거리가 되지 않고 살아남을 수가 있을까 없을까, 기나긴 시간이 흘러 늙음에 침식당하여 몸이 말을 듣지 않게 되었을 경우에, 이곳의 무리들과 같은 원시적인 저력을 발휘할 수 있을까 없을까, 벌써 여기까지 왔는가 싶을 만큼 벅찬 고뇌에 도달함과 동시에, 이상理想의 전개에 여념이 없는 혼의 생명에 굴복하여 죽음을 선택할 수 있을까 없을까, 다시 말해 자해自害라는 형태로 그때까지 이어져온 그저 그런 삶에 보답할 수 있을까 없을까,

　　어쨌거나 새롭게 다시 걸을 수 있는 길은 이 세상에는 한 곳도 없으며, 어느 문 앞에나 수탄愁嘆**의 색깔에 물든 옷을 몸에 걸친 사신死神이 지키고 있음은 주지의 사실로서, 굳이 진실을 밀어붙이려고 하는 더럽혀지지 않은 손을 지닌 자는 여지없이 최악의 운명에 억지로 끌려가 절멸하고, 비익比翼***의 무덤에 묻힌 남녀 쪽이 아직 몇 배나 나은 인생이었다고 말할 수 있을 정도로 그 죽음은 비참했으며,

*얽어맴 **근심하고 탄식함 ***부부를 일컬음

예로부터 줄기차게 불려 내려온 상스러운 노래 위에 시커 먼 밤이 가만히 쏟아져 내릴 때, 사람은 사람이 아니라는 다른 가성歌聲이 땅 밑에서 치솟았고, 그렇다고 해서 사람이 변종의 짐승이라는 교묘한 바꿔치기도 불가능했으며, 또한 그들에게 해명의 빛을 충분히 조사照射할 수 있을 정도로 상등上等인 존 재는 이 대우주의 어디에도 없고, 설사 있다손 치더라도 죄에 범벅이 된 인간 세계의 종언 후에나 마신魔神처럼 무시무시하 게 출현하기 십상이며,

그렇게까지 인간이 짊어진 업은 지긋지긋하고, 인간이 자 연의 일부라고는 도저히 여겨지지 않으며, 인지人知의 모든 부 문은 영원히 미숙한 채 썩어가는 운명이라고, 그와 같은 번쇄 煩瑣*한 고찰考察이 머리와 가슴 양쪽에서 오가는 무묘마루는, 흡사 정신이 나간 것 같은 얼굴 표정으로, 도무지 가만히 있지 못하는 시선을 자꾸만 대안對岸으로 던지는 것이었다.

덩치 작은 사내는 강가에까지 가자 은어잡이에 열중하고 있 는 부자父子를 불렀고, 무시당하자 이번에는 돈 꾸러미를 크게 흔들어 보여줌으로써 조각배를 무난히 불러들인다.

은어를 팔아 얻는 하루의 벌이가 얼마인지를 물어본 미곡 상은, 자신들을 태우고 강을 건너는 것만으로 닷새분의 벌이 에 상당하는 돈을 줄 수도 있다고 제안했으며, 그러자 하루하

루를 근근이 살아가는 어부 부자는 폭풍에 휩쓸린 것 같은 낭패의 표정을 지었고, 허둥지둥 어구와 은어 등을 정리했으며, 그래도 배 안에 두 사람분의 장소를 확보할 수 없음을 알아차리자 아들 쪽이 내려서 어망과 잡은 물고기 등을 지키기로 했고,

사공이 팔을 움직여 강을 따라 내려가기 시작하자, 인심 후한 부호는 갈대가 울창하게 우거진 강 복판의 모래톱 쪽을 잠자코 가리킴으로써 행선지를 알렸으며, 그로부터 마치 뱃놀이라도 즐기는 듯한 풍정으로, 혹은 언젠가 좋았던 날을 떠올릴 때와도 닮은 표정으로, 장마로 인해 물이 불어 거칠고 빠른 물살에 무어라고 정의하기 어려운 사념이 넘치는 눈길을 던졌고, 덤불에서 지저귀는 새들의 울음소리에 완전히 빠져 있었으며,

거기에 반하여, 호전적인 부자들의 속셈을 아주 모르지도 않는 무묘마루로서는, 마침내 기분 나쁜 홍조를, 목숨이 위협당할 것 같은 농후한 기색을 피부로 감지하여 긴장을 높였고, 다시금 칼에의 열렬한 귀의자로 바뀌어, 폭력 행사에 전심專心하는 사무라이와 동질의 심정으로 재빨리 교체시켜, 극단적으로 위치가 나쁜 배 안에서는 안심해도 상관이 없지만, 그러나 일단 배가 하류로 내려가자마자 갈대밭에 몸을 숨긴 채 기다리는 복수의 패거리들에게 기습당할 가능성이 높았으며, 동시

*너더분하고 자차분함

113

에 몇 개의 창이 찔러오고, 한꺼번에 몇 대의 화살이 날아올지 모르는 상황을 상정하지 않을 도리가 없었다.

다세多勢에 무세無勢여서, 어차피 죽임을 당할 것이라면 그 전에 궁금했던 것을 알아내자고, 배가 물가에 닿기 직전에 묻는다.

태어난 곳이 어딘가 하고, 사투리로 봐서 그렇게 여겼지만 어쩌면 자신과 같을지도 모른다고 말했으며, 이어서 전신前身을 물었고, 싸전과는 거의 상상조차 하지 못할 생업이지 않았느냐고, 그렇게 밀어붙였으며, 제아무리 사소한 반응이라도 결코 놓치지 않겠노라며 상대의 옆모습에 뚫어져라 눈길을 던졌고,

그런데 예상에 반하여, 마음의 움직임을 감추는 명인임에 분명한 덩치 작은 사내에게 노골적인 동요가 생겨났으며, 순식간에 태도를 경화시키자, 가느다란 눈을 더욱 가늘게 뜬 채, 갓난아기와 같은 조그맣게 오므린 입을 꼭 다물고, 한동안 강물과 그 위에서 번들거리는 빛의 유희를 바라보고 있었으나, 서서히 얼굴을 들고 무묘마루를 물끄러미 쳐다보면서, 이쪽에서 묻지 않았던 것을 그쪽이 묻는 것은 예의를 모르는 행위의 전형이어서 자신이 가장 꺼리고 싫어하는 일이라고, 동안童顔과는 사뭇 동떨어진 위협적인 목소리로 말했으며,

가슴속 어딘가에서 푸석푸석 연기를 피워 올리던 무엇인가에 훨훨 불길이 붙어버렸다고 여긴 것도 눈 깜빡할 사이, 이욕利慾을 벗어나 검은 그림자가 졌던 얼굴에 본래대로의 장사꾼다운 미소가 즉시 되살아났고, 여러 처첩을 거느리고 행운이 넘치는 호사스런 인생을 보내고 있는, 벌레조차 죽이지 못하는 노야老爺로 돌아가, 눈앞에 다가온 강 복판 모래톱의 얕은 물가에 배의 밑바닥이 사각사각 끌리는 소리를 내자, 늙은이라고는 도저히 믿어지지 않는 가벼운 몸놀림으로 훌쩍 물가에 뛰어내려 약속한 보수의 절반을 어부에게 건넸고, 나머지는 돌아가서 치를 테니 여기서 기다리라고 명했다.

바람이 스치는 버드나무 우듬지와 갈대밭으로 뒤덮인 타원형의 모래톱은 생물들로 가득 차 있었음에도 불구하고, 어쩌된 영문인지 무기적인 세계의 양상이다.

어부는 이제 막 받은 돈을 세어보면서 만족한 웃음을 짓고 있었으나, 다시 한 번 세어보려는 순간 그 얼굴에서 웃음이 싹 사라졌고, 그건 그렇더라도 대관절 무슨 용무가 있어서 이런 곳에까지 찾아온 것인지가 이상하게 여겨졌는지, 시키는 대로 기다릴까 말까를 진지하게 고민하는 듯했으며, 그 옴팡눈은 분명히 빙글빙글 돌았고, 똑같은 길이의 칼 두 자루를 찬, 사무라이치고는 어딘가 어울리지 않는, 나긋나긋하고도 날카로위 보이는 오체 그 자체가 이단아적인 견해를 토로하는 사내를 불안한 눈초리로 더듬으면서도, 욕심을 이기지 못하여 그냥 그대로 있기로 작정한 모양이었고, 배를 붙들어 맨 다음 풀 위에 누워 잠을 청했으며,

무묘마루는 자신이 내는 소리를 최소한으로 억제한 채 주변을 경계하면서 앞에서 걸어가는 덩치 작은 사내의 뒤를 따랐고, 거기가 무인지대가 아니라는 사실은 금방 눈치 챘으며, 정착하여 사는지 마는지는 차치하고 사람이 수시로 찾아오는 것은 확실했고, 그 증거로 갈대밭이 밟혀서 한 가닥 길이 나 있었으며, 그 길을 따라 안쪽으로 들어가자 이번에는 나뭇가지를 덮어서 숨긴 고물 배가 한 척 눈에 들어왔고, 다시 더 나아가자 이번에는 사람 목소리가 들렸으며, 그것도 웃음소리라고도 비명 소리라고도 할 수 없는 여자의 목소리로, 이따금 남자의 간사한 목소리가 섞였고,

서 있는 나무를 기둥 삼아 교묘하게 지어진 판잣집이 시야에 들어왔을 때는, 그 안에서 남녀가 펼치고 있는 행위가 눈에 선하게 보이는 듯했으며, 그러자 덩치 작은 사내는 여태까지의 신중한 발걸음을 더욱 신중하게 하여, 고양이처럼 소리 나지 않게 살금살금 걸어서 다가가자 줄*을 늘어뜨렸을 뿐인 벽의 빈틈으로 살짝 안을 들여다보았고, 내부의 상황을 확인하자 천천히 무묘마루 쪽으로 고개를 돌리더니 행동을 함께 하자는 의미에 틀림없는 눈짓을 보내왔다.

덩치 작은 사내를 뒤따라 무묘마루도 기세에 실려 판잣집으로 들이닥치지만, 발도拔刀할 정도는 아니라는 판단을 내리고 상황 파악에 중점을 둔다.

발이 걷어 젖혀지고 폭로의 양광이 비치자, 거기에는 상상한 이상으로 음란한 광경이 전개되고 있었으며, 복수의 남녀가 발가벗은 채 엉겨 붙었는데, 여자가 둘이고 남자가 셋이었음에도 불구하고 전원의 몸이 복잡하게 얽힌 가운데 완전하게 붙었고, 항문까지 활용했으며, 어느 얼굴이나 황홀에 빠졌고, 느닷없이 뛰어 들어온 타인을 알아차리고도 한동안은 희열의 표정을 지닐 지경이었으며,

하지만 무묘마루는 이내 상대가 누구누구인지를 떠올렸는데, 덩치 작은 사내를 동반해 장터를 돌아다니며 고가의 물건들을 사달라고 치근댔던 그 여자들이었고, 경호 역할을 다하지도 못한 채 꼬리를 내리고 도망쳤던 그 사내들이라는 사실을 알아낸 순간, 빼도 박도 못할 공포의 비명이 울려 퍼졌으며, 튕겨 오르는 듯한 기세로 몸을 뗀 것까지는 좋았으나 그다음에 어떤 처신을 해야 옳을지 도통 감이 잡히지 않는 모양이었는데, 여자는 완전히 드러난 가슴을 손으로 가렸고, 남자는 젖어서 번들거리는 일물을 내놓은 채 방심상태에 있을 따름

*벗과의 여리해살이풀

이어서 바로 곁에 세워둔 무기를 거머쥐는 것조차 불가능했으며,

한편 덩치 작은 사내는, 그들이 저지른 배신을 나무라고 처절하게 힐책하는가 싶더니 한마디도 말을 하지 않았으며, 또한 실컷 공포를 맛보라는 식으로 협박의 태도를 취하지도 않았고, 등 뒤에 있는 무묘마루를 돌아보지도 않았으며, 다시 말해 눈으로 위치를 확인하지 않은 채 '풀의 칼'의 손잡이에 손을 얹었고, 이미 칼집 아가리가 풀려 있다는 사실을 잘 알기라도 한다는 듯이 자신 있게 칼을 뽑아 거꾸로 쥔 채 아직 그다지 모양이 흉하지 않은 두 여자의 유방을 연달아 찔렀다.

네 개의 젖꼭지에서 뿜어져 나오는 피에 덩치 작은 사내의 있는지 없는지 모를 눈동자가 타올랐고, 파괴로 이끌려갈 뿐인 미개의 혼이 사랑과 증오의 뜨거운 김을 피워 올린다.

반쯤 어안이 벙벙해져 자신들의 선혈을 바라보면서 죽어가는 여자들의 얼굴에는, 그러려니 여겨서 그런지 불가지적인 도취감이 떠올라 있었고, 그 입 언저리는 바로 조금 전까지 띠었던 외잡한 미소를 배가시켜 되찾았으며, 그리고 순식간에 벌어져가는 동공의 구석에서는, 젊음으로 일찌감치 쇠모衰耗*해버린 마음과, 바로 지금 육체에서 이탈하려 하는 흠 없는 혼이 들여다보였고, 남자들 앞에서 옷을 벗음으로써 오늘까지

부풀려온 목숨은 단숨에 시들어갔으며, 마침내는 쌍둥이별의 동시 소멸과도 닮은 죽음을 깨끗이 맞아들였고, 그다음은 부패할 수밖에 달리 어쩔 도리가 없는 고깃덩어리로 바뀌었으며,

덩치 작은 사내의 너무나도 빠른 결단과 실행에 말을 잃은 무묘마루였으나, 남자들의 목숨을 내던진 반격을 예상하여 이내 등에 지고 있던 '별의 칼'을 뽑아서, 우선은 눈앞의 두 명을 처단하고자 때를 가늠했으며, 기겁을 하여 뒷걸음질 치는 상대의 목젖에 칼끝을 겨냥하긴 했으나, 덩치 작은 사내의 새되고 날카로운 일갈에 의해 방해를 받았고, 이제부터 이야기를 시작할 테니 그런 것은 필요 없다면서, 그는 그렇게 말하면서 스스로도 칼을 발아래로 내던졌고,

무묘마루는 삼인분의 무기를 판잣집 바깥으로 내던진 뒤 '별의 칼'을 칼집에 꽂았으며, '풀의 칼'을 주워 희생자가 걸친 의상으로 아직 따뜻한 핏방울을 열심히 닦았고, 닦는 사이에 흡사 자신이 손을 쓴 것 같은 그런 야만스런 착각이 들었으며, 연약한 자를 모조리 절멸시키는 것이야말로 자연의 규칙이라는 도저히 인정하고 싶지 않은 진리를 실감했고, 정신이 또다시 닳아 없어지는 방향으로, 혼이 또다시 고갈의 방향으로 크게 기울어지고 만 사실을 재확인하지 않을 도리가 없었다.

*쇠퇴하여 없어짐

사타구니 틈바구니에 감추어지고 말 만큼 쪼그라든 세 개의 마라魔羅를 겨냥하여 던져지는 돈은 상당하여, 충분히 반년은 놀고먹을 수 있는 액수이다.

더럽혀진 사타구니에 돈이 무더기로 쌓인 남자들은, 좋건 싫건 상관없이 덩치 작은 사내의 말을 따르는 것밖에 선택의 여지가 없었고, 그 돈으로 가을까지 도읍 밖에서 생활하면서 흥작의 소문을 듣게 될 경우에는 반드시 도읍으로 발을 들여놓아 저택을 찾아오라는 지시에 따르는 수밖에 없었으며, 당장의 생활비와는 별도로 돈이 그득 담긴 보따리가 주어졌고, 그것을 자금으로 밥줄이 끊어진 부랑아들을 되도록 많이 끌어모았으면 좋겠다는 부탁을 거절할 도리도 없었으며, 지금은 그저 죽임을 당하지 않고 마무리된 것에 오로지 감사했고, 게다가 새롭게 다시 고용해준 사실을 기적으로 여기는 수밖에 없었으며,

그렇다고 해서 도량이 넓다는 사실을 과시하여 거물 기분에 젖기만 하는 덩치 작은 사내는 아니었고, 더욱 무시무시한 공포를 일깨워주기를 잊지 않았으며, 이번에 또 달아날 경우에는 세상 끝까지 쫓아가서 붙잡아, 추적에 필요했던 날수와 똑같은 시일을 두고 서서히, 그리고 차근차근 고통을 주면서 죽여줄 테니 그 점을 똑똑히 가슴에 새겨두어야 할 것이라는 말을 남긴 다음 피 냄새와 파리가 날아다니는 소리와 예사롭

지 않은 긴장감이 넘치는 판잣집을 뒤로했고, 싱싱한 초목이 뿌리는 방향芳香과 초여름을 연상시키는 번쩍임 속으로 나아가, 뒤를 돌아보는 법 없이 저벅저벅 걸어갔으며,

대단히 확률이 낮은 역습을 염두에 두면서 덩치 작은 사내를 따라가는 무묘마루는 어떤가 하면, 아직 얼마 지나지 않았음에도, 그 모래밭을 안전한 둥지로 삼아 서식하는 작은 새들의 아름다운 지저귐으로도 가라앉을 것 같지 않은 분노에 휩싸인 자신을 자각했고, 알아차리기 시작하긴 했으나 그 정체가 좀처럼 파악되지 않았으며, 조각배와 어부가 기다리는 강변으로 다가갔을 때에야 비로소 분노의 핵심을 알아냈다.

제멋대로 사용당하고, 더구나 겁에 질려 온몸이 굳어버린 여자를 처치하느라 무단으로 쓰인 '풀의 칼'을 강물의 흐름에 담가 씻는다.

똑같은 칼을 가지고 무례천만인 덩치 작은 사내를 갈기갈기 베어버리고 싶은 충동에 휩싸인 무묘마루이긴 했으나, 하지만 여인들의 피를 뒤집어쓴 고용주를 알아보자마자 그 자리에 얼어붙었던 어부가 잔금을 손바닥에 올려놓게 되자 즉시 싱글벙글하는 모습에서 분노의 방향이 돌려졌고, 신성화해도 이상하지 않을 정도의 금력에 의해 자존심과 지성이 양쪽 다 흐려지고 말았으며,

결국 깨끗하게 씻긴 칼날이 다시금 피로 더렵혀지는 일 없이 무사히 칼집에 꽂혔고, 강물 위에서 생겨난 바람을 맞으면서 모래밭을 뒤로하고 떠나가는 사이에 마음은 진정되었으며, 살아 있다는 사실 자체가 고행에 몸을 던진 듯한 일이라고 생각하면 그뿐이 아니겠느냐고 하는 또 한 명의 자신의 목소리에 정신이 번쩍 들어, 통한痛恨 따위는 두려워할 게 아니며 묘하게도 그것이야말로 살아 있는 증거라는, 변해辨解하는 것 같으면서도 번쩍이는 말을 붙들고 늘어졌으며,

그러자 타인의 살육과 타인의 죽음으로 일일이 번민하는 것이 귀찮아졌고, 이만한 일로 일일이 분노를 터트린다면 몸이 견디지 못할뿐더러, 죽음이 찾아오기 전에 어이없이 부서져버리고 말 지경이 되리라고, 그렇게 억지로 결론을 내렸으며, 슬슬 이쯤해서 생존을 위한 본능을 총동원하는 삶으로 바꾸어야만 하지 않을까 하고, 그렇게 자신을 부채질하려는 순간, 덩치 작은 사내의 흐리터분한 목소리가 끼어드는 바람에 무묘마루는 제정신을 차렸으며,

장사나 살인이나 예사 솜씨가 아닌 부호는, 도읍에서 최고라고 평판이 난 도기시〔研師〕*를 소개해줄 테니 한번 찾아가보는 게 좋을 것이라고 권하면서, 아직 도읍의 지리를 잘 모르는 무묘마루로서도 그 장소를 실로 알기 쉽게 설명할 때의 얼굴은 거의 무표정했음에도 불구하고, 상대방 마음의 여하한 변화조차도 정확하게 파악하여, 무단으로 칼을 사용당한 자의 분노

를 확실히 간파하여 그 대처법까지 마련해둔 모양이었으며,

꼼꼼하기 이를 데 없는 배려에 신선한 충격을 받은 무묘마루는, 자신에게 여자를 죽이도록 하지 않았던 것만으로도 모실 만한 가치가 있는 인물이 아닐까 여겼으나 그것도 눈 깜짝할 사이, 덩치 작은 사내와는 동업자이며 모임의 우두머리로 있는 저 몬지로가 뇌리에 떠올랐고, 만약 그자였다면 달아난 여자 한둘쯤이야 쌍심지를 돋우고 목숨을 빼앗으면서까지 보복하려 드는 것 같은 속 좁은 짓을 하지 않으리라고, 그렇게 생각하지 않을 도리가 없었다.

*칼 가는 전문가

한창 비가 퍼붓는 계절, 의지할 곳 없는 처지인 무묘마루의 생은 여전히 지루하게 이어지면서 존재하는 것의 불안을 북돋운다.

　그리고 미식美食, 미주美酒, 미녀에게 둘러싸인 무엇 하나 불편할 것 없는 나태한 생활이 언제 끝날지 모른 채 되풀이되는 사이에 장마가 끝났고, 한계를 초월한 다습多濕이 안겨주는 졸리고 께느른한 계절이 물러가버렸으며, 태양에 달구어진 바람이 불어 닥치는 빈도가 점점 늘어났고, 아무리 먹어도, 아무리 마셔도, 아무리 품에 안아도, 그저 그뿐인 일에 지나지 않았으며, 정신은 녹아서 망가진 불상처럼 가치를 잃어가는 수밖에

없었고,

그런 무묘마루의 표정이 어떤가 하면, 이미 닥쳐올 날들을 기다리는 자와는 크게 어긋나고 말았으며, 별 볼일 없이 어느 결에 낙오의 길을 걷고 있었고, 그 마음자세는 어떤가 하면, 자기 자신을 정면으로 마주할 만한 용기조차 없을 지경이었으며, 무슨 수를 내지 않으면 안 된다는 사실은 너무나 잘 알고 있으면서도 어쩔 도리가 없었고, 자신의 임종까지의 시간을 헤아릴 수밖에 없는 늙은이를 방불케 하는 일순은 있었지만, 먹이가 될 포획물을 발견하여 목젖을 울리는 짐승과 같은 일순은 없었으며,

본격적인 여름이 밀어닥치기 전에 얻은 최대의 자극이 무엇인가 하면, 여태까지 바람결에 전해지는 소문으로밖에 알지 못했던 기온마쓰리〔祇園祭〕*뿐이었고, 그러나 최대이자 최고의 영예로운 축제에서 받은 충격과 감동의 세기는 예전부터 들어온 정도를 훨씬 넘어섰으며, 높은 격식과 난리법석을 피우는 규모에는 경악할 따름이었고, 아무리 보고 또 보아도 질리지 않았으며, 흥분이 가라앉지도 않았고,

그렇기는커녕 수많은 사람들이 빙 둘러선 곳을 밀치고 들어가거나, 인파를 헤치고 나아가 구경할 만큼 유행의 화려함

---

*교토에 있는 야사카〔八坂〕 신사에서 해마다 음력 6월에 거행되던 제사로, 지금은 양력 7월 중순에 일주일 동안의 축제로 열림

도 제법 쓸 만하다는 생각이 깊어졌으며, 화려한 제례祭禮의 흰소 한복판에 서서 색색가지 장식을 매단 야마보코〔山鉾〕*를 이십여 기나 줄지어 끌고 가는 광경도, 수많은 잡역부들이 메고 가는 미코시〔御輿〕**의 무리도, 그 앞뒤를 따르는 현란한 행렬도, 모든 것이 다 극락정토를 능가하지 않을까 하는 기분이 진심으로 들었으며, 인간이 만들어내는 풍성하고 알찬 성과 가운데 이보다 뛰어난 것은 없다는 결론을 내리고 말았고,

서러움을 삼키면서 살아가는 세상, 꿈꾸는 것조차 불가능한 세상이라는 부정적인 해석이 크게 흔들렸으며, 살아남는 것이 결코 무익한 노력 따위가 아니라는 확실한 실감에 감싸여, 도읍 구석구석에까지 퍼진 제전을 환호로 맞아들이는 사람들의 도취와, 너무나도 화려한 며칠 동안의 위력은 이념의 화신이기도 한 염세가의 마음의 뼈대를 송두리째 뒤흔들었고, 몸이 찢어지는 것 같은 비극이 만성화되어버린 백성의 지쳐버린 혼을 부활시켰으며, 시들어가던 환희를 다시 피어올렸고, 일대 군단을 이끌고 백성에게 군림하는 자와, 이국에서 생겨난 법전法典을 무기로 백성의 마음을 꽉 움켜쥐고 휘두르는 자를 위협하는 불길한 술렁거림을 잠시 동안 싹 지워버렸다.

그래도 끝나고 나면 한바탕 꿈에 지나지 않고, 그래도 그 꿈의 자취를 끌면서 한 해 정도는 어떻게든 살아갈 수 있을 터이다.

번영의 저 너머에서 살아가는 수밖에 없고, 지적 도덕적 마비상태에 빠져든 채 불합리한 노동 노예로서 흙으로 돌아갈 따름인 사람들로서는, 기온마쓰리는 무엇보다 나은 눈의 보양이며, 그리 머지않은 좋은 날을 착각하게 만드는 강력한 마약이고, 등을 자상하게 쓰다듬어주는 신불이나 다름없으며, 여하간 오늘을 살아남으면 행복하다는 사실을 알려주는 유일한 기준이고, 한 번의 여름을 취하게 해주는 위대한 술이며,

그 절대적인 도취는 무묘마루의 가슴속에도 한동안 자리 잡았으나 마쓰리의 노림수와, 그 의미하는 바를 어렴풋이 짐작하게 된 단계에서 서서히 현실로 되돌아왔고, 마침내는 또다시 그게 나와 무슨 상관이냐는 식으로밖에 세상과 접할 수 없게 되어버렸으며, 마쓰리 하나나 둘쯤으로 어물어물 넘어가려는 것을 두 눈 뜨고 못 봐주겠다는 반골이 재생되기는 했으나, 단지 하나, 지우려 해도 지우지 못할 기억이 있었고, 그 타격은 새로운 아침을 맞을 때마다, 창가娼家 여주인의 육체에 남아 있는 정열을 모조리 주입할 때마다, 도리어 강해져갈 지경이었으며,

당사자가 완강하게 부정했던 대로, 역시 이 여인은 그 여인이 아니었는가 하는 답이 선명해졌고, 본시 두 사람을 비교하는 것 자체가 잘못이었다는 후회에 시달렸으며, 양자 사이에

*대롤 위에 산 모양을 만들어 칼이나 창을 꽂은 화려한 수레 **제례에서 혼백을 모신 가마

127

는 그토록 메우기 어려운 간극이 있었고, 매일처럼 품에 안는 여인은 어차피 미인의 전형에 지나지 않았으며, 다른 한쪽, 다시 말해 진짜 들꽃으로 장식된 소달구지에 태워져 기온마쓰리를 한층 더 고조시키는 역할을 관계자가 기대했던 이상으로 잘 해내던 그 여인은 어떤가 하면, 신성화에 충분히 견딜 수 있는 미를 갖추었고, 유별나게 맑은 미소를 머금은 입술에는 가짜 미를 백일하에 폭로할 힘이 감추어져 있는 것이었다.

그 유녀가 눈앞을 천천히 통과해갈 때, 무묘마루는 자애로운 눈길에 의해 뚜렷하게 사랑을 각인해버린다.

그리고 이내 곁에 서서 함께 두루마리 그림 그 자체라고나 할 행렬을 구경하던 창가 여주인을 쳐다보았을 때, 닮았으되 닮지 않은 전혀 다른 타인이라는 사실이 곧바로 판명났으며, 한쪽은 백분白粉을 마구 바른 미숙한 여인의 한 명에 불과했고, 다른 쪽은 번쩍이듯이 투명한 맨살을 당당하게 남의 눈에 드러낼 수 있는, 여인을 초절한 여인이라는, 어쩌면 천계天界와 지계地界의 틈바구니에 존재하는 자가 아닐까 싶을 만큼 근엄함을 뿌렸으며, 실제로 동성同性의 구경꾼들조차 돌출한 그 미에 눈물을 글썽이면서 한숨을 내쉴 지경이었고,

뜻하지 않은 장소에서 그 유녀와 해후한 무묘마루는, 그녀의 시선을 분명히 느낀 짧은 순간에, 운명에 바친 이 몸인지라

유찬流竄*의 생애도 달게 받아들이겠노라고, 그렇게 새삼 뜻을 굳힐 정도였으며, 혹은 그녀 이외의 여자에 관한 일로 심사가 어지러워지는 것 같은 어리석은 짓은 절대로 하지 않겠노라고 스스로에게 맹세할 지경이긴 했으나,

그렇다고 해서 그 유녀 오직 한 사람을 찾느라 일부러 가슴속에 어마어마한 전망대까지 설치하고 싶다는 생각은 하지 않았고, 지상至上의 미로부터 달아날 수단조차 구분하지 못할 만큼 우자愚者로 전락하고 싶다고도 생각하지 않았으며, 그저 그 여인과 똑같은 세계에 몸을 둘 수가 있고, 어떤 계기가 생겨 접근할 순간이 있을지도 모른다는 조그만 기대만으로 충분히 살아갈 수 있을 것 같았다.

유녀의 눈초리에 어딘가 슬픔이 스민 것처럼 여겨진 것은, 유타遊惰**의 나날을 나무라는 의미가 포함되어 있었는지 모른다.

그런 사실을 문득 깨달은 무묘마루는 마음의 평정을 잃었고, 도무지 사리에 맞지 않는 생활을 하는 자신에게 싫증이 났으며, 안온하고 사치한 삶에 압류당하고 만 육체와 정신을 깊이 부끄러워했고, 그런 자신과 결별해야만 한다며 혀 잘린 동

*귀양 보냄 **빈둥빈둥 놀기만 하고 게으름

129

녀가 담아준 밥을 그대로 돌려주자 느닷없이 젓가락 대신 칼을 뽑아들었고, 두 자루의 칼등을 거울 대신으로 삼아 스스로의 얼굴을 뚫어져라 노려보았으며,

그러자 '별의 칼'에는 내복來復˚하는 사계의 변화에도 마음이 움직이지 않게 되어버린 낙명落命 직전의 노인이 비쳐졌고, '풀의 칼'에는 처형에 의해 이제 곧 저세상으로 보내질 죄인이 비쳐졌으며, 양쪽 얼굴 모두에 피도 얼어붙을 듯한 허무가 달라붙어 있어서 콧등을 눌러보니 께름칙한 송장 냄새가 느껴져 토할 것 같았고, 겨우 한 숟갈밖에 먹지 않은 아침밥을 진짜로 토해버렸으며,

할 일도 없는 나날을 당장이라도 어떻게 하지 않으면 재기불능에 빠지고 말리라고 여겨, 우선은 칼부터 깨끗이 만들고, 그렇게 함으로써 자신의 영육을 정화하자는 발상은 즉시 실행에 옮겨졌으며, 덩치 작은 사내가 일러준 도기시가 사는 곳으로 가기 위해 재빨리 옷매무새를 가다듬은 다음 저녁 무렵까지는 돌아오겠노라고, 그렇게 혀 잘린 동녀에게 말을 남기고 창가를 뒤로했으며, 햇볕이 쨍쨍 내리쬐는, 아무리 나무 그늘과 처마 밑을 골라 다녀도 피할 도리가 없는 맹서猛暑 속을 곁눈질 한 번 던지지 않고 걸어가, 도읍에서는 최대라는 다리를 건너서, 크고 작은 사원이 늘어선 대로를, 이미 번민을 짊어질 힘마저 남아 있지 않은 거지들의 상당히 굴절된 주시를 받아가면서 잰걸음으로 지나가는 것이었다.

한여름의 서열暑熱**에 유린당한 거리를 조용히 통과해가는 무묘마루는, 무지막지한 패거리의 한 명쯤으로 간주되더라도 하등 어색하지 않을 풍모와 분위기를 풍긴다.

추괴醜怪하다고까지는 말하지 못하더라도, 똑같은 길이의 칼 가운데 한 자루를 허리에 찼고 다른 한 자루는 등에 메었으며, 시원스럽게 쪽빛 물을 들인 삼베 의상으로 몸을 감싼 사내가 방사하는 예기銳氣에는, 이제 이것으로 끝장났다는 자나, 쉴 새 없이 양자택일을 기치로 내건 자를 닮은 절박함을 느끼게 해주는 무엇인가가 있었으며, 땅바닥에 떨어뜨리는 그림자 속에는 좀 더 짙은 흑영黑影이 감추어져 있는 게 아닌가 하고 의심을 살 만한 것이 있었고, 일단 그 그림자를 밟는 자는 즉각 불행과 파멸의 밑바닥으로 떨어지고 말 것 같은 착각을 품게 했으며,

실제로 통행인은 누구나가 무묘마루를 멀리 피하여 걸어갔고, 어쩔 도리 없이 스쳐갈 때는 저절로 눈을 아래로 깔 지경이었으며, 여자들은 그 신분 여하에 상관없이 미간을 찌푸렸고, 똑같은 공기를 마시지 않겠노라고 숨을 멈추면서 다급히 발걸음을 재촉했으나, 아무리 그렇더라도 설마 개에게까지 경원당할 줄은, 그다지도 거절의 대상이 되었음은 무묘마루 자

*다시 돌아옴 **찌는 듯한 더위

131

신도 미처 상상하지 못했던 일로서,

잘 손질된 대나무 울타리로 에워싸인 저택의 모퉁이를 돌아가려고 했을 때, 필시 실속 있는 사원에 속한 것으로 믿어지는, 얼룩 하나 묻지 않은, 허리춤까지 늘어뜨린 긴 머리카락에 비듬 하나 눈에 띄지 않는, 아무리 살펴도 진짜 여인으로밖에 여겨지지 않는, 아니, 그 이상으로 여기고 말 치아稚兒*와 정면 충돌할 뻔했고, 무묘마루 쪽은 잽싸게 몸을 피했으므로 별 탈이 없었지만, 그렇지 않았더라면 코피가 터질 지경이 되었을지도 몰랐으며, 적어도 치아의 가슴에 안겨 있는 대륙에서 건너온 애완견 쪽은 뼈가 하나쯤 부러지고 말았을 것임에 틀림없었으며,

아무리 풍부한 물자로 흥청망청대는 도읍이라고는 하지만 아직 진귀하기만 한 그 자그만 개는, 부딪칠 뻔했다는 사실 자체보다는 무묘마루의 존재 자체에 완전히 겁에 질려버렸고, 치아의 품에서 곱슬곱슬한 멋진 털을 흔들면서 몸을 벌벌 떨었으며, 어서 그 자리를 벗어나고자 안달이 나서 주인을 재촉하는 모습이 실로 상징적이었다.

놀란 것은 무묘마루 역시 마찬가지로, 치아의 높은 기품과 미와 똑바른 예의도 그랬지만, 둥글고 귀여운 눈동자가 바다 색깔과 하늘 색깔을 하고 있다.

벽안碧眼의 치아는 포동포동하면서도 가지런한 얼굴 생김새의 어느 부분도 일그러지지 않았고, 다시 말해 부르르 떨지도 않았거니와 알랑거리지도 않았으며, 성의를 담은 짧은 말로써 자신의 부주의를 빌었고, 일례를 한 뒤 조용히 떠나갈 때 그윽한 향기를 남겼으며, 남자도 아니거니와 여자도 아닌, 성을 초월한 자로 변성變性한 전신을 낭창낭창하게 움직이면서, 타자에 의해 결코 바꾸어지지 않을 독자의 미를 자아내면서, 고온다습을 여봐란듯이 물리치면서, 상쾌한 청량감을 동반하고 한여름의 깊숙한 곳으로 빨려 들어갔고,

그런 상대를 한동안 발걸음을 멈추고 반쯤 방심상태로 배웅하던 무묘마루였지만, 이윽고 제정신을 차렸으며, 과연 도읍은 도읍이야, 개도 신기한 것이 있는가 하면 사람도 신기한 것이 있구나 하고, 그렇게 중얼거리며 다시 발걸음을 재촉하면서 이제 곧 잊어버리리라고 하찮게 여겼으나, 실제로는 벽안의 치아가 잔상으로서 끈질기게 가슴에 달라붙었으며, 대로소로大路小路를 누비면서 도기시의 집에 닿을 때까지 그 모습이 눈앞에서 어른거릴 지경이었고,

그런데 도리이[鳥居]**의 형태를 본떠 만들어진 허술한 문을 들어선 순간 개 짖는 소리에 문득 정신을 차렸으며, 바로 그 곱슬곱슬한 털을 가진 개인가 싶어 발아래로 눈길을 던졌더니

*여남은 살 안팎의 어린아이 **일본 신사 앞에 세우는 상징물. 엔円 자를 닮았음

그렇지는 않았고, 목줄이 매어져 있지 않았더라면 집에서 키우는 개로는 도저히 믿어지지 않을 빈약한 대물이었으며, 개 짖는 소리에 내객來客을 알아차리고 나온 사내는 어떤가 하면, 이 또한 서로 막상막하로 빈상貧相의 생김새였고, 정수精髓를 모은 기技를 구사하여 사람들로 하여금 찬탄을 금치 못하게 만든다는 도기시의 모습과는 너무나 동떨어진 거년스럽기 짝이 없는 존재였다.

하지만 그 사내야말로 찾고 있던 상대였고, 귀족에서 사무라이의 칼에 이르기까지 그 감추어진 저력을 뽐낸다는 평판이 자자한 자이다.

애써서 멋진 턱수염을 기르긴 했으나 전혀 위엄에 보탬이 되지는 않았으며, 도리어 초췌한 인상을 강조하는 효과만 나버렸고, 한마디 뱉을 때마다 어깨를 움츠리는 버릇과 어울려 한층 더 궁색한 범인凡人으로 보이는 도기시이긴 했지만, 그러나 일단 손님의 칼을 손에 쥐면 백팔십도 변하여 예전에 무묘마루가 목격한 적이 있는, 높다란 망루의 꼭대기까지 기어 올라가 한 조각 구름조차 없는 창공을 매섭게 노려볼 때의 기우제 도사와 흡사한 눈초리가 되었으며,

두 자루의 칼을 잇달아 칼집에서 빼내어, 박음쇠를 풀어 손잡이를 벗겨내고, 좌우의 표면을 뒤집어서 양쪽을 한꺼번에

134

살펴보았으나, 볼수록 안광의 날카로움이 더해졌으며, 우연히 귀한 물건을 발견한 고물상처럼 놀람과 기쁨이 넘친 것도 눈 깜빡할 사이, 이윽고 전율과 무념의 빛이 서로 섞이더니 이내 원래의 모양으로 맞추어서 손님 손에 돌려주었고,

그런 다음, 칼날의 망가짐은 물론이거니와 극미極微의 흠도 눈에 띄지 않으며, 핏자국에 의한 변색도 없고, 녹이 슬기는커 녕 그럴 조짐마저 없으므로 당연히 갈아야 할 필요도 없다고 잘라 말했으며, '별의 칼'을 가리키면서 과연 야쿠오지의 솜 씨답다고 칭찬했고, '풀의 칼'을 가리키면서 이름도 들은 적 이 없는 도장刀匠의 작품이긴 하지만 격정의 배출구로 안성맞 춤일지 모른다고 평했으나, 그 말에 부언할 필요가 있는 듯한 느낌이 담겨 있다는 사실을 직감한 무묘마루는, 말이 떨어지 기가 무섭게 흉내라도 좋으니까 갈아주기 바란다고 매달렸으 며, 돈은 얼마든지 내겠다면서 호주머니에 손을 쑤셔 넣었다.

이 칼을 대함으로써 스스로의 미숙함을 비로소 깨달았노라 고 고백하는 도기시의 표정에 허위는 없었고, 패자가 얻은 교 훈이 어렴풋이 보인다.

잠시 후 도기시는 이야기를 이었으며, 이 정도 작품을 손에 쥔 것은 미경험이고, 숫돌에 대는 것 자체가 망설여질 지경이 며, 굳이 비교하자면 그렇다는 투의 전제를 깔지 않고도 극상

135

물極上物임에 틀림없고, 어쩌면 도검과는 다른 물건일지도 모르며, 다시 말해 도저히 자신이 다루기에는 버거운 칼임에 분명하다는 뜻이었고, 돈을 치르고 싶은 것은 오히려 이런 명품을 대할 기회를 얻은 자신 쪽이라고 진지한 표정으로 말했으며, 진짜로 그렇게 하려고 했으나 손님이 말리는 바람에 그만두었고, 다시 한 번 두 자루의 칼에 눈길을 던지더니 어깨가 축 처지면서 비쩍 마른 개 옆에서 몸까지 굳어져버렸으며,

어쩔 도리 없이 무묘마루가 돌아가려고 하는 순간, 제자라고도 가족이라고도 할 수 없는, 어쩌면 그 양쪽 다일지도 모르는, 오똑한 콧날에 희고 갸름한 얼굴의 젊은이가 길거리까지 쫓아나와 간단한 지도를 그린 종이쪽지를 넘겨주었고, 거기에 가면 찾고 있는 인물을 만날 수 있을지 모른다고 전했으며, 다시 말해 좀 더 솜씨가 뛰어난 도기시가 있다는 의미인지 되물어보려고 했을 때는 벌써 문 안으로 사라져버리고 말았고,

걸어가면서 받은 종이쪽지에 눈길을 던지니 거기까지는 상당히 먼 길이라는 사실을 알았으며, 하루 밤낮을 꼬박 걸어가도 닿을 수 있을지 어쩔지 모를 정도였고, 일단 본래의 잠자리로 돌아가서 다시 검토하는 것이 상책이라고 판단하여 왔던 길을 되돌아가기 시작하자, 무풍 상태 속에서 분지에 갇혀 있던 서기暑氣가 마침내 폭위暴威를 떨쳤으며, 쨍쨍 내리쬐는 태양과 정면으로 대립하려고 들 만한 초목은 절무했고, 나다니는 사람도 거의 사라져버렸으며, 청소니 거름 나르기니 시신

운반이니 하는 불유쾌한 노동에 종사하는, 특권계급에 대한 봉사자들마저 나무 그늘로 뛰어 들어가 벌컥벌컥 물을 마시면서 쉬지 않을 도리가 없었고,

그러자 별안간 무묘마루는 도읍을 좌지우지하는 맹서猛暑에 증오심이 타올랐으며, 시원한 바람이나 쓰르라미 울음소리나 강가에서 떨어지는 물소리가 공연히 그리워졌고, 땀투성이의 성교나 분에 넘치는 식사나 잠 못 이루는 밤으로부터 한동안 멀어지고 싶은 충동에 사로잡히자 말자, 언제부터인지 인생이 벽에 부딪쳐버려 조금도 전진하지 못하고 있다는 사실을 알아차렸으며, 예견을 허락하지 않는 나날에 그리움이 느껴졌고, 사정이 그럴진대 일단 도읍을 벗어나보자, 우선 도기시가 소개해준 인물을 만나러 가보자고 작정하여, 쭈뼛거리면서도 창가와 싸전이 있는 방각과는 정반대의 길을 택했다.

그래도 마침 모퉁이를 돌자마자 문 바깥에 매여 있는 말과 마주치지 않았다면, 뜻을 굽혔을지 어떨지 모른다.

인사치레로라도 위세가 있다고는 추켜세우지 못할, 토담 여기저기가 무너진 그대로인 귀족의 저택 앞에서, 최하급 사무라이 한 명이 방문을 위해 주인이 타고 온 것으로 여겨지는 구렁말의 땀을 부지런히 닦아주고 있었으며, 그자가 말의 배 아래를 빠져 나가려고 무릎을 구부린 바로 그 찰나, 무묘마루

는 자신의 내면 어딘가에서 살그머니 폭발이 일어나는 것을 느꼈고,

느끼는 것과 동시에 마음을 정하자 몸이 덩달아 저절로 움직였으며, 짧고도 예리한 조주助走* 직후에 마부 사무라이의 등을 절묘하게 이용한 상큼한 도약이 행해지는가 싶더니 이미 말 위에 걸터앉았고, 가을걷이를 마친 직후의 마을을 습격할 때의 산적처럼, 우레 같은 만성蠻聲**을 내지르며 말을 다그쳐서 쏜살같이 내달았으며, 신분의 차이나 빈부의 차이라는 엄격한 틀 안에 갇혀 있는 숨이 막힐 듯한 세계로부터 단숨에 뛰쳐나감으로써 항상 갈구해 마지않던 무애를 간신히 유보했고,

거의 폭주나 다름없이 내닫는 말과 그 기수 주변에만 사회적 무질서가 발생했으며, 착란이 조그만 소용돌이를 이루었고, 양산을 받쳐 들고 잔뜩 거드름을 피우며 걸어가는 승려와, 투망을 걸치고 새잡이에 나서려는 난봉꾼과, 문 앞에서 벌거벗은 것이나 다름없는 모습을 드러낸 채 동냥을 하고 있는 거지와, 땔나무와 야채와 꽃을 머리에 이고서도 몸부터 먼저 팔고 싶어 하는 여자와, 가마에 올라 수많은 부하를 거느린 관리와, 벌건 대낮에 당당히 뇌물을 바치려고 온 도소 업자와, 먹물 들인 옷으로 몸을 감쌌으면서도 끊임없이 사바娑婆의 공기를 마시지 않고는 견디지 못하겠다는 표정의 비구니와, 심지어는 영맹獰猛한 들개들마저도 공포에 빠트렸다.

오랜만에 씩씩하게 말을 달리는 쾌감은, 무묘마루를 순식간에 유해무익한 전투적인 분자分子로 만들면서 최상급의 바람을 불러일으킨다.

혹은 강권적 중앙집권주의에 잔뜩 회의를 품은, 좀처럼 잠에서 깨어나지 않는 동족에게 항거하는 자와 한패가 된, 혹은 또 과거의 어둠으로부터, 지적 혼란으로부터의 탈출자로 변신하여, 그 마음은 선인先人의 이야기에 귀를 기울일 따름인 답습과는 거꾸로의 방향으로 보내지고, 그 혼은 실없이 흘러가는 인간 세상에 감연히 등을 돌리며,

흡사 전체가 화실火室***이라도 된 것 같은 열파熱波의 거리를 똑바로 가로질러 가서, 그렇다고 해서 스스로를 달아나게 하려는 도로徒勞를 위한 질주는 아니었고, 무료無聊를 빙자한 나머지의 발작도 아니었으며, 실제로 전혀 망설이는 눈동자가 아니었고, 두 눈동자는 욱일旭日처럼 벌겋게 타올랐으며, 언제, 어떤 순간에서도 생의 모두를 바칠 각오를 드러냈고, 전신은 넘쳐흐르는 무애의 기식氣息****으로 뒤덮였으며,

아무리 등 뒤를 돌아보아도, 엄벌을 가하기에 충분한 소업所業으로 간주한 사무라이도코로〔侍所〕*****의 무리들이 도둑놈

---

*도움닫기 **야만스러운 목소리 ***땔감을 때어 증기를 발생시키는 곳 ****호흡의 기운
*****주로 범죄를 다루던 무가 시대의 관청 이름

이라고 외치면서 뒤쫓아오는 것 같은 일은 결코 없었고, 어마어마한 속도로 스쳐 지나가는 도읍에는, 사진沙塵*과 더불어 이 세상의 정화淨化에는 전연 도움이 되지 않는, 개인적 이윤 추구에 날을 지새우는, 또는 막부의 은택에 지나치게 신뢰를 둔 사람들의 해태懈怠가 자욱하게 피어오를 뿐이었다.

그것이 호기가 불러온 업業인지 아닌지야 어쨌든, 무묘마루가 누군가 특정한 자의 슬하에 있지 않다는 처지를 드러내기 위한 행위라는 사실은 분명하다.

지금 당장은 풍작의 기색밖에 느낄 수 없는 도읍의 식량 공급원 지역을 열풍과 더불어 달려나가, 숨이 막힐 만큼 수액樹液의 향기가 넘치는, 관능적이기까지 한 여름 숲을 돌파하여, 어쩐지 요행의 징조를 드러내지 않고는 배겨나지 못하겠다는 듯한 녹음의 골짜기를 통과하고, 메추라기 떼가 뿔뿔이 흩어져서 달아나는 꽃이 만발한 들판을 종단해가자, 겨우 이 정도의 세상 풍파를 헤쳐 나가는데 무엇을 걱정하느냐고 하는 매성罵聲**이 들려왔고, 어찌되었건 운명에는 못 당한다는 선입견은 버리라는 타성咤聲이 귀에 닿았으며, 자신이 떠난 뒤의 세상이 어떻게 될까 고민하는 것은 바보 천치의 증거라는 노성怒聲이 날아왔고,

그러자 드디어 상큼한 기운이 넘쳤으며, 망설임의 세계에

존재하는 다양다채多樣多彩한 생물을 순화해 마지않는, 천변만화를 거듭하는 대자연의 위력을 또록또록하게 보여주었고, 다른 한쪽, 다시 말해 후방의 아득한 먼 곳으로 자꾸 밀려나는 도읍은 어떤가 하면, 권력의 맹위에 대항하여 변혁의 갈망이 심해지거나, 혹은 패자의 보복에 의거하거나 하여 생겨난 전화戰火가 원인이 되어, 언제 회진灰塵으로 돌아가도 이상할 게 없는 지역으로 몰락하고,

현세에서 주어진 생명 전부를 키우는 일륜이 저장하고 있는 빛과 열은 제아무리 방사하더라도 다할 줄을 모르며, 이따금 아무런 보탬이 되지 않는 조언을 던지는 적도 있는 월륜이 등장하는 것은 아직 한참 나중의 일이고, 쌍방이 서로 만날 즈음까지는 목표로 삼는 곳에 닿을 것임에 틀림없었으며, 말 위의 무묘마루가 찬 칼은 피에 굶주린 그것이 아니었고, 또한 쏟아지는 위난을 헤쳐 나갈 그것도 아니었으며, 더구나 혼에 오점을 찍기 위한 그것도 아니거니와, 몸을 바쳐 누군가를 지키기 위한 그것도, 하늘에 목숨을 바치면서 운을 시험하기 위한 그것도 아니며, 그 반사광은 한없이 청징清澄하여 이따금 정화淨火와 닮은 빛을 뿌리는 것이었다.

바다라는 착각이 들 만치 광대한 호수가 점점 다가왔고, 호

*티끌 **욕하는 소리

숫가를 따라 이어지는 나무 그늘에서 쉬는 자들의 모습이 선명해졌으며, 마침내 물결 소리와 물새의 지저귐이 들린다.

번쩍거리는 태양이 제법 기울어졌다고는 하지만, 그래도 아직 충분하게 대낮의 위력을 지니고 있었으며, 수증기의 양과 밀접하게 이어진 대기의 움직임을 자유자재로 조종했고, 때로는 상냥하게, 때로는 난폭하게 교반攪拌*하여, 그렇게 함으로써 인간적인 격정을 쉴 새 없이 재촉하면서, 두 번 다시 찾아올 리 없는 오늘이라는 날을 실컷 자극하면서, 생자들이 막연한 기대를 담아 기다리는 내일의 밑그림을 그리면서, 저녁놀이니 저녁 소나기니를 불러오는 것이지만,

그러나 지금은 전력을 경주하여 무묘마루만을 한층 세게 비추었고, 오로지 그 가슴속을 지탱하는 마음의 기둥을 지켜보느라 애썼으며, 수많은 인간 가운데 어째서 이 사내의 착안점만이 다른 것인가, 어째서 부조화한 마음을 지니고 있는가, 어째서 번뇌의 처분에 따르려 하지 않는가, 어째서 산불 같은 분노를 불태우는 횟수가 잦은가, 어째서 악의 힘에 붙잡히려 할 때마다 선의 힘이 강해지는가, 그런 따위의 질문을 연달아 퍼부어보아도 당사자조차 그런 사실에 생각이 미치는 법은 결코 없었고, 고민하는 법조차 없었으며,

그런지라 지금은 그저 솟아오르는 정감情感의 손에 운명을 맡기는 수밖에 없었고, 결기決起에 값하는 목표나 목숨을 걸고

일전을 펼쳐도 좋을 적을 찾아내지 못한 채, 자신의 이성理性에서 지침을 구하면서, 마침 있는 선택지 중에서 최량으로 여겨지는 답을 내는 수밖에 없었으며, 도기시가 가르쳐준 인물을 만나보는 것이 최대의 과제라는 사실을 재확인하면서, 진짜 바다처럼 물결이 부서지는 호숫가를 따라서 가만가만 말을 몰아가는 것이었다.

호수는 수천만의 칼날을 뿌려놓은 것처럼 번쩍였고, 대해원大海原처럼 수평선의 소재를 뚜렷이 드러냈으며, 게다가 갈매기까지 날아다닌다.

호수 멀리 점점이 떠 있는 돛단배는 물의 세계로부터의 선물인 어개魚介 잡기에 여념이 없었고, 활기를 띤 어부들의 외침이 변덕스러운 바람에 실려 들려오는 순간이 있었으며, 사방에 떠다니는 편안함은 단연코 하늘에서 내려온 자 따위가 뿌린 그것이 아니었고, 전적으로 물에 의한 영구적 반복운동과, 거짓 없는 사모思慕와도 닮은 따뜻한 정적靜寂이 안겨주는 것이었으며, 가는 곳마다 대자연이 제공하는 바람직하고 다양한 원리가 범람했고,

거기에는 희망을 되밀어버릴 듯한 부정한 작용은 일체 발

*휘저어 섞음

143

견되지 않았으며, 어리석음을 드러내고 마는 심술궂은 힘도 존재하지 않았고, 부유한 계급이 터트리는 너무나 과대한 망상도 들려오지 않았으며, 엄격하게 다스리지 않으면 안 될 잘못도 없을뿐더러 타인의 나쁜 버릇을 채워주는 것으로 끼니를 때우는 비열한 무리들의 기색도 없었고, 그저 남녀의 교접이 무엇인지도 모르는 향기로운 처녀와 같은 초초楚楚한 공기가 무제한으로 넘치고 있을 따름이었으며,

물가에 세워둔 말은 무릎까지 물에 담근 채 자꾸만 목을 축였고, 달아오른 근육을 식히면서 곁눈질로 신참자인 기수를 힐끗힐끗 훔쳐보았으며, 앞으로 이 인간과는 어떤 관계를 맺어가는 것이 좋을지에 관해 머리를 굴리는 눈치였으나, 이윽고 스스로가 잘 길들여진 말로서 완전하게 신용을 얻고 있다는 사실을 깨닫자 그 동그란 눈동자가 갑자기 음모를 꾀할 때의 색깔을 띠었고, 태어나서 여태까지 탈주를 시도해본 적이 단 한 번도 없었음에도 불구하고, 주저 없이 그것을 실행에 옮겼다.

물가에서 벗어나 쓰르라미가 울기 시작한 숲속으로 뛰어들어 전력 질주하며 달아나는 구렁말을, 무묘마루는 부드러운 눈길을 던지며 전송한다.

그리고 거기까지 달려온 목적을 말끔히 망실한 채, 스스로를 책망하는 듯한, 혹은 스스로의 마음을 달래는 듯한 말을 무

심코 입 밖에 내지도 않았고, 도읍 생활로 인해 낀 영육의 때와 향락의 잔재를 씻어내겠노라며 별안간 발가벗고 철벅철벅 호수로 들어갔으며, 멋지게 양손을 번갈아 써서 물살을 가르며 헤엄쳤고, 어느 결에 몸에 배어버린 천박피상淺薄皮相*한 처세술을 하나하나 떨쳐내버렸으며, 급기야는 이것을 하지 못하는 한 무슨 일도 이룰 수 없으리라는, 그런 판에 박은 자계自戒의 말을 등 뒤로 내동댕이쳤고,

그러자 갑자기 부력浮力이 배증했으며, 나아가 새로운 스스로에게 도달하기 위한 과도적인 형태로서의 육체를 생생하게 실감하는가 싶더니, 마치 물매암이처럼 다소 인간과 동떨어진 수영이 가능해졌고, 휙휙 거침없이 헤엄치는 사이에 코로 물이 침입하여 이마 언저리를 콕 쏘는 독특한 감각이 어린 시절 강물에 빠져 허우적거릴 때의 기억을 선명하게 되살려주었으며, 잇달아 이런저런 서글픈 추억이 활발해졌고,

그리고 그로부터 상당히 세월이 흘렀음에도 불구하고 여전히 고독으로부터 빠져나오지 못할뿐더러, 점점 더 그것이 깊어지기만 하는 자신을 알아차렸으며, 알아차리고 만 사실로 해서 급격하게 마음이 약해져 생기가 찌부러졌고, 끝없이 숙명의 지배를 받아야 하는 처지가 너무나 불쌍하게 여겨져 급기야 눈물이 둑이 터진 듯 흘러내렸으며, 아무리 통곡을 해

*천박한 겉모습

도 대량의 물과 물결치는 소리에 의해 아무도 눈치 채지 못할 상황이었던지라 속이 후련해질 때까지, 저녁 햇살에 의해 낮이 그림자를 감출 때까지 하염없이 우는 것이었다.

호면湖面에도 호반湖畔에도 달빛이 안겨주는 긍정의 원리가 골고루 범람했고, 만물이 받아들이는 자애를 체감한 무묘마루는 몸도 마음도 정화된다.

달에 이끌려 촌락이 점재하는 평화로운 지역을 지나갈 때, 몇 시대를 거치면서 확고한 지반을 다진 농부들의 단란한 밤이 가슴을 저리게 했으며, 그와는 반대로 독거獨居의 밤을 끝없이 되풀이하면서 사람 죽이는 도구를 몸에 차고 한없이 방황하는 스스로가 점점 더 이상한 존재로 여겨졌고, 대관절 타자의 피로 인생에 무엇을 기록하려 하는가 하는 자문을 하지 않을 수 없어졌으며, 도리를 일깨워주고자 하는 별 그림자를 무시할 수 없어졌고, 도기시가 추거推擧하여 마지않는 인물을 찾아가는 것이 귀찮아졌으며,

뿐만 아니라 칼 그 자체가 거추장스럽게 여겨졌고, 둘 다 한꺼번에 가장 깊은 호수 밑바닥에 빠트려버리고 싶어졌으며, 어딘가에 방치된 조각배가 없을까 하고 둘러보았으나 유목流木 하나 뒹굴지 않았고, 그렇다고 해서 도읍으로 되돌아갈 기분은 생겨나지 않았으며, 차라리 여기서 바지라기를 채취하는

어부라도 되어버릴까 하는, 도피 절반, 자포자기 절반인 마음의 변화가 일어났고, 이내 광기에 휩싸인 격정으로 치달아서 살아남는 것에 무슨 의미가 있겠느냐고 생각하여, 죽어야 할 목숨의 포로가 된 자신의 존재 모두를 지워버리고 명부冥府로 내려가고 싶어졌으며,

호수 밑바닥에 가라앉힐 것은 칼뿐이 아닐지 모른다는 부정否定의 사념이 뇌리를 스치기 시작하자, 소맷자락에 돌멩이를 채우면서 또다시 물가로 다가갔고, 그런 스스로를 반신반의의 눈길로 관찰하고 있는 또 한 명의 자신이 있었으며, 원래부터 그럴 마음도 없으면서, 다시 말해 죽고 싶어 안달하는 무리의 흉내나 내면서 즐길 따름이라고 내심 생각하고 있으면서도 몸 쪽은 제멋대로 점점 물가로 가까이 갔으며, 이미 품속까지 돌멩이로 가득 찬 상태였다.

익사를 방해한 것은 생선을 굽는 냄새에 촉발된 식욕이며, 죽기 전에 그것을 맛보고 싶다는 강렬한 욕구가 무묘마루의 생을 갱신한다.

천체의 번쩍임 아래, 그 희미한 빛을 남김없이 받아들여 반사하는 호숫가에 한 채의 허술한 갈대로 이은 집이 있었고, 뜰 앞에 한 명의 노인이 있었으며, 벌겋게 타오르는 탄불 주위에는 꼬챙이에 찔러 양념을 바른 생선이 줄줄이 세워져 있었고,

커다란 그릇에는 잘 익은 밥이 그득 담겼으며, 냄비에서는 바지라기 국물의 냄새가 떠돌았고, 이제는 굶주린 떠돌이에 불과한 무묘마루를 놀랄 만한 구심력으로 끌어당겼으며,

거기가 지도에 그려진 목적지에 틀림없었고, 그 노인이야 말로 소개해준 인물에 다름 아니라는 사실을 알아차리자마자, 바로 조금 전까지 그토록 강했던, 이 세상을 가차 없이 증오하던 심정이 대번에 뒤집히고 말았으며, 칼을 갈아줄 수 있느냐 없느냐는 부탁보다도 밥을 얻어먹을 수 있느냐 없느냐는 쪽이 더 중대한 문제로 등장했고, 먹게만 해준다면 그 각하脚下*에 꿇어도 상관없다고까지 생각했으며,

늙어도 굽지 않은 꼿꼿한 등을 향해 말을 걸자, 놀랍게도 상대는 뒤돌아보지도 않고 슬슬 올 때가 되었다고 여겼다면서, 마침 식사준비가 다 된 참이라고 말하면서 천천히 뒤돌아보았고, 그 얼굴을 탄불과 달빛에 드러내면서 손짓을 했다.

목소리도 그렇고, 눈빛도 그렇고, 풍모도 그렇고, 첫 대면이라고는 여겨지지 않는 농후한 인상이 어떤 종류의 그리움을 띠고 밀어닥쳐, 무묘마루의 가슴을 두근거리게 한다.

그렇지만 아무리 기억의 실을 감아올려보아도 짐작 가는 인물이 염두에 부상해오는 일은 없었고, 나의 방문을 무슨 수로 알아냈는가 하고 물어보았으나 대답은 돌아오지 않았으며,

어쩌면 고령 탓으로 사고에 혼란이 생겼을지도 모른다고 의심하여 그 눈동자를 뚫어져라 쳐다보았으나 그럴 만한 낌새가 전혀 엿보이지 않았고, 그렇기는커녕 읽고 쓰기를 배워 깨우쳤을 뿐인 인종을 훨씬 능가하는, 상대하는 것만으로 쩔쩔 맬 정도의 유별난 지적 작용이 느껴졌으며, 입빠른 소리지만 제아무리 허세를 부려보았자 대등감 따위는 절대로 지닐 수 있을 것 같지 않은 상대였고,

그런 것보다도 당장은 차려준 밥을 감지덕지 먹고 배를 채우는 것이 선결이라며, 툇마루에 앉자마자 갈대 젓가락을 거머쥐고 잘 구워진 고소한 생선을 반찬으로 이제 막 지은 밥을 걸신들린 것처럼 입 안으로 퍼 넣었고, 화상을 입으리만치 뜨거운 바지라기 국물을 떠먹었으며, 그다음은 대번에 지복至福의 높은 곳으로 날아올라가, 상쾌한 기분으로 바뀌어가는 자각에 취하는 사이에, 위태로운 인생이었건 아니었건 주어진 운명을 다 누려보리라는 원기가 혼의 깊은 곳에서 넘쳐흘렀고,

불룩 튀어나온 배를 쓰다듬으면서 공상적인 억측의 나래를 폈으며, 새삼 노인의 정체에 관해 머리를 굴려보았으나 어느 가정이나 다 이렇다 할 결정적인 단서가 모자랐고, 그러나 과대한 경의를 표하기에 걸맞은 자인지 아닌지야 어쨌든, 단순한 장난꾸러기 따위가 아니라는 사실만큼은 분명했으며, 어쩌

*무릎 아래

면 사람의 모습을 하면서 사람을 초월한, 불사不死 영원의 존
재인지도 몰랐고, 이 세상의 울타리 너머로 데려가기 위해 마
중 나온 죽음의 신인지도 모른다는 불길한 상상에 사로잡히기
도 했으나, 그렇다면 인간이나 다를 바 없이 먹고 마시는 행위
가 도저히 이해되지 않았다.

서늘한 밤바람에 타다 남은 불이 번쩍거렸고, 핥아낸 듯이
뼈만 앙상하게 남은 생선을 달빛이 또렷하게 비추었고, 노인
은 귀신 같아 보인다.

무묘마루는 잊어버렸던 방문 목적을 고했고, 도읍에서는
어깨를 겨눌 자가 없다는 도기시의 소개를 받아 왔노라고 설
명하면서, 등과 허리에 차고 있던 두 자루의 칼을 벗겨내어,
갈아야 할 필요가 없다는 소리를 들었지만 눈에는 보이지 않
는, 심안心眼에밖에 포착될 것 같지 않은 혼의 얼룩이 녹으로
달라붙어 있을 것처럼 여겨져 견디지 못하겠으니 부디 그것을
지워주면 좋겠다고 부탁했고, 도신을 보여주기 위해 칼집에서
빼내려고 하는데 그 손이 노인에 의해 부드럽게 붙잡혔으며,
볼 필요가 없다는 말을 들었고, 여하한 명도라 하더라도 완성
과 동시에 사람을 그르치게 만드는 힘을 지니고 있는 것에는
아무런 변화가 없다고 설파했으며,
그러나 결코 영리한 체하는 말투는 아니었고, 또한 마음의

문을 닫아버리고 싶어 하는 듯이 내뱉는 말투도 아니었으며, 어디까지나 친근한 말투로 칼을 계속 차고 다니건 내버리건 당사자의 존념存念* 여하에 따른 것이라는 뜻을 딱 잘라 말했고, 어느 길을 택하더라도 진정眞正의 호용豪勇을 떨치지 않으면 안 되며, 다시 말해 갈아야 할 것은 칼이 아니라 칼을 지닌 자의 정신 쪽이고, 그것은 도기시의 일이 아니라 당사자 자신 외에는 해낼 수 없는 일이라고 딱 부러지게 말했으며, 그것은 칼날이 빠지거나 녹의 유무로 판정하는 일이 아니라 그 칼이 어떻게 쓰이는가에 의해 결정되고, 칼을 살리는 것도 죽이는 것도 오로지 소유자의 삶의 방식 여하에 달려 있으며, 필경은 사람이 죽어 칼이 죽는 것이고, 말하자면 너의 육 쪽은 살아 있다손 쳐도 혼 쪽이 벌써 죽어가고 있다고 말했으며,

그런데 그 뒤에 이어지는 이야기는 일절 없었고, 그로 인해 조개처럼 입을 다문 노인의 눈동자를 들여다보는 무묘마루는 번연대오飜然大悟**할 정도의 감동은 솟구쳐 오르지 않았으며, 그래도 대의大意만큼은 어렴풋하게나마 알아차린 것 같은 심경이었고, 적어도 황무지에 내던져진 듯한, 질식하는 악몽을 봤을 때와 같은 기분으로부터는 상당히 멀어졌으며, 내 것이 아닌 정복淨福에 감싸여 있다는 사실만은 틀림없었다.

*늘 생각하고 잊지 않음 **갑자기 크게 깨달음

아득히 먼 곳에서 찾아와준 손님에게 도의에 걸맞은 가르침을 전수해준 노인은, 생과 사를 말하고 그것이 무엇인지를 묻는다.

　사람은 누구나, 아니, 생명을 가지고 존재하는 모든 생물이 운명의 총아이며, 동시에 숙명의 종자從者여서, 제아무리 발버둥 쳐보아도 되기로 되어 있는 것밖에 되지 않고, 제아무리 자신의 핵심을 붙잡으려고 애를 써보아도, 경상鏡像˚처럼 보이기는 해도 붙잡을 수 있는 것이 아니며, 결국 겉모습만의 감촉이 주는 흔적과, 단지 하룻밤의 환희와도 닮은 추억만을 안고 저세상으로 길을 나설 따름이고, 그런 생애에 의미가 있다고도 없다고도 단정지을 수 없으며,

　애매모호한 곳을 메워줄 듯한 것이 신불 따위이긴 하지만, 신불 또한 사람의 고뇌와 교활에서 탄생한 환幻이고 보면, 아무리 달라붙으려고 해도 안아주지 않으며, 쫓아갈수록 달아나버리고, 저세상으로 간 뒤에도 대할 수 없는 노릇이며, 그러므로 고독감으로부터 놓여나는 법은 결코 없고, 세계는 여전히 침묵한 채이며, 신불의 말씀이라는 것을 대변하는 무리는 광인이거나 협잡꾼 둘 중의 하나에 지나지 않고, 특히 '죽어서 이루라!' 는 식의 선동은 부디 경계하지 않으면 안 되며,

　번민도 혼미도 어차피 도로徒勞에 지나지 않고, 그런 탓으로 그때그때의 충동에 몸을 맡겨, 결과에 관해서는 후회하지

않고, 쏜살처럼 날아가는 데까지 날아가, 꽂힐 곳에 꽂히고, 나머지는 망각에 빠져들 뿐이라는 길이야말로 생의 대의大義를 위해 목숨을 버리는 일에 다름 아니며,

칼을 버리든 버리지 않든, 사람을 죽이든 사람에게 죽임을 당하든, 일륜과 월륜은 언제나 이어서 돌며, 겹쳐지는 선행과 악행 일체를 자세히 목격하긴 하지만 지켜볼 뿐 간섭은 하지 않고, 말을 걸어준 것처럼 여겨지는 수가 간혹 있다손 치더라도 그것은 자기 스스로의 마음의 투영에 지나지 않으며, 대변代辯의 말에 지나지 않을 것이라고, 그렇게 이야기하는 노인의 주변에 팽팽하게 당겨진 활시위와 같은 예사롭지 않은 기색이 충만해지더니, 무묘마루의 눈앞에서 늙은 모습이 순식간에 달빛에 녹아들어가 홀연히 자취를 감춘 것처럼 여겨진 것도 눈 깜빡할 사이, 약간 떨어진 곳에, 모래언덕 너머에, 물결치는 물가에, 불쑥 다시 출현했다.

하지만 그 옷차림은 어느 결에 행각승의 그것으로 바뀌어 있었고, 자신의 발밑에는 방금 만든 것처럼 새로운 짚신 한 켤레가 어김없이 놓였다.

눈에 익은 짚신이 시야에 들어오자 무묘마루는 즉각 노인

*평면경의 반사에 의해 만들어진 물체의 상

153

의 정체를 알아차렸고, 알아차렸다고 해서 어떻게 할 수는 없었으며, 그저 성스러운 진감震撼에 휩싸여 공구恐懼*할 따름으로, 그 얼굴 표정은 대어를 놓친 낚시꾼을 연상시켰지만 무념함만은 빠져 있었고, 시간과 힘을 헛되이 써버렸다는 후회는 털끝만큼도 없었으며, 낚지 못해도 상관없다는 식의 소극적인 만족감에 젖어들 수가 있었고,

그리고 우는 벌레들의 향연이 절정인 초원을 물가를 따라 걸어가는 행각승의 뒷모습은 어떤가 하면, 초록빛으로 반사하는 금색 달빛에 의해 생생한 그림자를 잇달아 제거당했고, 결국에는 몸 전체가 북두칠성과 근사한 형태를 이루더니 마침내 어둠에 휙 삼켜져 형적도 없이 사라져버렸으며, 그토록 강했던 존재감도 완벽한 공백으로 남김없이 비워져 무無로 바뀌었고,

거기로 불어 닥친 일진의 돌풍이 파두波頭를 흩날려버렸으며, 모래밭의 흰모래를 휘몰아 한바탕 갈대로 엮은 집을 휘청휘청 흔들었고, 그 바람이 사라지고 갑자기 괴괴해졌을 때 비린내 나는 공기가 사방으로 온통 퍼졌으며, 강렬한 그것은 정말이지 사취死臭에 다름 아니었고, 더군다나 갈대로 엮은 집 안에서 흘러나온다는 사실은 명백했으며, 어서 떠나는 편이 낫겠다고 여긴 바로 그 순간, 문 앞에 힐끗 사람 그림자가 보인 것 같아 호기심이 치밀어 허리에 찬 칼의 손잡이에 손을 대면서 집 안으로 들어갔는데,

그러자 이취異臭는 점점 더 짙어졌고, 코와 입을 손바닥으

로 누르면서 더 안쪽으로 들어가자 너무나 도기시다운 작업장이 나왔으며, 거기에는 온갖 종류의 다양한 숫돌이 정연하게 놓여 있었고, 허다하게 놓인 물통에는 한결같이 물이 가득 담겼으며, 벽에는 호화롭게 만든 칼집에 꽂힌 크고 작은 칼들이 나란히 기대어 세워져 있었고, 아낌없이 쓴 나전螺鈿과 황금에 의해 쇼군이나 제왕, 혹은 그 참모들의 소지품에 틀림없다는 사실을 어둠 속에서도 알아볼 수 있을 정도였으며,

악취의 근원이 무언가 했더니, 필경은 한창 작업을 하던 도중에 발작을 일으켜서 죽음에 이른 것으로 믿어지는 반쯤 백골화된 늙은이가 앞으로 폭 꼬꾸라진 모양으로 쓰러져 있었고, 손에 쥔 유달리 큰, 실전에는 걸맞지 않게 만들어진 큰 칼과, 쓰면 쓸수록 더 좋아진다는 소문이 자자한 숫돌이 부패의 도상에 있는 몸 아래에 깔려 있었으며, 그렇게 도기시이기에 맛볼 수 있는 행복한 생애의 막을 내리고 있었다.

*몹시 두려워함

새로운 짚신으로 갈아 신은 무묘마루는 운명의 어떤 타격도 회피할 수 있을 것 같은 걸음걸이로 도읍으로 되돌아가, 우발성의 나날에 몸을 맡긴다.

　오직 하나의 미래밖에 없다고 단정지어버릴 듯한, 살아가는 목적을 어느 방향에 국한해버릴 듯한, 조건부의 취사선택밖에 하지 않을 듯한, 그런 옹색한 사고思考와 단호히 손을 끊고, 자신의 주변에 온통 널려 있는 이런저런 께름칙한 사실들과 공존해갈 각오를 굳히고, 심심풀이로 시종始終해온 자신의 삶을 슬픔으로 어두워진 얼굴로 평하거나 하지 않고, 그렇다고 해서 마음을 항상 명랑하게 먹고자 애쓰지도 않고, 어디까

지나 감정이 우위를 차지한 채 나태한 낮과 음미淫靡한 밤을 보내고,

이성異性의 요구에는 고분고분 응하고, 쉴 새 없이 체위를 바꾸는 성교에 매진하고, 차려 내오는 요리나 술은 남김없이 비우고, 사소한 일을 계기로 입에 담고 마는 성격을 학대하기 십상인 자기 부정의 중얼거림을 웃어넘기면서 인생의 정체기를 용인하며 즐기고, 결코 보태거나 빼거나 하지 않고 있는 그대로의 자신을 대하노라면 숙명의 거대한 궤도에 올라 느릿느릿 움직이는 자각이 강해지고, 그것이 가장 강해졌을 때는 마치 구름 위에 진좌鎭坐한 자가 되기라도 한 것 같은 쾌감을 맛볼 수 있고, 어차피 덧없는 세상에 지나지 않으니까, 라는 투로 갑자기 태도를 바꾸지 않는 실감이 솟아오르고,

그렇다고 해서 공허한 진리는 아니고, 구원하기 힘든 허무도 아니고, 또한 열악한 정신상태도 아니고, 이것이야말로 틀림없이 근원적인 기분의 상태가 아닐까 여겨질 정도이고, 포학한 힘을 감춘 수성獸性이 점점 옅어져가는 경향에 있으면서 주위 사람들의 생각도 개선되고, 선량하면서도 쉬 친해질 수 있는 괴짜라는, 그런 평가가 급속히 굳어지고, 쾌락의 관館에서 일하는 자 모두로부터, 어디까지나 일시적이며 예외적인 존재라는 거리를 둔 형태이기는 해도 조금씩 인정을 받기에 이르렀다.

특히 혀 잘린 동녀는 예사롭지 않게 따르는데, 때로는 아버지처럼, 때로는 오빠처럼 대하고, 무묘마루도 그에 맞장구친다.

천애 고독의 버려진 아이라면 또 모르되, 양친이 다 있으면서 암탉 열 마리 가량의 값을 붙여 팔아치웠고, 생김새가 너무 못나 성장하더라도 몸 팔아 돈을 벌기는 글러먹었다는 판단이 내려졌음에도 불구하고, 허드렛일로 입에 풀칠이나마 하는 추녀醜女의 값보다 훨씬 비싸게 거두어들인 까닭은, 전적으로 가게에 들어온 당초부터의 부가가치 덕에 다름 아니었으며, 말을 하지 못한다는 치명적인 결함도 창가娼家에서는 손님의 치부가 일절 외부로 누설되지 않는다는 보기 드문 장점이었고, 그로 인해 인신매매의 교섭은 그 자리에서 성립되어 부르는 값에 팔렸으며, 덕분에 산 채 강으로 내던져지는 것 같은 꼴을 당하지 않고 매듭지어졌고,

그러나 유자幼子의 혀를 자른다는, 자칫하면 이도 저도 다 망치고 말지 모르는 위험한 도박을 건 사람은 다름 아닌 낳아준 부모였으며, 그런 성장 배경에도 불구하고 그녀가 조금도 주눅이 들지 않는 것은 천성이 밝기 때문이라고밖에 더 보탤 말이 없었고, 혹은 슬픔을 전혀 내색하지 않음으로써 슬픔을 견뎌내는 방도를 확실하게 터득했는지도 몰랐으며, 결코 지워지지 않는 얼굴의 미소는, 궁지에서도 희망을 불태울 줄 아는 천하태평 한량의 그것과 닮았고, 그 바람에 유녀들은 아무리

세월이 흘러도 본래의 생식력을 발휘할 수 없는, 부끄러움과 젊음을 잃어갈 따름인 내일을 그럭저럭 살아갈 힘을 유지할 수 있었으며,

그러므로 혀 잘린 동녀는 상객上客에 필적하는, 어쩌면 그 이상의 소중한 존재일지도 몰랐고, 유행하는 감기에 걸려 고열을 내면서 사흘 밤낮이나 가위눌린 끝에 절망의 분위기가 떠돌기 시작했을 때와 같은 경우에는, 덩달아 힘이 빠져 건성으로 대하는 여자들에게 화를 내고 돌아가는 손님이 속출했으며, 도읍에서 손꼽는 곳이라는 가게의 명성이 순식간에 떨어져버리고 말 정도였는데, 그래도 평상시에는 그토록 잔소리가 심한 여주인조차 그때만은 아무 말도 하지 않았고, 스스로 달라붙어 간병에 전념할 지경이었다.

손님의 불평은 돌고 돌아 미곡상인 덩치 작은 사내의 귀에 들어가게 되었고, 이내 확인하러 달려왔으나 새근새근 잠든 동녀의 모습에 입을 다문다.

덩치 작은 사내의 기량은 어쩌면 무묘마루의 상상을 넘을지도 몰랐고, 다시 말해 자기 애인의 배신은 벌써 알아차리고 있으면서 일부러 방치하고 있을 가능성이 매우 높았으며, 그렇지 않으면 일일이 목전의 일을 욕심내지 않는 것이 결과로서는 막대한 이익을 불러온다는 장사의 핵심을 뼈저리게 가슴에

새기고 있는 욕심 많은 자일지도 몰랐고, 그야 어쨌든 그의 말
투와 태도에서 위험한 압박감을 느낀 적은 한 번도 없었으며,

그렇기는커녕 칼을 갈고 싶다는 일념으로 무가武家의 말을
강탈했던 그때의 일건一件이, 벌건 대낮에 다수의 목격자가 있
었던 탓으로 사무라이도코로에서도 알아버렸고, 즉시 냄새를
맡아 체포당하기 직전까지 갔으나 덩치 작은 사내가 나서서
단숨에 처리했으며, 몇 배나 값이 더 나가는 말을 사서 변상했
을 뿐 아니라. 그 저택에서 소비하는 일 년치 쌀을 더 얹어주
었고, 또한 관계한 관리들은 한 명도 빠짐없이 신분에 따라 그
만한 액수의 돈을 품에 슬쩍 찔러 넣어주는 수법으로 말끔히
해결지었으나, 은혜를 베풀었다는 투의 말은 단 한마디도 하
지 않았으며, 대상代償으로 무모한 일을 부탁하는 것 같은 행
동도 취하지 않았고, 오직 '들놀이는 참 좋은 거야!'라고, 그
렇게 옛날을 그리워하는 듯한 어투로 말했을 뿐이었으며,

무엇보다 쌀을 다루는 호상豪商으로서의 그에게 그런 일은
소사小事 중의 소사에 지나지 않았고, 그렇지 않아도 수확의
계절이 닥쳐옴으로써 풍작과 흉작의 판단에 여념이 없었으며,
한바탕 도박을 걸 가을이 될지 어떨지에 머리와 마음의 대부
분을 빼앗겼고, 천후天候의 변동을 떠올리면 안절부절못할 지
경이었으며, 거래하는 근교 마을로부터 긁어모은 정보의 분석
에 정신이 없었지만, 그러나 여하한 명찰明察로서도 확답을 얻
을 수 있는 문제는 아니었고, 그 일로 해서 모임의 우두머리인

몬지로의 저택을 뻔질나게 들락거렸다.

예년에 없는 풍작이라는 결론이 굳어져가던 무렵, 태풍이 잇달아 불어 닥쳐 다소 풍해風害가 발생하긴 했으나 괴멸적인 홍수는 아니다.

강줄기를 따라 펼쳐진 마을에서도 침수 피해를 입은 논이 한 곳도 없다는 소문이 도읍에 퍼지자 아연 활기가 넘쳤고, 여름철 불경기에 빠질 기색 따위가 대번에 날아가버렸으며, 금전으로 뒷받침된 무애의 풍조와, 거기에 의거한 사회적 태동胎動에 한층 박차가 가해졌고, 모순투성이, 불합리투성이이긴 하지만 여전히 살아갈 가치가 있는 세상이 아닌가, 세상살이는 하나의 황홀이 아닌가 하는 듯한, 그런 낙천적인 분위기가 강해졌으며,

요약하자면, 쌀이 범람하는 즐거운 가을이 될 듯하다는 것으로, 값싼 쌀로 밥을 배불리 먹을 수 있을 듯하다는 것으로, 악독한 쌀장수들이 제아무리 여럿이 덤벼들어도 매점매석을 꾀하지 못할 정도의 수확량이 예상될 듯하다는 것으로, 제아무리 용을 써보았자 그만큼 막대한 자금은 끌어대지 못할 듯하다는 것으로, 말하자면 이제 내년 가을에나 기대를 거는 수밖에 없을 듯하다는 것으로,

몬지로가 천후와 장사를 연결하는 끈이 끊어져 운명이 편

을 들어주지 않음을 깨달아 체념의 답을 내려는 순간, 덩치 작은 사내가 목소리를 죽여서 이견을 내놓았으며, 얼토당토않은 비책秘策을 입에 담았고, 그것을 위해 일해줄, 살아가기 위해서라면 어떤 비도非道라도 서슴지 않을 패거리를 다수 준비해두었다고 알렸으며, 녀석들이 손을 쓰면 수확 직전의 벼를 불태워버리는 것쯤이야 식은 죽 먹기이고, 그것은 또한 저택 안에서 생각하는 만큼 대단한 일도 아니며, 말을 타고 이동하면서 야음을 틈타 잇달아 불을 지르면 불과 며칠 사이에 쌀값이 격변할 것이라고 대수롭지 않게 잘라 말했고,

그러자 어디까지나 색다른 동료이어야 할 몬지로의 얼굴에 동요가 스쳤으며, 흔쾌히 승낙할 표정이 아니었고, 그렇다고 해서 검토해볼 가치가 있음을 상대가 먼저 말해버림으로써 당황하는 것 따위가 결단코 아니었으며, 분명히 제안 그 자체가 지닌 자기 자신을 넘어선 의도의 과격함에 망설임을 느끼는 탓이었고,

업계의 옥좌에 올라 아직 일천한 미완의 대기大器는, 한동안 입을 다물고 값비싼 미주美酒를 찡그린 얼굴로 마시고 있었으나, 이윽고 벌떡 자리에서 일어나 넓은 툇마루의 구석까지 가더니 확연히 가을빛을 띠기 시작한 달을 올려다보거나, 처마 끝에 주렁주렁 매달린 정묘精妙의 극치라고 해야 할 호화롭기 짝이 없는 등롱燈籠에 눈길을 던지곤 했으나, 이내 별밤에 딱 들어맞는 아주 차분한 어투로, 그렇게까지 할 기분이 아니

라고 딱 잘라 말하는 것이었다.

집으로 돌아가면서 덩치 작은 사내는 줄곧 떨떠름한 표정을 지었고, 헤어지면서 몬지로의 무이해와 죽기 아니면 까무러치기의 배짱이 없음을 규탄했으며, 실망과 경멸의 침을 뱉는다.

그리고 더욱 비난의 말을 거듭하여, 호기好機란 참을성 있게 오기를 기다리는 것이 아니라, 스스로 만드는 것이라는 사실을 저 애송이는 아직 알지도 못한다고 말했고, 장사를 자신의 근본으로 삼고 기둥으로 삼으려는 의지마저 의심했으며, 자리에만 앉아서 지배하고 싶어 하는 자에게 미래는 없다고 말했고, 자신의 지배력을 보여주지 않으면 안 될 때 뒷걸음질 치고 마는 듯한 소심자에게 모임의 우두머리가 될 자격은 없다고까지 잘라 말하는 그 면모에는, 무어라고 표현하기 어려운, 어지간한 악당이더라도 몸이 얼어붙고 말 것 같은, 망령이 머리맡에 섰을 때와 같은, 그런 싸늘함이 스쳐갔으며,
창가의 2층 잠자리로 돌아와서도, 바야흐로 시커먼 마음을 송두리째 드러낸 덩치 작은 사내의 얼굴 표정이 떠나지를 않아서, 혀 잘린 동녀가 들고 온 야식에 젓가락을 댈 수도 없었고, 술을 마셔도 잊어지지 않았으며, 잠을 자도 꿈에서까지 나올 것만 같아서, 두 자루의 칼을 품고 뜬눈으로 밤을 새워야겠다고 작정할 즈음 취객이 내지르는 것으로 믿어지는 노성怒聲

이 들려왔고,

한동안은 늘 있어온 소동이라고 흘려들었으나, 아무래도 꽤 술에 취한 모양이었으며, 더구나 야만스럽게 날뛰는 듯했고, 유녀들이 열심히 말리는 것도 전혀 효과가 없었으며, 매성罵聲 외에 그릇이 깨어지는 소리가 뒤섞이게 되었고, 이대로 두면 다른 손님에게도 폐를 끼칠 것이며, 가게 측이 상당한 피해를 입을 것이라고 판단한 여주인은, 마지막의 마지막 수단으로서 무묘마루에게 도움을 청했다.

맨손인 상대에게 칼을 차고 갈 것까지야 없다고 판단한 무묘마루는, 미쳐 날뛰는 손님이 있는 곳으로 가자 그 멱살을 잡고 대갈大喝한다.

그러자 외견은 난봉꾼 부호의 풍채이면서도, 묘하게도 근골이 다부진, 완력이나 민첩성도 보통 사람 이상일 것 같은 손님은, 더욱 분노를 도비徒費*하는 방향으로 밀어붙여 유곽의 풍류 넘치는 질서를 완전히 망가트렸으며, 갑자기 덤벼드는가 했더니 격투로 맞섰고, 공중제비하면서 방 한복판에 털썩 쓰러진 양자는 즉각 요란하게 맞붙어 싸우기 시작했으며, 한참 동안 저쪽으로 뒹굴뒹굴 이쪽으로 뒹굴뒹굴 나뒹굴었고, 흉포한 신음 소리와 찰과음이 점점 심해졌는데,

그날 밤은 공연히 한바탕 난리를 피우고 싶던 무묘마루의

투쟁심에 불이 붙었고, 그저 응징하여 쫓아버리는 것만으로는 도저히 기분이 풀릴 것 같지 않았으며, 2층에서 내던져버리려고 혼신의 힘을 담아 마주 서긴 했으나, 그자는 감탄할 정도로 벅찬 상대였고, 승패의 향방에 관해서는 무어라고 말할 수 없었으며, 5대 5의 정세가 4대 6으로 기울어질 즈음 칼에 기대는 수밖에 없을지 모른다는 생각이 뇌리를 스쳐가기 시작했고,

그런데 별안간 상황이 일단락의 상태로 급변했으며, 다시 말해 상대의 힘이 웬일인지 느닷없이 다해버린 것을 알아차린 무묘마루는, 이때다 하고 판단하여 말 탄 자세를 취하려 들었고, 그것이 제대로 먹혀들 즈음 그자의 표정이 일변한 사실을 깨달았으며, 아무리 봐도 취한醉漢 따위가 아니었고, 특히 눈초리가 어떤가 하면 맨 정신 그대로의 것이었으며,

악惡의 주형鑄型에 푹 끼어버린 것 같은 인상의 그자는, 별반 술냄새도 나지 않는 입을 귓전에 가까이 대는가 했더니, 낮지만 또록또록 들리는 목소리로 전혀 예기치 못한 간단명료한 이야기를 속삭였고, 전하고자 하는 말을 다 전하고 나자, 그 가짜 주정뱅이는 쓱 몸을 빼내더니 무릎을 꿇고 고개를 푹 숙였으며, 혀가 잘 돌아가지 않는 술 취한 말투로 되돌아가 항복을 선언했고, 고분고분 시키는 대로 따를 테니까 용서해달라고 말했다.

*헛되이 쓰다

사태가 어떻게 돌아가는지를 지켜보던 여자들은, 그 결과를 무묘마루다운 솜씨로 해석했고, 아무 짝에 쓸모없는 식객은 아니었다는 사실을 재확인한다.

이중의 의식을 겸비한 것으로밖에 여겨지지 않는 그 손님은, 아니, 몬지로가 보내온 심부름꾼은, 무묘마루 이외의 자에게는 정체가 드러나지 않도록 하여 주인의 의사를 확실하게 전하는 어려운 역할을 훌륭하게 치러내고 나자, 사흘 밤가량은 호유豪遊할 만한 돈을 치르면서 소동을 피운 것에 대해 빌었고, 너무나 달라진 태도에 어안이 벙벙해진 관계자를 곁눈질하면서 유유히 사라졌으며,

다친 사람도 없이 무사히 소동이 가라앉자 다시금 교성嬌聲과 소성笑聲이 오갔고, 온갖 성벽性癖이 그대로 드러나는 밤이 부활했으며, 남자와 여자 사이에 개재하는 노골적인 적합성이 회복되었고, 술이 인간의 오성悟性을 훨씬 초월한 도취를 안겨주었으며, 어리석게도 몸도 마음도 탕진하지 않으면 안 되는, 행방이 일정치 않은 나날로부터 빠져나온 듯한 착각을 실컷 즐기려는 부호들의 허세가 음미淫靡의 관館에 가득 울려 퍼졌고,

그런 가운데 있으면서 들뜨지 않은 사람은 오직 한 명 무묘마루뿐이었으며, 누구에게도 이야기하지 말고 누구에게도 알리지 않고 만나러 와주었으면 좋겠다는 몬지로로부터의 연락을 어떻게 할 것인가 하고 측간에 들어가 숙려熟廬했지만, 그

쪽의 진의를 파악할 수 있는 데까지는 이르지 못했으며, 당연한 일이로되 덩치 작은 사내와 몬지로 사이에 커다란 현격懸隔을 만들어낼지 모르는 조그만 금이 되고 싶지는 않다는 경계심이 작용한 것은 분명했고, 그렇다고 해서 무시한다면 무시한 것으로 인해 어떤 보복을 당할지 모른다는 공포도 부정할 수 없었다.

덩치 작은 사내와 몬지로의 어느 쪽을 따를 것인가 하는 냉엄한 양자택일을 하지 않으면 안 될 때는, 도읍을 떠나 유랑의 몸으로 돌아가는 수밖에 없다.

골똘히 고민하다 지친 나머지 무묘마루는, 여태까지 그렇게 해왔던 것처럼 자신의 마음이 움직이는 곳은 어디라도 가기로 작정했고, 말하자면 즉흥적인 생각에 따라 움직이는 것이 최량의 선택 방법이라는 사실을 재확인했으며, 우선은 가슴속에서 모든 이치를 배제했고, 이어서 스스로를 속이는 듯한 말을 말끔히 지워버리자, 여하한 답이 튀어나오든 운명을 등지고 서보리라, 그것이 터무니없는 공포이더라도 감연히 맞서보리라고, 그런 듬직한 기개가 생겨났으며, 자신도 모르는 사이에 옷차림을 갖추기 시작했고,
그리고 누구 하나 얼씬거리지 않는, 거지들이 내는 고민의 잠꼬대와, 밤도둑들이 배회하는 발자국 소리와, 들개들이 멀

리서 짖는 소리만이 들려오는 한밤중의 한복판으로 나서서, 요성妖星이 출현하더라도 하등 이상할 게 없을 듯한 하늘 아래를 잽싸게 걸었으며, 이따금 뒤돌아보며 배후를 확인해도 덩치 작은 사내의 지시를 받은 자가 미행해오는 것 같은 일은 없었고, 또한 마음이 바뀌어 왔던 길을 되돌아가는 것 같은 일도 없었으며,

오직 한 사람 마주친 제대로 된 인간이라면 치아稚兒뿐으로. 그 의상의 호화로움도 그랬고, 몸놀림의 우아함도 그랬으며, 가슴에 안고 있는 대륙에서 건너온 애완견도 그랬고, 그 무엇보다도 절대적 특징인 멀리서도 알아볼 수 있는 벽안碧眼도 그랬으며, 덩치 작은 사내에게 소개받은 도기시가 사는 곳으로 향하던 도중에 스쳐 지나간 바로 그 치아에 틀림없었고, 어째서 이런 깊은 밤에 이런 위험한 거리를 홀로 헤매고 다니는지 이상하게 여긴 무묘마루는, 절까지 보내줄 필요가 있을지 모른다는 마음에서 이야기를 걸기 위해 대로를 가로질러 갔다.

이제 몇 걸음만 더 가면 쫓아갈 즈음, 숨이 막 끊어질 듯이 쇠약한 한 마리의 고양이를 밟아버렸고, 얼빠진 절규가 사방으로 튄다.

멋진 곱슬곱슬한 털을 가진 개가 깜짝 놀라 안겨 있던 품을 벗어났고, 여하튼 그 자리를 벗어나려고 필사적으로 내달았으

며, 치아는 허리춤까지 늘어뜨린 긴 녹발綠髮*을 휘날리면서 열심히 개를 뒤쫓아 이내 어둠 너머로 빨려 들어갔고, 완전히 보이지 않게 된 시점에서 그것이 꿈이나 환상과 같은 인상으로 바뀌고 말았으며, 어쩌면 지금 도읍에서 평판이 자자한, 화려하고 아름다운 귀신에게 홀려버린 게 아닌가 하는 의심이 버럭 들었고, 혹시 모르니 사기邪氣를 떨쳐버리자고 '풀의 칼'의 칼집 아가리를 딱 소리를 내면서 풀었으며,

그로부터 다시 몬지로의 저택으로 향하기는 했으나, 이미 머리의 절반은 본래의 용건에서 벗어나버렸고, 마음이 들뜬 원인이 벽안의 치아에게 있다는 사실을 너무나 잘 알면서도, 대관절 치아의 무엇이 마음에 걸리는가 하는 상세한 점까지는 파악하지 못했으며, 그저 운명적인 만남을 거듭하는 저 유녀를 목격했을 때의 두근거림과 마찬가지 종류가 아니라는 사실은 분명했고,

어쩐지 스스로의 마음 어딘가를 제약하는 상대가 될 듯하다는, 그런 예감을 떨쳐버리려고 하면 할수록 어딘지 모를 곳으로 사라진 화려한 모습이 눈앞에 집중적으로 나타나, 저 치아를 위해서라면 아낌없이 보살펴주는 자가 되어도 상관없다는 방향으로 마음이 슬슬 기울어가는 것을 느꼈으며, 무자각속에 드러누워 있던 있을 수 없는 정情을 막 깨닫는 순간, '이

*검고 윤이 나는 머리

무슨 엉뚱한 짓인가 하는 한마디로 그것을 일축했다.

정신을 차리자 장사꾼의 저택보다 훌륭한 저택 앞에 서 있었고, 그 위용이 무묘마루를 단숨에 현실로 되돌렸으며, 몬지로의 힘을 느낀다.

놀랍게도 열린 것은 쪽문이 아니라 보통의 집이라면 실로 집 한 채분의 목재를 사용한 거대한 대문이, 다른 사람도 아닌 일개 호위꾼을 위하여, 흡사 최상급의 객인客人을 맞아들일 때처럼 당당히, 소리도 없이 활짝 열렸으며, 예전에 그런 엄청난 대접을 받았던 기억이 없는 무묘마루는 약간 기가 죽었고, 예기치 못한 불길한 이런저런 사건을 떠올리면서 주춤거리고 말았으며,

그러나 마중 나온 자가 앞서 창가에서 까다로운 역할을 멋들어지게 해치운 사자使者라는 사실을 알게 되자 다소 마음이 편안해졌고, 다시 한 번 무례했던 일을 비는 그 사내는 이미 부호의 옷차림이 아니었으며, 당당한 한 명의 사무라이로 돌아가 있었고, 입고 있는 옷이나 태도나 말투 등 모든 것이 밥줄 끊긴 들개나 마찬가지인 사무라이와는 분명히 선을 그은 높은 품격과 섬세한 성격을 지녔으며, 부하라기보다는 오히려 가신家臣이라는 호칭이 걸맞을 정도였고,

사각死角을 극력 배제하자는 목적 탓으로, 자갈과 밑가지를

말끔히 잘라낸 소나무만으로 구성된 광대하고 살풍경한 정원은, 여전히 숱한 화톳불과 등롱에 의해 환하게 비쳐졌으며, 요소요소에는 전투 준비에 필적하는 무시무시하게 무장한 경호원이 배치되어 불침번을 섰고, 그 흉포성으로 종종 곰 사냥에 동원되는 단단한 골격의 큰 개가, 오로지 물어뜯을 상대를 찾는 듯이 창처럼 뾰족한 이빨 사이로 침을 질질 흘리고 있었다.

안내받은 곳은 객실이 아니라 휑뎅그렁한 정원의 일각一角으로, 거기에는 망루를 겸한 석가산石假山이 있었고, 산복山腹을 연상시키는 비탈 중간에 몬지로가 있다.

꼭대기만큼 전망이 좋지는 않지만, 그곳이라면 수로水路로 에워싸인 담 바깥에서 활이나 철포로 저격당할 염려가 없었고, 또한 이야기를 엿들을 수도 없었으며, 그 무엇보다 두 사람분의 평지밖에 없는 탓으로 싸움의 공간으로서는 거의 성립되지 않았고, 다시 말해 서로 신용하지 못하는 자들끼리의 밀담에는 안성맞춤의 장소였으며, 이미 몬지로는 사무라이 대장이 사용하는 것 같은 걸상에 앉아 잠자코 무묘마루를 손짓하여 불렀고,

그렇지만 막상 그쪽으로 가려는 무묘마루의 앞을 안내해온 사내가 가로막더니 칼을 맡겨주었으면 좋겠다는 뜻의 말을 하자마자 벌써 두 자루의 칼에 손을 댔으며, 마치 자신의 물건이

기라도 한 것처럼 익숙한 동작으로 무묘마루의 몸에서 제거해버렸고, 그것을 안은 채 석가산 아래에서 대기했으며, 심야에 초대한 객인이 주인이 있는 곳으로 향하는 뒷모습에서 잠시도 눈길을 떼지 않으려 애썼고,

몬지로는 어떤가 하면, 미리 준비해둔 또 하나의 걸상을 무묘마루에게 권하면서, 겁 없는 실행력을 갖춘 몸을 앞으로 숙여 불의不意의 호출에 응해준 노고를 치하했고, 찾아와주리라 믿었다고 말했으며, 또한 진심을 담은 말투로 어떻게 해서든 오늘밤이 가기 전에 두 사람만의 대화의 자리를 만들고 싶었다는 뜻을 전했고, 정말로 중요한 이야기를 할 때는 술이나 차나 세상살이 이야기는 끼우지 않고 말만의 응수에 철저하기로 작정하고 있노라면서 운을 떼었다.

그와 같은 거북한 사태를 예상했던 무묘마루는, 상대의 눈속에서 자신의 운명을 읽어낼 수 있을지 모른다고 생각하여 눈동자 깊숙한 곳을 들여다본다.

하지만 몬지로의 안광에서 받아들일 수 있는 것은 적의나 악의의 어느 쪽도 아니었고, 혹은 회유의 속셈도 아니었으며, 말하자면 마음속을 터럭만큼도 드러내지 않는 평상의 표정을 지니고 있다는 뜻이고, 아무리 장년의 수련 덕택이라고는 해도, 날카로운 의혹의 눈길을 무디게 만들어버리는 조용한 미

소를 머금은 입 언저리에서는 패기 따위는 눈곱만큼도 느껴지지 않았으며, 성급하게 그리고 억지로 이야기를 끌어가려는 의지도 내비치지 않았고, 이따금 올려다보는 달과 마찬가지로 온정의 색깔에 충만해 있을 따름이었는데,

그러나 곧장 들어간 본제本題의 알맹이가 무엇인가 하면, 그것은 실로 냉연冷然한 내용으로, 무묘마루의 예상대로 덩치 작은 사내에 대한 배신을 부추기는 것으로 시종始終했고, 혼의 상태를 시험당할 정도의 사안에 무묘마루는 한동안 말문이 막혔으며, 아니, 그 앙천仰天의 얼굴 표정은 거지반 연기였고, 그렇게 하면서 시간을 벌어 대답을 궁리하고 있는 것으로, 아니, 그것 또한 연극에 지나지 않았으며, 사실은 벌써부터 침묵으로 일관하기로 작심했고, '이야기를 듣지 않은 것으로 하겠다'라고 말하지 못할 험악한 분위기인 경우에는 '대답은 훗날 해도 괜찮은가?'라면서 빠져나가며, 강력하게 즉답을 요구할 경우에는 승복하는 척하려고 마음먹었지만, 그러는 사이에 몬지로의 이야기에 아연 흥미가 솟구쳐 어느 결에 몸을 내민 채 열심히 들었고,

미곡상 모임의 우두머리의 말로는, 수확 전의 벼 이삭에 불을 지르는 것과 같은 수법은 우리들 장사 자체의 본질에 현저하게 배치되는 짓에 다름 아니며, 실로 언어도단이고, 그런 비도非道의 짓을 태연히 입에 담는 자와는 도저히 함께 일을 도모할 수 없으며, 언젠가는 신상의 파멸을 초래하게 되고 말 것

이므로 그렇게 되기 전에 싹을 잘라버리지 않으면 안 되고, 서둘러 치명적인 일격을 가해두어야만 하며, 차라리 이 세상에서 사라져주는 편이 나을지 모르고, 만약 처단해준다면 가장 가까운 측근으로 삼을 작정이며, 남 아래에서 일하고 싶지 않다고 한다면 평생 놀고먹을 수 있을 정도의 돈을 미리 주어도 좋고, 바란다면 이 자리에서 각서를 써줄 수도 있다는 것이었다.

만약 승낙하지 않으면 살아서 이 저택에서 나가지 못하는 것은 필지이며, 모든 감관感官이 한꺼번에 예민해져서 벌벌 떨리는 것도 무리는 아니다.

구름 사이로 다시금 달이 나타난 순간에 알아차린 일이지만, 앉아 있는 걸상의 다리 하나가 삼 줄로 단단히 묶여 있었고, 그것은 석가산 비탈을 따라 늘어뜨려져 그 끝이 무묘마루의 칼을 맡아 대기하고 있는 사내의 손에 쥐어져 있었으며, 이야기가 틀어져 주인의 몸에 위험이 미칠 지경이 될 때는 언제라도 휙 잡아당겨 넘어뜨릴 준비가 갖추어져 있었고,

더욱 주의를 기울여 주변을 살펴보니, 불침번을 서는 패거리의 시선이 전부 이쪽을 향하고 있었으며, 개들조차 나설 때를 대비하여 노려보았고, 개미 한 마리도 빠져나갈 빈틈이 없을 만큼 만전의 태세가 갖추어져 있다는 사실이 판명되었으며, 이미 선택의 여지 따위는 있을 리 없다는 사실을 깨닫지

않을 수 없었으나, 그렇다고 해서 호락호락 승낙해버리면 도리어 저의를 의심하게 될 것이고, 일단은 망설이는 척하여 주자며 아무렇게나 자란 턱수염을 자꾸 문지르면서 말이 되지 않는 말을 터트렸으며,

그러자 몬지로는 다시 다른 이야기를 덧붙였는데, 거지에서 입신한 자신은 아귀지옥의 고통을 너무나 잘 알고 있으므로 벼 이삭을 통째로 태우는 것 같은 짓은 도저히 할 수 없는지라 달리 어떤 방도를 찾겠지만, 강탈을 되풀이하며 살아온 산적 출신의 덩치 작은 사내에게는 수단을 고른다는 습관이 아예 없으며, 방화를 상투수단으로 삼는 패거리는 습격하기 전에도 상대를 혼란시키기 위해 불을 지르고, 습격한 뒤에도 추격의 손에서 벗어나기 위해 불을 지르며, 또는 스스로가 저지른 죄의 흔적을 없애기 위해 불을 지르고, 그것이야말로 머리를 쓰는 것에 익숙하지 않은 산적 놈들의 전형적인 수법이라고, 그렇게 잘라 말했다.

산적과 방화라는 두 개의 단어가 무묘마루를 철포의 탄환과 같은 기세로 관통하는가 싶더니, 아득히 먼 기억이 불현듯 되살아난다.

그때까지 질서를 유지하며 존재하던 의식과 사고가 즉각 혼란과 역행으로 빠져버렸고, 내면의 격화激化가 포화점을 넘

175

었을 때, 아직 예전에 한 번도 떠올린 적 없는, 다만 환영幻影으로라면 확실하게 본 적 있는, 영아嬰兒 무렵에, 이 세상에 생을 얻은 직후에, 뇌의 어딘가에 생생하게 각인된 이루 말로 다할 수 없는 비참한 기억이 전광석화처럼 되살아났으며, 한참 동안 극심한 충격으로 인해 절망의 눈초리가 되었고, 정신이 산란해지고 가슴이 욱신욱신 아렸으며,

유일 절대의 명제라고 해야 할 그 기억은 여전히 망각에 꽁꽁 묶인 채였고, 적어도 선명한 영상으로서 구현되는 일은 없었지만, 그러나 충격과 연관된 몇 개의 불똥이 어렴풋이 보인 것은 영락없는 사실이며, 거기에 덧붙여 덩치 작은 사내의 고향 사투리에 관한 건이 덧붙여졌고, 얼마지 않아 의념疑念을 전혀 끌어들이지 않는 압축된 하나의 확답이 도출되어 나왔다고 여기자, 폭발적인 정념이, 참지 못할 분노가, 한 덩어리의 절규가 되어 저택 바깥으로까지 퍼져나갔으며,

짐승 같은 포효와 악귀를 닮은 표정에 앙천한 것은 몬지로혼자뿐이 아니었고, 수하의 부하들에게도 동요가 번졌으나, 예상외의 전개에 놀라 달려오는 것도 걸상 다리에 연결된 줄을 잡아당기는 것도 잊고 있었으며, 또한 무묘마루 자신도 놀라서 눈을 껌뻑거렸고, 이윽고 어떻게 된 일이냐는 몬지로의 당연한 질문마저 흘려들었으며, 꽤 강한 자신감이 넘치는 '알았다'는 한마디 말을 남기고 재빨리 석가산을 내려가, 자신의 칼을 되찾자 그곳을 뒤로했다.

꿈을 잇는 오수午睡를 방해하는 것은, 덩치 작은 사내야말로 야쿠오지를 습격한 산적의 두목이고, 자신의 운명을 크게 망가뜨린 장본인이라는 확신이다.

절을 불태우고, 약탈하고, 어머니를 유괴하고, 말에 걸터앉은 채 끌어안고 소굴로 되돌아가는 도중에 임월臨月*을 앞둔 여인이라는 사실을 알게 되자 잡동사니처럼 취급하여 들판 한가운데에 내던지고, 어머니는 그 충격으로 머리가 깨어져 절명하고, 뱃속의 영아까지 튀어나와버리고, 거기에다 추격자를

*임산부의 해산달

따돌린답시고 지른 불이 점점 덮쳐오고—.

　기억할 리가 없는 당시의 이런저런 장면이 깨어나지 않는 꿈처럼, 어찌된 영문인지 조리가 닿는 추억으로 바뀌어 무묘마루의 뇌리를 재빨리 스쳤으며, 그 하나하나가 복수심을 불러일으켰고, 지금이야말로 남몰래 바라왔던 바로 그 시기가 아닐까 하는 자각이 강해졌으며, 이 만남을 위해 부여된 숙명이 아닐까 하는 생각이 깊어졌고, 만약 그렇다면 운명의 파도에 실려서 닿는 곳까지 가보면 되지 않겠느냐는 적극적인 발상이 높아졌으며, 마침내는 한을 푸는 방법을 숙고하기에 이르렀고,

　단숨에 죽여버린대서야 너무 싱거우며, 그 벌이 너무나 가벼워서 무죄 방면이나 마찬가지가 되어버리니까, 우선은 죄를 인정하게 하고, 사죄시키며, 목숨을 구걸하게 만들고, 전 재산을 내놓게 하며, 모조리 잃어버리는 것의 공포를 실컷 맛보게 하고, 그런 다음 더욱 가혹한 벌을 내리는데, 가령 이런 식으로, 몸을 완전히 발가벗겨서, 영아처럼 몸을 웅크린 자세를 취하게 한 채 끈으로 꽁꽁 묶어서, 눈알을 파내고, 육식 짐승이 출몰하는 황야의 한복판에 내던져서, 산 채로 잡아먹히는 공포를 체험시키며, 마무리로서 마른풀에 불을 질러 태워 죽인다—하다못해 그 정도쯤 하지 않고서야 비극의 형평을 맞출 수 있을 것 같지가 않았다.

몬지로의 저택에서 남긴 '알았다'는 한마디의 의미는, 어디까지나 덩치 작은 사내의 정체에 관해서였고, 부탁을 승낙한 것은 아니다.

어쨌거나 그 결과는 마찬가지이며, 일거양득으로 직결되는 행위에 다름 아니고, 문제는 시기의 선정으로, 무묘마루로서는 득의만면의 절정기에 나락의 밑바닥으로 밀어 떨어트리고 싶으며, 몬지로로서는 논에 불을 지르기 전에 제거해버리고 싶을 것이고,

그건 그렇더라도 어중간한 무장武將이나 귀족보다 훨씬 강한 힘을 지녔으며, 공공연하지는 않더라도 생사여탈권마저 쥔 것으로 믿어지는 자가, 어째서 덩치 작은 사내 한 사람쯤 말살하지 못하는 것일까, 이야기가 외부에 누설되고 말 위험을 무릅쓰고까지 타인에게 부탁하려는 것일까, 그럴 마음만 있다면 언제라도 원할 때 저세상으로 보낼 수 있는 상대임에도, 저택으로 불러들여 단번에 해치우면 간단히 매듭이 지어질 터임에도 어째서 그렇게 하지 않는 것일까 하고, 그런 의문을 불식하지 못하는 무묘마루의 코는 함정의 냄새를 예민하게 감지했으며, 마음이 급속히 경계 쪽으로 기울어졌고,

그러니 경솔하게 행동하는 것은 요주의이며, 몬지로의 속셈을 확실하게 파악할 때까지 절대로 움직여서는 안 된다고 스스로를 타일렀으나, 그래도 구적仇敵이 바로 코앞에 있고,

더구나 그자의 신세를 지고 있다는 초조함과 안달에 마음이 급했으며, 또한 자신이 여태까지 얼마나 고독감에 시달리고 발버둥 쳐왔는가 하는 사실을 뒤늦게나마 알아차렸고,

남들처럼 안정된 삶을 찾으려면 세상을 속이고 스스로를 속여서 제멋대로 설치며, 산적 출신의 미곡상을 하루라도 빨리 어떻게 하지 않으면 안 되었고, 그렇지 않으면 이제까지 그토록 방황해온 의미도 가치도 잃어버릴 뿐만 아니라, 어차피 그사이에 죽은 나무와 같은 생을 보낼 지경이 될 것이며, 어둡고 어리석은 백성의 한 명으로 허망하게 죽어갈 것임은 필지이고, 내일이라고 말하지 말고 오늘, 지금 당장 덩치 작은 사내를 밖으로 불러낼 교묘한 구실이 없을까 진심으로 머리를 짜는 것이었다.

명심할 것은 바로 그 기회가 찾아올 때까지 눈곱만큼도 의심을 사서는 안 된다는 사실로, 그것은 쉽지 않은 장해임에 틀림없다.

덩치 작은 사내의 칼 솜씨는 영락없는 산적의 비열한 기技에 기대는 바가 컸으나, 그렇다고 해서 얕잡아보는 것은 금물이며, 적의를 알아차린 순간 반격에 나설 것이 분명하고, 그런 식의 돌발적인 반격을 물리치기는 어려우며, 그러므로 호기를 잡으면 즉시 움직이고, 그러나 만사 소루疏漏*가 없도록 진행

시켜 나가지 않으면 안 되며, 주위의 인간들에게도 눈치를 채여서는 안 되고,

이상理想으로서는, 갑자기 덩치 작은 사내의 행방을 모르게 되어버리는 형태가 바람직하며, 동시에 자기 자신도 도읍에서 홀연히 모습을 감추고, 장난으로라도 몬지로를 찾아가 결과를 보고한 뒤 약속한 포상금을 받는 것 같은 어리석은 짓을 해서는 안 되며, 만약 그런 일을 한다면 그쪽이 바라던 대로이고, 주인을 죽인 하수인으로서 모든 죄를 뒤집어쓰며, 보수를 받기는커녕 그 자리에서 목숨을 빼앗길 것이 확실하며,

그것이야말로 몬지로가 획책하는 핵심에 다름 아니고, 자신의 지위를 위태롭게 만들지 모르는 동업자를, 스스로의 손을 더럽히는 법 없이, 원한을 사는 일도 없이 처치하며, 게다가 하수인을 처단한 자로서 모임의 우두머리로서의 평판을 더욱더 높이고, 그리 멀지 않은 장래에 도읍으로 유입되어오는 쌀을 모조리 한 손으로 좌지우지하기에 이르며, 혹은 그 이상의 출세를 욕심내는지도 모르고, 윤택한 자금을 배경으로 입에 풀칠하기조차 어려운 귀족의 가명家名을 사들여, 지참금을 듬뿍 붙여서 자신의 딸을 쟁쟁한 무장의 집으로 시집보내는 것까지 꿈꾸고 있을지 몰랐다.

*꼼꼼하지 못하고 소홀함

그렇긴 하나 덩치 작은 사내는 아무리 기다려도 나타나지 않았고, 덩치 작은 사내를 불러낼 이유도 떠오르지 않았으며, 무묘마루는 깊어가는 가을 속에서 다음多淫한 나날을 보낼 따름이다.

창가의 여주인은 여전히 두 남자 사이를 빈틈없이 오갔고, 새벽녘이 가까워져 무묘마루의 이불을 파고들 때의 요염한 미소에 눈곱만큼의 그늘도 찾아낼 수 없었으며, 쾌락이 절정에 달할 때의 실로 뇌쇄적인 모습은 질리는 법이 없을 정도로 훌륭했고, 타오르는 지체肢體가 떨어진 다음에도 여전히 여력이 느껴졌으며, 그로 인해 권태가 끼어들 여지 따위는 전혀 없었지만,

그러나 바로 그 유녀가 아니라는 사실이 분명해진 지금, 마음의 특등석에 그녀를 대치代置할 수도 없었고, 하녀 취급까지는 아니더라도 혼까지 맡겨버리고 싶은 기분은 도저히 들지 않았으며, 하물며 똑같은 운명을 서로 지니고, 손에 손을 잡고 다른 지방으로 달아나고 싶을 만큼의 뜨거운 정념은 도통 일어나지 않았고,

기온마쓰리에서 설백雪白의 의상을 걸친 진짜를 발견했을 순간의 일을 떠올릴 때마다 탄상歎賞*으로 인한 한숨이 새어나왔으며, 원수를 갚을 의지 따위는 대번에 어디론가 날아가 버렸고, 그녀야말로 불멸구원不滅久遠의 미에 다름 아니라는

믿음이 한층 더 깊어졌으며, 다시 한 번 만날 수 있다면, 멀리서라도 좋으니까 모습을 볼 수만 있다면, 설령 그 거처가 이 세상이 아니라도 이번에야말로 진짜로 쫓아가보리라고, 그런 상념에 사로잡히는 무묘마루였다.

감당하기 어려울 정도의 장마는 아니었고, 태풍의 숫자나 규모도 대수롭지 않았으며, 대풍작이 틀림없다는 예상이 굳어져 미곡상 모임은 저마다 의도를 달리한다.

그렇지만 몬지로와 덩치 작은 사내에 의한 재삼의 밀담에서 얻어진 비책은, 벼 이삭에 불을 지르는 식의 조잡한 것이 아니었고, 있는 돈을 다 긁어모아 살 수 있는 쌀은 모조리 사들이며, 사들이지 못한 분만큼의 쌀을 도읍에서 몰아내어 값을 올린다는 것으로, 다시 말해 덩치 작은 사내가 미리부터 불러 모아둔 무뢰한과, 몬지로의 입김이 통하는 천민들이 힘을 합쳐서, 도읍으로 유입되어오는 쌀을 실력 행사를 통하여 저지한다는 계획으로 변경되었고, 주요한 길목에 어느 정도의 인원을 배치하며, 협력이 필요불가결한 관청을 어떻게 하여 한편으로 끌어들일 것인가 하는 따위의 일에 관해 밤새도록 검토했고, 이튿날에는 일찌감치 그것이 실행에 옮겨졌으며,

*탄복하여 크게 칭찬함

쌍방의 저택에는 사람의 출입이 별안간 늘어났고,

그날 밤 이래 몬지로로부터 호출을 받은 적은 한 번도 없었으며, 만날 기회가 부쩍 늘어났음에도 불구하고 의미심장한 눈길을 느끼거나, 기대를 담은 뜨거운 시선이 퍼부어지거나 하는 법도 없었고, 그러므로 무묘마루는 악독한 상술을 펼치면서 급전직하 서로 배짱이 맞았기 때문에 이제 와서는 일을 서두르지 않아도 상관없다. 지금은 오히려 덩치 작은 사내가 살아 있어주지 않으면 낭패라고, 그렇게 몬지로가 판단했음에 틀림없다고 여겼으며, 당분간은 사태를 정관하기로 작정했고,

그렇기는 하나 설사 몬지로에게 심정의 변화가 생겼다고 하더라도, 무묘마루까지 바로 눈앞에 있는 부모의 원수 갚기를 포기할 리야 없었으며, 어차피 언젠가 살아 있음을 후회할 정도의, 인생에서의 분투와 성공에 아무런 의미가 없었음을 뼈저리게 느낄 수 있을 정도의 대상代償을 치르게 하지 않으면 안되었고, 그렇게 하지 않으면 자신의 미래에 스스로 한계를 설정해버리는 꼴이 되며, 도저히 살아 있다고는 말하지 못할, 감히 인생에 맞서 나가지 못하는 우자愚者로 전락해버릴 터였다.

덩치 작은 사내가 방화를 두 번 다시 입에 올리지 않은 것은 몬지로의 심중을 헤아렸으며, 지금은 억지로 밀어붙일 시기가 아니라고 판단했기 때문이다.

모임의 우두머리와 그 지위를 노리는 양자의 치열한 으르렁거림이 세상에 널리 알려질 무렵에는 벌써 결착이 지어져 있을 것임에 틀림없고, 아니, 그렇게 되기 전에 몬지로 측이 힘들이지 않고 승리를 거두며, 덩치 작은 사내는 어느 결에 소식 불명이 되어버리고, 저절로 독무대가 확정되며, 그 왕좌는 요지부동이 되리라는 무묘마루의 예상은 그다지 빗나가지 않았지만,

그러나 사들이지 못한 쌀을 도읍으로 들여오지 못하게 한다는 수법은, 횡포가 이만저만이 아니었으나 뜻밖에도 여간 어려운 일이 아니었고, 그도 그럴 것이 샛길이 얼마든지 있어서 낮이건 밤이건 가리지 않고 운반되었으며, 그렇게 될 줄 알았다면 논에 직접 불을 지르는 편이 더 효율이 나았을지 몰랐고, 설령 악평이 퍼져나가더라도 하수인을 특정하기란 지난한 일이었으며, 그러므로 그다지 풍파를 일으키지 않고도 떼돈을 벌 수 있지 않았느냐고, 장사에는 신출내기인 무묘마루로서도 그런 생각이 들 정도였으며,

아니나 다를까, 악덕 상인들 측에 초조한 빛이 짙어졌고, 값싼 쌀을 대량으로 팔아치우고 싶어 하는 정당한 권리를 우격다짐으로 분쇄하고자 하는 자들의 난폭함이 점점 대담해졌으며, 소매를 걷어붙이고 트집을 잡으면서 협박하는 것뿐만 아니라, 별안간 뽑아든 칼을 목덜미에 들이대어 겁을 주거나, 쌀가마니를 겨냥하여 지근거리에서 화살을 쏘거나 하기에 이

르렀고.

하지만 상대도 고분고분 체념해버리거나 하지 않았으며, 퇴물 사무라이들을 고용하여 대항하게 되었고, 대낮부터 거리 한복판에서 칼싸움이 벌어지는 것도 드문 일이 아니었으며, 이미 여기저기의 가도에서 유혈사태가 발생했다는 소문이 끊임없이 들려왔고, 그렇다고 해서 소문이 사건의 배경으로까지 번지는 일은 없었으며, 그도 그럴 것이 진짜 흑막들이 고의로 흘린 가짜 정보 탓으로, 월동 식량을 확보하기 위해 지나치게 불어난 도둑 떼와 산적들이 폭거에 나선 것이라고, 그렇게 도읍 사람들은 믿어 의심치 않았다.

여간해서 노린 대로 쌀값이 오르지 않았고, 이대로 가다가는 사들인 쌀을 밑질 각오를 하고 팔아치우지 않으면 안 될 지경이다.

당초의 예상이 크게 빗나간 몬지로와 덩치 작은 사내 사이에서 그런 심각한 이야기가 오가게 된 어느 날, 창고의 쌀을 방출하는 시기를 에워싸고 격론이 벌어졌고, 좀 더 꾹 참고 있으면 기대한 값에 가까워질 것이라는 몬지로와, 다음 가을까지 쌀의 유입이 간단없이 이어져 쌀값이 그대로 유지될 것이라는 덩치 작은 사내는, 몹시 술에 취한 탓도 있어서 장황하기 짝이 없는 변명에서 시작하여 책임을 서로 전가시키는 것으로

186

확대되었으며, 마침내 서로 출신 성분이 나쁘다는 지적까지 하게 되었고,

산적 출신은 빼앗는 것밖에 능력이 없으니까 인간에 대해서도 세상에 대해서도 완전히 무지하여 낭패라고 몬지로가 면박을 주었으며, 거지 출신은 타인의 얼굴색만 살피는 버릇에서 벗어나지 못하는 탓으로 고식적인 수작밖에 머리에 떠오르지 않아서 결정적인 순간에 크게 영단을 내리지 못한다고 덩치 작은 사내가 맞받았고, 그런 다음 양자 모두 온갖 잡언雜言을 서로 퍼부었지만 이해가 일치된 탓으로 결정적인 대립으로까지는 이르지 않았으며, 각자 알아서 저마다 좋은 시기에 저마다 좋은 가격으로 쌀을 팔자는 식의 결렬의 결론에는 이르지 않았고,

아슬아슬한 선에서 서로 등을 돌리는 것을 회피할 수 있었던 이유는, 한마디로 무묘마루의 존재가 중요한 역할을 했음에 틀림없었으며, 무묘마루에게 보내는 몬지로의 시선에는 이번에야말로 확실히 예의 그 의도가 담겨 있었고, 다시 말해 '이제 슬슬 죽여버려!'라고 부추겼으며, 또한 덩치 작은 사내 쪽에서도 몬지로의 저택을 한 걸음 나선 순간 거의 비슷한 수준의 보수를 약속하면서 똑같은 부탁을 입에 담았고, 참연嶄然*하게 두각을 드러낸 저 풋내기가 급사해주면 얼마나 좋겠느냐

*한층 높이 뛰어남

187

고 말했으며, 저자가 살아 있는 한 제이인자로서 인종忍從의 인생에 만족하는 수밖에 없다고 한탄했다.

무묘마루는 침묵을 지키면서 덩치 작은 사내의 뒤를 따라 걸음을 옮겼고, 내심 악당 쌍방으로부터의 과격한 요청을 갖고 논다.

이윽고 말문을 열어, 경계 엄중한 저택에서 한 발자국도 바깥으로 나오려 하지 않는 상대를 처단할 방도가 과연 있겠느냐고 의문을 드러내는 무묘마루의 얼굴을 물끄러미 들여다본 덩치 작은 사내는, 그 말에 실행의 의지가 있다고 판단하여 기분이 좋아져서 대번에 위세 좋게 지껄였지만, 너무나도 자신 넘치게 잘라 말한, 적을 경호하는 자로부터 멀찌감치 떨어뜨려 홀로 만든다는 그 책략의 가장 핵심적인 대목이 너무나 애매했으며, 언젠가 기회를 만들 테니까 그때는 마음껏 한바탕 해주기 바란다는 정도여서 너무나 구체성이 모자랐고,

그런 터무니없는 짓을 하더라도 무묘마루 자신에게는 무엇 하나 득 될 것이 없었으며, 입을 봉하느라 도리어 자신의 목숨을 노릴 가능성이 컸고, 무엇보다 몬지로의 목숨을 빼앗을 정당한 이유가 없었으며, 그런데 덩치 작은 사내의 경우에는 그것이 있었고, 더군다나 간단히 해치울 수 있을 것 같았으며, 실제로 지금 이렇게 하고 있을 때라도 그럴 마음만 먹으면 즉

시 실행할 수 있었고, 그렇게 하지 않는 것은 일생일대의 복수치고는 너무 싱겁기 때문이며, 들개를 시험 삼아 베고자 하는 것이 아닐 터인지라 단칼에 베어버린 뒤 그걸로 끝장이라고 해서야 처벌의 부류에 들어가지도 않을 것이고,

만약 지금 당장 여기 말이라도 한 필 있다면, 덩치 작은 사내의 급소를 찔러 기절시켜 꽁꽁 묶어서 도읍 밖으로 실어내고, 그런 다음 어딘가 먼, 어머니의 시신 곁에서 뒹굴다가 도장刀匠의 눈에 띄었다는 그 그리운 황야로 데리고 가서, 몸과 마음을 몽땅 원수 갚기에 기울일 수 있으리라는 상상을 하노라면, 가을의 밤바람에 싸늘해진 몸이 확 뜨거워지고, 가슴이 뿌옇게 흐려지는 것이 느껴졌다.

야쿠오지라는 이름의 절을 아느냐는 느닷없는 질문에, 덩치 작은 사내의 표정이 일순 굳어지더니 숨을 멈추었고, 발의 움직임이 느려진다.

명도名刀를 잇달아 세상에 내보낸 공방의 이름이라는 사실쯤이야 알고 있으나, 그와 같은 절의 존재에 대해서는 들은 적이 없다는 것은 정말이지 눈 가리고 아웅 하는 식의 시치미 떼는 대답이었으며, 무엇 때문에 도장의 이름 위에 야쿠오지라는 이름을 또 칼에 새기게 되었는가 하는 내력은, 그 주변 고장의 사투리가 혀에 굳어질 정도로 오랫동안 산 적이

있는 자라면 모를 리가 없었고, 삼척동자라도 잘 아는 상식이었으며,

그렇다는 사실은, 이 욕심 많은 늙은이야말로 그날 밤 야쿠오지를 습격했던 산적 두목에 틀림없고, 그게 무슨 상관이라도 있느냐면서 여전히 의뭉 떠는 상대의 앞으로 나아간 무묘마루는, 뚫어져라 노려보면서 정통으로 힐문을 퍼부었으며, 대답과 상황 여하에 따라서는 이 자리에서 매듭을 짓는 것도 도리가 없다는 각오를 굳히긴 했으나, 상대가 돌발적인 헛웃음으로 얼버무리면서 넘어가는 통에 대번에 기가 꺾여버렸고,

덩치 작은 사내의 이야기로는, 분명히 산적 같은 짓을 한 적이 있었지만 밥을 짓거나 말을 돌보는 정도의 조무래기에 지나지 않았으며, 그것도 젊었던 탓으로 고작 반년 남짓 악의 길에 빠졌을 따름이고, 이내 참 인간으로 되돌아와 우매한 농민의 한 사람으로서 쌀농사에 매달렸으나, 어느 날 남의 약점을 잡아 잇달아 값을 후려쳐서 사가는 괴로운 경험을 통해 싫증이 났으며, 그래서 파는 쪽의 사람이 되자고 결의하여 도읍으로 올라와 보수를 받지 않는 조건으로 전통 있는 싸전에 들어갔고, 그 뒤 부지런히 일하여 오늘의 지위를 쌓았다는 것이었다.

그런 신상 이야기를 곧이곧대로 믿을 무묘마루가 아니었고, 확증은 얻어지지 않았으나 확신을 하기에 이르렀으며, 이번에

는 이쪽에서 짐짓 시치미를 뗄 차례다.

　그 야쿠오지인지 뭔지 하는 절과 인연이라도 있는가, 그 부근에 가향家郷이 있는가 하고, 그렇게 되물어온 덩치 작은 사내에게 무묘마루는, 부모의 얼굴조차 모르고, 철이 들었을 때는 밭에서 작물을 후무려서 살아가는 방법을 터득한 천애 고독의 악동이었으며, 이후 표랑漂浪의 나날에서 스스로를 구해내지 못한 채 만연漫然하게 살며 현재에 이르렀다고, 그렇게 허실을 뒤섞어서 엮은 이야기를 들려주었으며, 상대가 그 말을 액면 그대로 받아들여줄 때까지 계속 떠드는 사이에 변함없이 손님들로 북적거리는 창가 앞에까지 와버렸고, 당장의 용돈으로 쓰라면서 내미는 돈을 슬며시 사양했으며, 확답을 피한 채 노상에서 헤어졌고,

　자신의 잠자리로 돌아가 밤새도록 오감의 쾌락에 탐닉하는 손님들의 기분 좋은 웃음소리에 에워싸여, 적에게 이쪽 사정을 너무 많이 드러낸 것이나 요설饒舌이 지나쳤음을 약간은 후회하면서, 혀 잘린 동녀가 가져다준 술을 벌컥벌컥 마시는 동안 갑자기 수마가 밀려들었고, 잠깐 눈을 붙이겠다는 것이 결국에는 날이 새도록 잠들어버리고 말았으며, 잠에서 깨자 바깥이 어렴풋이 밝아왔고,

　더구나 이불 대신 여체가 몸을 덮었으며, 여주인의 눈부신 행위는 어떤가 하면, 필시 비원이라도 성취하고자 하는 기세

였고, 보동보동한 유방의 완만한 곡선이 전과 달리 요염하게 느껴졌으며, 얼굴 바로 앞에 있는 눈동자가 이 또한 전에 없이 의미심장하게 보였고, 혀를 감고 드는 혀의 맛은 단순히 달콤하다는 정도가 아니라 관능 그 자체를 포섭했으며, 남자의 급소를 잘 아는 허리의 움직임 사이사이에 흘러나오는 신음 소리는 정토에 울려 퍼지는 음악도 이보다는 못할 것으로 여겨질 지경이었고, 멈출 줄 모르는 황홀이 끝없이 심화되어갔으며, 방사房事의 깊은 뜻을 체감하고 있는 듯한 기분이 들었고, 그에 따라 정신의 질서가 흔들리기 시작하여 전신에 불가사의한 마비가 찾아왔으며, 예사롭지 않다는 사실을 알아차렸을 때는 손발의 기능이 완전히 자신의 의지에서 벗어나버렸다.

강력 무쌍한 용사에 의해 눕혀져 깔려버린 것 같은 무게를 느껴 음쭉달싹도 할 수 없었고, '이 무슨 장난이야!' 하며 고함칠 따름이다.

필사의 절규도 이내 끊어졌고, 잇달아 말을 할 수조차 없게 되었으며, 몸도 움직여지지 않았고, 그렇게 되고서야 비로소 마비약에 당했음을 깨달았으며, 경계를 게을리 한 사실을 후회했고, 여자가 같은 편이 아니라 덩치 작은 사내의 염탐꾼이었다는 사실을 비로소 알아차렸으며, 참을 수 없는 기분이 스스로를 무력화시켜갔고,

그렇기는 하지만 상심 상태에 빠지는 데까지는 이르지 않았으며, 적어도 눈과 귀의 기능에는 아무런 변화가 없었고, 여주인이 몸을 떼더니 백탕白湯*을 입에 머금고 정성들여 입을 헹구는 모습도, 이쪽으로 심술궂은 눈길을 던지면서 몸치장을 하거나 머리를 빗는 모습도 확실하게 보였으며, 그리고 복도의 누군가에게 이제 들어와도 괜찮다고 부르는 목소리도 선명하게 들렸고,

거기에 나타난 것은 결연한 성격을 송두리째 드러낸 덩치 작은 사내로, 손에는 튼튼해 보이는 꼰 끈을 들었으며, 우선은 나태 무능한 패거리처럼 대자가 되어 나뒹구는 무묘마루에게 다가와 발로 안면을 몇 차례나 찼고, 분노의 표정조차 짓지 못하는 무조건 항복의 상태에 만족했으며, 사용한 약의 뛰어난 효과에 감탄했고, '이것은 꽤 쓸 만하구먼'을 연발했으며,

응분 이상의 임무를 다한 여주인은 혀끝이 마비되어 제대로 말이 나오지 않는다고 투덜대면서, 덩치 작은 사내로부터 받아든 꼰 끈을 이용하여 육체에 무시무시한 쐐기가 박힌 무묘마루의 팔을 꺾어 뒷짐결박했고, 그래도 염려스러운지 친친 감아서 도롱이벌레 상태로 만든 뒤 불길한 웃음과 덩치 작은 사내를 남겨두고 방을 나가버렸으며, 복도를 멀어져가는 발자국 소리는 죽음의 신을 부르러 가는 저승사자의 그것을 연상

*맹물로 끓인 물

시켰고,

덩치 작은 사내는 마비약의 위력을 즐겼으며, 희생자의 옆구리를 간질이거나 사타구니 사이를 힘껏 짓밟거나, 말이 들리거든 눈을 깜빡여보라는 주문을 하거나 했는데, 이윽고 동자와 같은 새되고 밝은 목소리로 오늘밤까지의 목숨이니까 각오해두라고 말했고, 일몰 후에 강변에서 처단하겠다고 통고했으며,

잠시 지나자 그 이유에 대해 언급했는데, 이런저런 수상한 대목이 눈에 띄게 되었으므로 대충 이쯤해서 사라져주는 편이 안심하고 잠을 잘 수 있다고 말했으며, 무엇보다 몰래 몬지로와 내통한다는 사실이 마음에 들지 않는다고 덧붙였다.

무묘마루가 몬지로에게 불려간 바로 그날 밤의 일건—件을 알게 된 것은, 눈치 빠르고 귀 밝은 창가 여주인이 활약한 덕분이다.

그렇게 득의양양하게 큰소리친 덩치 작은 사내는, 총명하고 방심하지 않는 표정을 드러내면서, 생판 모르는 남을 일일이 신용하다가는 먹잇감이 되고 말 따름이라고 덧붙였고, 여하튼 새롭게 고용한 자는 모든 수단 방법을 가리지 않고 살펴보지 않으면 안 된다고 설파했으며, 당초의 의심으로는 그저 단순하게 몬지로로부터 발탁의 유혹을 받았을 뿐이고, 그것도

지나치게 까다로운 조건이 싫어서 거절한 것으로 여겼으나, 어젯밤 귀가 도중에 그렇지 않다는 사실이 판명되었으므로 차제에 없애버리기로 결정했다고 말했으며,

몬지로와 의견이 대립되고 불화가 빚어지기에 이르러 내분의 기색이 생겨난 어제, 시험 삼아 몬지로의 살해를 의뢰해보았더니 네 녀석의 반응에 의해 몬지로의 속셈을 파악할 수 있었고, 그도 그럴 것이 그때 네 녀석의 놀라는 모습이 너무나 경지에 들었기 때문이며, 또한 눈동자 깊숙한 곳에서 빈정거림의 광망光芒이 스쳤기 때문이고, 나아가서는 헤어질 때 건네준 돈을 받지 않는 것도 납득이 가지 않았으며, 그와 같은 이런저런 일들을 가미해본즉 하나의 답이 나왔고, 다시 말해 저쪽도 네 녀석에게 똑같은 의뢰를 했다는 사실을 알았지만,

그러나 네 녀석으로부터 야쿠오지의 이야기가 튀어나오자 새로운 수수께끼가 생겨나버렸으며, 적잖게 당황하기는 했으나 그렇다고 해서 네 녀석이 어디의 누구인들, 이 몸의 그 어떤 과거를 알고 있든, 어떤 종류의 한을 품고 있든, 죽느냐 사느냐의, 건곤일척의 큰 승부에 나서려는 지금 그런 옛날이야기를 새삼스레 들추어낼 계제가 아니고, 진상이나 이유 따위 아무래도 상관없으니까 성가신 일이 생기기 전에 한꺼번에 매듭을 짓는 것이 현명하다는 판단을 내렸노라고 말했다.

창가 내에서 사람을 죽이는 것은 너무나 불길하고, 장사꾼

으로서 있어서는 안 될 행위이므로, 차마 이 자리에서 손을 쓸 수는 없다.

흡사 절대적인 특권이라도 부여받은 것 같은 말투로 그렇게 대수롭지 않게 이야기한 덩치 작은 사내가 이야기를 더 이어갔는데, 실은 남만南蠻에서 건너온 이 약을 써본 것이 처음이었던지라 솔직히 적량適量을 몰랐고, 혹시 어쩌면 저녁 무렵이면 호흡을 할 수 없게 될지 모르며, 그러면 일부러 강변까지 옮겨가 숨통을 끊는 수고를 생략할 수 있을지도 모른다고 말하면서 다시금 건조한 목소리로 웃음을 터트렸고,

낄낄거리면서 이번에는 무묘마루의 칼을 살펴보기 시작했으며, 두 자루를 함께 박음쇠를 뺀 뒤 새겨진 이름[銘]을 읽었고, 잠자코 원래대로 되돌리더니 이번에는 자신이 호신용으로 쓰는 단검을 뽑아내더니, 역시 박음쇠를 벗겨 새겨진 야쿠오지의 세 글자와 봉납奉納의 의도를 기입한 아홉 글자를 보여주느라 무묘마루의 얼굴로 가져갔으며, 그렇게 함으로써 스스로의 죄상을 속속들이 드러냈고, 비린내 나는 중이야 보물을 가지고도 썩히고 말 터이니까 넘겨받았노라고 시치미를 떼었으며,

그건 그렇더라도 네 녀석은 대관절 누구냐고 물었고, 이토록 엄청난, 소문으로도 들은 적이 없는 명도를 두 자루씩이나 소지하고 있는 네 녀석은 누구냐고 물었으며, 그 도검 공방은

현지 영주의 분노를 사서 불태워진 모양이지만 당시 혼잡한 틈을 타서 달아난 농부냐고 물었고, 농부치고는 칼 솜씨가 지나치게 세련되었다고 지적한 다음, 말을 못하게 된 자로부터 무슨 수로 답을 끌어내겠느냐고 크게 웃음을 터트렸으며,

어쨌거나 이 칼도 내가 넘겨받기로 하자고 말했고, 가보로서 소중히 간직할 테니 걱정하지 않아도 된다고 다짐했으며, 그리고 오늘밤, 생사 여부에 관계없이 네 녀석의 몸으로 베는 맛을 시험이나 해보자고 말했고, 그때까지 여기에 둘 테니 마지막으로 실컷 봐두기나 하라면서 그것을 벽에 걸쳐두었으며, 이제부터 몬지로 저택을 찾아갈 참이라고 덧붙이면서 아무것에도 구애받지 않는 정열과, 더없이 부자인 척하는 강한 욕심에 사로잡힌 자그만 몸을 복도로 옮겼고, 가벼운 발걸음으로 계단을 내려가 바깥으로 나갔다.

아주 맑은 가을의 아침 하늘이 눈동자에 새겨졌고, 일찌감치 건너온 기러기의 제일진이 서로 우는 소리가 가슴을 저몄으며, 볼썽사나운 꼬락서니에 참담함이 깊어진다.

방심했던 것이 분하게 여겨졌고, 독립도 확보하지 못하는 형편을 무념하게 생각하는 무묘마루는, 스스로의 무력화가 더욱 진행되어 추측조차 하지 못할 신변의 위험에 처하여 광란 상태에 빠져들 지경이었으나, 이윽고 마비는 마음 쪽으로도

번져오기 시작했으며, 염려가 분단되었고, 처해 있는 상황을 의식하는 것만으로도 몹시 힘이 들었으며, 고작 고객孤客*이라는 정도의 자각밖에 얻을 수 없었고, 목숨의 소진이 현저해져 죽음의 분위기에 확실하게 오염되어가는 것을 알 수 있었으며, 일몰은커녕 과연 한낮까지나 살 수 있을지 어떨지 모르겠노라고, 그렇게 여기지 않을 도리가 없는 추이를 뚜렷하게 느꼈으며,

그래도 아직 그럭저럭 숨이 붙어 있고, 산 채로 사인死人으로 강변에 유기될 때의 장면이 쉴 새 없이 뇌리를 스쳐갔으며, 이 또한 독기를 품은 하늘의 배제配劑인가 하고 생각하여 체념해보기도 했고, 철저하게 사내다움을 시험하는 시련의 하나가 아닐까 하고 추측해보기도 했으며, 죽인 자는 죽임을 당한다는 속전俗傳의 진리에 따른 인생을 보내고 있을 뿐이지나 않을까 상상하는 사이에 호흡이 거칠어졌고, 자신의 심장 고동이 뚜렷이 들리게 되었으며, 지하 감옥에라도 유폐된 것처럼 답답한 기분에 지배되었고,

한참 지나자 스스로도 측은함을 금치 못하는 참지 못할 강한 슬픔에 잠겨버렸으며, 그건 그래도 참을 수 있었지만 심폐의 기능이 과도한 상태에 빠짐으로써 드디어 무감각이 닥쳤고, 기분 나쁜 한적閑寂의 밑바닥으로 내던져져 존재를 인정받지 못하는 자로 바뀌지나 않았을까 하는 체념이 고개를 쳐들었으며,

제1급에서는 한참 먼 혼을, 최후의 최후까지 번뇌를 제압하지 못한 3급의 혼을, 방종으로 흐르기 쉬운 편협한 인간으로서의 신체로부터, 현저하게 멋지다는 저세상이라는 곳으로 날려버리는 것은 너무도 부끄러워서, 설령 똑같은 죽음이더라도 그래도 조금은 쓸 만한 사내로서 끝마치고 싶었다는 통한이 싹텄고, 먼 훗날의 전생轉生에 희망을 걸어보자고 작정한 바로 그때, 먼저 호흡이 곤란해졌으며, 이어서 심장 고동이 정지로 기울었고, 마침내는 촛불의 불을 훅 하고 입으로 불어서 끌 때와 마찬가지로 모든 의식이 순식간에 소산消散되었다.

어딘가 멀리서 누군가가 부르는 소리가, 아니, 천녀天女가 혀 잘린 동녀를 부르는 소리가 계속 들려왔고, 그것이 무묘마루의 내면에서 쿵쿵 울려 퍼진다.

드디어 죽음의 세계로의 초기 단계에 이행했는가 하고 여겼더니, 좋은 일 따위는 하나도 없이 벌써 수명이 다해버린 혀 잘린 동녀가 불쌍해서 어쩔 수 없었고, 또한 그녀 다음으로 자신이 불려갈 순서가 돌아올 것에 틀림없다고 확신했으며, 부르는 대로 가자 거기에는 저 유명한 강이 흐르고 있었고, 기분 좋은 얕은 물살을 건너 피안에 도달함으로써 완전한 사자로

*외로운 나그네

바뀌리라면서, 그렇게 각오를 굳히고 있는 사이에 부르는 목소리가 어디서 들은 적이 있다는 사실을 알아차렸고,

그것이 천녀 따위가 아니라 창가의 여주인이라는 사실을 알게 된 순간 아직 끝나지 않은 생명을 생생하게 자각할 수 있었으며, 그리고 저 항거하지 못할 마비의 고통이 반감되어 있었고, 사물이 잘 보이지 않았던 까닭은 저녁이 된 탓이지 죽음의 어둠과는 아무런 관계도 없다는 사실이 판명되었으며, 이내 눈앞에는 혀 잘린 동녀의 천진난만한 미소 띤 얼굴과 애수에 넘치는 눈동자가 있었고, 그런데 그녀의 손에는 놀랍게도 칼이 쥐어져 있었으며, 바로 그 순간 번뜩이는 칼날이 슬금슬금 이쪽으로 다가오는 중이었고, 소름끼치는 것을 느끼지 않을 도리가 없었으나 '풀의 칼'의 시퍼런 칼날이 상하운동을 시작하자 비로소 그 의도를 알았으며,

그러나 제아무리 명도라고는 하지만 튼튼하게 꼰 끈을 어린아이의 힘으로, 더군다나 몸에 상처를 입히지 않고 끊는 것은 상당히 어려웠고, 시간이 걸리는 사이에도 여주인의 목소리는 차츰차츰 애가 타 들어갔으며, 아무리 불러도 오지 않는데 드디어 화가 치민 모양인지 계단을 쿵쿵거리며 올라오는 소리가 들려왔고, 그 발자국 소리는 영락없이 이쪽을 향하고 있었으며,

그래도 혀 잘린 동녀는 단념하지 않았고, 세심한 주의를 기울이면서 칼 끄트머리 부분을 사용하여 끈기 있게 끈을 비벼

댔는데, 유감스럽게도 여전히 마음먹은 대로 잘 되지 않았으며, 간신히 다리의 끈을 풀 수 있었지만 손 쪽은 여태 등 뒤로 돌려진 채였고, 절단의 순서를 일러주려고 해도 아직 혀가 굳어서 말을 할 수 있을 것 같지 않았다.

발이 움직여진다는 사실을 알게 되자 무묘마루는 발가락을 요령 있게 사용하여 칼을 빼앗자, 손잡이를 단단히 고정하여 칼끝을 침입자 쪽으로 돌린다.

마침 방 안으로 기세 좋게 뛰어 들어오는 여주인의 복부를 노려 발을 쑥 내밀었고, 아무런 저항도 없이 스윽 몸을 뚫고 나간 칼날이 순식간에 벌겋게 물들어갔으며, 몸의 자세가 뒤틀리면서 상처에 틈이 벌어지자 선혈이 천정과 벽으로 튀었고, 무묘마루의 안면과 방바닥이 즉시 흥건히 젖었으며, 매일 밤 교접을 하여 때로는 눈에 보이지 않는 인연을 느낀 순간마저 있었던 여자의 앙천한 듯한 표정이 서서히 다가왔으나 몸을 피하려고 해도 도통 움직일 수 없었고, 그냥 그대로 울컥 핏덩이를 토하며 쓰러져오는 상대가 확 몸을 덮쳤으며, 크게 뜬 두 눈동자가 극히 짧은 순간 좋아하던 사내의 칼날에 찔려 죽어가는 여자의 희열로 채색되는 것처럼 믿어졌고,

그렇지만 다음 일순에는 이미 적개심에 불타는 색깔로 바뀌어 증오의 시선을 뿌렸으며, 그녀가 마음에 들어 하는 바람

에 한창 방사를 할 때도 벗어놓는 법이 없었던 보패寶貝 장신구가 서늘한 소리를 냈고, 그런 뒤 벌렁 옆으로 쓰러지자마자 마치 회태懷胎*를 안 어머니처럼 자신의 배를 상냥하고 사랑스럽게 어루만지면서 무언가 한마디 하려고 입을 우물거렸지만, 결국 한 번도 똑바로 입을 열지 못한 채 끝장났으며,

그토록 이상 사태가 발생했음에도 불구하고 관능의 관館은 변함없이 고요한 그대로였고, 누구 하나 이 대사건을 알아챈 자는 없었으며, 달려오는 발자국 소리도 전혀 들리지 않았고, 다행스럽게도 혀 잘린 동녀가 낭패하지도 않았으며, 그녀는 공포에 벌벌 떨지도 않았거니와 이 자리를 한시 빨리 도망치자는 의지도 없었고, 실혈失血에 의해 점점 피부가 하얗게 변해가는 시체를 곁눈질하면서 눈썹 하나 꿈틀거리지 않고 피 묻은 칼을 손에 쥐었으며, 다시금 무묘마루를 친친 묶은 끈을 푸는 데 전념했고, 마침내 다 풀어버리고 말았다.

전신에 퍼진 마비는 약에 의한 것이 아니라 대부분은 끈으로 단단하게 묶였던 영향이었고, 피가 잘 돌기 시작하자 점점 사라져간다.

그렇기는 해도 아직 마음먹은 만큼 이야기할 수는 없었고, 짐승을 닮은 소리를 내는 것 정도밖에 회복되지 않았으며, 그래도 일어날 수는 있었고, 달팽이와 비슷한 움직임이기는 했

으나 이동하는 것은 가능했으며, 희미한 어둠 속에서 온몸에 묻은 피를 열심히 닦아내었고, 여행용으로 갈무리해두었던 옷으로 갈아입었으며, 등과 허리에 칼을 찼고, 침구 속에 감추어두었던 돈 꾸러미를 품으로 옮겨 넣는 도중에 그 절반을 혀 잘린 동녀가 입고 있는 기모노 양쪽 소매에 나누어 담아주었으며, 손짓 발짓으로 그 자리를 어서 떠나 자신의 잠자리로 돌아가는 편이 나을 것이라고 권했고, 또한 피가 묻은 옷을 벗어버리고 다른 옷으로 갈아입도록 지시했으며, 감사와 은의를 듬뿍 담아 그 조그만 머리를 쓰다듬고 나자 방을 나섰고, 발끝으로 복도를 걸어서 살그머니 계단을 내려갔으며,

벌써부터 개점 준비를 시작한 요리사들과 부드러운 피부에 분을 바르느라 여념이 없는 유녀들이 나누는 건강한 목소리가 관내에 울려 퍼졌으나, 언제나처럼 여주인의 나무라는 목소리가 들려오지 않는다는 사실을 이상하게 여기는 자는 아직 없었고, 그 바람에 무묘마루는 재빨리 옷을 갈아입고 나온 혀 잘린 동녀의 배웅을 받으면서 무사히 길거리로 나갈 수 있었으며, 되돌아보고 손을 흔드는 모습을 밤의 어둠이 감추어주었고, 한바탕 몸을 파고드는 밤의 한기가 이완된 오체를 점점 생생하게 만들어주었으며, 통행인이 많은 대로로 나올 때까지는 반듯하게 보행할 수 있게 되었고,

*임신

적어도 멍석중이의 움직임과 닮은 위태위태한 느낌은 사라졌으며, 이 상태로 간다면 머지않아 전력 질주도 무리가 아닐지 모른다고 믿어졌고, 시험 삼아 잰걸음으로 달려보니 꽤 쾌조를 보였으며, 그렇다고 해서 복수複數를 상대로 칼싸움을 벌일 지경까지는 아니었고, 지금은 그저 조만간 덩치 작은 사내의 한마디 외침에 의해 쏟아져 나올 추격자들과의 간격을 되도록 넓혀두는 것이 중요했으며, 다시 말해 급히 서둘러 도읍 바깥의 인적이 드문 곳으로 나가지 않으면 안 되었고,

그런데 어찌된 영문인지 발걸음을 재촉하면 할수록 어둠이 짙어졌으며, 거꾸로 거리의 등불이 점점 희미해져갔고, 또한 사람들 소리도 멀어졌으며, 마침내 자신이 어디에 몸을 두고 있는지 올바르게 파악하지 못하게 되었고, 뿐만 아니라 상하의 위치관계마저 모호해지는가 싶더니 격심한 가슴의 메슥거림이 느껴졌으며, 쪼그려 앉음과 동시에 토하고 싶어졌고, 정말로 토했는지 말았는지 알아차리지 못한 채 운명이 시사하는 바에 따른 것으로밖에 여겨지지 않는 극적인 상심喪心으로 이끌려 들어갔다.

해와 달이 무묘마루를 계속 비추는 만추晚秋를 맞아, 어느 쪽
빛이나 다 진정 효과를 안겨주었고, 이미 고열로 발을 헛짚는
일은 없다.

홉사 겁초劫初*와 겁말劫末** 사이를 눈이 핑핑 돌 정도로 오
간 듯한, 감정과 지성이 빚어 올리는 것으로는 도저히 여겨지
지 않는 기괴한 이런저런 꿈이 썰물처럼 빠져나갔고, 전신의
나른함이 말끔히 사라졌으며, 그토록 현기증이 심했던 뇌가
단숨에 정연한 질서를 되찾았고, 노명露命을 이어가던 상태에

*세상의 시초 **세상의 종말

서 대번에 전쾌全快로 회복되었으며, 살아가기 위해 태어난 인간으로 복귀를 이루긴 했으나,

그러나 그동안 계속 혼수와 착란 상태에 빠져 있었던 것은 아니며, 음식도 먹었고, 측간에도 다녔으며, 수염도 깎았고, 몸도 씻거나 했지만 그와 같은 여러 기억이 언어를 절絶한 꿈과 이리저리 뒤섞여버렸으며, 어디에서 어디까지가 진실인가 하는 경계가 애매했고, 유일하게 선명한 것은 그 모든 것이 분명 누군가의 도움으로 이루어졌다는 사실뿐으로, 그것만 잊어버리지 않으면 나머지야 이래도 그만, 저래도 그만인 자질구레한 일로 제쳐버려도 상관없었으며,

그렇기는 하지만 막상 이렇게 거의 정상적인 몸 상태를 되찾고 보니, 이 세상의 모든 것은 환幻이라는 제멋대로의 해석이 성립되지 않았고, 지수화풍地水火風의 연쇄라는 자연을 다스리는 이법理法에 빙 에워싸여 끊임없이 조바심쳐야 하는 비속한 과제가 해일과 같은 기세로 밀려들며, 놓인 처지와 사위四圍의 상황을 하나도 남김없이 죄다 파악해두고 싶다는 억누르지 못할 욕구에 시달렸고,

개똥지빠귀의 지저귐과 시든 잎과 가랑잎이 바람에 부딪치는 소리밖에 들려오지 않는 밝은 숲속에 서 있는, 광인이 세웠다고밖에 여겨지지 않는, 작으면서도 세련되고 청결하며 따뜻한 암자의 소유자는 대관절 어디의 누구일까―, 적어도 무묘마루가 감금된 몸이 아니라는 사실은 확실했고, 만약 그렇다

면 망보는 사람 한 명쯤 있는 게 당연할 것이며, 당장이라도 달아날 생각이라면 즉시 실행에 옮기는 것도 가능했고, 주위에 인기척이 전혀 없었으며, 두 자루의 칼도 돈 꾸러미도 머리맡에 그대로 두었고, 입고 있던 옷은 깨끗하게 빨아 개어놓았으며, 툇마루 건너편에는 세계를 행각하고 있는 듯한 운수승이 준 예의 짚신이 똑바로 정돈되어 있는 것이었다.

한 가지 분명한 사실은 무묘마루가 먼저 가호를 바라지는 않았다는 것이며, 상대 쪽이 멋대로 남을 도운 것에 다름 아니다.

도읍에서는 길바닥에 쓰러지는 자 따위야 조금도 드물지 않았고, 풍작이 결정적이 된 이번 가을에조차 아사자가 끊어지지 않는 상황이었으며, 겉치레 정책에서 한 걸음도 나아가지 않는 막부는 여전히 약자에게 손을 내밀지 않았고, 쇼군의 주관主觀이 가진 이념은 탐람貪婪* 그 자체에 다름 아니었으며, 우상 숭배가 던지는 그림자는 국가와 사회를 비판적으로 바라보는 눈길을 잃어버렸고,
그 바람에 운명에 우롱당하면서 빈한한 삶에 바싹바싹 졸아드는 사람들은 너무나 간단하게 생으로부터 밀려나가버릴 지경에 이르렀으며, 불운이 잇달아 생겨나서 한번 행려병자가

*몹시 욕심을 부림

된 자는 즉각 아무도 쳐다보지 않는 처지로 전락하는 것이 예사롭다고 하는데도 어째서 자신만은 구원을 받은 것인지, 아직 숨이 붙어 있을 동안 통째로 완전히 벗겨가버려도 하등 이상할 게 없는 상황이었음에도 불구하고, 생판 모르는 남을 이렇게까지 극진하게 보살펴준 그 까닭이란—.

제아무리 사원寺院에서 일하는 몸의 치아稚兒라고는 해도, 제아무리 가까운 장래에 승려 나부랭이가 될 몸이라고는 해도, 본 적도 들은 적도 없는 자에게 그렇게까지 선의를 베푼다는 것은 우연한 자애의 발로라고는 도저히 믿어지지 않았으며, 혼 그 자체로부터 방사放射되는 고매한 정신이 행하는 업으로도 여겨지지 않았고, 불과 한두 번 거리에서 스쳤다는 인연만으로 그렇게까지 정성을 다하는 근거가 확연치 않았으며, 무언가 예사롭지 않은 속셈을 의심하지 않을 도리가 없었으나,

그러나 고급스러운 향이 배인 눈부시게 화려한 의상으로 몸을 감싸고, 진짜 여인에게서는 절대로 느껴지지 않는 순연하고 고결한 아름다움을 드러내며, 뛰어난 감수성과 숱한 교양이 넘치는 것으로 믿어지는 지성을 상상하지 않을 도리가 없는 벽안의 치아를 눈앞에 대했을 때, 제일 먼저, 그리고 극히 자연스럽게 마음에 떠오른 것이 수호신이라는 단어였고, 감청색 하늘처럼 맑은 눈동자에는 파멸의 갈림길에 세워진 생명을 또다시 불태우게 만드는 힘이 감추어져 있음을 도저히 부정할 수 없었다.

알지 못할 일투성이인 탓으로 아직 환상으로부터의 완전한 탈각이라는 데까지는 이르지 못했고, 이성理性은 여전히 부동적이다.

하지만 무묘마루의 얼굴에 착 달라붙은 것은, 이마에 허무의 주름이 깊게 팬 것 같은 조잡한 가면 따위가 아니었고, 그것은 수경水鏡을 들여다본 순간 졸연猝然*하게 자기 자신을 분기奮起시키는 다부진 표정이었으며, 세상의 법칙을 잇달아 범하면서 하고 싶은 대로 실컷 생의 본질을 맛보는 형상이었고,

적어도 인간에게 등을 돌리고 마는 자 특유의 풍모 따위는 아니었으며, 오체의 구석구석까지 놀람의 연속인 인생에 자신을 적응시키는 패기가 흘러넘쳤고, 당장 가슴을 무겁게 누르는 듯한 종류의 문제는 하나도 없었으며, 살아갈 건더기로 삼을 무언가를 열심히 찾을 필요도 없었고,

따라서 불쌍함을 유도하는 모습과는 거리가 멀었으며, 다소 까칠하긴 했으나 그것이 도리어 매서운 인상을 풍겼고, 그 안광에는 엉터리 인연을 싹둑 잘라버리는 힘이 담겼으며, 마치 씩씩하고 새로운 등장자와 같은 분위기를 풍겼고, 그 근골에는 자활의 피가 흘렀으며, 결단코 그리움이 깊어져 방랑자로 변장한 패거리가 아니었고, 그 정신은 성격만 맞는다면 신

*갑작스러움

분이나 연령이나 성의 차이를 넘어 우정의 계약을 맺을 수 있
는 넓이와 깊이를 잃어버리지 않았으며, 타인의 정을 모조리
거부하는 듯한 협량狹量함도 엿보이지 않았고,

　그렇다고 해서 눈〔雪〕 속의 까마귀처럼 지나치게 두드러진
존재가 아니었으며, 사유재산에도, 재치 있는 놀이에도, 만사
형통의 날들에도, 권력의 쟁탈전에도, 부침을 함께할 수 있을
것 같은 좋은 도반道伴에게도, 예술성이 빼어난 경이의 대상에
게도, 세상이 받아들여주도록 꾸미는 허례허식에도 도통 흥미
를 드러내지 않는 타고난 무애자였고,

　그런 무묘마루가 가는 곳에는 언제나 일륜과 월륜이 종속
적인 존재가 되어 따라붙었으며, 때로는 눈부시게, 때로는 어
렴풋하게 가는 길의 한 치 앞의 어둠을 확실하게 비춰주는 것
이었다.

　저녁 무렵까지 온갖 기분에 젖었으나 이미 지각知覺이 위협
받는 일은 없었고, 망상의 폭풍 속에 몸을 두는 일도 없다.

　생명을 초월한 생명을 부여받은, 있을 리 만무한 존재가 되
어버린 것 같은 자각에 대해 눈곱만큼의 의념도 없었고, 잡목
림의 상공에 둥실 뜬 달이 뿌리고 있는 것은 결코 지나치게 순
수하여 유해한 빛 따위가 아니었으며, 무묘마루를 지탱하는
우주와 무묘마루가 지닌 특이성을 부드럽게 조사照射했고, 혼

이 원래의 위치에, 아니, 그 이상으로 높은 곳에 도달했음을 암시했으며, 긍정적인 입언立言*을 가능하게 하는 자로 이끌었고, 덩치 작은 사내에게 당하고 창가의 여주인에게 뒤통수를 얻어맞았다는 유한遺恨의 마음을 잊게 했으며,

그러므로 벽안의 치아가 다시 이 암자에 나타난다면 진심을 담은 인사를 해주고, 은혜를 갚을 방법이 있다면 주저 없이 일러주면 좋겠다고 말하며, 단지 만일 연모의 정을 보내올 때만큼은 단호히 거절하지 않으면 안 될 것이고, 아름다움과 사랑도 상대적인 존재 사이에서밖에 불꽃을 피우지 않는다는 사실을 알려주지 않으면 안 될 것이며, 어차피 남자끼리의 방사는 낭패스럽기만 한 결과를 초래하는 행위에 불과하다고, 그렇게 전한 다음 다시 한 번 감사의 뜻을 표하며, 필시 돈이나 칼도 받아들이지 않을 테니까 그냥 그대로 조용히 사라지기로 작정했고,

몸을 신중하게 일으키면서, 체질에 뿌리내린 기민성이 정상으로 돌아왔는지 어떤지를 확인하여 조금도 휘청거리지 않는다는 사실을 알게 되자 침구를 정돈했고, 그 위에 잠옷을 접어놓았으며, 자신의 의상으로 갈아입은 다음 툇마루로 나와서 달빛 속을 가로질러 올 은인을 기다렸고, 절대로 예측할 수 없는 내일을 떠올리는 사이에 도읍은 이제 지긋지긋하다는 기분

*모범이 될 만한 의견을 내세움

으로 점점 기울어졌으며,

그렇지 않아도 도읍을 어슬렁거리고 있었더라면 이번에야말로 최후의 일격을 당했을 것임에 틀림없었고, 여하튼 적의 세력은 너무 컸으며, 창가의 장사에는 빠트리지 못할 애인을 살해당한 덩치 작은 사내의 원한은 영원한 증오로 고정되어버릴 것이고, 그리 간단하게 잊어버리리라고는 도저히 여겨지지 않았다.

지금은 복수를 감행하기에 적당한 시의時宜라고 할 수 없었고, 적이 경계심을 늦추는 몇 년 후에라도 상관없었으며, 그때에 되돌아오는 것이 현명하다.

복수가 보람 없는 싸움이라는 사실 정도는 충분히 이해하고 있었고, 그것이 몸을 바칠 가치가 있는 오직 하나의 원한인지 아닌지의 인식 역시 모호하다는 사실도 너무 잘 알고는 있었으나, 그렇다고 해서 내던져버릴 수야 없었으며, 아마도 커다란 착오이리라는 점을 알면서도 어쨌거나 해치우지 않는다면, 그 다음의 자신의 인생이 소멸될 것 같은, 남아 있는 것은 죽음뿐이라는 답밖에 나오지 않을 것 같은, 그런 기분이 드는 것을 어쩌지 못했고, 사후에 또다시 생을 얻고 싶다고 바라는 인생이 되겠다면, 일단 지금은 무엇이 어찌되었든 체면을 중시하는 정신을 지니면서 분발하지 않으면 안 되었고,

그런저런 생각을 떠올리면서, 멀리서 무수히 등불을 명멸시키고 있는 도읍을 바라보면서, 고유의 신성神性까지도 느끼게 해줄 만큼 멋진 치아를 기다렸으나, 들려오는 것은 토끼와 여우의 발자국 소리뿐이었고,

그러는 사이에 치아 쪽도 길바닥에서 마주쳤던 병자의 완치를 깨닫고 본래의 보금자리인 사원으로 돌아가버렸을지 모르며, 그리고 두 번 다시 여기로는 돌아오지 않을지 모르고, 다시 말해 그것은 보답 따위는 전혀 바라지 않는, 어디까지나 선의에서 나온 행위였는지 모른다고 그렇게 생각하게 되었으며, 내일이라 말하지 말고 오늘밤 중에 떠나자는 마음을 먹었고, '별의 칼'을 등에, '풀의 칼'을 허리에 차고 짚신을 신었으며,

문이라는 문은 죄다 닫은 뒤 달빛에 의지하여 구불구불한 오솔길을 걸어가, 보행에 익숙해질 때까지 천천히 발걸음을 옮겼고, 나아갈수록 만족스러운 몸 상태를 느꼈으며, 이 정도라면 원하는 곳 어디라도 갈 수 있지 않겠느냐는, 밤새도록 걸어갈 수 있지 않겠느냐는 자신이 솟구쳤고, 우선은 가장 커다란, 동서남북 어느 방각으로든 갈 수 있는 가도로 나가자며 그 부근에서는 가장 길고 큰 강으로 향했고,

이내 언제나 돌아가는 고독 속에서 괜스레 편안함을 느끼게 되었으며, 동시에 자신의 몸속에서 타고난 생명력의 강인함을 절절히 느끼게 되었고, 만약 운명이 허락한다면 이대로 방랑의 생애를 보냈으면 좋겠다고 진심으로 바랐으며, 정착이

나 안주는 결코 더욱 좋아지는 삶의 방식이 아니라, 혼을 흥분하게 하여 이성을 잃게 만들거나 부패하게 만드는 동인動因밖에 되지 않는다고, 그렇게 결론지어버리는 것이었다.

한 곳에 꼼짝 않고 머문다는 것은, 죄악이라 칭하는 것을 지성의 입장에서만 바라보는 것과 마찬가지로, 유연성이 결여되어 있다.

사람을 죽인 숫자에 따라 죄의 양을 산정하는 것은 잘못이 아닐까, 그렇다고 해서 올바른 진위 판단은 아니며, 가령 그 상대가 여인이고, 한 시절 정을 나눈 사이였다손 치더라도, 상상하지도 못했던 배신 행위에 의해 이쪽의 목숨이 위태로웠던 경우에는 그 범주에 들지 않으며, 그럴 때는 초라한 양심 따위에는 일체 상관하지 말고 해야 할 일을 빈틈없이 해내지 않으면 안 되며, 그것을 위한 칼이고, 칼날이 선혈을 빨아들일 때마다 마음이 현세라는 것에 꾀어 들어가도 괜찮다고 하지 않으면 안 된다며,

그런 말을 스스로에게 들려주면서 잡목림의 오솔길에서 농로로 나선 무묘마루는, 나중에 끙끙 앓으며 돌이키지 않으면 안 될 살해의 체험 따위는 하나도 없었고, 반드시 앞으로도 없으리라고 믿었지만, 그래도 그 몸을 자랑스레 느낀 적은 없었으며, 교정할 수단도 찾지 못한 채 무한의 실체로서 양양洋洋

하게 흘러가는 폭력의 강을 따라서밖에 나아가지 못하는 목숨을 끌어안고 갈 따름이라고, 그렇게 결론 내렸을 때, 완전히 해가 저물고 나서도 여전히 왕래하는 나그네들이 끊어지지 않는 가도의 네거리 쪽에서, 십여 명에 달하는 패거리들의 예사롭지 않은 고함 소리가 들려왔으며,

한참 지나자 욕설을 주고받으며 서로 견제하는 단계가 지났고, 쌍방 모두 화가 치밀어 폭도끼리의 난투극으로 바뀌었으며, 장렬한 싸움이 연출되었고, 시퍼런 칼날과 뾰족한 창이 뒤섞여서 달빛을 반사했으며, 무기가 부딪치는 소리와 불똥과 노호怒號가 요란하게 날아다녔고, 제법 전투다운 양상을 드러내었으며, 승패가 선명해질 때까지 끝나지 않으리라고 여기며 다가가자, 너무나 뜻밖에도, 누가 먼저랄 것도 없이 서로 깨끗이 몸을 빼버렸으며, 부상당한 동료를 내버려둔 채 뿔뿔이 그 자리에서 흩어졌고, 눈 깜빡할 사이에 모습을 감추어버렸다.

그 이유는 가도 저쪽 편에서 서슬 퍼렇게 달려오는 기마 사무라이들 탓으로, 소동을 진압하기 위한 사무라이도코로의 무리들임에 틀림없다.

햅쌀을 도읍으로 반입하려는 자들과, 그것을 저지하려는 자들 사이에서 일어난 다툼을 본격적으로 단속하자는 움직임

이 생겨난 모양으로, 일찌감치 현장으로 달려온 사무라이들은 부상을 입고 쓰러진 자들과 뒤집혀진 달구지와 쌀가마를 말 위에서 힐끗 한 번 휘둘러보더니 또 다른 가도로 곧장 이동해 버렸고,

말발굽 소리가 멀어진 뒤 잠시 지나자, 쌀을 운반해온 인부들이 한 명, 또 한 명 언걸입을까 두려워 몸을 숨겼던 덤불 속에서 나타났으며, 자신들을 보호해주어야 할 건달들도, 적에게 고용된 퇴물 사무라이들도 한동안 되돌아올 기미가 없다는 사실을 충분히 확인한 다음, 신음을 터트리면서 도움을 바라는 부상자나 사인死人에게는 눈길조차 던지지 않았고, 묵묵히 쌀을 달구지에 다시 싣고 나자 아무 일도 없었다는 듯이, 혹은 나 알 바 아니라는 매정하고 무자비한 태도를 노골적으로 드러내더니 다시금 도읍으로 향했으며,

그러는 동안 도리 없이 여행을 중단당한 채 멀리서 사태의 추이를 지켜보던 행인들은, 죽거나 죽어가거나 하면서 길 한복판에 나뒹구는 자들의 바로 곁을 지나쳐갔고, 그래도 돌아가서 써먹을 재미있는 이야깃거리로 삼자며 곁눈질로 주변을 두루 훑어보았으며, 개중에는 희생자의 창이나 칼이나 품속의 물건에 눈독을 들이고 상황을 살피는 게 분명한, 몸에 남루를 걸친, 험악한 상판대기를 한, 아무래도 수상쩍은 하천下賤한 무리들이 섞여 있었다.

신음이 교차하는 곳을 가만히 가로질러 가는 무묘마루의 발목을, 젖 먹던 힘까지 다 짜내어 꼭 붙잡는 빈사瀕死의 중상자가 있다.

오른팔이 어깻죽지로부터 싹둑 잘려버린 그자는, 실혈失血로 인해 달보다도 창백해져버린 얼굴을 들고 필사적으로 도움을 바랐고, 하다못해 지혈 조치만이라도 부탁했으며, 어디에 그런 힘이 남아 있었는지 불가사의하게 여겨질 정도의 악력握力을 발휘하여 여전히 매달렸고, 부탁을 들어주기만 하면 품속에 간직하고 있는 돈을 모조리 주겠다는 달콤한 제안을 해왔으며,

하지만 그 눈동자에서는 벌써 절반가량 번쩍임이 사라져갔고, 만전의 응급조치를 취하더라도 죽음을 면하기는 이미 불가능한 상태였으며, 베풀어야 할 자비에 약간의 수정을 가하지 않으면 안 되겠다고 판단한 무묘마루는, 신속한 결과를 내기 위해서 바로 근처에서 눈알이 빠져 절명한 자의 손에 쥐어져 있는 창을 잽싸게 잡아채자마자, 간발을 두지 않고 그것을 발아래 부상자의 등에 찔렀고, 심장을 꿰뚫은 창끝이 땅바닥에까지 도달했으며, 생자에서 사자로 이행하는 순간의 경련이 손잡이를 통해 손의 마디마디까지 얼얼하게 전해졌고,

나쁜 운명에 의해 희생의 제물이 되기 위해 태어난 것으로밖에 여겨지지 않는 일개 의지가지없는 떠돌이는, 등에 한 자

217

루의 막대기가 박힌 채로, 가소롭다면 가소로운, 불쌍하다면 불쌍한 모습을 드러내며 경멸해야 할 생애를 마쳤으며, 숱한 미련을 남기면서도 인과응보의 세상을 이다지 달 밝은 밤에 사라져갈 수 있었던 것은 뜻밖의 횡재라고 해야 옳을지 몰랐다.

동이 틀 때까지는 중상자나 사자나 몸에 걸친 것을 송두리째 몽땅 털려 벌거숭이나 마찬가지의 처지가 될 것임에 틀림없고, 까마귀나 솔개나 들개의 먹이가 된다.

차라리 죽는 편이 나은 인간으로 가득 들어찬 미개의 세상에서, 나 자신 또한 그중의 한 명이라는 자각을 심화시켜가면서, 너무나 간단히 타자의 목숨을 바깥으로 내던져버린 것에 조금도 동요하지 않았고, 그 건으로 자신을 탄핵하고 싶은 기분조차 들지 않게 된 무묘마루는, 흡사 인생이 일신된 듯한 심경에 젖어 있음을 알아차렸으며, 더구나 그것이 결코 마음에 배치되는 삶의 방식이 아니라는 사실을 깨달았고,

그렇긴 하지만 격한 감정 그대로, 혹은 상쾌한 흥분을 탐하고 싶어서, 또 혹은 동물적인 정기精氣에 감싸이고 싶어서, 함부로 사람을 죽이는 방향으로 기울어진 것은 아니었으며, 당연하지만 그것은 나름대로의 이유와 근거에 따라 행해지지 않으면 안 되었고, 그 선택권의 행사는 어디까지나 혼에 비추어보아 결정하지 않으면 안 되었으며, 요컨대 그 근저에 가로놓

인 것은 제발 주살誅殺을 살생으로 잘못 이해하지 말라는 것이 었고,

　진지한 마음을 지녔으며, 연약한 존재에게는 절대로 손을 대지 않는다는 본령을 여전히 잃어버리지 않은 무묘마루는, 영원한 지금을 산다는 것을 뼈저리게 자각하게 해주는, 기품 과 매혹이 넘치는 달과 더불어 이동하여, 쉴 새 없이 옆구리를 스치고 지나가는 죽음이 지닌 본체를 분명히 감지하면서, 정 점을 향해 상승해갈 때와 같은 행복이 아니라, 편안한 휴식과 도 닮은, 꽤 산만한 횡일橫溢*에 뒤덮이면서, 다소 거칠지만 완 급자재緩急自在의 정신을 의식하면서, 가까운 강변으로 내려가 아무런 인상도 남기지 않고 흐르는 대량의 물을 앞에 두고 무 릎을 꿇자, 손에 달라붙어 있는 슬퍼할 가치마저 없는 피를 씻 어 내렸다.

　흘러가서 돌아오지 않는 세월을 새삼스레 떠올려주는 물의 흐름은, 즉흥적인 유랑의 나날을 살아가는 자에게는 상당히 유리하게 작용한다.

　그러나 더러워질 대로 더러워진 도읍을 훑어서 흘러내려온 그 물로 목을 축이는 것 같은 무모한 짓은 하지 않았고, 다행

*넘쳐흐름

스럽게도 목하 먹고 마시는 데 대한 절실한 욕구는 없었으며, 단지 그런 식으로 달 밝은 밤의 수면을 멍하니 바라보고 싶을 뿐으로, 바라보고 있을 동안에 깊이 마음을 뒤흔드는 순간이 찾아와 저절로 가고 싶은 방향이 정해지지 않을까 기대했는데, 그것을 알아내기도 전에 가슴 깊은 곳에서 교혜키[鋸壁]*같이 이빨이 들쭉날쭉한 파도가 일기 시작했고, 현실과 희망의 사이를 주선하는 매개적인 온갖 잡념들에 사로잡히고 말았으며,

그런데 아무리 시간이 지나도 구름이 끊어진 틈이 생겨 해가 비치는 것처럼 선명한 번쩍임은 얻어지지 않았고, 어찌된 영문인지 도읍이 마음을 사로잡은 채 떠나지 않았으며, 아무리 해도 떠나가기 힘든, 엄청난 굴통이**인 저 덩치 작은 사내를 단 하루라도 살려두고 싶지 않다는 원한은 별도로 치더라도, 생존해 있을 가능성이 높은, 어딘가의 대사원을 책임질 정도의 지위에 올라 있을지 모르는 아버지를 찾아내고 싶다는 것과, 또한 기온마쓰리에서 발견한 아름답고도 아름다운 저 유녀를 한 번만 더 보고 싶다는, 그리고 하얀 옷으로 몸을 감싼 그 여인에게 그토록 이끌리는 근본 원인을 이번에야말로 찾아내고 싶은 심정도 있어서, 언제 목숨을 앗길지 모르는 공포의 그림자가 쉴 새 없이 잔등에 드리워져 있다는 사실을 누구보다 잘 알면서도, 북상할 기분도 남하할 기분도 들지 않았고,

결국 그날 밤의 출발은 늦추어졌으며, 우선은 어딘가 가까운 곳에서 하룻밤을 보내기로 작정했고, 아침 일찍 일어나 솟

아오르는 일류에 망설임을 태워버리기로 했으며, 돌멩이투성이 모래투성이의 강변을 흘러가는 물결을 따라 완만한 걸음걸이로 걸어가보긴 했으나, 몸에 스며드는 한풍이 불어 닥칠 때마다 이미 야숙할 수 있는 계절이 아니라는 사실을 알게 되었고, 불이 그리워졌으며,

그렇다고 해서 지금 새삼스럽게 저 잡목림 속의 암자로 돌아갈 기분은 나지 않았고, 더 이상 생판 모르는 타인의 신세를 지는 것은 본의가 아니라는 믿음이 강해졌으며, 극진한 환경이야말로 마음 상태를 흐트러뜨리고 자아를 와해시키는 근본이라는 이치를 분별했는지라, 발길은 저절로 천민들이 옹기종기 모여서 살아가는 비참하면서도 무애의 장소로 향했으며, 추위를 떨치기 위한 화톳불이 여기저기 흩어져 있는 방각으로 나아가는 것이었다.

도읍과 마찬가지로 그곳 역시 돈과 칼이 말을 하는 세계였고, 그 두 가지를 겸비한 자라면 절호의 은둔처를 얻을 수 있을 것이다.

부富에 대한 갈망을 비난하는 자 따위 단 한 명도 없는 도읍

---

*등산 용어의 침니처럼 세로로 깊이 갈라진 암벽 사이의 틈과 같은 모양을 일컫는 일종의 건축 용어 **겉만 그럴듯하고 속은 보잘것없는 사람

에서, 눈부신 성공을 거둔 산적 출신 미곡상의 입김이 씌어져, 평소 늘 쩨쩨하기 짝이 없는 미끼에 물려 포섭당한 자가 적지 않았고, 그러므로 무묘마루의 일건―件은 벌써 쫙 사발통문이 돌았을지도 모르며, 똑같은 길이의 칼을 등과 허리에 찬 사내를 발견하여 통보한 자에게는 파격의 포상금이 약속되어 있는지도 몰랐고, 다시 말해 우활迂闊*하게 다가가면 불속으로 뛰어드는 여름철 벌레처럼 될지도 모르며, 오늘 저녁이 가기 전에 강습을 당하여 놀림감이 되어버릴지도 몰랐고,

그러나 목하 덩치 작은 사내의 머리는 배수진을 친 위험한 장사의 향방으로 가득 차 있을 것임에 틀림없었으며, 쌀값을 뜻대로 조종하는 것에 실패할 경우에는 다시 산적으로 되돌아갈 수밖에 달리 길이 없었고, 따라서 다른 문제는 전부 뒷전으로 미루어두지 않으면 안 되는 긴박한 상황에 있으며, 도저히 거기까지는 손을 뻗치지 않으리라고, 그렇게 판단한 무묘마루는 마음을 굳히고 최초의 화톳불이 있는 곳으로 가까이 갔고, 가죽을 벗긴 다음의 잔물殘物인 쇠고기와 내장을 꼬챙이에 꿰어 구이로 만들고 있는 패거리의 등 뒤로 되도록 경계당하지 않을 걸음걸이로 다가갔으며, 시치미를 뚝 떼고 불을 쬐려고 했으나 즉각 배타적인 시선이 퍼부어졌고, 그런 다음 의혹의 눈길로 말똥말똥 쳐다보았으며,

요컨대 그것은 적과 우리 편을, 혹은 좋은 봉인지 아닌지를 분간하고 싶어 하는 시선이었고, 날아오는 화살처럼 예리한

눈길 하나하나를 되받아주면서, 무묘마루는 거친 삶으로 흐리멍덩해진 그 눈동자 속에서 퍼뜩 짐작이 갔을 때의 번쩍임을 찾아보았으나, 다행히 그런 눈동자는 하나도 없었으며, 실제로 최우선 정보를 덩치 작은 사내에게 알려주자며 슬그머니 화톳불에서 멀어져가는 자는 없었고, 그렇긴 하지만 방심은 금물이었으며, 패거리의 관심은 이제 신참자의 주머니 사정과 완력의 세기로 이행되어갔다.

먼저 돈을 보여주며 익은 고기를 한 토막 소망하면서 상대의 반응을 확인하고, 패거리 가운데 실권을 쥔 자를 특정하기로 한다.

내민 돈 쪽으로 흉터투성이의 팔을 내밀어온 것은, 정말이지 툭하면 화를 버럭 내는 성벽性癖과 거칠기 짝이 없는 심사를 지닌 듯한, 그러면서도 점액질을 느끼지 않을 도리가 없는 연배자年輩者로, 불룩 튀어나온 배 언저리에는 짐승을 해체할 때 쓰는 전용의 칼이 날을 그대로 드러낸 채 허리끈에 끼어 있었고, 자세히 보니 그 자리에 함께 있는 다른 자들도 모두 비슷한 형상의 칼을 휴대하고 있었으며, 길이가 짧으면서도 번쩍번쩍 잘 갈려 있어서 무기로서도 얼마든지 쓸 수 있는 대물

*세상 물정을 모름

이라는 사실에 의심의 여지가 없었고, 가령 전원이 결속하여 동시에 덤벼들 경우에는 상당히 성가시지 않을 수 없었으며,

그로 인해 무묘마루는 지나치게 우호적인 온건한 태도는 역효과만 부를 것이라는 사실을 깨달았고, 손이 닿는 곳에 불에 직접 던져져 익어가는 갈비고기를 집어내기 위한 기다란 대나무 젓가락이 준비되어 있음에도 불구하고, 최소한의 움직임으로 최고로 빨리 발도拔刀하는가 싶더니, 이내 천민들이 놀랄 틈도 주지 않고 노릇한 한 덩어리를 푹 찔렀으며, 타서 뜨거운 육즙이 뚝뚝 떨어지는 그것을 입으로 가져가 덥석 씹어보였고,

그러자 틈만 나면 악의의 욕설을 왕창 퍼부으려던 험악한 분위기가 단숨에 소멸되었으며, 무묘마루는 심장이 두 방망이 질할 것임에 틀림없는 패거리들의 얼굴을 뚫어져라 노려보면서, 소금은 없는가 물었고, 즉시 내놓은 소금 항아리를 잡아채더니, 이번에는 술은 없느냐고 물었으며, 돈을 다시 배불뚝이 사내의 손에 쥐어준 순간, 곁에 있던 쥐를 연상시키는 풍모의 사내가 갈대와 왕골과 대나무로만 지어진 자신들의 보금자리에서 병과 잔을 안고 나왔고, 주머니 사정은 좋아 보이지만 흉포하기도 해 보이는, 대단히 위태로운 이방인에게 술을 따라주었으며,

여하튼 이 자리는 고분고분 따르는 편이 득이 되리라고 판단한 그들은, 일제히 손을 부비면서 다가와 기분을 살피는 태

도로 철두철미했고, 사준 술을 아낌없이 마시기에 이르자 완전히 표정이 풀려버렸으며, 공존할 수 있는 것을 무엇 하나 찾아내지 못했음에도 불구하고 고립이 몸에 밴 무묘마루의 내면에서는, 예전에 경험한 바 없는 불가사의한 동화작용이 펼쳐지기 시작했다.

천민들은 곤궁에 찌든 인종이 아니고, 운명을 파멸의 손에 넘겨버린 도배徒輩도 아니며, 세상을 파멸시킬 해악한 인간도 아니다.

그들이 항시 풍기는 코를 찌르는 듯한 악취만 하더라도, 전신에 달라붙은 수많은 이나 벼룩만 하더라도, 어두운 기분을 단적으로 드러내는 탁한 눈동자만 하더라도, 중목衆目*에 의한 인간 이하의 존재라는 최저의 평가만 하더라도, 며칠 동안 함께 지내다보면 익숙해져버리고, 아무런 장해가 되지 않게 여겨지며, 그들이 몸을 두고 있는 곳은 마르고 쇠약해져갈 따름인 부負의 세계라고, 그렇게 낙인찍는 것은 빗나간 일인지도 모르며, 무애의 샘물을 퍼서 마시는 것은 귀족이나 무장들이 아니라 사실은 이들이 아닐까 하는 생각이 들었고,

필경은 의도하든 말든 상관없이, 서툰 뜻을 품지 않음으로

*뭇사람이 바라보는 눈

써, 정직한 길을 중시하지 않음으로써, 땅바닥을 기는 듯이 살아감으로써, 세상에서 거의 안중에 두지 않는 처지로 해서, 그들의 인생 목적은 아무런 대가도 지불하는 법 없이 성취되었으며, 이 세상에 가장 잘 길들여진 인종처럼 비쳐졌고, 여하한 말을 갖고도 그 적응력을 분쇄할 수는 없으며, 싼 술에 취해버리고, 얼토당토않은 소리를 하여 희로애락을 실컷 발산할 수 있는, 그와 같은 지적 예종隸從과는 전혀 무연한 체질이 무묘마루에게는 너무나 부럽기 짝이 없었으며,

그렇다고 해서 제아무리 박자를 맞추어서 친화를 도모한들, 그들이 무묘마루의 정신을 고무하거나, 정열을 불어넣어 주거나, 새로운 삶의 방법을 깨우치게 해줄 리는 없고, 그것은 범상한 것만으로 마음이 구성되어 있는, 욕망의 토양에 뿌리를 내린, 알맹이가 결핍된 인간에게 한정된 일이며, 오로지 만족할 수 있는 자기 자신을 묵수墨守*하고자 바라는 균정均整이 갖추어진 인간으로서는, 반드시 그저 좋은 일뿐이라고 잘라 말하지 못할 대단히 폐쇄적인 세계였다.

먹을 수 있을 때 배불리 먹고, 마실 수 있을 때 실컷 마시는 삶의 방식이 몸에 밴 천민들은, 술과 고기가 없어지면 뿔뿔이 흩어진다.

그들은 난데없이 뛰어든 통 큰 이단자와 더불어 말끔히 뜯

어먹은 소뼈를 화톳불에 던져 넣고, 너구리나 여우의 소굴 쪽이 더 나을 듯한, 도저히 집으로 부르지 못할, 조악한 재료만을 사용하여 지은, 태풍 한 방이면 흔적조차 없이 날아가버리고 말 것 같은 오두막으로 돌아갔으며, 바라는 대로 행하는 최하등의 내일을 부지런히 살아가기 위해서 잠들었고, 혹은 자칫하면 구제驅除의 대상이 될 듯한 결코 팔리지 않을 추녀를 품고, 오늘 하루의 마감으로서는 더할 나위 없었다는 생각을 품으면서, 미로를 닮은 가을밤의 깊숙한 구석을 헤치고 들어갔고,

한편 무묘마루는 어떤가 하면, 적당히 딱딱한 유목을 베개로 삼아 화톳불 곁에 몸을 누였고, 강변에 점재하는 화톳불이 하나, 또 하나 꺼져갔으며, 그에 따라 번뇌하는 중생들을 웃어넘기는 것 같은 목소리와, 격정에 굴하여 거친 목소리가 줄어드는 모습을 어떤 종류의 취미로서 포착했고, 적빈赤貧으로 쫓겨나서 항상 아사라는 위험에 몸을 던지고 살아가는 사람들 사이에도 행복의 순풍이 살랑살랑 분다는 사실을 깨달았으며,

얼마 지나지 않아 오랜만에 마신 술이 효과를 나타내어 가슴에 공포를 품지도 않게 되었고, 멍청하게 있다가는 무슨 짓을 당할지 알 수 없는 장소에 몸을 두고 있다는 인식이 점점 희미해져갔으며, 여로와 사투의 수십 년을 거치기만 해온 날

*자신의 주장을 굳이 지킴

들이 다해간다는 실감도 머나먼 저 너머로 멀어져가버렸고, 졸졸 흘러가는 물소리에 꾀어 들어, 마침내 잠 속의 잠으로 떨어져갔다.

이내 꿈을 꾸었고, 불쑥 등장한 사람은 다름 아닌 바로 그 맹목盲目의 비파 도사로, 낫처럼 생긴 달 바로 아래에 서 있는 그는 달보다도 창백한 얼굴이다.

지하 감옥에서 영구히 잠들었을 도사는, 어둠의 세계에 우글거리는 무시무시한 형상의 사자死者들과 오직 홀로 대좌하면서, 절묘하게 연주하는 현의 진동을 망아를 바라마지 않는 생자生者들의 머리 위에 비처럼 쏟아 부었고, 무상의 세상 여기저기를 맴돌아 다님으로써 자연스레 흡수된 미美를 아낌없이 뿌렸으며, 삶에 안주하는 것이 얼마나 비참한지를 눈물로써 호소했고,

그런 뒤 별안간 간과干戈*의 술렁거림이 일어났으며, 양군兩軍이 뒤섞인 살벌한 횐소가 대번에 높아졌고, 말 울음소리와 말발굽 소리, 날아다니는 화살 소리와 절명할 때의 절규, 맹렬하게 칼이 부딪치는 소리와 혼 그 자체까지 부정해버릴 정도로 호담豪膽한 승리의 함성으로 주변 일대가 뒤덮여갔으며, 예로부터 이어져 내려온 습관에 따라 싹둑 베어낸 적의 상징을 허리춤에 늘어뜨리고 다음의 노획물을 노려 광분하는 귀신으

로 변한 난폭한 병사들의 거친 숨소리가 귓가를 스쳐갔고,

끝없이 펼쳐지는 싸움터는 매일 밤의 악몽보다 참기 어려웠으며, 죽음은 가는 곳마다 산란散亂했고, 이 세상을 떠나면서 감개에 젖거나 자신의 불운을 저주하거나 할 여유 따위 있을 리 없었으며, 하물며 생명의 씨앗을 뿌릴 기색 따위가 밀려들 리도 없었고, 거기에 있는 미美는 어떤가 하면, 잔광의 반영反映이 핏빛 그림자를 떨어뜨리는 불모의 대지 여기저기에 뒹구는, 사치를 다한, 눈이 부실 정도로 찬란한 갑주와 도검에만 한정되어버렸다.

반가움에 자신도 모르게 달려간 무묘마루는, 살아 있었는가 하며 말을 걸었고, 무슨 수로 지하 감옥에서 빠져나올 수 있었느냐고 물으려 한다.

그러나 비파 도사는 전기물戰記物의 연주와 이야기에 몰두했고, 싸움터 자체로 변해버린 탓으로 부외자部外者가 부르는 소리 따위가 귀에 들어갈 리 없었으며, 그래서 이번에는 어깨에 손을 얹어보려던 바로 그때, 꺼져가던 불이 조그만 소리를 내면서 터졌고, 튀어 오른 불티가 이마에 명중하여 꿈은 순식간에 깨어버렸으며, 모든 의식이 현실로 되돌아왔고, 곁에서

*방패와 창, 즉 싸움을 뜻함

흐르는 것은 삼도내(三途川)* 따위가 아니었으며, 부당한 차별을 받는 자들이 최후의 의지처로 삼아 살아가기 위한 절실한 강에 다름 아니었고,

여전히 밤은 이어지고 있었으며, 그렇지만 결코 정밀靜謐의 어둠은 아니었고, 태풍의 전조와는 다른 차가운 돌풍이 이따금 휙휙 불어 닥쳤으며, 강변 한복판에서 극심한 회오리를 일으키며 빠져나갔고, 그 추위는 예사롭지 않아 화톳불 정도로는 도저히 이겨낼 수 있을 것 같지 않았으며, 날이 새기 전에 죽음으로 발걸음을 내딛는 갓난아기와 노인이 있어도 하등 이상하지 않을 지경이었고, 베개 대신으로 삼던 유목을 화톳불에 던져 넣어도 바란 만큼의 따뜻함을 얻을 수가 없었으며,

그럭저럭하는 사이에 바람은 더욱 세어졌고, 눈에는 보이지 않는 부적符籍을 대량으로 뿌리면서, 굉굉轟轟하는 요란한 울림으로, 이래도 버틸 테냐고 비웃듯이 세상의 말단에 붙어서 살아가는 약자들을 짓눌렀고, 생과 사를 뒤죽박죽으로 만들어버렸으며, 무묘마루가 행복의 눈금으로 삼는 이런저런 것들을 아주 가뿐히 날려버렸고, 어디에 몸을 두든, 누구와 사귀든, 온갖 괴로움에서 벗어나기란 불가능하다는 사실을 뼈에 사무치도록 알려주는 것이었다.

*죽어서 저승으로 가는 길 도중에 있다는 내

만추晚秋라고는 해도 강변에서의 양광陽光은 아직 강렬했고, 몹시 눈부셨으며, 그렇지만 열선熱線은 약해졌고, 여기저기서 기침 소리가 난다.

　지칠 줄 모르는 아이들은 활달 그 자체였고, 이른 아침부터 까불고 떠들었으며, 비참한 경우 속에서 찰나의 희열을 끊임없이 만들어냈고, 어른들이 가르쳐주지 않아도 자발적으로 화목했으며, 서로 베풀었고, 살아남기 위한 감화력을 나누어 가졌으며, 있는 둥 마는 둥 하는 희망을 끌어 모았고, 설사 부모 없는 아이이더라도, 능욕의 사생아이더라도 거기에는 아무런 차이가 없었으며,

어젯밤 사이에 영양 부족으로 죽은 자식을 끌어안고 슬피 울던 여자도 어느 결에 눈물을 그쳤고, 아름다움을 간직한 채 가버린 영아의 죽음을 칭찬할 여유를 되찾았으며, 아흔의 나이를 누르고 여전히 생을 포기하지 않는 주술사의 상투적인 조언을 듣고 원기 왕성해진 스스로를 새삼 알아차렸고, 비쩍 마른 보잘것없는 유해遺骸를 강물에 떠내려 보내기로 결정했을 때, 그 마마 자국 있는 얼굴에는 벌써부터 새로운 하루에 대한 기대가 담겨 있었으며, 대관절 무엇이 자신을 이런 인간으로 만들었는가 하는 물음은 말끔히 지워졌고,

치맛자락을 걷어 올리고 안짱다리 걸음으로 철벅철벅 강물 속으로 들어가, 분류奔流*에 가까이 다가간 곳에서 팔에 안은 것을 가만히 내던졌으며, 걸레로 삼을 가치마저 없는 누더기에 쌓인 젖먹이가 서서히 회전하면서 센 물살 쪽으로 빨려 들어가는 모습을 물끄러미 바라보는 동안, 그것이 첫 경험이 아니라는 사실에 고무되었고, 고독 속에 얼마든지 잊어버릴 수 있는 흔해빠진 비극의 하나에 지나지 않는다고 마음을 다잡았으며, 그런 자신의 몸을 수경水鏡으로 보는 것 같은 짓은 결코 하지 않았고, 완전히 기분을 되돌렸으며, 다시금 스스로만 챙기면 되는 무애의 처지를 회복한 기쁨을 감추지 못하고 정든 보금자리로 돌아가는 것이었다.

그녀를 뒤따르며 그 모습을 자세히 관찰하던 무묘마루는, 남

의 일이었음에도 불구하고 당사자처럼 쉬 납득하지는 못한다.

이름조차 없는 해변에 날아들고 만 낙오한 철새라도 된 것 같은 안타까운 기분에 사로잡혔고, 하여간 둥실둥실 떠서 어머니라 할 바다로 흘러가기는 했으나, 달콤한 파도의 향기에 감싸이기 훨씬 이전의 단계에서 고기의 뱃속에 묻힐 게 뻔한 영아에게 자신의 과거를 투영시켜 동요했으며,

그러자 타인의 눈물에 잠긴 나날에는 불간섭이라는 자신의 철칙을 지켜내지 못하게 되었고, 스스로의 정신 구석구석까지 뿌리를 내리고 있던 생장 내력이 현저하게 자극받아 강가에 굳어진 채 꼼짝하지 못하게 되었으며,

그런데 그 일건만이라면 또 몰라도 차라리 보지 않는 편이 더 나았을 일이 겹쳐졌는데, 강 상류로부터 이상한 표류물이 수면에 반짝이는 빛을 헤치고 다가와 마치 무묘마루 쪽으로 빨려 들어오듯이 접근했고, 흐름이 완만한 곳에 다다른 순간, 짐승의 몸뚱이가 아니라 어른인 인간의, 그것도 남자 아이의 그것도, 잘 모르는 동녀의 그것도 아니라는 사실이 순식간에 파악되었으며, 하필 그 혀 잘린 동녀에 다름 아니라는 사실을 알아버리자 무릎이 덜덜 떨렸고, 놀람의 눈을 크게 뜬 일순이 그대로 영원으로 돌입해가는 것처럼 여겨졌으며,

*빨리 흐름

233

경악이 수탄愁嘆°으로 옮겨가려 할 즈음, 무묘마루는 이미 허리까지 물에 잠겨 있었고, 그것을 향하여 두 팔을 활짝 펼쳤으며, 팽창하여 떠 있는 동녀를 가까이 끌어당겨 품에 안은 다음 강가의 마른풀 위에 살짝 눕혔고, 입을 벌려 혀의 유무를 살폈으며, 틀림없이 당사자인지 아닌지를, 혹은 생사를 재확인했고,

유감스럽게도 잘못 본 것이 아니라는 사실을 알고 나자, 잇달아 그녀의 얼굴뿐 아니라 전신에 조그만 화상 흔적이 숱하게 남아 있다는 사실을 깨달았으며, 이 처사가 도대체 무엇이냐는 기막힌 생각이 슬픔을 대번에 분노로 바꾸었고, 눈동자가 이글이글 불타오르는 것이었다.

한숨 섞인 사랑의 말을 바쳐 사자를 조문하는 식의, 그런 손쉬운 단계는 이미 아니었고, 사실에 밀착한 복수심을 높일 따름이다.

혀 잘린 동녀를 그런 지경으로 빠트린 자가 달리 있을 리 없었고, 이로써 저 타기唾棄해야 할 매점매석의 미곡상은 이중의 원수로 확정되었으며, 낳아준 부모의 건은 어쨌든, 진짜 은인인 어린 여자를 그토록 소름이 돋을 방법으로 죽였다는 사실은 도저히 용서하기 힘들었고, 이것은 절대로 씻어야 할 구극究極의 원한에 다름 아니었으며, 꼬리 내린 개들의 피신처

234

나 다를 바 없는 강변 따위에 몸을 숨긴 채 시세時勢를 대관大觀하고 있을 경우가 아니었고, 도읍을 포기하고 떠날 동네라고 작정하기 전에, 여하한 수단을 강구해서라도 확실히 매듭을 짓지 않으면 안 되었으며,

무묘마루의 슬픔과 분노는, 흠뻑 젖은 어린 사자를 강변 바깥으로 옮겨서 아직 단풍이 남아 있는 숲 깊숙한 곳에, 들개도 들짐승도 어쩔 수 없을 만큼 깊은 구덩이를 팠고, 그것을 위해 일부러 구입해온 신품 가래의 칼날이 잔돌에 부딪쳐서 불통이 튀었으며, 금속음이 날카롭게 울려 퍼질 때마다 철석같이 결의가 굳어졌고, 서로 대한 날은 얼마 되지 않았지만 완전히 정이 푹 들고 만 조그만 은인을 정성껏 묻어주는 사이에, 주의 깊게 적의 상황을 엿보면서 신중하게 시절時節을 고른다는 계획이 대폭 생략되었으며, 내일이라고 하지 말고 오늘 당장, 지금부터 즉시 일을 처리하기로 결심했고,

또한 거지 모습으로 변장하여, 두 자루의 칼을 줄로 감아 숨기고, 자신의 정체가 탄로 나지 않도록 하여 노리는 상대에게 접근한다는 전법도 시답잖게 여겨졌으며, 그런 고식적인 짓은 집어치우고 있는 그대로의 모습으로 당당하게 도읍으로 들어가, 설사 덩치 작은 사내의 저택으로 일러바치러 가는 자가 눈에 띄더라도 일일이 상대하지 말고, 원수를 발견하는 대

*근심하고 탄식함

235

로 습격하여 주변의 분위기에는 특별히 주의를 기울일 필요 없이 그 자리에서 참살하기로 했으며, 그 결과 자신의 몸이 어떻게 되건 상관할 바 아니었고, 각오의 증거로서 잘라낸 머리카락을 이제 막 만든 소박한 묘에 바치면서 다시금 보복을 맹세했다.

어쩌면 혀 잘린 동녀의 혼은 무묘마루의 몸 안으로 들어앉았을지 몰랐고, 그대로 있으면서 더불어 영원히 현세를 살아갈지도 모른다.

일단 강변으로 돌아가, 아무리 해도 불쾌한 인상을 떨쳐버릴 수 없는 독특한 퇴폐를 무시하면서, 배를 채우기 위해 도리 없이 지난밤 알게 된 무리들이 있는 곳에 얼굴을 내밀자, 사람들이 기피하는 직종으로 삶을 유지하는 그들은 모조리 갈대밭 안쪽에 모여 있었고, 그리고 벌써 반나절이 걸리는 일에 매달려 있었으며, 도읍에서 수레를 이용하여 옮겨온 소달구지용의 소를 싸움용 칼도 부엌칼도 아닌 색다른 칼을 요령 있게 다루면서 한창 해체하는 참이었고,

우두머리의 말로는 노사老死한 소이긴 해도 귀족의 저택에서 길렀던 탓으로 손질이 잘 되었으며, 그로 인해 육질이야 어쨌든 혁질革質 쪽은 진다이코[陣太鼓]＊의 소재로서는 안성맞춤이고, 정성들여 무두질하면 높은 값에 팔릴 것이 틀림없으며,

고기만 하더라도 삶거나 굽거나 하지 말고 날로 먹으면 오히려 어린 암소보다 맛있다고 했고, 얇게 도려내어준 등심 한 조각을 쭈뼛거리면서 입에 넣은 무묘마루는, 씹으며 아직 삼키지도 않았음에도 최상의 맛을 대한 감동에 휩싸였으며, 별안간 대식가로 돌변하여 씹을수록 피가 되고 힘이 되어간다는 실감을 가졌고,

필사적으로 덤벼들어 상당히 다루기 벅찬 자들과 싸우기 위해서는 정말이지 딱 들어맞는, 결정적이자 간단한, 아주 믿음직스러운 음식이라 해야 옳았으며, 인생 최후의 음식으로도 더할 나위 없었고, 배가 채워질 무렵에는 인간에게 적합하지 않은 생물이라도 된 것 같은 묘한 심경으로 바뀌었으며, 까닭 모르게 흥분해버리는 정신은 오체 전체가 양심을 어딘가에 치워버린 마물의 색으로 물들어졌고,

무시무시한 살기에 엉거주춤해진 우두머리는 어울리지 않게 조신해졌으며, 고기의 사례로 내민 돈에 손을 대지 못했고, 어젯밤 듬뿍 받았으므로 다음 기회에, 라면서 사양했으며, 옅은 갈색으로 시든 갈대를 헤치면서 사라져갔고, 여태까지 만난 적이 없는 종류의, 도통 감을 잡을 수 없는, 어쩌면 자신들보다 훨씬 하등한 기원起源에서 유래했을지도 모르는 사내를 배웅하면서, 다음 기회 따위 있을 턱이 없다고 직감했으며, 아

*진중에서 진퇴의 신호로 치던 큰북

237

무리 통이 크고, 아무리 사람을 심취시키는 힘의 소유자이더라도 재회를 진심으로 바랄 만한 상대가 아니라는 사실을 깨달았고, 오늘 하루를 살아남는 것에만 의식을 집중하여, 다시금 피투성이 칼날을 휘둘러 가죽과 고기를 멋들어지게 분리시키는 일에 몰입하는 것이었다.

등 뒤에서 불어오는 차가운 바람을 맞으며 걸어가는 무묘마루의 형상은, 무훈을 노려 전쟁터로 나서는 첫 출전 사무라이보다 서슬이 퍼렇고, 싸우지도 않았건만 승자의 걸음걸이다.

모든 장해를 파괴하지 않고는 못 배길 것 같은, 여하한 금기라도 쉽사리 범해버릴 것 같은, 제왕을 앞에 두고 불경스런 말을 잇달아 내뱉을 것 같은, 두려움을 모르는 적수공권赤手空拳을 자인하는 무묘마루의 기세에 길을 비켜주지 않는 자는 없었고, 대낮에 설치면서 행패를 부리는 부랑배들도 저절로 고개를 숙였으며, 육욕의 돌파구를 제공하는 매춘부들도 주순朱脣*의 웃음과 추파 던지기를 그쳤고, 후방에서 장례 행렬의 말미를 따르는 역할을 맡은 계급 낮은 승려도 눈길을 돌렸으며, 손님을 끄느라 이상야릇한 의상을 걸치고 길거리를 행진하는 사루가쿠의 연기자들도 우스꽝스러운 행동을 중단한 채 일제히 입을 다물었고,

도읍에 화려함을 더해주는 것이 무한하게 널려 있는 듯이

여기지만 실제로는 어느 호지胡地[**]보다 야만스러운 냄새가 넘쳤으며, 용납하기 어려운 사실이 버젓이 통용되었고, 권력을 장악하여 광대한 영지를 사유한 무리들과, 국물이나 얻어먹을 일심으로 그들에게 아첨하는 추종자들에 의해 갖가지 도를 넘는 행위가 점점 더 만연했으며, 지독하게 퇴행적인 사상이 민초의 자그마한 이성理性을 닥치는 대로 몰아내었고,

교역품을 전문으로 취급하는 이국정서 넘치는 거리에도 현금現今의 사회에서의 지고의 권위라는 것이 깊숙하게 침투해 있었으며, 노동력으로서의 가치를 잃어버린 자는 물론이거니와 아직 일할 수 있는 체력과 의욕을 지닌 자조차도 일자리를 얻지 못하는 지경이었고,

한 주먹도 되지 않는 성공한 자들이 환호하여 맞아들이는 명성 떨치는 문화의 종류는 어떤가 하면, 저속화를 슬슬 벗어나긴 하면서도 일말의 아름다움에 지나치게 기댔으며, 모두가 계발啓發을 기피하고 꺼리는 신기한 것에 지나지 않았고, 세상의 창도사唱導師[***]들이 걸핏하면 입에 담는 혼의 구원이라는 것은, 구원받지 못하는 자의 전형에 지나지 않는 그들 철면피들의 타락과 상쇄되었으며,

왕왕 선善이 난삽하여 저조低調가 극에 달하는 반면, 예전에는 박멸되어야 할 특정의 악惡이었던 것이 세상의 유행에 의

---

[*]연지를 바른 붉은 입술　[**]미개한 곳　[***]법리를 베풀어 불도佛道에 인도하는 사람

239

해 조장되어 어느 결에 일반적인 필요악으로 바뀌어버렸고, 대代를 거듭하여 어려움을 참고 참으며 도읍에서 살아가는 자들조차도 미처 따라가지 못할 만큼 눈이 빙글빙글 도는 어지러운 변용變容은 그칠 줄을 몰랐으며, 그것을 바라보는 것이 살아 있다는 증거라고 착각하면서, 당사자 자신에게는 무엇 하나 제대로 된 변혁이 생겨나지 않았고, 스스로의 처지를 수정하지 않으면 안 될 문제는 전부 연기하거나 시계視界에서 멀리 떼어놓거나 하여 얼버무렸으며, 안달하여 실익을 탐하기 위한 대립 의식을 충실이라고 잘못 이해했고,

그렇게 해서 시대는 자계自戒의 색깔을 지웠으며, 열악화의 외길을 걸어갈 따름이었다.

미곡상의 저택으로 다가감에 따라 무묘마루의 혈기는 격화되었고, 사실상 불가능한 일을 혼자서만 얼마든지 가능하다고 믿었으며, 어깨로 바람을 가른다.

흔들림 없는 증오의 대상이 생긴 사실에 촉발되어 얻은 생기로 인해, 급기야 똑바로 정면에서 부딪치리라는 각오가 정점에 달해가던 바로 그때, 어쩐지 저택의 분위기가 이상하다는 사실을 알아차렸고, 저택도 그렇지만 거기까지 가는 길이 너무나 한산했으며, 오가는 사람은 있었으나 싸전 관계자는 한 명도 없었고, 통행인들은 굳게 닫힌 문을 곁눈질하면서 목

소리를 낮추어 소곤거렸으며, 어느 누구 할 것 없이 얼굴에는 동정의 흔적조차 눈에 띄지 않았고, 사라져간 태풍을 비웃을 때의 표정과 흡사했으며, 입 모양은 '꼴좋군!' 하고 말하듯이 비뚤어졌고,

실제로 무묘마루가 문 앞에 당당히 나타나 서 있어도 저택 내의 움직임이 갑작스레 분주해지는 것 같은 일은 결코 없었으며, 무장한 한 무리의 사람 그림자가 혈상血相을 바꾸면서 뛰쳐나오는 것 같은 일도 없었고, 또한 배후의 창가만 하더라도 마찬가지여서, 막대한 재산을 배경으로 삼아 펼쳐지던 전횡의 행동은 신기루처럼 소멸되었으며, 정밀靜謐의 봉인封印은 시간이 흘러도 깨트려지지 않았고, 그렇다는 사실은 덩치 작은 사내를 둘러싼 사정이 백팔십도 바뀌고 말았다고 생각하는 것이 타당했으며, 그렇다고 해서 새로운 질서가 그 자리를 대신할 듯한 태동胎動도 전혀 느껴지지 않았고,

완전히 허탈해져버린 무묘마루는 오랫동안 그 자리에 못 박혀 서 있었으며, 어떤 이변이 일어났는지를 머릿속으로 더듬었고, 머리를 굴리다 못해 뚝뚝 떨어지기 시작한 차가운 비를 맞게 되자 비로소 직접 살펴볼 마음이 났으며,

그러나 이야기를 들어보려고 다가간 자들은 모조리 꽁무니를 빼버렸고, 비를 피해 서 있던 노인을 간신히 붙잡았으나 공교롭게 귀가 어두웠으며, 그래도 대답해주려는 기분은 충분히 있었고, 엄청나게 큰 소리로 주고받는 대화가 한바탕 이어진

뒤, 그다지 공공연하게 소문이 나돌 것 같지 않은 사건의 개략을 어렵사리 파악할 수 있었으며,

한마디도 흘리지 않으려고 귀를 기울인 결과, 쇼시다이[所司代]*까지 끌어들여 쌀값의 이상한 폭등이라는 최악의 죄를 꾸민 무리들은, 장본인 두 명과 그 부하 수십 명이 사무라이도코로에 체포되어 옥에 갇혔고, 쇼시다이는 면목을 잃어 사직했으며, 미곡상 모임은 시정과 쇄신의 폭풍에 휩쓸렸고,

요컨대 몬지로도 덩치 작은 사내도 단기간의 성공에 눈이 어두워져 도가 지나쳐버렸으며, 횡포한 행위가 너무 심하여 비난의 표적이 되었고, 신불의 눈과 마찬가지로 권력자 측의 그것도 모든 죄를 낱낱이 알고 있다는 사실을 과시하고 싶어졌으며, 또한 다른 업종에 대한 본보기의 의미도 있어서 희생양이 된 것이 아닐까 하고, 대략 그런 내용이 파악된 순간, 너무한 일에 무묘마루는 자신도 모르게 몸을 뒤로 젖히면서 고함을 지르고 말았다.

시험 삼아 몬지로의 저택으로 가보았더니 역시 인기척이 느껴지지 않았고, 성가신 양상을 띠고 만 사실이 사람들 눈에 드러난다.

돈벌이에 관해서는 유를 찾기 힘든 자질의 소유자였던 사내도 전 재산을 몰수당하여 완전히 깡통이 되었고, 모임의 우

두머리 지위를 잃었으며, 어떤 터무니없는 명령에도 따랐을 부하들도, 피를 나눈 가족들도 어차피 기생적인 존재에 지나지 않았음을 알게 되었으며, 의지할 수 있는 것은 자신뿐이라는 사실을 깨달아 모른 척하는 관리들을 상대로 분투했고, 이윤을 위해서라면 어지간한 일은 눈 감아야 한다는 장사의 정당성을 아무리 주장해보았자 헛수고에 지나지 않았으며,

무엇보다 공적인 장소에서 재판받는 일은 없었고, 일방적으로 단죄당하여 사무라이도코로로 끌려간 그날 중에 운명이 정해졌으며, 그렇다는 사실은 몬지로도 덩치 작은 사내도 이미 이 세상에는 살고 있지 않을지 몰랐고, 만약 그렇다고 한다면 원수를 갚을 기회가 완전히 사라지고 만 셈이었으며, 그것은 해도 해도 너무 한 일로서, 후련한 기분 따위가 들 리 없었고, 억누를 길 없는 무념의 정에 평생 얽매이게 될 것은 명백했으며,

모처럼 굳힌 결연한 각오를 펴볼 곳이 없어진 채 견디기 힘든 심경에 빠져든 무묘마루는, 이래서야 은인인 혀 잘린 동녀의 영혼에게 변명이 되지 않는다고, 그렇게 무심코 중얼거릴 때마다 벌컥 화가 치밀었으며, 쓸데없는 짓을 왜 벌였느냐며 운명을 좌지우지하는 하늘을 격렬하게 비난했고, 어째서 벌을 줄 기회를 자신에게 주지 않았느냐고 원망하면서 사무라이도

---

*사무라이도코로의 최고위 관리를 대리하던 직책

코로가 있는 곳까지 발걸음을 옮겼으며, 주변을 어슬렁거리면서 냄새를 맡아보았으나 문지기가 수상한 눈길로 노려볼 뿐이었고, 한 패거리가 아닐까 하고 의심만 살 따름이었으며, 횡포가 심했던 미곡상들의 처형이 끝났는지 아닌지에 관한 정보를 알아내는 것조차 불가능했고,

얼마 지나지 않아 어떤 사실이 뇌리를 스쳤으며, 만약 처형이 끝나버렸다면 당연히 강변의 천민들이 알고 있을 게 분명했고, 그러니 강가로 되돌아가서 누군가에게 물어보는 게 낫겠다고 판단하여 발꿈치를 돌린 바로 그 순간, 사무라이도코로에서 일하는 말단 관리 두 명이 정문 앞에 나타나더니 낡은 팻말에 새 종이를 찰싹 붙인 다음 이내 돌아갔으며,

그러자 어디에 그렇게 많은 사람이 있었던지 불가사의하게 여겨질 정도의 인간이 슬금슬금 모여들었고, 글을 읽을 줄 아는 자가 읽을 줄 모르는 자를 위해, 몬지로 일당이 범한 도저히 묵과하지 못할 죄상과 처해져야 할 벌에 관해 설명했으며, 또한 규칙대로의 처분이라는 설명이 덧붙여져 있다고 말했다.

악은 결코 바로잡을 수 없다는 음침한 불신으로 가득 찬 평민 감정도 그때만은 제법 흔들렸으며, 속이 후련해지는 효과를 드러낸다.

그렇지만 타고난 바보가 아닌, 자극 넘치는 여로의 날들로 시야가 넓어진 덕으로 세상이 돌아가는 바를 다소나마 체득하고 있는 무묘마루로서는, 권선징악에 기초한 공평한 판정이라고 하기에는 너무 단순명쾌하고 석연치 않은 처벌이었으며, 확고한 신념을 지닌 정의한正義漢이 극복해야 할 악덕에 대해 과감하게 덤벼든 결과로는 도저히 믿어지지 않았고,

그런지라 마음이 개운해지는 순간 따위 찾아올 리 없었으며, 아무리 해도 뒤를 캐보지 않고는 견딜 수 없게 되었고, 빗나간 예상이나 의도로 인해 멈칫거리는 사이에 몬지로 일당은 막판에 몰렸으며, 효과적인 수단을 강구하지 못하는 사이에 몰래 새로운 지배력을 쌓으면서 기회를 호시탐탐 노리던 다른 일파가 그 허점을 예리하게 찔렀고, 결코 세상의 눈에는 드러나지 않는 경로를 통해 획책한 일이 멋지게 성공을 거둔 게 아닌가 하는, 좀 성급한 결론인지 몰라도 다른 악당들에게 뒤통수를 맞았을 뿐이지 않을까 하는 생각밖에 들지 않았으며,

어쨌든 덩치 작은 사내가 아직 살아 있음은 분명했고, 그 목숨이 내일 낮까지는 유지된다는 사실에 의심의 여지가 없었으며, 그렇기는 하지만 부외자가 손을 쓸 수 있는 가능성은 없었고, 손가락 하나 건드리는 것조차 불가능한 상태였으며, 고작 그 패거리들이 강변의 한쪽 구석에서 처형될 때의 공포와 고민의 표정을 약간 떨어진 곳에서 바라보는 정도밖에 되지 않을 것이고, 그래서야 잔혹한 광경을 기대할 뿐인 일반 구경

꾼의 처지와 하등 다를 게 없었으며, 원수를 갚는 것과는 일절 무관계한 행위에 불과했고,

적어도 두 자루의 칼을 몸에 지녔으며, 두 사람의 원한을 지닌 사내로서의 솜씨를 보여줄 기회는 어디에도 없는 상황이었고, 설령 형장까지 이송되는 도중을 노려 습격을 시도한다손 치더라도, 한정된 짧은 시간이고 보면 고용된 천민들이 안겨줄 공포와 고통에 도저히 미칠 수 없을 것이며, 자칫 잘못하면 수인囚人의 탈환이 목적인 한 패거리로 간주되어 실로 불명예스러운 형태로 어이없이 목숨을 잃을 지경에 빠질지도 모르고, 그런 결말은 단연코 무묘마루의 본의가 아니었으며,

그러나 덩치 작은 사내의 단말마를 듣지 않는 것보다 듣는 편이 훗날을 위해서도 좋을 것임은 틀림없었고, 당연한 과보果報로 막을 내린 사실이 조금이나마 분노와 원념을 달래줄 것이며, 낳아준 어머니도 그렇고 혀 잘린 동녀도 그렇고, 그리 흔해빠진 종말이더라도 납득하여 성불해줄 터이고,

나머지는 무묘마루 자신의 마음의 문제이며, 떠올릴 때마다 분한 생각에 잠기거나 불쾌한 표정을 짓는 일만 없다면 좋으련만, 필시 앞으로 한동안은 민민憫憫*한 나날을 보낼 수밖에 없을 것이고, 혹은 몇 년 동안, 혹은 또 수십 년이란 긴 세월에 걸쳐 그때 그렇게 했더라면 좋았을 것을, 이렇게 했더라면 좋았을 것을 하고 괴로워하게 될 것이라면, 손가락을 입에 물고 바라보는 것만으로 순순히 넘어갈 일이 아니었다.

최악인 것은 막다른 곳에 몰린 덩치 작은 사내가 산적 출신으로서의 본령本領을 발휘하여, 타고난 악당다운 최후를 연출해버리는 장면이다.

소란을 피우지 않고, 울부짖지 않고, 눈도 깜빡거리지 않고, 흡사 바라던 대로라고 말하는 듯한 당찬 마지막을 맞이하는 식이 되어버린다면, 설사 그것이 악당의 허세이자 겉치레라손 치더라도, 앞으로 몇 세대 동안 나름대로 위엄의 번쩍임으로써 이야깃거리가 될 확률이 대단히 높았고, 게다가 또한 이 세상에서 하고 싶은 일은 남김없이 해치웠다는 만족한 미소라도 띠면서 세상을 향하여 핏덩이를 토하기라도 한다면, 보복 공격을 당한 것이나 다를 바 없는 일이며,

복수의 주권을 완전히 잃어버리고 만 무묘마루는, 어깨가 축 처진 채 미적지근한 분노에 휩싸이면서 가랑비 내리는 도읍을 터벅터벅 걸어갈 것이고, 그 모습이 어떤가 하면 마치 살아가는 기쁨을 모조리 빼앗기고 만 병자나 죄인을 꼭 닮았으며, 언제나 뇌수腦髓에서 방출되는 잘 숙성된 생명의 파동도 이제는 완전히 정지상태가 되고, 전체로서의 분위기는 개화되지 않은 채 시들어가는 꽃을 연상시키며, 따라서 남의 눈길을 끄는 힘은 단숨에 쇠퇴하고, 그를 한 번 보자마자 두려움을 느

*매우 딱함

끼는 통행인은 단 한 명도 없게 되며, 세 개의 송곳니를 잃어
버린 들개조차 길을 피하려 들지 않을 지경이 될 것이고,

이로써 자신의 목숨을 노리는 자가 없어졌다는 위대한 현
실도 그다지 의식하지 않는 채 막연히 도읍 바깥으로 발걸음
을 옮기는 무묘마루에게는, 벌써부터 사회에의 적응성이 결여
되었으며, 보조步調에는 어딘가 어색함이 달라붙었고, 명상적
인 나날이나 회고적인 여생이나 도피행의 미래가 잘 어울리
는, 다시 말해 현재의 경우로부터 스스로를 구하고자 하여 정
신을 빼앗겨버린 자의 전형으로 화했으며, 그뿐만 아니라 다
가올 다음 시대에도 속하고 싶어 하지 않는 겁쟁이가 되어 일
체의 위엄을 내던져버렸고,

그러는 사이에도 의식은 꽤 큰 진폭으로 계속 흔들거렸으
며, 자신에게 칼 따위는 어차피 아무 짝에 쓸모없는 물건에 지
나지 않는다는 믿음이 강해졌고, 샛강이나 덤불 곁을 지나갈
때마다 그것을 던져버리고 싶은 충동에 휩싸였으며, 앞으로
나아갈수록 변덕스러운 마음이 들었고, 복수 따위는 도달할
수 없는 이념을 무턱대고 뒤쫓는 자가 빠지는 어리석은 망상
에 지나지 않는 게 아닐까 여겨졌으며, 급기야는 어울리지 않
는 시대에 태어나 불행한 환경에 처하고 만 자가 꾀하고자 하
는 자살적 소업所業이 아닐까 의아스러워질 지경이었고,

그리고 내일 처형을 지켜보는 것으로써 막을 내리자면서
강변으로 내려갈 무렵에는, 정신이 상당히 메부수수하게 흘렀

으며, 보복이라는 유물적인 의도는 검은머리물떼새의 우는 소리와 더불어 납빛 하늘로 흩어졌고, 대신 '무묘마루여, 분노하지 말지어다!'고 하는 자기 자신을 잡도리하는 소리가 가득 울려 퍼졌으며,

이윽고 이 세상에서의 모든 질곡으로부터 달아나버리고 싶다는 심정이 들었고, 동시대에서의 모든 존재를 무無로 전화시키고 싶어졌으며, 가는 곳에는 허무와 비관이 크게 입을 벌린 채 기다리고, 마지막에는 그 밑바닥 모를 구멍 속으로 일체의 사념이 삼켜져버렸으면 좋겠다고 바라면서, 모래와 돌멩이에 발이 걸려 엎어지고 넘어지면서, 특별히 가야할 곳도 정하지 못한 채 망령인 양 아무 의미도 없이 헤매기만 하는 것이었다.

　감동을 던지는 효광曉光을 전신에 받으면서 처형의 아침을 맞은 무묘마루는, 눈앞의 일륜 속에서 새삼스럽게 운명을 좌우하는 영향력을 느낀다.

　서로 낯이 익은 천민들로부터 또다시 구운 고기를 사먹고, 그들이 지핀 화톳불 곁에서 하룻밤을 보낸 무묘마루는, 어둠에서 이제 막 벗어나 번쩍번쩍 빛나는 강에서 얼굴을 씻었으며, 도읍에서 들려오는 소리 같지 않은 아득한 울림을 이명으로 착각하여 자꾸만 머리를 흔들었고, 어쩌면 이 잡음이 타인에 대한 증오를 거절하고 사람 마음의 선량성을 믿으려 하는 자가 되기 위한 갈등의 표시가 아닐까 하고 상상했으며, 만약

그렇다고 한다면 귀중한 미덕의 징조를 확실하게 붙잡아두지 않으면 안 된다고 생각했고,

벌떡 일어나 하늘을 우러러보며 우주를 꿰뚫는 양광에 안면을 드러내어 피부에 부착된 물기를 날렸고, 핵심을 찌르는 듯한 말이 없을까 하고 스스로의 가슴속을 열심히 관찰했지만, 오가는 것은 원래 가졌던 감정의 잘려나간 조각들뿐이었으며, 흔들림 없는 신념과 같은 것은 어디에서도 발견되지 않았고, 의식에 호소해오는 것이라고는 고작 비속한 증오와 하등 다를 바 없는 것뿐이었으며, 넘기 힘든 이런저런 장해를 멋지게 초월한 혼이 느껴지는 것도 아니었고,

그렇기는 하지만 그 정신은 아직 타인의 피에 의해 태워져버리지는 않았으며, 본능과 이성 사이에서는 변함없는 상태로 반목이 되풀이되었고, 그리고 이성이 무난히 이겨 나갔으며, 본능에 매달리려는 경향이 마음을 계속 헷갈리게 만들었고, 감정의 혼란이야말로 순간을 살아가는 무묘마루를 종생終生 지켜나가고자 했으며, 또 한 명의 무묘마루는 그것이야말로 정도正道로 돌아가는 것에 다름 아니라는 결론을 내렸고, 아집이야말로 살아 있는 증거라고 거듭 주장했으며, 그렇지 않으면 오도 가도 못하여 어찌할 바를 모르는 나날을 보내게 될 것이고, 목숨이 빛나는 시간은 깡그리 일소되어버리고 말 것이라며, 그렇게 큰소리를 치는 것이었다.

복수는 복수를 노리는 당사자를 위해서 있고, 한을 풀어야
하는 사자死者들로서는 이의적二義的인 가치밖에 없을지 모른다.

무묘마루의 모태를 이루는 소기의 목적은 한없는 무애를
실컷 맛본다는, 오직 그 한 가지에 쏠려 있었고, 필경 그것은
가슴에 깃든 무엇인가에 행동을 밀착시키는 것에 다름 아니었
으며, 오늘 아침, 새벽의 하늘빛이 비치기 시작할 무렵에 극히
조그맣게 싹을 내민 분노는, 푹 잠자고 배불리 먹은 무묘마루
의 내면에서 급속히 자라났고, 지금은 벌써 여름철 구름처럼
무럭무럭 팽창하여, 이미 무엇이 어찌되었든 배출구를 찾아내
고 말리라는, 참으로 손을 뺄 수 없는 기백을 불러일으켰으며,
마침내 자신의 본분을 다한다는 것은 바로 이 일에 다름 아니
라고 확신하기에 이르렀고,

그렇긴 하지만 사무라이도코로가 상대여서는 도저히 칼을
들고 맞설 수 없다는 냉엄한 상황에 눈곱만큼의 변화도 없을
터였으며, 그래도 현장에 나가보면 어딘가에 사소한 허점이
발견될지도 모른다고 생각하여, 여하튼 처형 직전의 수인囚人
을 습격하여 그 목숨을 빼앗는다는 얼토당토않은 사태는 상정
해보지도 않았을 것이므로 경비의 어딘가에 빈틈이 있다손 치
더라도 결코 이상할 리 없을 것이고, 자신에게 갖춰진 능력을
모조리 발휘하여 꼼꼼히 챙겨보면 무슨 수가 날지도 몰랐으며,

그런저런 궁리를 하면서 형장을 향하여 발걸음을 내밀었을

때, 신세를 진 무두질을 생업으로 하는 무리의 우두머리와 딱 마주쳤고, 그런데 호감을 지닌 그 얼굴에 아침밥을 함께 했을 때의 양기陽氣가 완전히 그림자를 감추었으며, 어쩐지 심각한 눈길을 던졌고, 무슨 일이라도 생겼느냐는 무묘마루의 물음에 대해, 부외자에게 말해보았자 아무 소용없는 일이라고 대답했으나, 감당하기 벅찬 난제에 부딪치고 말았음은 누구의 눈에도 분명히 드러나는 것이었다.

나쁘게는 하지 않을 테니 이야기만이라도 들려주지 않겠는가, 이야기하는 사이에 무난한 해결책이 번쩍 떠오를지도 모르지 않는가.

한참을 망설인 끝에 우두머리가 털어놓은 고민거리란, 오늘 아침이 되어 느닷없이 처형하는 일이 맡겨진 것으로, 관리로부터 직접 의뢰받은 것이라면 또 몰라도, 처형을 전문으로 청부받는 천민 가운데에서도 특수한 일단─團의 두목이 요청해왔으며, 그자의 이야기로는 윗분의 부탁이라면 처형 대상이 설사 진짜 부모일지라도 주저 없이 승낙하겠으나,

하지만 이번만은 도저히 그렇게 할 수가 없는데, 왜냐하면 몬지로에게는 여태까지 수도 없이 신세를 졌으며, 굶어죽기 직전에 구원을 받은 적도 한 번이 아니라 두 번, 세 번이나 있었고, 자신들 일족의 오늘이 있는 것도 다 그들이 베풀어준 진

수성찬 같은 은혜 덕택이며, 그런지라 이번만큼은 망나니 역할을 대신 맡아달라는 것으로, 항상 받는 돈에다 자신의 사례까지 얹어서 억지로 품에 쑤셔 넣어주었고,

그러나 부탁받은 쪽도 당황하지 않을 수 없는 것이, 나이들거나 병에 걸린 우마牛馬 이외의 목숨을 빼앗은 적이 없으며, 요란하게 떠벌리고 다닐 만한 일은 아닐지라도, 그것은 일종의 구원 행위라는 자부심을 품을 정도인데, 대상이 인간이라면 그렇게 단순하게 단정 짓는 것은 도저히 무리고, 설령 세상이나 인간에게 전혀 보탬이 되지 않는 극악무도한 악한이었다손 쳐도 가장 하고 싶지 않은 일에 다름 아니며, 또한 자신이 하고 싶지 않은 일을 부하들에게 시키는 것도 우두머리로서 해서는 안 될 짓이고,

딱 잘라 거절하지 못한 데는 다 까닭이 있으며, 천민들 가운데 가장 활개 치는 자는 죄인의 처형으로 먹고사는 망나니 패거리들로서, 그도 그럴 것이 누구나 가장 싫어하고 꺼리는 일을 해치우지 않으면 안 될 최하등의 처지를 거꾸로 내세워 거들먹거리기 때문이고, 그 억센 태도가 정말이지 무시무시한 힘으로 바뀌었으며, 일단 그들의 뜻을 거슬렀다가는 한밤중에 그들이 자신만만해하는 작업용의 짤막한 창에 등이 찔릴 것임은 틀림이 없고, 실제로 그런 사체를 본 적이 종종 있었다는 것이다.

그 역할을 대신 맡겨달라는 고개를 갸웃거리지 않을 수 없는 제안에, 우두머리는 눈이 동그래져 몸이 굳었고, 의심했고, 이어서 수상하게 여긴다.

원한이라도 품고 있느냐는 정곡을 찌르는 질문에 대해 무묘마루는 안색 하나 바꾸지 않았고, 사무라이 나부랭이가 되고 싶어서 여기저기 헤매고 다니는 신세이기는 하지만 아직 사람을 벨 기회를 얻지 못했으며, 그로 인해 제아무리 상등의 칼을 지니고, 제아무리 검술 솜씨를 닦아보았자 가장 중요한 배짱이 길러지지 않았으며, 그렇다고 해서 무턱대고 아무 칼잡이나 붙들고 진검으로 승부를 가리자고 제의할 수도 없는 노릇이고, 하물며 무고한 백성을 시험 삼아 베는 것은 단순한 살인에 지나지 않으며, 그 점, 죽음에 값하는 죄를 저지른 자가 상대라면 개운하지 않은 뒷맛으로 괴로워하지 않고 해치울 수 있지 않을까, 그렇게 대답했고,

그러자 우두머리는 진심으로 납득한 것 같은 표정은 아니었지만, 이로써 문제가 단숨에 해결로 나아가는 요행을 발로 차버리고 싶지는 않았든지 즉시 그 역할을 양보했으며, 사례의 돈을 몽땅 넘겨주고자 했으나, 그러나 무묘마루가 돈을 내미는 것이 한순간 더 빨랐고, 상대는 몹시 겸연쩍어하면서도 액일厄日이 반전하여 길일吉日이 된 이중의 기쁨을 누리기로 즉석에서 작정한 모양이었으며, 단순히 괴짜로 바라보던 눈길

이 어엿한 인물이라도 우러러보는 듯한 눈길로 바뀌었고, 주저 없이 돈을 받아들자 앞장서서 걸었으며, 지금까지 다수의 죄인을 사지로 몰아넣은 패거리들이 모여 있는 곳으로 안내했고, 그 두목에게로 데리고 갔으며,

옥석과 유목을 절묘하게 섞어서 세운, 다른 천민들의 변변찮은 보금자리와는 한 획을 긋는 오두막이 열 채 가량 한 덩어리로 몰려 있는 곳으로 가자, 다른 것보다 두드러지게 큰 오두막 안으로 들어갔고, 휑뎅그렁한 그곳에는 수류獸類의 그것과는 또 다른 종류의 이취異臭가 감돌고 있었으며, 무묘마루는 자신도 모르게 숨이 막혔고, 한창 숨이 막히는 가운데 구석의 어둠 속에서 느릿느릿 나타난 것은, 몸집은 커도 인간답지 않은 자 따위가 아니라, 옷차림만 하더라도 여느 인간처럼 단정했으며, 다시 말해 사죄死罪를 고하는 자의 숫자에 생활이 달려 있는 것 같은 사내로는 도저히 여겨지지 않았고, 도읍의 어느 길거리에서도 눈에 띄는, 소박한 행복을 바라면서 뼈 빠지게 일하는 평범한 하루살이의 한 명이라는 인상밖에 던지지 않았다.

사정 설명을 들은 수수한 사내는 빤히 무묘마루를 쳐다본 뒤 개구일성開口一聲, 사무라이라면 고통을 주지 않고 죽이는 방법을 잘 알고 있을 것이라고 말한다.

이어서 사용할 무기는 이것이라면서 손에 익은 짤막한 창을 건네주었고, 끄트머리가 바늘처럼 날카롭게 갈린 곳을 가리키면서, 공포와 고통을 최소한으로 줄여주어야 한다고 다짐을 두었으며, 그리고 기둥에 묶여 있는 두 사람의 옆구리를 뜸을 들이지 말고 비스듬히 늑골 사이를 찔러 올려서 심장을 찌르는 방법을 세세히 전수했고,

그래도 여전히 비명을 지르거나 버둥거리거나 할 경우에는, 침착하면서도 주저 없이 다시 한 번 똑같은 방법을 되풀이하라고 말했으며, 자신으로서는 이번만은 고통 소리와 경련에서 떨어져 있고 싶으니까, 부하들과 함께 다리 건너 절규가 들리지 않는 먼 곳으로 갈 테니까, 완전히 마무리되거든 재빨리 강변을 빠져나가 가능하면 두 번 다시 여기로 다가오지 않도록 해주었으면 좋겠고, 그 뒤 자신들은 관리들이 확인하러 올 때까지 현장으로 가서, 관리의 지시대로 유체를 처리할 계획이라고 말했으며,

거의 이상적으로 여겨지는 대리인을 확인함으로써 다소 마음이 편해졌는지, 이번의 처형이 얼마나 특수한지를 잽싸게 지껄였고, 우선은 장소부터가 다른 때와는 달라서, 수많은 구경꾼이 모일 수 있는 다리 아래가 아니라, 몇 개 있는 강 복판 모래톱 가운데 가장 작은 곳을 골랐으며, 지금까지 그런 인적도 없고 울창한 나무에 가려서 잘 보이지도 않는 곳에서 행해진 적은 단 한 번도 없었고, 더구나 그곳은 공시되지 않았으며,

팻말을 보거나 소문을 듣거나 하여 달려올 구경꾼들은 필경 허탕을 치고 발걸음을 돌려야 할 지경이 될 것이라고 말했고,

또한 관리가 한 사람도 입회하지 않는다는 사실도 이례 중의 이례로, 모든 것이 처형인에게 맡겨졌으며, 다 끝났다는 보고를 받고 나서야 비로소 확인을 위해 오겠다는 이야기로, 만약 검시마저 하지 않는다면 몰래 죄인을 풀어주는 것도 가능할 만큼 허술한 방법이고, 그렇게 해주고 싶은 마음이야 꿀떡 같지만 내 처지를 생각하면 그것도 불가능한 일이며, 그나마 스스로의 손에 은인의 피를 묻히지 않는 것이 보은이고, 그나마 유체를 사람들의 눈에 띄는 곳에 두라고 하지 않는 것이 구원이며, 뒷마무리를 할 때는 정중하고도 정중히 다루어 망해亡骸를 유족에게 넘겨줄 것이고, 인수할 자가 없을 경우에는 자신들이 정성을 다하여 장사를 치를 것이며, 석탑 대신 자연석의 표면에 삼가 비명을 새겨줄 계획이라고, 그렇게 차분한 말투로 이야기하는 것이었다.

모래톱의 위치를 일러주었고, 배를 이용하지 않더라도 건너갈 수 있는 수심이라는 조언을 해준 다음, 두 명의 천민은 어디론가 가버린다.

오두막에 있던 헝겊으로 복면을 만들어 얼굴을 감추고, 두 자루의 칼을 짤막한 창과 함께 줄로 묶어 겨드랑이에 긴 채 바

짓가랑이를 걷어붙이고 강을 건너가는 무묘마루는, 양심을 지니지 않은 이지理智를 일깨우자며 모든 증오를 남김없이 깡그리 동원하여, 혀 잘린 동녀의 무참하게 죽은 모습을 열심히 떠올리면서, 오늘 이 순간만은 인간이라는 사실을 포기하자며, 광기를 벗어던지지 못하는 피에 굶주린 인비인人非人으로 철두철미하자며 스스로를 달랬고, 그렇게 하면 그 행위의 희생이 될 리가 없다고 믿었으며,

그러나 차가워야 할 강물이 뜨뜻미지근하게 느껴지는 것은, 벌써부터 달아나고 싶어지는 일순一瞬과 싸우고 있다는 증거였고, 상념이 흐릿해지기 시작했기 때문이며, 실제로 무묘마루는 스스로를 채찍질하여 마음을 부채질하면서 강물의 흐름을 가로질러 갔고, 그 눈은 끊임없이 주위의 상황에 신경을 곤두세웠으며, 자신 쪽으로 퍼부어지는 이상한 시선이 없는가를 살폈지만, 인간 세상의 말단에서 어쩔 수 없이 살아가게 된 천민들은, 다들 각자의 배를 채우는 것과 하루의 벌이 준비에 바빴고, 타인의 동향 따위에 신경을 쓸 겨를조차 없었으며,

그렇다고 해서 변화를 물색하는 눈길이 전혀 없지는 않았고, 태양이 빛남과 더불어 한층 아름답게 비치는 다리 위에서는, 일찌감치 처형 구경을 나온 사람들로 붐볐으며, 난간의 끝에서 끝까지 포도송이처럼 사람들이 주렁주렁 매달렸고, 그래도 아직 꾸역꾸역 쇄도하는 사람들이 있었으며, 밀집의 정도는 교각의 내구력을 현저하게 떨어트렸을지 몰랐고,

누구의 눈이나 다 항례恒例의 장소에 못 박혀 있었으며, 이 제나 저제나 하고 죄인이 끌려나오는 순간을 기다리느라 마른 침을 삼켜가며 목을 잔뜩 빼고 있었고, 그건 그렇다 치더라도 아무리 시간이 지나도 관리나 처형인은 모습을 드러내지 않았 으며, 죄인을 묶을 기둥을 새롭게 박는 소리가 울려 퍼지지도 않는 등 너무나 느려터진 진행에 답답함을 느끼기 시작한 것 인지, 점점 소란해지는 가운데 불만의 목소리가 섞이는 것처 럼 여겨졌으며, 그 목소리는 머지않아 타인의 불행을 목격함 으로써 자신의 행복을 맛보려 하는 무리들을 실망의 색깔로 물들여줄 터였다.

나무들로 뒤덮인 모래톱으로 건너온 뒤에도 복면을 한 채였 던 것은, 특히 덩치 작은 사내 쪽에는 직전까지 정체가 알려지 지 않도록 하기 위한 궁리이다.

무묘마루는 일부러 발자국 소리를 크게 내면서 드디어 저 승사자가 다가왔음을 상대에게 일러주려고 했지만, 그러나 살 려달라는 애원은커녕 공포에 질린 신음도 일체 없었고, 들려 오는 것은 작은 새들의 지저귐과 흘러가는 물소리와 가을바람 을 받아 하늘하늘 흔들리는 풀잎 소리뿐으로, 어찌나 평온한 지 본시 이 약속이 신뢰할 수 있는 것인지 어쩐지 의아스러워 졌으며, 어쩌면 놓쳐버린 배신자를 함정에 빠트리기 위한 한

바탕 연극이 아닌가 하고, 그만한 간계와 힘을 지닌 자들이니 있을 리 없는 이야기는 아니라고, 조리에 맞지 않는 억측이라는 사실을 충분히 알면서도 자꾸만 의심이 들었으며,

이번에는 발자국 소리를 죽일 만큼 죽여서, 온갖 망상에 휘둘리면서, 바로 가까이에 똬리를 튼 위험을 상정하면서, 시든 풀이 밟혀 있는 방향으로 신중하게 걸음을 옮겼지만 결국은 아무 일도 일어나지 않았고, 별안간 화살이 날아오는 것 같은 일도, 겨누어진 창들에 포위되는 것 같은 궁지에도 빠지지 않았으며, 이윽고 처형인이 그 직분을 다하지 않으면 안 될 현장에 도착하고 말았고,

보자니 밑바닥에 하얀 모래가 깔린 얕게 움푹 팬 땅에는, 아직 날이 밝기 전에 예외의 형장으로 끌려나온 두 명의 죄인이 벌써 새로운 기둥에 엄중하게 묶여 있었으며, 그것은 꿈틀거리면 꿈틀거릴수록 더 죄여드는 포박 수법이었고, 나머지는 죽음을 기다리기만 하면 될 상태에 놓여 있었으며, 키 차이가 나는 바람에 마치 부모와 자식으로 착각할 두 사람의 간격은 좁아서 묶여 있지만 않았다면 서로 손을 잡는 것도 가능할 정도였고,

그래도 두 사람은 얼굴을 마주 바라보는 것 같은 짓은 하지 않고 최후의 순간을 무언으로 맞았으며, 그 눈초리는 쌍방 다 올바른 의식을 지닌 채 자제의 마음을 강하게 먹고 있음을 드러내었고, 결코 전율로 부르르 떨지도 않았으며, 각오의 정도를 충분히 느끼게 해주는 것이었다.

그렇지 않다면 특례의 조치를 받은 것을 불행 중의 다행으로 해석했고, 호상豪商으로서의 힘을 세상에 드러낸 사실로 일체를 체념했는지도 모른다.

무묘마루가 짐작건대 죄인으로는 있을 수 없는 호사스런 사복의 착용이 용납되고, 조용한 환경에서 남몰래 가만히 죽도록 배려해준 행운은, 평소 몬지로 일파로부터 뇌물을 받아먹어온 윗분 가운데 누군가가 짜낸 일루의 동정에 틀림이 없으며,

그렇지만 그 마음 씀씀이가 도리어 뒤통수를 치게 될 줄이야 알 턱이 없었고, 운명의 힘은 돌고 돌아 무묘마루를 위해 조절되었으며, 악독한 짓을 하여 붙잡은 성공을 속죄하는 대가는 오히려 더 크게 먹힐 지경이 되었고, 일반의 죄인과 마찬가지로 저 악명 높은 장소인 다리 아래에서 중인환시리衆人環視裡에 죽는 편이 훨씬 더 나을 뻔했으며,

또한 당사자들은 똑같은 방법으로 죽음을 공유하는 것으로 믿고 있어서, 바람직하지 않은 죽음을 목전에 둔 지금 마음의 중하重荷가 될 것은, 고작 동시에 저세상으로 보내지지 않는다는 것을 알아차리는 정도이고―그도 그럴 것이 처형인이 한 명이라는 사실이 분명해진 탓이며―, 죽는 순서를 먼저 해주었으면 좋겠다는 정도에 지나지 않을 것이나, 간직한 돈을 쓰면서까지 남들이 기피하는 역할을 맡아 뛰어든 처형인이 내심

그리고 있는 그것과는 크게 차이가 났고, 몬지로 쪽이야 어쨌든, 덩치 작은 사내 쪽은 악당다운 위엄을 지닐 수 있는 것도 지금 이 순간뿐이며,

무묘마루는 여전히 복면으로 얼굴을 가린 채, 상대에게 등을 돌린 채, 품고 있던 줄을 풀어서 짤막한 창만 꺼냈고, 그런 다음 갑자기 빙글 몸을 반전시키자마자 여봐란듯이 두 번, 세 번 죄인의 얼굴 앞으로 창을 쑥 내밀었으며, 저절로 감긴 눈꺼풀과 이를 악문 얼굴을 확인하자마자 순식간에 굳혔던 각오를 얼버무려버렸고, 조심조심 뜬 상대의 눈동자를 파고들듯이 응시하면서, 때에 절 대로 전 처형인의 무기를 두 개의 기둥 한 가운데의 모래에 푹 박아버렸다.

원한이 있을 리 없는 몬지로라도 혐오를 느끼지 않는 것은 아니며, 탐람食婪한 허영으로 치장하고, 재력으로 존경을 일신一身에 모은 사내를 노려본다.

그러자 몬지로의 두툼한 입술과 붉은 혀가 스멀스멀 움직였고, 처형인을 달리 아무짝에 쓸모없는 천민의 한 명으로 여겨 멸시의 말이 입에서 튀어나왔으며, 돈을 미끼로 유혹하려는 단순명쾌한 제안이 행해졌고, 그 목소리에는 살려달라는 애원이 일절 느껴지지 않았으며, 도리어 살려주는 것은 이쪽이라고 강조하는 듯한 건방진 말투였고, 그만한 돈이 생기면

도읍의 1등지에 쉽사리 주택 한 채를 구입할 수 있으며, 그러니까 도읍에 자택을 장만할 수만 있다면, 예전에는 아무리 멸시의 대상이었고 신분 낮은 자였더라도 주위로부터 정식 주민으로 취급받게 될 것이며, 자신이 하고 싶은 장사를 시작하여 성공을 거두기만 하면 다른 이권도 사들일 수 있지 않겠느냐고 달라붙었고, 자신은 여태까지 어떤 약속도 깬 적이 없다고 젠체했으며,

그런데 처형인이 전혀 귀 기울이지 않는다는 사실을 알게 되자 갑자기 초조한 빛을 드러냈고, 범백凡百의 이기주의자에 지나지 않는다는 것을 너무나 분명히 노정했으며, 오히려 반감을 살지 모르면서도 만약 손을 쓰게 된다면 다음에는 네 놈이 목숨을 잃을 차례가 되리라고 위협했고, 그 근거로 천민들 가운데에는 자신의 입김이 닿은 무리가 숱하다는 사실을 들었으며, 그들에 의해 언젠가 반드시 보복당하리라고, 그것도 눈알을 파내는 식의 방법으로 죽일 것이라고, 그런 투로 말했으며,

이어서 음모가는 또다시 자존심을 되찾아 더욱 위압적인 어투로 무언가 다른 조건을 제시하거나, 지금에 와서 스스로를 실제 이상으로 돋보이게 하여 돌대가리 녀석의 마음을 흔들어보려고 했으나, 그 같은 농간이 도통 먹혀들지 않는다는 사실을 알아차리자마자, 너무나도 어두운 역할에 무상의 희열을 느끼는 굴절된 정신의 소유자로 판단했는지, 최종적인 거

래를 들고 나왔는데, 죽일 거라면 먼저 죽여달라고 아우성쳤고, 쉴 새 없이 조그만 목소리로 중얼거리는 처형인의 멋들어진 솜씨를 이 한 몸으로 체험하고 싶다고 도발하는 것이었다.

거지에서 벼락부자가 되어 상상할 수 있는 모든 허식으로 인생을 색칠한 몬지로에게는, 여전히 세상의 중심에서 살고 있다는 우쭐함이 있다.

다 타버릴 때가 드디어 눈앞에 다가왔음에도 불구하고, 여전히 스스로의 이름을 높여준 불손한 힘을 상실하지 않은 것으로 믿어 의심치 않는 듯했으며, 위축된 태도를 전혀 드러내지 않았고, 취했다가 깨어난 것 같은 표정도 짓지 않았으며, 그 입술은 큰소리를 칠 때의 형태로 비틀렸고, 도를 넘는 욕망에 충동질당하며 멈춰지지 않는 야심의 꾐에 빠진 결과에 추호도 회한을 느끼지 않는 것인지, 안면을 구성하는 근육은 아직 냉철한 호상으로서의 외장外裝*을 충분히 유지했고,

완미頑迷*한 시대를 교묘하게 헤엄치고, 경쟁 상대와의 싸움으로 가득 찬 나날을 이겨냈으며, 자본의 원리에 기초한 인생만을 눈여겨보고, 오로지 그 길만을 바보처럼 달려왔으며, 열에 들뜬 것처럼 돈의 힘을 최대한 과시했고, 그러나 눈 깜빡

*완강하여 사리에 어두움

할 사이의 달성감은 도달점을 자꾸만 멀찍이 떨어뜨릴 뿐이었으며, 그와 같은 한도 끝도 없는 삶의 방식의 대극점에 있는 것에는 일절 눈을 돌리려 하지 않았고, 너무 지나침으로써 이런 꼬락서니가 되었다고는 결코 생각하지 않았으며, 벌어들이면 벌어들일수록 가난함의 중압에 신음하는 백성이 증대해간다는 사실에 마음 아파한 기억도 없었고, 설사 그런 사실을 알아차렸더라도 이미 원님 행차 뒤의 나팔 격이었으며,

바로 그때, 아까 땅바닥에 꽂힌 창이 재빨리 뽑히는가 했더니, 아이들 장난의 연장으로밖에 여겨지지 않을 만큼 형편없는 움직임으로 내밀어졌고, 그렇지만 창끝이 몰고 온 결과는 다 큰 어른마저 얼굴을 돌리고 싶을 정도로 잔혹했으며, 그것은 몬지로의 오른쪽 눈을 깊숙이 찔렀고,

그렇다고 해서 겨냥이 빗나가 실패로 끝난 것은 결단코 아니었으며, 그 증거로 다시 한 번 내밀어졌을 때는 정확하게 왼쪽 눈에 명중했고, 눈동자를 후벼낼 지경에는 이르지 않았지만 그와 마찬가지 결과가 되어 있었다.

격통에 의한 절규가 시작되기 전에 창은 다시 내밀어졌고, 이번에는 고도로 단순화된 날카로움으로 늑골을 부러뜨리며 심장에 도달한다.

몬지로의 고개가 앞으로 푹 수그러졌고, 그 입은 완전히 침

묵에 잠겼으며, 악의 상징으로 가득 찬 선혈에 범벅이 되면서 안색은 평판화平板化된 하얀색으로 바뀌어갔고, 즉각 사자로서의 공소空疎한 인상을 풍겼으며, 순식간에 혼을 발가벗겨갔고, 단명이라고 생각하면 단명인 생애를 마쳤으며, 생의 무책임한 그림자를 선물로 남겨둔 채 재빨리 승천의 길을 걸었고, 다음 세계에서는 지옥의 적대자를 상대로 비열하기 짝이 없는 수단을 구사하여 싸우게 될지 몰랐으며,

앙천한 것은 덩치 작은 사내 쪽으로, 한동안 사태를 장악하지 못한 채 어리둥절했고, 잠시 뒤 그 눈은 잇달아 의문을 제기했으며, 그 마음은 오싹오싹 얼어붙었고, 지금까지 자신이 불특정다수의 타자에게 안겨준 피도 눈물도 없는 운명이 마침내 스스로에게 되돌려질 때가 왔음을 여실히 감지했으며, 소문으로도 들은 적이 없는 어딘가 색다른 처형 방법을 받아들이는 수밖에 없다는 사실을 깨달았고, 파내어질 눈을 꼭 감았으며, 어금니를 깨물었고, 가슴속에서는 방패가 되어줄 만한 말을 필사적으로 찾았지만,

그러나 위안의 말조차 눈에 띄지 않았으며, 그런 다음에는 자신의 목소리로 공포를 달래는 수밖에 없다는 듯이 절규를 터트리기 시작했고, 부정不淨함을 속속들이 드러낸 듯한 규환叫喚은 만부득이한 운명의 힘에 따르기를 거부한 채 숨이 붙어 있는 한 장황하게 늘어졌으며, 질식 직전까지 갔을 즈음 목소리가 완전히 쉬어버렸고, 삼킬 침도 없었으며, 바싹 마른 목구

멍에 혀가 달라붙어 말도 하지 못했고, 연명을 격렬하게 요구하여 마지않는 본능에 대해 무엇 하나 응해줄 것이 없었으며, 조명助命을 진심으로 간절히 바라는 의사표시도 하지 못하는 상태에 빠져들었다.

복수할 시기가 충분히 무르익었다는 사실을 알아차린 무묘마루는, 어느새 스스로가 술한 격정에 속아왔다는 사실을 깨달을 따름이다.

이상한 환희로 넘치는 정신은 이성에 비추어서 재어볼 만한 가치를 잃었고, 정에서 생겨난 지적인 소산은 한 조각도 눈에 띄지 않았으며, 선악의 양단兩端은 지금이야 완전히 바래버렸고, 흡사 악전고투 끝에 승리의 날을 잡은 자를 닮은 넘치는 기쁨에 도달해 있었으며, 의식의 밑바닥의 밑바닥에 잠복해 있던 숨기지 못할 짐승 같은 원망願望이 노골적으로 드러나 강렬한 충동으로 꾀어냈고, 마치 다른 인간으로, 사람이 아닌 사람으로, 아니, 께름칙한 괴물로 바뀌어가는 듯이 여겨지는 것을 어쩔 수 없었으며,

불타오르는 듯한 흥분과 마음이 부글부글 끓는 충동에 푹 휩싸였고, 반역적인 격정에 흠뻑 젖었으며, 인생을 도비徒費하고 있는 게 아닌가 하는 종류의 부담은 도덕적 감정과 더불어 어느 결인가 말끔히 지워져버렸고, 이상한 눈초리로 바뀌어가

는 것이 뚜렷하게 자각되었으며,

　그렇지만 심신에 집적된, 약육강식이라는 세상의 철칙에 더럽혀진 그것이야말로 지순지고의 생기가 아닐까 하는 답으로 크게 경사되었고, 한창 그러는 중에 번쩍 떠오른 행위의 기학성嗜虐性에 자신도 모르게 빙그레 웃었으며, 웃으면서 줄로 묶어서 지참해온 칼을 꺼냈고, 두 자루를 덩치 작은 사내의 정면으로 내밀어 칼집을 뽑아 보였으며, 상대가 굳게 감은 눈을 뜰 때까지 기분 좋게 기다렸고,

　그러자 아직 살아서 이 세상에 머물러 있는 자신을 의아하게 여긴 죄인은, 처형인이 자신의 정면에서 무언가를 바스락거리기 시작한 것에 신경이 쓰여 참을 수 없어졌으며, 사태가 더이상 악화하지 않기를 바라면서 눈을 한쪽씩 천천히 떴으나, 기대에 반하여 불안은 적중했고, 복면을 쓴 천민이 다른 도구를 쓰려고 준비하는 것이 눈에 띄고 말았으며, 흡사 파는 물건처럼 땅바닥에 나란히 놓인 두 자루의 도신刀身은, 나무 사이로 비치는 햇빛을 반사하여 저마다 색다른 번쩍임을 발했고, 그 빛이 자신에게 부여될 죽음과 밀접하게 이어져 있을 것임은 부정하려야 부정할 수 없는 사실이라고 확신하기에 이르렀다.

　덩치 작은 사내는 이내 두 자루의 칼이 눈에 익었다는 사실을 알아차렸고, 퍼뜩 짐작이 갔으며, 다소 드센 입김 정도의 목소리 아닌 목소리를 흘린다.

짧은 경탄의 소리에 의해 상대의 뇌리에 자신의 모습이 떠오르려 한다는 사실을 예민하게 찰지한 무묘마루는, 벌떡 일어나 아직 한 방울의 피도 흘리지 않았을뿐더러 약한 소리조차 터트리지 않은 죄인 앞으로 나아가, 지금까지 계속 눈을 내리 깔았던 얼굴을 들었고, 그로부터 서서히 복면을 벗었으며, 튼튼한 이빨을 가지런히 드러내면서 활짝 웃어 보였고, 덩치 작은 사내의 얼굴이 새로운 경악과 공포에 의해 순식간에 뒤틀려가는 모습을 가만히 관찰했으며,

잇달아 자신이 태어난 곳의 토착 언어로 옛 산적 두령에게 복수의 이유를 설명했고, 외딴 벽촌의 절로서는 유복했던 야쿠오지를 습격하여 금품뿐만 아니라 주지의 아내까지 빼앗았고, 임신했다는 사실을 알자마자 들판 한복판에 내던졌으며, 그 충격으로 죽어가는 도중에 태어난 갓난아기야말로 현재의 자신이라는 사실을 알려주었고, 이후 그와 같은 이상한 태생 탓으로 소박한 행복을 꿈꾸는 식의 평범한 삶을 살 수 없게 되어버린 원한을 담담한 말투로 들려준 다음, 그 무엇보다 용서할 수 없는 것은 혀 잘린 동녀에 대한 처사라고 말했으며, 그렇지 않아도 어두운 운명을 더듬어가던 어린 아이에게 그렇게까지 무지막지한 고통을 안겨준 뒤 강에 내던져버린 것은 도저히 참을 수 없고,

그런지라 네 녀석이 스스로의 욕심을 위해 타인에게 안겨준 고통에 비하자면 만분의 일에도 미치지 않을지 모르지만,

몬지로와 같이 단숨에 죽이지는 않겠노라고 전제하면서, 한정된 시간 내에 실컷 혼찌검을 내주리라고 선언했으며, 네 녀석처럼 사람의 피가 흐르지 않는 자에게 창이나 칼 따위의 올바른 무기를 쓰는 것은 너무나 부드러운 벌이라고 말하자마자, '별의 칼'을 한 번 휘둘러 곁에 심어져 있는 참죽을 한 그루 베었고, 알맞은 크기로 자른 다음 가지를 말끔히 쳤으며, 그렇게 만든 죽창의 첨단尖端을 땅바닥에 문질러 일부러 날카로움을 누그러뜨렸고, 그것을 상대의 얼굴 앞으로 가져가 기세를 올리거나 혼신의 힘을 쏟거나 하지 않았으며, 무딘 죽창을 덩치 작은 사내의 복부 중심에 밀어붙였고, 그냥 그대로 후비듯이 빙글빙글 돌렸으며, 아비규환 따위는 도통 들리지 않는다는 듯한 동작으로 푹푹 쑤셔 넣었다.

등을 뚫고 나갈 만큼 깊숙하게 찌르지는 않았고, 그렇다고 해서 빼지도 않았으며, 이리저리 흔들어서 상처를 벌리지도 않으면서 살짝 손을 놓는다.

그리고 무묘마루는 새하얀 모래땅에 앉았고, 자, 얼마나 참을 수 있을까 하고 중얼거렸으며, 그런 다음에는 나 몰라라 하는 표정을 지었고, 눈앞의 민절悶絶* 따위에는 일절 신경 쓰지

*크게 근심 걱정한 나머지 기절함

않았으며, 나무들 사이를 스쳐가는 부드러운 바람 소리에만 귀 기울이면서 마치 기개 높은 감정의 소유자인 양, 태어난 이래 사람을 죽인 적 따위는 단 한 번도 없었던 것처럼 상큼한 표정을 지었고, 여하한 경우에도 혼이 올바른 위치에 있는 선인善人인 척 유유자적했으며, 우아한 뇌가 두서없는 일을 떠올리도록 내버려두었고,

그러자 얼마 지나지 않아 폭위를 떨치는 통증이 한계를 돌파했으며, 아니, 그보다는 신경 전체에 마비가 퍼져 마음이 멍해진 상태에 빠졌고, 그래도 실신의 도움을 받는 일도 없었으며, 다시 말해 덩치 작은 사내의 의식은 거의 정상에 가까웠고, 가해자를 뚫어져라 노려보는 처참한 형상이야말로 그 증거였으며, 자신의 몸에 일어난 일을 똑바로 파악했고, 이미 목숨을 구걸해보았자 아무 소용이 없다는, 이제는 적어도 어서 절명시켜주기를 바랄 따름이라는, 그 같은 무거운 현실을 똑바로 인식하고 있었으며,

하지만 대지급大至急으로 죽여달라는 애원의 말은 일절 없었고, 무념의 기분을 뒤집는 도발의 말도 던지지 않았으며, 변함없이 외연巍然한 독립정신을 발휘하여 굴욕감의 편린도 느끼게 하지 않았고, 오로지 나지막한 신음을 터트리면서 어깨로 크게 숨을 쉬었으며, 스스로의 목숨이 질질 늘어져 지둔遲鈍한 진행으로 닫혀갔고,

어쩌면 그 뇌리에는 어리석은 야심에 충동질되어 강렬하게

살아온 일생의 사건들, 그 단편이 순서대로 나타났다가 사라지고 있을지 몰랐으며, 그리고 가슴속은 타인이 이해하기 어려운 너무나도 제멋대로인 술회述懷의 말로 가득 차 있는지도 몰랐다.

격통의 황파荒波가 돌아올 즈음 덩치 작은 사내가 또다시 입을 여는데, 배에 힘을 주지 못하는 탓으로 목소리의 대부분이 도로 삼켜져버린다.

눈초리로 보아 간원懇願 종류이거나 자신의 깊은 죄를 깨달은 자성의 목소리가 아니라는 사실은 쉽사리 상상할 수 있었지만, 그것이 저주의 말이건 무엇이건, 어쨌든 들어주기는 하자고 여긴 무묘마루는, 불룩 튀어나온 올챙이배에 쑤셔 박힌 채인 죽창을 건드리지 않도록 조심하며 상대에게 다가가, 믿어지지 않게 아직 두려움에 가득 찬 눈으로 바뀌지 않은 상대의 입 언저리에 귀를 댔고, 이참에 하고 싶은 이야기가 있으면 모조리 해버리는 편이 낫지 않겠느냐고 말해주었으며, 마치 관대한 마음을 과시하기라도 하듯이 의젓한 태도를 취했고,
중간중간 자꾸 끊어지는 말의 절편切片을 이어보니 예상외의 내용이었는데, 요약하자면 살아간다는 놀이를 진심으로 즐긴 나머지 생긴 일이니까 죽는 모양이야 아무래도 상관없다는 독자적인 악의 철학이었고, 그것만이라면 또 몰라도, 이런

내가 있었기에 너 또한 이토록 잔혹한 인간 세상을 실컷 즐기는 게 아니겠느냐는 언어도단의 자설自設을, 훌륭한 훈계라도 내릴 때와 닮은 말투로 내뱉으면서 홀로 흡족해하는 것이었으며,

그런 잔인한 향락주의자의 얼굴이 어쩐지 명랑하게 말하는 것처럼 비쳐져 몹시 불쾌하게 여겨졌고, 떠들고 싶은 대로 내버려두면 계속해서 자신을 위협할지도 모른다고 판단한 무묘마루는, 갑자기 '풀의 칼'을 쥐고 손잡이 부분을 사용하여 상대의 입을 강타했으며, 그렇게 함으로써 물리지 않도록 앞 이빨을 모조리 부러뜨린 뒤 혀를 꽉 움켜쥐고 나무 사이로 햇살이 비치는 곳으로 끌어내었고, 혓줄기에서 가까운 곳을 싹둑 잘라버린 후 핏덩이를 토하기 직전에 물러났으며, 상궤를 벗어난 짧은 순간에 넋을 잃어버렸다.

특이한 최후를 마쳐가는 특이한 인간의 허망한 눈길은, 사라져서 두 번 다시 돌아오지 못할 왕사往事*를 그리워하는 듯이 몽롱한 번쩍임으로 물들어간다.

대량의 피가 목구멍에 가득 찬 죄인은, 단말마의 경련이 전신으로 한창 퍼져가는 가운데 자신의 목숨이 드디어 무로 돌아가버리는 것을 통감한 듯한 표정으로 바뀌었고, 어딘가 절실한 기쁨의 미소를 띤 듯한, 안락한 생활에라도 들어가기로

결정된 듯한 안도의 표정을 떠올렸으며, 오체 여기저기에 숙명적인 특질을 흘리면서 이 세상의 무대를 퇴장해갔고, 실재를 꿰뚫는 모든 감각을 잃어갔으며, 살상의 권한을 쥔 자의 손에서 점점 멀어져갔고,

그러나 그래도 여전히 어딘가 악행에 흠뻑 빠진 인생의 가치를 뒷받침하는 분위기가 감돌았으며, 적어도 자신이 정한 대로 철두철미 살아온 사실을 자랑스럽게 여기는 독자獨自의 영광에 감싸이면서, 마음의 눈을 단 한 번도 뜨는 법 없이, 아니, 뜨는 방법조차 모르는 채 말기의 고갯길을 뒹굴뒹굴 굴러 내려가서, 온갖 위험과 폭리를 끌어안음으로써 무수한 미로에 에워싸이고 만 생애를 좋아라 하면서 최종회의 한 차례 숨을 몰아쉰 뒤 털썩 고개를 떨어트렸고, 동시에 살[肉]의 떨림이 딱 그쳤으며, 이미 확증이 완료된 타계他界를 전면적으로 받아들였고,

얼마 지나지 않아 그 자리는 잠잠해졌으며, 지저귀는 새조차 없었고, 바람도 그쳤으며, 강의 흐름이나 시간의 흐름까지 얼어붙고 만 듯한 착각에 사로잡힌 무묘마루는, 그런 자마저 엄숙한 죽음의 그림자에 뒤덮인다는 사실에 위화와 반발 두 가지를 모두 느꼈고, 지옥으로 밀어뜨리려던 계획이 정토로 이끌어주는 역할을 해버린 것 같은, 도로아미타불이 되고 만

*지나간 일

것 같은 뒷맛을 느꼈으며,

죽은 그 얼굴이 진짜 처형인이었더라도 도저히 직시하지 못할 만큼 처참한 대물로 변했음에도 불구하고, 마치 모든 악사惡事를 말끔히 청산할 수 있었던 자이기라도 하듯, 혹은 너무나 청렴한 사색으로 살아온 자이기라도 하듯, 혹은 또한 자신의 불멸을 느끼면서 저세상으로 길을 떠난 자이기라도 하듯, 그런 산뜻한 기색이 넘친다는 사실을 알아차리고 그저 악연愕然*할 따름이었다.

*깜짝 놀라 정신이 아찔함

오래된 과거의 추억이 숨을 거두려는 무묘마루의 내면에서, 항상 새로운 생명을 맥동시키던 젊은 시절 자신의 모습을 되살려준다.

실의의 날들도 없었고, 속박의 밤들도 몰랐으며, 인생의 국면은 한결같이 자극 넘치는 무아몽중의 전개를 보여주었고, 불멸의 존재를 상징하여 마지않는 일륜은 마음의 찌푸림을 깨끗이 맑게 해주었으며, 우미 그 자체인 월륜은 '넌 다르다'고 하는 유의 공연公然과 은연隱然 양쪽의 직언으로 희망을 길러주었고, 일월산수와의 막힘없는 교감은 상시 변화에의 갈망을 불렀고, 파멸에의 탐닉을 감쇄減殺했으며,

그로 인해 잠들고 싶은 낮은 없었고, 잠들지 않는 밤도 없었으며, 비칠거리는 신념으로 허둥대고 약체화된 자기를 깨달아, 아무리 살아도 어차피 무와 마찬가지 존재가 아닐까 생각하여 마음이 아파지는 것은 오히려 사려 깊어진 노년기에 들어간 뒤의 일로서, 이와 같은 최초이자 최후의 혼이 담긴 병풍 그림을 마무리 지은 지금도 여전히, 붓을 손에 쥘 때까지 알아차리지 못했던, 재능이 열매를 맺었다는 실감은 솟구쳐 오르지 않았으며, 또한 이유나 경위야 어쨌든 사람의 목숨을 빼앗음으로써 생긴 심적 부담은 전혀 경감되지 않았고, 부끄러워하는 혼을 지워버릴 수 없었으며,

그렇다고 해서 거기에 그려진 풍경 자체는 결코 뻔한 수작이 아니었고, 산도 바다도, 소나무도 벚나무도, 폭포도 청류淸流도, 구름도 파도도, 해도 달도, 그 전부가 초자연적인 이런저런 뉘우칠 수 없는 원동력에 의해 그려졌으며, 덧없고 명 짧은 존재를 남김없이 영원으로 꾀어 들이고, 여하한 신불보다도 수많은 사람들을 개안시키며, 고승에 의한 최상급 독경의 가치를 공염불이나 마찬가지로 폄하해버리고, 정신계에 파국을 안겨줄 것 같은 번뇌의 의도를 모조리 막아버리며, 나아가서는 생트집을 잡는 운명의 불합리한 의기意氣를 꺾을지도 모르는 열광마저 느끼지 않을 수 없는 기세를 드러내는 것이었다.

몸을 움직일 때마다 뼈란 뼈는 다 욱신거리고, 관절이라는

관절은 점점 무감각으로 기울어가며, 태양 또한 마찬가지 각도로 기울어간다.

자세를 바로잡는 데에도 질린, 허위를 내버리는 데에도 질린, 제대로 된 길이 트이는 순간을 기다리는 데에도 질린, 고도의 양심을 기르자고 바라는 데에도 질린, 스스로의 업에 전념하는 데에도 질린, 이반하기만 하는 깨달음을 감안하여 비탄에 잠기는 데에도 질린, 생과 사의 균형이 깨질 때를 두려워하는 데에도 질린, 그리고 잔천殘喘*을 지닌 데에도 질린 무묘마루는, 다대한 세월을 들여서 보낸 일생을 되돌아보기를 일단 중단하고, 절정인 봄의 중심에서, 만타萬朶**의 벚나무에 파묻힌 산들에 둘러싸여 급속히 시들어가는 생명의 불꽃을 어떻게 다룰지에 관해 사념을 옮겼으며,

요컨대 그 바람 앞의 등불을 스스로 꺼버릴까 아니면 그냥 바람에 맡겨둘까 하는 것으로 망설였고, 또한 이제 막 완성한 그림을 길동무로 삼을까 말까로 망설였으며, 그림과 더불어 죽는다는 사실은 바꿔 말하면 저세상을 거부한다는 의미에 다름 아니었고, 지옥은 물론 극락조차도 가고 싶지 않다는 뜻이었으며, 왜냐하면 그려진 풍경에밖에 적응하지 못하는 혼이라는 것이 되어버리기 때문으로,

*얼마 남지 않은 나머지 목숨 **많은 꽃가지

그러나 반드시 거기가 피상의 세계이자 허상의 세계라고는 하지 못하고, 원래 어디에 어떤 형태로 존재했더라도 어슴푸레한 인상을 지워 없애는 것은 불가능하며, 완전한 무가 있을 수 없듯이 완전한 존재 역시 있을 수 없고, 만물은 그 중간을 저마다의 농도로 떠돌면서 천변만화하고 있을 따름으로, 단지 그것뿐의 일에 지나지 않을 터였다.

'별의 칼'로 그림을, '풀의 칼'로 자신을 베고, 최후의 힘을 짜내어 초암에 불을 지르면 하등한 모든 행위를 말소할 수 있을지 모른다.

그렇지만 태양에 의해 정신이 각성된 동안에는 어떻게 할 수 없이 여겨짐을 어쩌지 못했고, 실제로 칼을 가까이 가져오는 것도 예사 일이 아니었으며, 일개 유약한 늙은이로서 너덜너덜해지고 만 육체의 충고에 따르는 것 외에 어찌할 방도가 없었고, 숙명의 영역을 침략할 패기가 있던 시절을 회고하는 것이 고작이었으며,

그 같은 자신의 혼의 길이를 재는 것이나 마찬가지인 추억의 반추는 결국 최초의 사색으로 환원되고 말았고, 아직 이 세상에 미련을 남기는 마음은 어느 결에 다시 수십 년 전의 완전히 봄에 물든 도읍으로 되돌아갔으며,

거기서는 지금, 같은 봄이라도 엄청난 차이가 생겨났는데,

늦은 서리를 맞아 개화 직전의 벗나무 봉우리가 썩어 떨어져버렸고, 며칠 뒤에 제법 따뜻한 바람이 불었건만 이미 어쩔 도리가 없었으며, 그해에 한하여 꽃의 도읍이라는 체면이 완전히 구겨져버렸고, 사람들은 희유稀有의 자연현상을 천변지이나 전란의 흉조로 간주하여 벌벌 떨었으며, 개중에는 어렵사리 쌓아올린 지위를 내던지거나 재산을 처분하거나 하여 도읍을 벗어나는 가족마저 있었고, 그로 인해 몸이 열 개라도 모자라게 된 음양사나 무녀나 점쟁이의 호주머니만 두둑해졌으며,

그렇다고는 하지만 그것도 무사히 신록의 계절을 맞을 무렵까지의 장사 번창으로, 지진도 없고, 호우도 없으며, 큰불도 없고, 유행하는 병도 없으며, 권력의 중추를 뒤흔들 만한 전란도 없는 나날이 이어지자 다시금 화사함이 숨을 되돌렸고, 안정된 가운데 퇴폐와 무애와 자극이 거칠어지면서, 사람의 마음을 끄는 것으로 먹고사는 중들이 강구한 방편이 즉각 신불의 말씀으로 포장되어 모든 삶의 방식을 시인하기에 이르렀으며, 도리에 맞든 맞지 않든 그런 것과는 일체 관계없이 하고 싶은 대로 행동하는 자들이 미화되었고, 칭송받았으며, 돈벌이와 유흥에 열중하는 자들이 선망의 대상이 되어갔고, 그것을 더 고상한 인생으로 여기는 풍조가 심해졌으며, 잘못 되더라도 업신여기는 법은 없었고, 마음의 도야는 내버려졌으며, 정신의 가치는 하락할 따름이었고, 혼은 조잡해질 따름이었으며, 이성에 의해 계몽되는 따위의 기회는 우선 찾아오지 않았

고, 행동으로 이어지지 않는 나태한 사고思考가 범람했다.

무묘마루가 도저히 도읍을 벗어나지 못했던 것은, 자신이 저지른 잔학행위에 대한 평판이 알고 싶었기 때문이 아니다.

몬지로나 덩치 작은 사내가 어떤 모습으로 죽었는지 하는 풍평風評은 어찌된 영문인지 도통 들려오지 않았고, 처형을 전문으로 청부받은 천민들의 지나친 행동을 엄중하게 따져 처벌했다는 소문도 들려오지 않았으며, 그리고 새해가 시작될 무렵에는 벼락부자 호상이자 희대의 거괴居魁이기도 했던 두 사람의 이름이 사람들 입에 오르내리는 일은 거의 없어졌고, 또한 무묘마루를 남몰래 쫓는 사무라이도코로의 관리나, 무묘마루에게 배신당한 꼴이 된 한을 풀고자 그를 노리는 천민들도 없었으며,

마비약의 독이 몸에서 빠져나갈 때까지 숨어 지내던 나무들 사이의 암자를 월동의 보금자리로 삼자며 들렀을 때, 전혀 인기척이 없는 방을 소제하고 침구를 햇빛에 말린 뒤 탄을 피워 밥을 짓고 있을 때, 도와준 벽안의 치아의 말이 떠올랐는데, 나이 차이는 어쩔 도리가 없는 일이지만 생김새가 영판 닮은 승려를 안다는 예의 그 이야기가 되살아났고, 그 바람에 다시금 유랑의 길을 나설 기분이 들지 않았으며,

만약 그것이 진짜 아버지라면 한 번이라도 좋으니 만나고

싶다는, 그다지 무리라고 할 수 없는 기분이 강해졌고, 또한 만나서 어쩔 참이냐는 자문이나, 만나서 무엇을 전할 것인가 하는 의문에 대한 답도 이미 준비돼 있었으며, 부모의 복수를 했다는 보고보다 나은 선물은 있을 리 없었고, 가능하면 원수의 목을 들고 찾아오고 싶을 정도였으며, 아버지가 아직 승려의 처지에 있다손 치더라도 그 살생만큼은 눈물을 흘릴 만한 기쁨으로 받아들이고, 오랜 세월의 노고를 위로하는 말을 연발하며, 함께 살아가자고 권하고—대충 그런 것이 무묘마루가 머릿속에 그리는 아버지와의 이상적인 대면에 다름 아니었다.

통에 기른 물이 얼어붙어 봄의 징후가 서리에 덮여 사라져버려도 암자를 찾아오는 자는 없었고, 지나쳐가는 것은 수류獸類뿐이다.

입에 풀칠할 돈은 아직 남아 있었고, 이따금 도읍으로 가 식료를 샀으며, 돌아오는 도중에 관리들의 집합소가 된 밥집에 들러 술을 마셨고, 몸을 가누지 못할 만큼 취해, 훈풍을 맞으면서 어린잎으로 뒤덮인 벚나무 아래를 지나 돌아갈 때의 일각일각에 무어라 말할 수 없는 도취를 느꼈으며, 그러자 어둡다고 투덜대는 하층민들의 불평불만이 들리지 않게 되고, 부패를 지배하는 흰소의 거리가 도원향桃園鄕으로 착각되며, 엄격한 계급사회가 정당한 차별에 의해 이루어진 것처럼 믿어졌고,

콧노래가 튀어나올 무렵에는 현존하는 악이야 어쨌거나, 모든 사물이 정사正邪의 양면을 지녔으며, 목숨의 존재는 모조리 의심스러웠고, 살아 있는 한에는 죄의 파도를 헤치면서 나아가는 수밖에 없으며, 마지막에는 그 파도 아래에 가라앉을 운명이고, 다시 말해 죽음 이외에 유효한 해독제는 없다는, 멋지게 산 일생은 교언영색에 지나지 않는다는, 그런 시각이 활개를 치기에 이르렀으며,

그리고 머나먼 상공에서 시선을 느끼고 하늘을 올려다볼 때, 반드시 거기에는 달이 유연悠然히 떠 있었고, 지상에서 번쩍이는 생명 하나하나의 추이를 조용히, 따뜻하게 지켜봐준다는 사실을 알아차리는 것이지만, 그럴 때의 무묘마루는 반드시 벌레조차 죽이지 못하는 표정을 띠었으며, 눈초리 또한 신불의 충분한 찬동을 얻을 수 있을만치 온후했고, 천성에 깊이 뿌리내린 특질로써 타인의 비극을 자신의 문제로 생각하는 것이 가능한 호인好人인 척하는 것이었다.

그것이 극히 짧은 순간의 경지이건 비소한 망상이건, 무묘마루의 뒤틀린 심사에 편안한 빛을 던져준 것은 엄연한 사실이다.

술의 작용으로 가볍게 마비된 뇌를 통하여 바라보는 천하는, 구석구석까지 완전히 평정되어 있는 것처럼 받아들여졌

고, 단독의 인간 행위를 일일이 비웃을 교활한 분위기는 어디에서도 느껴지지 않았으며, 치명적인 소외감이 남몰래 슬그머니 접근할 틈도 없었고, 생채生彩가 모자라는 부조화스러운 존재도 발견되지 않았으며, 요컨대 무엇이건 마음껏 적응성을 발휘하고 있다는 뜻으로, 그로 인해 원망願望이 그리는 가구假構의 세계라는 사실을 잘 알면서도 그 전부를 있는 그대로 간주하지 않을 수 없는 기분이 들었고,

그럴 때 무묘마루의 배후에서 녹색 빛이 섞인 어둠을 뚫고 가만가만 다가오는 일단一團이 있었으며, 수행원에게 둘러싸인 한 대의 소달구지가 가까워졌고, 그것도 호화로운 삿자리로 지붕을 한 귀인들의 달구지로, 경호와 시중 담당으로 따라붙은 자들의 옷차림 또한 쇼군의 식솔들보다 호화롭게 보였으며, 큰 칼은 한결같이 금은으로 세공하여 번쩍였고, 걸친 옷 또한 달빛에 빛나는 대륙산뿐이었으며, 검은 털의 당당한 소뿔에는 순금의 덮개가 씌어졌고, 그 주변에는 찬연한 번쩍임과 그윽한 향기가 방산放散되었으며,

밤에 보아도 눈부시게 아름다운, 그러나 결코 속된 무리들에게 영합하지 않는 기품을 지닌 행렬이 옆을 통과해갈 때, 무묘마루는 발걸음을 재촉하여 나란히 걸었고, 그렇게 해서 달구지 안에 탄 인물을 이리저리 상상해보았으나 웬일인지 수행하는 자들은 부외자의 그 같은 행동에 개의치 않았으며, 칼을 등과 허리에 차고 안광이 날카로운 자의 거동을 눈곱만큼도

의아하게 여기지 않았고, 그 증거로 방어수단의 기본을 충실
하게 지켜 큰 칼의 손잡이에 살짝 손을 대는 자는 단 한 명도
없었으며, 그들의 행진과 침묵은 한없이 긍지가 높았고, 그
렇다고 해서 짐짓 위세를 떠는 그런 것과는 일선을 긋는 것
이었다.

거품이나 마찬가지의 하잘것없는 인생을 살아온 것이 아닐
까 하는, 그런 울적함에 발이 걸려 넘어질 것 같아 자신도 모르
게 비틀거리고 만다.

무묘마루가 다시 자세를 바로잡아 달구지 쪽으로 시선을
던진 바로 그때, 주렴이 슬슬 걷혀 올라갔고, 달을 등에 진 각
도였음에도 불구하고 달구지 내부가 선명하게 보였으며, 물론
타고 있는 사람의 모습도 확실히 식별되었고, 그것이 어딘가
귀족 집안의 아름다운 아가씨였더라면 그렇게까지 앙천할 리
없었겠지만,
그러나 보통의 유녀라는 것만으로도 경악을 금치 못할 터
인데, 웬걸, 불가사의한 인연을 이따금 실감시켜준, 최근에는
기온마쓰리에서 마주친 뒤 한 번도 만나지 못한 바로 그 유녀
였으며, 그 이외의 누구는 절대로 아니었고, 만날 때마다 아름
다움을 더해간다는 사실을 뼈저리게 실감시켰으며, 이제는 신
성시의 대상으로까지 승화되었노라고 해도 틀림없었고, 쇼군

이나 제왕이나 신불을 떠받드는 정도라면, 정말이지 살아 있는 보살이라고나 해야 할 그녀 앞에서 공손히 머리를 조아리는 편이 차라리 훨씬 많은 은총이 내려질 듯했으며,

자신을 똑바로 향하는 눈길에 듬뿍 함축된 질문을 느낀 무묘마루는, 어서 물어보라고 한마디 던지고 싶었으나 너무나 엄숙한 분위기에 눌려 입이 떨어지지 않았고, 말을 거는 것 자체가 최악의 모독이 되는 건 아닐까 싶어 두려웠으며, 뜻대로 되지 않는 상태를 질질 끌면서도 여하튼 어디까지라도 따라가겠노라고 작정한 바로 그때, 느닷없이 유녀의 몸이 쓰러지더니 푹 구부림과 동시에 전신이 홍련紅蓮의 불길에 휩싸였고, 의상은 물론 머리카락에 이르기까지 훨훨 타올랐으며,

그래도 수행원들은 누구 하나 허둥대는 자가 없었고, 검은 털의 소도 다부진 태도를 조금도 무너뜨리지 않았으며, 그보다 더 불가사의한 것은 달구지의 불이 퍼지지 않는다는 사실로, 따라서 아무리 시간이 흘러도 숨이 막힐 것 같은 공기로는 바뀌지 않았고, 정온靜穩이 지속된 채였으며, 어찌된 영문인지 시든 풀이 타오르는 냄새가 주변에 만연했고, 그러는 사이에 산후産後의 오물로 범벅이 된 하얀 넓적다리가 불에 타 짓무르는 모양이 자세히 보였으며, 어떻게 해주고 싶은 충동에 아무리 휩쓸려도 웬일인지 손도 발도 꼼짝하지 않았고, 들려오는 것은 본능적으로 죽어가는 몸을 깨달아 울부짖는 영아의 목소리뿐이었다.

이윽고 구출의 힘이 무묘마루의 오체에 넘실댈 즈음 여자의 목숨은 다해버렸고, 그 뒤는 지방이 치직치직 타오를 뿐이다.

예기치 못했던 광경을 의심할 여유가 생기지 않았던 것은, 소달구지가 무가武家 저택의 모퉁이를 막 돌아가려던 때에 걸어 올린 주렴이 다시 슬슬 내려가기 시작했기 때문으로, 더구나 그 도중에 불쌍한 소사체燒死體가 순식간에 원래대로의 건전한 유녀의 모습으로 돌아가버렸기 때문으로, 그와 동시에 항상 생성 과정에 있어야 할 지금이라는 포말이 모조리 정지 상태에 빠져든 것 같은 환각에 휩싸였고, 아니, 설사 신불이더라도 알 리 만무한 어떤 힘이 작용한 것으로밖에 여겨지지 않는 투명한 벽에 앞이 가로막혀 더 이상 쫓을 수도 없었으며,

간신히 몸을 움직일 수 있게 되었을 즈음에 모퉁이를 돌아가니 수행원을 거느린 소달구지는 벌써 1정町°이나 멀리 가버렸고, 발자국 소리가 전혀 들려오지 않았던 것은 그 화려한 일단 전체가 땅바닥을 벗어나 있는 탓이었으며, 공중에 뜬 그들은 한 걸음 뗄 때마다 고도를 높여가는 도저히 믿어지지 않는 곡예를 연출했고, 지금은 삼나무 거목의 우듬지를 뛰어넘을 기세여서 하늘을 향하여 솟구치고 있다고밖에 생각할 수 없었으며, 사려분별에 비추어 따질 수 있는 단계는 벌써 지나가버렸고, 그저 현상이 드러내는 사실을 곧이곧대로 받아들이는 수밖에 달리 방법이 없었으며,

가능한 일이라면 만사를 제치고 뒤쫓고 싶은 충동에 휩싸였지만, 그러나 중력이 그렇게는 해주지 못하겠다고 무묘마루를 대지에 붙들어 매었고, 그로 인해 쌍방의 거리는 순식간에 벌어져버렸으며, 한쪽은 시겁時劫을 초월한 존재가 되어 밤하늘을 마음대로 누비면서 별의 세계로 빨려 들어갔고, 다른 한쪽은 이보다 더 부자유할 수 없는 보편적인 인간의 전형으로서 땅바닥에 못 박힌 채였으며, 이상하리만치 깊은 정적의 밑바닥에 계류溪流의 기생 개구리처럼 찰싹 달라붙어 있는 것이 고작인 상태였다.

도읍의 봄밤이 내는 소리가 넘쳐난 것은 한참 시간이 흐른 다음이며, 그 화려한 소달구지를 일단 놓치고 나서 다시 발견할 수는 없다.

분명히 목격한 장면을 되살리며 가만히 신경을 쓰고 곰곰 따져보아도 결국은 그저 하나의 답밖에 얻어지지 않았으며, 다시 말해 이로써 이제 두 번 다시 그 유녀를 만나지는 못하리라는 확신이 깊어졌고, 틀림없이 부모의 원수를 갚았다는 느낌이 강해지는 한편으로 오랜 세월 가슴속에 응어리져 있던 것이 깨끗하게 해소되었으며, 흡사 사체를 이어서 합친 것 같

*1정은 60칸으로 약 109미터임

았던 태생에 대한 집착이 어딘가로 훌쩍 사라져버렸고,

인생의 국면이 일변한 것 같은 인상을 받아 가슴이 한결 후련해졌으며, 혐오하여 마지않던 성격의 숙명적인 오점에서 벗어나 자기 도취에 부지런을 떠는 자가 된 것 같은 편안한 기분이 들었고, 혹은 살아가는 목적의 대부분을 이룬 것 같은 해방감을 맛보았으며, 아울러 이제까지 얼마나 엉뚱한 긴장과 직면하며 살아왔는지를 알아차렸고,

불퇴전의 정신이 단숨에 위축되었으며, 수동적인 삶의 방식 쪽으로 기울어지기 시작했다고 여기자 급히 힘이 빠져나갔고, 마음 전체가 황홀해졌으며, 가벼운 현기증을 느껴 자신도 모르게 쪼그려 앉고 말았을 때, 이것이 마지막 현실이 되지나 않을까 하고 진심으로 생각했고, 죽을 각오를 하라는 목소리가 짙은 감색 하늘 너머로부터, 바로 그 소달구지가 빨려간 강렬한 자력磁力을 지닌 듯한 일각 주변에서 선명하게 들려오긴 했으나,

그렇지만 다른 한편에서는 여하한 병폐에도 당한 적이 없는 젊은 네가 죽음과 무슨 연관이 있느냐고 달(月)이 강하게 말을 걸어왔고, 복수니 뭐니 하는 것들을 모조리 뭉뚱그린 살인을 눈부신 행위로서 칭송하는 말도 분명히 들려오는 것처럼 여겨졌으며, 그러자 길을 잘못 든 것은 한두 번이 아니라 종종 있었는지 모른다고 딱 잘라 인정해버릴 듯한, 사소한 일에 얽매이는 비판적인 양심이 즉각 목소리를 죽이는 것이었다.

그리고 누군가가 무묘마루의 어깨를 뒤에서 부드럽게 두드렸고, 어쩌면 바로 지금 사라졌을 친부모가 황천으로 데려가주겠노라고 말하지나 않을까 싶다.

이 세상이 일시적인 것에 지나지 않는다는 사실을 일러주려고, 거짓 희망밖에 보여주지 못하는 나쁜 세계에 더 이상 놓아둘 수 없다고, 대역大役을 이루어낸 내 아이를 다시금 맞으러 온 게 아닌가 하고, 그렇게 직감한 행복한 재능의 소유자는 상당한 기대를 담은 동작으로 천천히 뒤돌아보지만, 너무나 아름다운 그 차림새에 역시 저 유녀로 화신한 어머니의 영혼이 감미로운 위로를 해주려고 돌아와준 것이라며 기뻐한 것도 잠시, 그것은 전혀 다른 사람이었고,

더구나 제법 아름다움을 풍기고 있긴 했으나 단연코 진짜 여인은 아니었으며, 나긋나긋한 태도가 완전히 몸에 밴 치아에 지나지 않았고, 그것도 궁지에서 구해준 바로 저 벽안의 치아에 다름 아니었으며, 향을 뿌린 옷이 동성의 관심을 사기 위한 냄새를 계속 퍼트렸고, 그 끊임없는 반작용으로써 암컷에게밖에 있을 리 없는 체취가 발산되었으며, 이내 재치 있고 당당한 사내가 모습을 드러내자마자 여자에게는 있을 리 없는 근육의 힘을 발휘하여 술에 완전히 취한 것으로밖에 여겨지지 않는 무묘마루를 안아 일으켰고, 어깨로 부축했으며, 그런 다음 잘 자라난 인간임을 저절로 느끼게 해주는 침착한 말투로

'이제 안심하라'는 말을 거듭했고,

　그러자 무묘마루는 정의 내리기 어려운 불가사의한 감각에 사로잡혔으며, 바로 곁에 있는 늠름하고도 아름다운 용안容顏에 넋을 놓으면서, 이렇게 된 이상 어디로든 마음대로 데려가 주었으면 하는 기분이 들었고, 그냥 그대로 고주망태가 된 것처럼 꾸미기로 작정했으며, 상대에게 반신을 맡긴 채 비틀비틀 걸음을 옮겼고, 흥얼거리기만 해도 제왕에 대한 중대한 불경 행위로서 사죄에 처해진다는 신랄하기 짝이 없는 내용의 유행가를 큰 소리로 부르는 것이었다.

　거기서부터 그리 멀지 않은 산속에, 아무리 귀족이나 무장이라도 그리 쉬 출입이 허용될 것 같지 않은, 격식과 권위의 덩어리인 사원이 있다.

　아니나 다를까, 그 대가람의 최초의 문을 들어서자마자 번득거리는 요란한 무기를 저마다 손에 든 경호의 승병들이 여기저기서 튀어나와 야반의 침입자를 포위했고, 적의敵意를 송두리째 드러내어 숨통이 끊어지기 싫으면 당장 물러가라고 위협했으나, 치아가 이름을 대자마자 순식간에 종속과 추종의 태도로 돌변했으며, 심지어는 도울 일이 없겠느냐고까지 말했고,

　하지만 도움은 필요 없다는 일갈에 훼방꾼들은 풀이 죽어

서 정위치로 물러났으며, 제2의 문, 제3의 문, 제4의 문을 통과할 때마다 적요의 분위기가 농밀해졌고, 수액樹液과 싱싱한 풀의 향기로운 공기로 가득 차 있었으며, 가도 가도 내진內陣에 도착했다는 인상은 얻을 수 없었고, 필시 칠당가람七堂伽藍*의 양식으로 세워진 사원일 터임에도, 아직 삼문三門**조차 나타나지 않았으며, 어둠과 달빛이 만들어내는 경관은 한없이 신묘 불가사의했고, 어딘지 이계異界의 입구로라도 들어가는 듯한 심경이 되었으며,

무엇보다 도읍에 이런 규모의 거대한 절이 존재한다는 사실조차 까맣게 몰랐고, 참배자로 일 년 내내 번잡한 명찰名刹이나 고찰古刹을 훨씬 능가할 것임에도 어째서 소문으로도 들은 적이 없었는지 속 시원히 알 수 없었으며, 짐작건대 민초들의 참배를 완강하게 거절해온 탓으로, 그렇게까지 해서 일부러 숨기는 이유는 권력의 일인자가 뒤를 봐주기 때문임에 틀림없었고, 자신들 일족만의 번영을 기원하기 위한 절이거나, 그도 아니면 종교 이외의 일에 사용하는 비밀 장소이거나 둘 중 하나가 아닐까 하고, 무묘마루의 추측에 의하자면 그 같은 답밖에 나오지 않았다.

*불탑과 불상을 평등한 위치로 보는 일탑식 가람 배치법의 하나 **불교의 세 가지 해탈문으로 공문, 무상문, 무작문을 가리킴

선종禪宗 사원의 체재体裁를 갖춘 삼문이 어둠 속에서 떠올랐고, 그 너머에는 불전佛殿이니 법당이니 승당이니 하는 건물이 보인다.

그러나 무묘마루가 배타적이기까지 한 그 위압스러운 삼문을 지나가는 일은 없었고, 치아는 그 직전에서 옆길로 벗어났으며, 거의 짐승들이나 다닐 것 같은 샛길을, 기분 나쁠 정도로 높아서 성벽을 연상시키는 돌담을 따라 나아가자 시원한 물소리가 들려왔고, 좀 더 앞으로 가자 살짝 트인 장소에 산에서 끌어댄 샘물이 커다란 바위 물통으로 흘러들었으며, 그 앞에는 아직 새로운, 며칠 전에 완성했다고밖에 여겨지지 않는 암자가 있었고, 안으로 들어선 순간 신선한 대나무와 노송나무 껍질의 향기가 코를 찔렀으며, 등불을 밝히자 보잘것없는 슬픔이나 분노라면 대번에 없애줄 것 같은 편안함이 떠돌았고, 잠시 지나자 경우境遇 따위는 아무 문제도 되지 않는다고 할 만큼 유유자적한 분위기가 되었으며,

그래도 무묘마루의 외축畏縮*이 진정되지 않는 것은 오로지 치아의 해맑은 눈길 때문으로, 그 가슴속에 깃든 명랑한 정신은 너무나 선량한 나머지 퇴화해버리지나 않을까 걱정이 될 지경이었고, 그가 말하기를 이제부터 여기를 잠자리로 삼으라고 했으며, 아주 잠깐이긴 했지만 그 말투에서는 속박의 울림이 느껴졌고, 그렇다고 해서 불쾌함은 없었으며, 감시역이 붙

어 있는 것도 아니었고, 나가려고 마음먹으면 언제라도 간단히 탈출할 수 있는 상태였으며,

그런데 치아가 아무렇지도 않게 터트린 다음 말이 순간적으로 무묘마루의 마음을 꼼짝달싹 못하게 해버렸고, 자신 쪽에서 애원해서라도 거기에 눌러 있고 싶은 심경이 되었으며, 드디어 아버지로 짐작되는 상대와 만날 기회가 찾아왔는가 하고 여기니 오직 그것만으로도 마음속 깊은 곳에서 저절로 밝은 미소가 피어올랐고, 웃으면서 운명적인 중개자의 손을 쥐고 사의를 표했으며,

그러자 치아는 몹시 부끄러워하면서도, 남남끼리 우연히 닮을 수도 있으니까 기뻐하기에는 아직 이르다고 말렸고, 게다가 쇼군 일족이 직할하는 절의 대승정大僧正이라는, 세상에 대한 체면이라는 것을 필요 이상으로 중요시하지 않으면 안 될 처지에 있는지라 지금 당장 만날 수는 없으리라고 말했으며, 기회를 봐서 반드시 만나도록 할 테니까 즐거운 마음으로 대기해주었으면 좋겠다고 덧붙였고, 식사는 때마다 가져오도록 하겠다는 말을 남겼으며, 비합리가 당연하게 여겨지는 환상적인 달밤 속으로 나아갔고, 경쾌한 발자국 소리를 우뚝 솟구친 고목의 숲에 울려 퍼트리면서 어딘지 모르는 곳으로 돌아갔다.

*두려워서 몸을 움츠림

오랜 세월에 걸쳐 마음속에서 길러온 짐승은, 꿈보다도 더 꿈 같이 일이 이뤄지려는 오늘밤, 그 그림자조차 찾을 길이 없다.

지금 무묘마루의 내면에서 안심하고 있는 것은 인간다운 인간으로 되돌아간 방랑자였고, 세상의 규칙이나 법도 등을 모조리 거부하고 야만스런 격정으로 치달으면서 반역으로 살아가는 고고자孤高者가 아니었으며, 얄궂은 숙명에 공감을 느끼지 않을 수 없는 쾌감에 휩싸이면서 그 기쁨과 흥분을 털어놓을 상대가 없다는 사실을 몹시 유감으로 여기는 흔해빠진 사내로 전락했고, 밤이면 언제나 그랬듯이 쉽사리 잠들어버리는 것이 너무 아까워 도저히 드러눕지 못했으며, 깨어나면 길바닥에 드러누워 있을 자신을 알아차려 이런 바보 같은 일이 있을 수 있느냐고 투덜거리는 듯한 그런 결말은 질색이었고,

그래서 좁은 방 안을 빙빙 돌아다니다 못해 바깥으로 뛰쳐나갔으며, 가슴을 쥐어뜯기는 듯한 기분에 도저히 참을 수 없었고, 가지와 어린 잎사귀에 방해를 받으면서도 빈틈없이 온정의 빛을 뿌리는 달을 향하여 용솟음치는 기쁨을 모조리 내던졌으며, 부디 이 희망의 산이 무너지는 일이 없기를 바란다며 눈물로 호소했고, 앞으로는 신불을 받들면서 살아가도 괜찮다고 맹세했으며, 뚫린 대나무 통을 따라 거대한 노두露頭˚의 구덩이로 흘러 떨어지는 청수清水를 머리에 흠뻑 적신 다음 비몽사몽 따위가 아니라는 사실을 재삼 확인했고,

그런 뒤 빌려준 암자로 돌아가 흥분이 사라지지 않는 몸을 눕혔으며, 마음을 냉각시키고자 칼을 가슴에 품었고, 다소나마 기분이 가라앉을 즈음 새로운 국면의 분석을 시작했으나 회의가 생겨날 여지는 어디에도 없었으며, 돈이나 완력으로는 결코 손에 넣지 못할 행복의 단서를 드디어 찾아냈다는 생각 밖에 들지 않았고, 얼마 지나지 않아 머리를 쳐든 불안이 무엇인가 하면, 자신이 대승정으로서의 아버지 앞에 이름을 대고 나설 만한 사내로 성장했는지 아닌지 하는, 오직 그 한 가지뿐이었다.

*맨머리

자신이 지은 죄의 퇴적을 몹시 걱정했고, 밤새도록 한숨도
자지 못한 채 상쾌한 아침을 맞았으며, 지저귀는 새들의 무진
장한 보고인 산속을 산책한다.

　주위에 인기척이 전혀 느껴지지 않아도 누군가에 의해 감
시를 당한다는 기분이 드는 것을 어쩔 수 없었고, 나뭇잎의 그
늘 하나하나에 시선이 숨어 있다는 망상이 부풀어 올랐으며,
그렇다고 해서 살기를 느끼기까지에는 이르지 않았고, 따라서
칼을 차고 오지 않았다는 사실이 후회스러울 정도는 아니었으
며, 그런 식으로 생명의 원리가 단숨에 상승해가는 계절의 도
래를 찬양하는 새들의 지저귐에 마음을 빼앗기면서, 정신상의

여하한 위기도 회피시켜줄 듯한 사원을 빙 둘러싼 돌담을 따라 발걸음을 옮길 따름으로, 본성의 밑바닥에 쉴 새 없이 달라붙는 암담하고 께름칙한 것이 말끔히 떨어져 나가는 것처럼 여겨졌고,

이따금 살랑살랑 불어오는 가벼운 바람에 무한한 현재를 깨닫지 않을 도리가 없었으며, 영겁으로 멸해가는 혼 따위는 존재하지 않는다는 사실이 증명되었고, 썩어서 자빠진 나무를 양분으로 무럭무럭 자라나는 어린 나무 한 그루 한 그루에서 생과 사에 관한, 언어를 절하는 법칙이 깊숙이 새겨져 있었으며, 다시 말해 도를 넘는 규모의 회귀 작용에 의해 우주가 성립했다는 사실을 멋지게 드러내었고, 그것은 일순 일순이 결단의 때라는 식의 긴장은 절대로 무용하다는 사실을 의미했으며,

위로를 발견하는 공간의 입구에 어울리는 문의 정면에까지 오자, 어젯밤 발생했던 가슴의 두근거림과 광희광희狂喜가 돌연히 되살아났으나, 무묘마루의 다리가 사원의 부지를 밟는 일은 없었고, 모든 종류의 철쭉을 대량으로 모아 기품 있게 배치한 정원 멀리에 작은 동산처럼 서 있는 불전은, 풍부한 일광日光이 넘실거리는 한 모퉁이를 듬직하게 차지했으며, 파도치는 것 같은 기와지붕이 진한 쥐색으로 번쩍였고, 건물과 건물을 잇는 회랑 기둥의 두께와 숫자에는 눈이 휘둥그레졌으며, 거기에 위대한 혼의 소유주가 실존하더라도 결코 이상하지 않을 것처럼 여겨졌고,

그러나 독경의 목소리는 일절 들려오지 않았으며, 또한 신분에 따라 염색을 달리한 생명주*로 지은 간편한 승복을 걸친 승려의 모습도 보이지 않았고, 드문드문 피어나기 시작한 철쭉꽃이 다소곳이 자기 주장을 하고 있을 뿐인 단조로운 정경이었음에도 불구하고, 그렇게 멈춰 서 있었을 따름인데도 양심의 가책을 깨닫거나, 여전히 미적지근한 인간이라는 사실에 대한 장황하고 번거로운 변명을 떠올리거나, 노림수가 애매한 숭고한 충동에 휩쓸리거나 하여 몹시 숨쉬기가 힘들어진 탓으로 서둘러 퇴각해버리는 것이었다.

그다지 화려하지 않은 옷차림으로 봐서 불목하니의 자제로 여겨지는 사내아이 두 명이, 무묘마루를 위해 아침밥을 들고 암자를 방문한다.

너무 어린 탓으로 앞뒤 따지지 않는 사랑을 꿈꿀 그들은, 진기한 객인에게 겸손이나 예의를 잊어버린 호기심 어린 시선을 던졌고, 혼의 구원으로 날을 지새우는 너무나 정신적인 승려와는 대극에 위치한, 벌거벗은 대지에 떡 버티고 서서 한없이 자아를 내세울 듯한, 인생의 부침에는 아랑곳하지 않고 치명적인 적에 대해서는 필살의 한마디를 드높이 외칠 듯한, 그런 무묘마루에게 던지는 눈길은 한없이 뜨거웠으며,

어육魚肉 종류가 일체 사용되지 않았고, 그렇다고 해서 특

별한 요리 또한 아니었음에도 불구하고 여태까지 먹어본 어떤 음식보다 맛있게 여겨졌으며, 한 가지 한 가지에 일일이 감복하고 말았고, 성애性愛에 관한 감상과 마찬가지로, 미각에 관한 평가를 운운하는 것 역시 한심스럽기 짝이 없는 일로 쳐온 시대로부터 완전히 빠져나온 사실이 실감되었으며,

주종의 인연을 확인하느라 쇼군이 빈번하게 지방 영주들을 찾아가 최대급의 대접을 받는 행차에 의해 조리법이나 조미료가 급속도로 발전했고, 그 반동으로 이처럼 산수화를 닮은 그윽한 맛이 우러나는 요리가 사원을 중심으로 생겨났다는 사실을, 아사 직전인 아이들의 내면의 흐느낌에 귀 기울이고, 먼저 죽은 가족의 인육을 먹으며 살아남으려고 하는, 가슴이 찢어질 것 같은 광경을 지금까지 수없이 보아온 무묘마루로서는, 도저히 순순히 받아들일 기분이 들지 않았다.

그렇기는 하나 그 위화감이 거절로 바뀌는 법은 없었고, 그런 풍조를 저지하고 싶은 분노로 이어지는 법도 없다.

예법이고 자시고 할 것도 없었고, 더구나 무시무시한 속도로 먹는 데 앙천한 사내아이들은, 백탕白湯의 마지막 한 잔으로 입을 헹군 뒤 그것을 꿀꺽 마셔버리는 무묘마루에게 점점

*생사로 짠 명주

더 눈동자를 빛냈으며, 등장해야 할 자가 드디어 등장했다고 말하는 듯한 환영의 태도를 취했고, 신변 뒷바라지의 역할을 맡았다는 뜻을 기꺼운 표정으로 전했으며, 무슨 일이든 부디 사양 말고 이야기해달라면서 어른 뺨치는 은근한 태도로 말했고,

그렇지만 신망을 얻고자 서로 나서는 두 명에게 지겨움밖에 느끼지 못한 무묘마루는, 깨끗하게 비운 식기를 턱으로 가리키면서 저것들을 들고 어서 돌아가라고 말했으며, 밥을 가져올 때 이외에는 여기로 오지 않아도 된다며 쐐기를 박았고, 그 같은 무뚝뚝한 말투가 점점 더 아이들을 기쁘게 해주었다는 사실 따위는 알 리가 없었으며, 대승정과 판에 박은 듯이 닮았지 않느냐고, 그렇게 무묘마루가 듣건 말건 주고받으며 절로 돌아가는 두 사내아이를 배웅하면서, 확실히 자신의 운명에 무언가가 일어나고 있다는 사실을 예기했고, 만남 전체를 통해 만사형통으로 나아가리라 확신했으며,

출생 시점에서부터 과도한 짐이 지워졌다는 사실은, 모두가 이때를 위한, 아버지와의 재회를 위한 포석이 아니었을까 하는 그런 생각이 새삼스럽게 깊어졌고, 신분이 불상응不相應하는 부모를 갖게 되었다는 심적 부담 따위는 대번에 날아가버렸으며, 이따금 피를 뒤집어쓴 적이 있는 이 몸을 부처님을 받드는 자의 앞에 드러내어도 괜찮을까 하는 망설임도 급속히 줄어드는 것이었다.

진짜 부자일지 모른다고 해서 그리 간단히 만날 수 있는 상대가 아니라는 벽안의 치아가 한 말에, 어쩐지 과장은 없는 모양이다.

　사흘이 지나고 열흘이 지나도 부르는 목소리는 들려오지 않았고, 각오를 하기는 했지만 오늘이야말로 하고 기대하면서 역시 아무 일도 없이 하루가 끝날 때마다 초조함이 몰려들었으며, 식사를 가져오는 사내아이들에게 벽안의 치아와의 연락을 부탁했지만, 둘이서 입을 맞춘 듯이 하는 말로는 자신들과 같은 상것은 누구에게 무어라고 말한들 들은 척도 하지 않으며, 뿐만 아니라 항문에 돌멩이를 쑤셔 넣는 식의 벌을 당할 뿐이라고, 자못 두려운 듯이 이야기하면서 몸을 움츠렸고,

　그런 터에 둘 다 이런저런 구실을 붙여 무묘마루 곁을 떠나려 하지 않았으며, 소제를 하거나, 침구를 햇빛에 말리거나, 세탁을 하거나, 심지어는 암자 주변의 풀을 뜯거나 하면서 날마다 조금씩 더 머물게 되었고, 마침내는 몸종이라도 된 것처럼 산책할 때도 따라나섰으며, 그렇다고 해서 감시역을 맡은 것으로는 도저히 여겨지지 않았고, 감시를 한다면 해가 떨어질 무렵에 절로 돌아갈 리가 없었으며,

　그러므로 만약 그럴 마음만 먹으면 밤중에 빠져나가 길거리의 번화한 분위기에 젖는 것이 손바닥 뒤집듯이 쉬웠고, 두 번 다시 돌아오지 않는 것 또한 가능했으나, 그래도 언제 들려

올지 모를 호출에 대비하여 하루 종일 대기한다는 굴욕적이라면 굴욕적인 선택을 한 무묘마루는, 이렇게 된 이상 차분히 버티는 수밖에 없다고 작정했으며, 설령 일 년이나 이 년을 기다리는 한이 있더라도 지금까지 헤쳐온 세월의 길이와 비교해보면 대수로울 것도 없다고, 그렇게 스스로를 타이르는 것이었다.

그런 어느 날, 나무들의 어린잎에 빠짐없이 모범적인 춘소春宵*가 찾아왔을 때, 암자로 다가오는 발자국 소리를 들은 무묘마루는 아버지와의 재회를 떠올린다.

자세를 가다듬고 대승정이 파견한 것으로 상상되는 자를 기다리는 심경은, 그것은 필설로 이루 형언할 길이 없었고, 설령 상대가 그 벽안의 치아이더라도 운명의 고비를 담당할 사자使者인 한에는 정중하고도 정중하게 맞아들이지 않으면 안 된다고 판단했으며, 문 앞에서 기다리는 게 옳지 않을까 하고 고민하는 사이에 다가오는 발걸음이 두 사람분이라는 사실을 알아차렸고, 혹시 당사자가 몸소 오는 것이 아닐까 하고, 그렇게 제멋대로 해석한 무묘마루는 옷매무새를 갖추고 바깥으로 나갔으며, 어슴푸레한 달빛이 어둠에 녹아들 만큼 희미한 빛에 의지하여 두 사람의 인영人影을 응시했고,

그러는 동안 심장이 당장이라도 입으로 튀어나와버릴 듯이

신경을 곤두세웠으며, 너무 흥분한 나머지 상대가 잘 보이지 않았고, 바로 곁에까지 다가온 뒤에도 누군지 알아보지 못했으며, 두 사람은 걸음을 멈추자마자 빙글 등을 돌리는가 싶더니 갑자기 앞으로 몸을 숙이는 자세를 취했고, 둘 다 엉덩이를 그대로 드러내었으며, 그것을 보고 비로소 정체를 알게 되었고, 바로 조금 전 저녁 밥상을 들고 돌아갔던 그 사내아이들에 다름 아니었으며,

두 아이는 여인보다도 희고 보동보동한 둔부를 무묘마루쪽으로 불쑥 내밀면서 상하좌우로 흔들어 보였고, 사타구니 사이로 얼굴을 내밀었으며, 어른을 농락하는 듯이 유혹과 도발의 의미를 담은 처염悽艶한 미소를 머금었고, 어느 쪽이든 좋은 쪽을 택하라고 종알거렸으며, 만약 양쪽 다 원한다면 기꺼이 상대해줄 것이라고까지 내뱉었고, 채종유를 듬뿍 바르고 온 듯이 미끌미끌 빛나는 항문에 가운데손가락을 푹 찔러 넣는 것이었다.

음낭을 힘껏 차버리자 들개와 흡사한 비명을 질렀고, 뒤도 돌아보지 않고 달아나는 사내아이들의 등을 이번에는 돌멩이가 습격한다.

*봄밤

돌멩이를 던지며 욕지거리를 퍼붓는 사이에 무묘마루의 분노가 대번에 치솟았고, 참을 만치 참았다는 사실을 깨달았으며, 승려 놈들의 세계에 한풀 접어줄 가치 따위가 있을 리 없다는 판정을 내리기에 이르렀고, 사람들의 정신면에 공헌하는, 대단히 유익한 집단치고는 장난질이 심하지 않느냐고 울컥했으며, 대승정인지 뭔지 모르지만, 친자식일 가능성이 높은 자가 일부러 만나러 왔음에도 이토록 젠체하는 것은 대관절 무슨 이치냐고 고함을 질렀고, 하룻밤 더 기다리기가 질색이기라도 하듯이, 말썽이 빚어질 것을 뻔히 알면서도 이쪽에서 먼저 밀어붙이기로 작정했으며,

제꺽제꺽 옷차림을 갖추고, 언제라도 길을 떠날 수 있도록 얼마 남지 않은 돈을 품속에 갈무리한 뒤 칼을 찼으며, 단단히 벼르며 암자를 뒤로했고, 사무라이로서는 반거들충이로 간주되더라도 도리 없을 만큼 혈기에 넘쳐 무모하게 삼문으로 향했으며, 아직 보지도 못한 부모에게 대들어주리라, 부딪쳐 부셔져주리라는, 그런 기세로 발걸음을 옮겼고, 만약 앞길을 가로막는 자가 있다면 그가 누구이든, 설사 대승정 다음의 지위에 있는 고승이더라도 단칼에 베어버리리라는 각오로 전진했으며,

정공법의 면회를 달성하기 위해 철저하게 성역을 침범해주리라고, 완전히 성상性狀에 문제가 있는 인물로 변해버렸으며, 공중을 채운 장엄한 기운을 거친 숨소리로 마구 휘저으면서,

점점 더 분노하면서, 그 분야에서 지고의 존재가 되어 있을지도 모르는 환상의 아버지와 대면하기 위해, 혹은 이제 더 이상 태생의 노예가 되고 싶지 않아서, 철이 든 이래 마음에 달라붙어버린 골치 아픈 문제의 흑백을 가리자면서, 육친의 그림자에 의존하는 것은 오늘밤을 마지막으로 하자면서, 자기를 성찰하는 방향과는 정반대의 길을 똑바로 돌진하는 것이었다.

당대 유일의 대목장大木匠이 정성을 다하여 만든 것으로 믿어지는 삼문을 넘어선 지점에서 일단 발걸음을 멈추었고, 야쿠오지 무묘마루가 버젓이 통과한다고 외친다.

그 큰 음성이 거목과 대가람에 반영하여 야기夜氣를 벌벌 떨게 했고, 정온靜穩하고 음습한 나날을 지루하게 보내는 승려들의 잠을 확실하게 방해했다고 실감했을 때, 정말이지 무시무시한 차림새의 승병들이 짙은 어둠 속에서 한 무더기 나타났으며, 야만스러운 십여 명은 일제히 언월도를 내밀면서 야밤의 난입자를 빙 에워쌌고, 물샐 틈 없이 저지하는 진형을 갖추었으며, 점잖게 따르는 게 낫고, 돌아가야 할 곳으로 돌아가는 편이 신상에 이로울 것이라는 사실을 알려주고자 잠자코 슬슬 포위망을 좁혀왔으며, 조금이라도 저항할 움직임을 보이면 결단코 용서하지 않겠다는 듯이 흡사 귀신이나 다름없는 험상궂은 형상을 지었고,

그러나 안달이 나서 안절부절못하게 되어버린 무묘마루는, 도당徒黨을 이루어 세상을 위압하고자 하는 승병들이 겉보기만 번지르르할 뿐이라는 사실을 간파했으며, 만약 난투를 벌이지 않으면 안 될 경우에는 여하튼 앞장서는 자를 먼저 베어버리고 나면 나머지 패거리는 몸을 빼어 둔주遁走할 공산이 커 보였고, 막상 그것을 시험해보고자 허리와 어깨와 팔을 연동시켜 비틀어 '별의 칼'을 휙 하고 뽑았을 때, 투지가 넘치는 눈동자는 하나도 찾아볼 수 없다는 사실을 알아차렸으며,

다시 말해 적들이 무척 당황하고 있음은 분명했고, 무묘마루에 대한 태도가 어떤가 하면, 조금도 위해를 가하지 않고 쫓아내지 않으면 안 될 성가시기 짝이 없는 손님이라는 사실을 잘 안다고밖에 믿어지지 않았으며, 설사 사정이 그렇더라도 과연 그들이 무기에 의지하지 않고 어디까지 막을 수 있는지를 알고 싶어진 무묘마루는, 비스듬히 든 칼을 쓱 한 번 휘둘러 눈앞에 내밀어져 있던 언월도 세 자루를 단번에 내려쳤고, 그렇게까지 나오자 상대도 대번에 얼굴빛이 변하여 머리 꼭대기까지 피가 치솟았으며, 무묘마루가 어떻게 나오느냐에 따라 위협만으로 그치지 않을 것임을 보여주고자 불쑥 한 걸음 앞으로 나서면서 어깨를 젖혔고,

그렇지만 숫자 따위에 영향받을 것 같지 않은 자신감에 넘치는 무묘마루의 칼 솜씨는 예사롭지 않았으며, 배워서 익혔을 따름인 검술의 범주를 훨씬 넘어서는 역량이라는 사실을

승병들은 이내 알아차렸고, 요괴나 다름없는 강렬함을 절절히 느낀데다가 하물며 상대가 지닌 칼에 더욱 간담이 서늘해졌으며, 분노를 참지 못하고 싸운다면 상당한 희생이 따를 것이라는 사실이 금방 상상되었는지 긴장으로 몸이 굳어졌고, 동료 가운데 누군가가 반격에 나서주기만을 기다렸으며,

그 결과 전원이 서로 견제만 하는 소극적인 기색이 짙어져 갔고, 그러는 사이에 완전히 두려움에 질려버렸으며, 게다가 어떤 사태에 빠지더라도 절대로 손을 대서는 안 될 소중한 객인이라는 뜻이 함축된 지시를 떠올렸는지, 눈을 내리깔거나 눈길을 돌리거나 하기에 이르렀고, 그 틈을 노려 무묘마루가 또다시 두 자루의 언월도를 내려치고 나서자, 진퇴양난의 형세로 몰려버렸다.

그런 곳에 벽안의 치아가 홀연히 모습을 나타내었고, 서로 노려보는 양자 사이에 재빨리 파고들어, 우애가 넘치는 목소리로 말린다.

구원자의 등장으로 면목을 실추하지 않고 충돌을 회피할 수 있게 된 승병들은 가슴을 쓸어내렸고, 발 언저리에 나뒹구는 언월도의 잔해를 서둘러 긁어모으자 군말 한마디 없이 어둠 속으로 돌아갔으며, 달빛을 받아 피는 색색가지 철쭉꽃들이 험악한 분위기를 모조리 흡수하여 진정을 되찾았고, 사원

의 광대한 부지는 다시금 눈 깜빡할 사이에 사라져가는 아름다움을 자아내었으며, 거기에 이끌려 무묘마루의 마음의 폭풍도 급속하게 진정되어갔고,

그렇다고 해서 그냥 이대로 맥없이 발걸음을 돌릴 마음은 도저히 들지 않았으며, 벽안의 치아의 설득에 따를 생각은 더욱 없었고, 일부러 해변에서 운반해온 것임에 틀림없는 순백의 굵은 자갈을 밟으며 경내境內 깊숙이 들어갔으며, 뒤에서 매달리면서 '수일 내로 어떻게 할 테니까'라는 필사의 애원을 무시한 채 척척 앞으로 나아갔고, 열의야말로 실현에의 지름길이라는 사실을 확신하면서 보폭을 크게 했지만,

그러나 치아도 단념하지 않았으며, 내일 아침까지는 반드시 만날 수 있도록 준비해둘 테니까 오늘밤은 일단 여기서 ― 라는 식의 타협안을 제시했고, 그래도 무묘마루의 발걸음이 돌려지지 않는다는 사실을 알게 되자 이번에는 앞을 막으며 가슴에 달라붙었으며, 아니, 찰싹 안겨서 달콤한 입김을 풍겼고, 동성까지도 유혹할 색향을 무기로 삼아 말렸으며, 좀 더 정신이 똑바를 때 만나는 편이 부자 쌍방을 위한 것이 아니겠느냐면서 충고했고, 급기야는 그래도 꼭 가야 한다면 자신을 벤 다음 가는 것이 좋을 것이라고까지 말하고 나설 지경이었으며,

그렇기는 하나 치아의 예를 찾기 힘든 미려美麗도 무묘마루로서는 어차피 무가치한 것에 지나지 않았고, 뿐만 아니라 씹

어서 뱉어버리고 싶은, 항상 사내로 살아온 자로서는 너무나 인연이 먼, 관능을 투영시킬 여지 따위 어디에도 있을 리 없었으며, 가능한 한 거리를 두고 싶은 이형異形에 불과했고, 그렇다고 해서 세상에 해독을 퍼트리는 무리들처럼 단숨에 베어 죽일 수도 없었으며, 하물며 위험할 때 구해주었을 뿐만 아니라 생이별한 아버지를 만날 기회까지 만든 상대를 설마 때려 눕힐 수도 없었고,

얼마 지나지 않아 어쩐지 몹시 슬픈 순간이 뇌리를 스쳐가기 시작했으며, 이쯤해서 다시 한 번 곰곰 생각하는 편이 득책이 아닐까 하는 타산이 힘을 얻었고, 괴로운 체험과 괴로운 수행을 뛰어넘어 누구보다도 예리한 관찰안觀察眼이 몸에 배었을 아버지 앞에서 자신의 결점을 속속들이 드러내는 것은 참기 어려웠으며, 쉬 격해지고, 기다릴 줄 모르며, 여하한 문제도 칼로 해결하고자 하고, 오로지 무지막지한 무뢰한으로 간주되는 것은 어처구니없는 일이며, 또한 첫 대면의 장소에서 아버지가 창피하게 여길 짓을 하는 것은 본의가 아니라고, 그렇게 판단하여 일단 치아의 말에 따르기로 작정했으며,

내일 중에 만나게 해주지 않으면 미련 없이 떠나겠노라고 다짐을 둔 다음, 어마어마한 출세를 이룬 아버지의 위광 아래 덕을 보자는 욕심은 털끝만큼도 없다는 사실을 거듭 말했고, 또한 육친의 인연을 부활시킬 마음조차도 없으며, 아버지의 얼굴을 한 번 본 뒤 보고해야 할 일을 짧게 전하고 나면 즉시

행인의 몸으로 되돌아가 두 번 다시 도움을 찾지는 않을 것이고, 왜냐하면 이미 처지의 차이가 너무 큰 탓으로, 한쪽은 사람의 목숨을 빼앗는 도구를 항상 지니고 돌아다니는 자, 다른 한쪽은 사람의 혼을 구하고자 하는 자, 이래서야 복연復緣 따위 있을 리 만무하다고. 그런 이야기를 남기고 삼문으로 나아가 암자로 이어지는 샛길로 되돌아갔다.

면회한 것이 아님에도 아직 본 적 없는 아버지는 벌써부터 무묘마루의 내면에서 정신적 실재로 바뀌어버렸으며, 막연하게 외모를 갖추고 있다.

　　그런데 자신의 친아들을 기다리는 모습이 웬일인지 떠오르지 않았고, 대면에 대한 기대에 커다란 차이가 생긴 것 같은 기분이 드는 걸 어쩔 수 없었으며, 어쩌면 이것은 과도한 욕구인지도 몰랐고, 다시 말해 상대로서는 중대한 문제이며, 처자를 가진 몸이었다는 사실이 세상에 알려져버리면 여태까지 쌓아올린 고고한 이름의 신비로운 옷이 대번에 벗겨져 하찮은 존재로 떨어져버리고, 구심력이 반감하며, 단숨에 전락의 서

글픈 꼬락서니가 되는 게 아닐까 하는, 그런저런 상념이 오가는 봄밤은 순식간에 밝았으며,

맹렬하게 박차를 가하면서 솟아오른 욱일旭日은, 여전히 한탄스럽고 저조한 인간계의 구석구석에 따뜻함으로 가득 찬 빛을 투사했고, 비소한 혼을 조금이나마 크게 보여주려고 애썼으며, 인간으로서 무엇을 해야 하는지를 열심히 들려주었고, 가슴속을 차지하는 혼돈스러운 감정 속에서 선한 것만을 추출하고자 노력했으며, 과잉의 자기 의존은 결국 죽음을 서두르는 꼴이 된다고 주의를 주었고,

더욱 쑥쑥 솟구쳐서 희열이 넘치는 계절을 멋진 색채로 메워갔으며, 원형圓形으로 융기한 대지臺地 따위는 극락의 일부가 아닐까 착각할 만큼의 아름다운 번쩍임으로 덮였고, 흡사 이 세상의 수수께끼를 해명할 열쇠가 거기에 보관되어 있기라도 한 것 같은 분위기를 풍겼으며,

그러자 거기에 나타난 것은 평소의 사내아이들이 아니라 벽안의 치아였고, 어젯밤의 일로 두려움을 느껴 두 번 다시 가까이 가고 싶지 않다면서 식사 운반의 역할을 포기한 그 두 명을 대신하여 온 것인지, 혹은 아직 당분간은 대승정과의 면회가 이루어지기 어렵다는 사실이라도 전하러 온 것인지, 혹은 또한 대면 그 자체가 실현 불가능하다는 뜻을 통고하러 온 것인지, 그 무기적인 표정에서는 읽어낼 도리가 없었다.

만나줄 마음이 있는지 없는지를 물어보려고 말을 꺼내려는 순간, 벽안의 치아는 오늘밤으로 결정했다는 사실을 나직이 중얼거린다.

중개의 성공을 그다지 기뻐하는 것처럼 보이지 않는 사실을 의아하게 여긴 무묘마루는, 어젯밤 자신이 저지른 일이 낭자狼藉로 간주되어 어려운 처지에 내몰린 것인지, 대승정과 승병들 사이에 끼어 쌍방으로부터 단단히 사살을 들었는지, 이런저런 상상을 하던 끝에 만약 자신이 성가신 존재가 되었다면 이대로 흔쾌히 떠나도 전혀 개의치 않는다고 말해주었으며,

그렇게 말하는 사이에 어찌된 영문인지 싫증이 나서 아버지에 관한 일 따위는 아무래도 상관이 없어져버렸고, 공연히 원래의 천애고아의 몸으로 돌아가고 싶어졌으며, 상대의 답을 기다리지 않고 짚신을 신으려고 하자, 떨떠름한 표정의 치아는 허둥지둥 그것을 말렸고, 이어서 대승정이 너무나 만나고 싶어 한다는 사실에는 아무런 차이가 없다고 잘라 말했으며, 그렇지만 갑자기 두 사람만의 대면이라는 식으로는 하기 어렵고, 주위의 인간들이 그것을 용납하지 않으며, 우선은 좀 더 두드러지지 않는 형식으로 만나고, 서로의 일을 충분히 확인한 다음에, 쌍방의 기분이 일치할 때 다시금 두 사람만의 자리를 만든다는 식의 귀찮은 과정을 거쳐야 하며, 그것이 결정사항이 되어버린 지금에 와서야 뒤집을 수도 없노라고 덧붙였고,

무묘마루가 입을 꾹 다문 채 짚신 끈을 묶는 것을 보며 더욱 초조해진 치아는, 최초의 대면 기회가 오늘밤이라는 사실을 알렸으며, 상대의 마음을 충분히 끌었다는 사실을 확인한 뒤, 다만 직접 대화를 나누는 것은 불가능하리라고 쐐기를 박았고, 그도 그럴 것이 엄청나게 위대한 분을, 제왕조차 눈치를 살필 정도인 분과 그 일행을 모시는 성대한 연회가 베풀어지기 때문이며,

그 대신 말석이긴 하지만 자리를 만들었으므로, 거기서 대승정을 유심히 바라본 다음 스스로의 마음과 상의하여, 양쪽 다 만나고 싶은 기분에 변화가 없을 경우에는 둘만의 밀회의 자리를 만들기로 되어 있다고 말했다.

격분에 휩싸인 무묘마루는 잠자코 칼을 찼고, 의리를 모르는 자가 아니라는 사실을 드러내려고 인사말 대신 고개를 꾸벅 숙인다.

그리고 표박의 날들을 재개하기 위해 사원을 떠나기로 했고, 죽음 직전까지 도달할 곳조차 모르는 여로에서 삶의 보람을 찾아내자면서, 이 일은 이 정도로 해두자며 차츰 발걸음을 빨리 했으나, 그리 간단히 단념하지 못하는 것은 치아 쪽으로, 여하튼 열석列席해주지 않겠느냐고 부탁했고, 하다못해 밤까지 대답을 보류해주기 바란다고 애원했으며, 급기야는 비속한

유혹의 수단에 호소하여, 연회는 본 적이 없을 만큼 산해진미와 미주美酒로 베풀어진다는 유의 설명을 시작했고,

그래도 무묘마루의 발걸음을 멈추게 하지 못한다는 사실을 알자, 재차 연회에 올 주빈主賓의 정체를 암시했으며, 일생에 한 번 배안拜顔할 수 있을까 없을까 모를 지위에 올라 있는 분이라고 말했고, 일의 추이에 따라서는 그 아래로 불려나가 모실 수 있는 호기가 되는지도 모르지 않느냐고 덧붙였으며, 그래도 아무런 반응을 얻지 못하게 되자, 봄의 연회에 금상첨화로서 곁들여지는 것이 이미 대단한 성가聲價를 올리고 있는 초일류의 사루가쿠와 샤쿠하치〔尺八〕*라는 사실까지 늘어놓는 것이었다.

무묘마루의 가슴을 쿡 찌른 것은 치아가 마지막으로 사족처럼 언급한 비파 도사의 일로, '만이치〔万一〕겐교〔檢校〕'**라는 이름은 아무래도 상관없다.

기특무쌍奇特無雙의 솜씨라느니 세상 제일이라느니 하는 평판을 듣는 비파 도사 따위에는 도통 관심이 없었으나, 하지만 헤이케모노가타리라는 단어가 귀에 들어온 순간, 어쩐지 마음

---

*퉁소의 일종. 구멍이 다섯 개이며 길이는 대략 54.5센티미터가 표준임 **옛날 맹인에게 주던 최고의 벼슬

이 기우뚱 기울었고, 그토록이나 굳었던 결의가 순식간에 뒤집혔으며, 정신이 들었을 때는 발걸음이 멈추어 있었고, 가슴속이 무어라 표현할 길 없는 기묘한 그리움으로 가득 찼으며, 저 옛날 고색창연한 오중탑에서 침식을 함께한 적이 있는 비파도사의 일이, 최종적으로는 지하 감옥에서 일생을 마칠 지경이 된 비극의 맹인의 일이 갑자기 떠올랐고,

　그러자 미美에 관한 견식에 대해서는 유흥으로 날을 지새우는 귀족들보다 훨씬 까다로우며, 스스로의 심미안에 들어맞는 미라면 끝까지 지원을 아끼지 않는다는 쇼군의 귀가 과연 어느 정도인지 알아보고 싶어졌고, 어쩌면 살인 집단의 두목이라는 나쁜 인상을 불식시키느라 기예의 훌륭한 이해자인 것처럼 행동할 뿐인 속인일지도 모르며,

　예전에 한 번 만난 적이 있는 쇼군—그때의 일개 유랑자의 일 따위는 벌써 기억에서 지워버렸을 것임에 틀림없었고, 어쨌거나 얼굴을 기억할 수 있을 만치 가까이 다가갈 수 없었던 쇼군—의 지론이었던, 돌출된 것은 그것이 미이든 인간이든 세상에 해를 미친다는 이론을 내세워 배척하던 가치관이 어디서 어떻게 변했는지가 알고 싶어져서, 그것을 확인하는 것도 흥미롭다고 여겨서, 그리고 거기에 더하여 아버지로 여겨지는 대승정의 사람됨을 살펴보자는 기분이 들었으며, 또한 먼 훗날까지 은의를 느끼지 않으면 안 될 치아가 두고두고 벌을 받는 것은 본의가 아님을 깨달았고,

필사의 형상인 치아의 파란 눈을 똑바로 쳐다보면서, 조금이라도 내키지 않는 일이 생기면 그 자리에서 바로 일어나 두 번 다시 돌아가지 않을까 하는데 그래도 괜찮겠느냐는 밉살스러운 단서를 단 뒤, 오늘밤의 연회에 참석하겠다는 뜻을 전했으며, 발꿈치를 돌려 암자로 되돌아가려는 그 순간, 피하려야 미처 피할 도리마저 없는 전격적인 빠르기로 눈 깜짝할 사이에 입술을 빨려버렸고, 내던져버리고자 했을 때는 이미 상대의 몸이 떨어져 있었으며, 반짝반짝 젖은 눈동자를 앞에 두고 화를 낼 기분도 침을 뱉을 기분도 들지 않는 상황이었다.

오늘은 연회 준비로 다들 바쁘니까 이 주먹밥으로 저녁까지 참아주기 바란다고 말하면서, 치아가 묵직한 꾸러미를 내민다.

해가 저물 무렵에 반드시 마중올 테니까 무슨 일이 있더라도 기다려달라, 여하튼 오늘밤을 경계로 하여 인생의 커다란 도약이 시작될지도 모르니까, 치아는 그렇게 말한 뒤 서둘러 돌아갔으며, 심신 양쪽 다 특이성을 갖춘 뒷모습에는 실없으면서도 흔들림 없는 자기 만족이 달라붙었고, 그것은 어쩌면 자신의 열의와 매력이 안겨준 성공이라는 자부였으며, 그렇기는 해도 만심慢心으로 이어질 정도의 들뜬 대물은 아니었고, 그러니까 안심해버리기에는 아직 일렀으며,

실제로 무묘마루가 연회에 얼굴을 내밀 때까지는 마음을 놓

을 수 없었고, 아니, 참석했다고 해서 세상의 표준적인 척도를 거의 지니지 않은 이 전형적인 야인野人은, 어디까지나 자신의 가치관에 비춰서밖에 판단하지 않으며, 그로 인해 어떤 계기로 토라져버리고, 앞뒤 분별없이 날뛸지 모르며, 그렇게 되면 붙잡아 제압하기까지 다대한 희생을 치르지 않으면 안 되고, 모처럼의 연회가 엉망진창이 되어버리며, 쇼군 일행을 초대한 사원 측이 입을 손상은 헤아리기조차 어렵고, 대승정 오직 한 명이 섬으로 유배 가는 것으로 마무리될 턱이 없으며, 관계자 전원이 가람과 더불어 불에 태워지는 벌이 내릴지도 모르고,

그러나 산채무침을 반찬으로 주먹밥을 먹는 무묘마루는 현재로서는 그토록 비정신적인 존재가 아니었으며, 양지 바른 곳에 드러누워 종달새가 멀리 하늘 높이 지저귀는 소리에 빠져 있는 그 모습이 어떤가 하면, 재사삼고再思三考하여 망설이는 앳된 미숙자에 지나지 않았고, 외면적으로는 오히려 노둔魯鈍°한 모습이기까지 했으며, 어린 풀의 냄새에 물든 따뜻하고 애틋한 바람에 감싸여 드러눕자 촌음을 아끼지 않고 들일에 정성을 쏟는 부모 곁에서 새근새근 잠든 어린 아기의 그것에 상당히 가까운 무언가가 있었다.

무묘마루의 마음을 위협하는 요인은 하나도 발견되지 않았고, 그렇다고 해서 기대한 열풍이 불어 닥치는 법도 없었으며, 여느 때와 다른 호일好日에 젖어 있다.

고량考量해야 할 일 따위 개무皆無했고, 자신 속에서 파멸을 느끼는 순간도 없었으며, 정성이 담긴 주먹밥을 덥석덥석 씹을 때는 운명의 손에 떨어지려 하는 불안의 흔적조차 없었고, 그런 담담한 기분은 태양의 진리에 가득 찬 열과 빛에 의해 일정하게 유지되었으며, 그 효과는 남김없이 달에게 넘겨졌으나 이내 주위가 사람의 기색으로 채워져갔고, 그것도 상당히 많은 발자국 소리가 끊어지지 않고 이어졌으며, 납작한 돌이 깔린 곳을 지나가는 말발굽의 상쾌한 소리와 무구가 부딪칠 때의 소리가 뒤섞였고, 그것은 언젠가 들은 적이 있는 쇼군 일행의 행렬이 내는 소리에 틀림없었으며, 언제 끝날지도 모르게 길게 숲으로 울려 퍼졌고,

그런 소리를 듣는 동안, 예전에 비파 도사를 이용하여 접근하면서 노렸던 쇼군의 목숨을 오늘밤이야말로 빼앗을 수 있을지 모른다는, 절호의 기회가 도래한 것인지도 모른다는 기대가 가슴을 스쳤으나, 그러나 평생에 걸쳐 지하 감옥에 유폐된 비파 도사의 원수를 갚을 만한 의리가 있는 것은 아니었고, 무엇보다 복수 따위는 이제 넌더리가 났으며, 또한 연회의 좌흥座興으로서 철포의 먹잇감이 되어서 옆구리에 한 방 먹고만 유한遺恨만 하더라도 상처에 딱지가 앉은 시점에서 사라져버렸고,

*재주가 없고 미련함

게다가 쇼군 한두 명쯤 말살했다고 해서 이상적인 나라가 되리라고는 도저히 상상할 수 없었으며, 세상의 흐름이 다소 변하기는 하겠지만 어떤 시대에서도 강자의 논리가 먹혀든다는 기본은 불변이었고, 인간이라는 생물은 인간이 스스로 홀려 있는 것만큼 상등의 존재가 아니었으며, 다시 말해 원숭이들의 세계와 큰 차이가 없었고, 자신 또한 그 일원에 지나지 않았으며, 그런 진리를 얻는 순간 선동자인 저 촌장에게서 받은 독약을 그 사상과 함께 폐기해버렸던 것이다.

쇼군은 기억하지 못하더라도 쇼군의 측근들은 무묘마루를 잊어버리지 않았을지 몰랐고, 잊었더라도 다시 떠올려낼지 모른다.

그 어려운 상황을 돌파하느라 몇 명의 사무라이를 베어버렸고, 더구나 여봐란듯이 도망쳐버린 불령지도不逞之徒°를 그리 간단하게, 불과 몇 해 만에 기억의 선반에서 치워버렸으리라고는 도저히 믿을 수 없으며, 그러나 그동안 풍모가 상당히 변했고, 사람을 죽일 때마다 크게 변하는 것을 자각할 수 있을 정도였으니까 어쩌면 다른 사람으로 여길지 알 수 없으며, 이쪽에서 쓸데없는 이야기를 꺼내지만 않는다면 전혀 의심을 사지 않으리라는 자신은 있었고,

이 기회를 놓친다면 두 번 다시 아버지를 만나지 못할지도

모른다는 기분이 들었으며, 동면에서 깨어난 곰과 같은 몸놀림으로 벌떡 일어난 무묘마루이긴 했으나, 가장 먼저 알아차린 것은 당장의 잠자리로 쓰고 있는 암자를 겹겹이 에워싼 승병들의 기세등등한 모습이었고, 법의法衣를 걸치고 있지 않았다면 별 볼일 없는 무뢰한들의 집단에 지나지 않을 그들의 험상궂은 눈초리는 하나도 남김없이 무묘마루를 노려보았으며, 그렇다고 해서 지금 당장 우르르 덤벼들 것 같은 긴박한 공기는 전혀 느껴지지 않았고, 요컨대 그것은 행렬이 무사히 사원으로 들어갈 때까지의 감시에 틀림없었으며, 울창한 나무들의 너머에서 삼문으로 들어가는 쇼군 일행의 기색이 감지되었고, 요소요소에 화톳불이 배치될 무렵에는 무묘마루의 행동을 엄하게 제약하려는 시선은 모조리 사라져버렸으며,

그런 곳에 나타난 것은 벽안의 치아였고, 어마어마한 상등 손님을 맞느라 갈아입은 것으로 여겨지는 정장은 일말의 허영심과 더불어 정적인 미를 풍겼으며, 봄날 청야淸夜의 한 모퉁이에서 피어난 어린 풀잎 색깔의 아름다움은 자기 자신마저 반하게 만들 지경이었고, 그렇다고 해서 절도를 잃는 데까지는 이르지 않았으며, 허리춤까지 흘러내린 흑발은 성에 의한 차별을 전혀 불러일으키지 않는 요염함을 뿌렸고, 눈이 번쩍 뜨일 만큼 멋진 요미妖美로서 분명히 거기에 존재하는 것이었다.

*불평불만을 품고 제멋대로 행동하는 자

무묘마루가 고분고분 기다려준 것을 크게 기뻐한 치아는, 초대받은 주빈은 쇼군이 아닐지도 모른다고 재빨리 이야기한다.

다시 말해 이것은 무묘마루의 극적인 출발을 위해 개최되는 연회로, 모든 권력을 장악하고 있는 절대자는 어디까지나 장식물에 지나지 않는다는, 인사치레로서도 너무 대담한, 자신의 처지로 볼 때 너무나도 부적당한 감상을 꾸밈없는 미소를 머금은 얼굴로 말한 치아는, 잎사귀에서 빛나는 물방울이나 왕관을 장식한 구슬을 연상시켜 마지않는, 푸른빛이 감도는 눈동자를 드러내면서, 칼을 차고 가서는 안 된다는 사실을 다시금 다짐했고, 망설일 틈을 주지 않고 소중한 손님을 암자 밖으로 데리고 나갔으며, 몸을 기대듯이 걸었고, 그것은 남녀를 초월한 독자獨自의 관계를 맺으려는 태도에 다름 아니었으며,

허리를 감아올 때마다 가느다란 팔을 매정하게 뿌리치는 무묘마루이긴 했으나, 그러나 욕설을 퍼부으며 거절하는 듯한 행동은 취하지 않았고, 화톳불의 숫자에 맞춰서 늘어나는 경호 사무라이 한 명 한 명에게 매서운 눈길을 던지면서 그들의 시선이 순수한 악의를 띠고 있는지 아닌지를, 무장하지 않은 자를 포박하거나 목숨을 빼앗거나 하는 명령을 받았는지 아닌지를 살피면서 드디어 삼문을 지나갔고,

그러자 커다란 철쭉 그늘에는 반드시 창을 옆구리에 낀 몇

명이 한 덩어리가 되어 몸을 숨기고 있었으며, 좁고 구불구불한 돌계단을 올라가자 시위에 화살을 메긴 자들이 기침 소리 하나 내지 않고 허공을 노려보고 있었고, 그렇다고 해서 영롱玲瓏의 결정結晶인 봄밤을 엉망진창으로 만들어버리는 것 같은 일은 없었으며, 퍽퍽 터지는 소리를 내면서 타오르는 화톳불의 불길이 달빛을 훼방 놓는 일도 없었고, 그것들은 도취의 밤을 하나로 통합하여 접객을 위한 완전무결한 환희로 바뀌었으며, 전기轉機의 기운을 더욱더 높여주기만 하는 것이었다.

법당이건, 승당이건, 고원庫院*이건, 그 어마어마한 크기에는 어안이 벙벙해질 따름이었으나, 불전佛典과 비교하면 상대조차 되지 않는다.

건축 양식으로 볼 때 평균적인 가람과는 크게 달랐고, 대륙에서 건너온 건조물과의 혼화混和라고 보더라도 역시 이상했으며, 지붕도 신기하여 흡사 배를 훌렁 뒤엎어놓은 것 같은 형상을 하고 있었고, 지붕을 이은 재료조차 알 수 없었으며, 전체가 강색鋼色**을 띤 채 흐릿하게 번쩍였고, 다가감에 따라 천정의 높이가 예사롭지 않다는 사실이 명백해졌으며, 현존하는

*옛날 선종 사찰 내의 부엌을 가리킴 **강철과 같이 검푸른 빛

대불大佛의 몇 배나 되는 대물이더라도 수월하게 안치할 수 있을 정도였고,

더구나 눈 아래로 벽담碧潭*이 내려다보이는 날카롭게 솟구친 절벽을 앞에 둔 거대한 입구가 있었으며, 문짝이 달려 있지 않은 입구 앞에는 대들보로서도 얼마든지 통용될 만큼 두터운 각재角材가 무려 천 개가량이나 가득 채워져 있었고, 툇마루를 겸한 노천露天의 넓은 무대를 형성했으며, 무대의 절반 가량을 덮은 추녀는 임립林立한 두리기둥들에 의해 단단히 받쳐졌고, 그 어디에 몸을 두어도 원망遠望이 가능했으며,

하지만 밤에도 홍청거리는 도읍을 일망─望할 수 있을 듯한 화사한 조망은 아니었고, 인기척이 일절 느껴지지 않는 광경이었으며, 가지가 휠 정도의 과실처럼 둥그스름한 산들과 혈류血流를 연상시키는 맑은 물이 흐르는 계곡이 바라보였고, 그렇다고 해서 영구히 내버려진 절연絶緣의 땅을 방불케 하는 불모不毛로 지배당하지는 않았으며, 구석구석까지 인간의 그것을 초월한 풍부하고도 변칙적인 생명이 집적되었고, 구천구지九天九地에 기운생동이 넘쳤으며, 여기저기에 화향花香 그윽한 수많은 풀들이 무성했고, 두둥실 뜬 백금색白金色의 달은 세계관의 상위相違를 자신 속에 단단히 거둬들이면서도 개성적인 사상의 색깔을 띠었으며, 마치 선계仙界에 몸을 둔 듯한 기분이 들게 만드는 것이었다.

연회는 벌써 시작되었으나 무묘마루가 예상한 만큼 요란한 것은 아니었고, 십여 명의 손님이 넓은 무대의 여기저기에 흩어져 있을 따름이다.

정해진 좌석이라는 게 없었고, 저마다 마음에 드는 장소에 앉아 먹고 마시며 담소할 뿐이었으며, 쇼군 일행을 초청했다는 황송스러운 분위기 따위는 어디를 찾아보아도 발견되지 않았고, 무엇보다 쇼군과 그 직속 부하를 분간하는 것조차 여간 어렵지 않았으며, 옷차림만 하더라도 달 아래에서는 그다지 큰 차이를 느낄 수 없었고, 고작 둘러싼 자들의 겸손한 태도로밖에 특정할 수 없었으며,

또한 그 공간에 한해 삼엄한 경계가 없었고, 무기를 지닌 자는 모조리 멀리 내쳤으며, 손님 자신도 짧은 칼 하나 외에는 몸에 지니지 않았고, 따라서 그냥 그대로 성큼성큼 걸어서 쇼군이 있는 곳까지 가자고 마음먹으면 쉬 갈 수 있을 듯했으며, 그렇게 너무 스스럼없는 분위기에 완전히 당황하고 만 무묘마루는 어떻게 할 바를 몰라 한동안 그 자리에 못 박힌 듯이 서 있었고,

이윽고 정신을 차리자 마치 적지에 성공적으로 잠입한 것 같은 심정이 들었으며, 거기까지 데려다준 치아에게 자신의

*푸른빛이 감도는 연못

자리에 관해 물었고, 어디라도 편한 곳에 앉으면 거기가 자신의 자리가 되어 술과 안주가 차려질 것이며, 다른 곳으로 이동하면 또 거기에 새로운 술과 안주가 차려지게 되어 있다는 설명을 들었고, 이어서 대승정에 관해 물어보려 했을 때는, 치아는 이미 얼음 위를 미끄러지듯 가벼운 발걸음으로 불전의 건너편으로 이동해버리고 없었다.

어쩔 도리 없이 무묘마루는 일단 분위기를 살피자면서, 용의 조각이 새겨진 난간을 잡고 무대의 가장자리를 따라 천천히 걸음을 옮긴다.

천언만어千言萬語를 들여서도 이루 다 표현하지 못할 절묘한 야경 속에서 구극의 위안을 찾아내는 척하면서, 사람 수가 적은 것을 이용하여 손님들의 모습을 자세히 엿보았고, 눈이 아득해질 만큼 높은 지위를 얻은 인종이 과연 어떤 자들인가를 확인하자면서 조심스럽지만 예리한 관찰을 더하였으며, 형안烔眼을 철저히 동원해보았으나 쇼군인 듯싶은 자에게서 그다지 두드러진 특징을 찾아낼 수는 없었고,

따라서 절대적인 존재를 상징하는 선이 굵은 인물, 빛나는 전력戰歷을 가진 용사라는 인상은 전혀 없었으며, 또한 이 세상에서 최량最良의 결말을 맞을 수 있는 유일한 승리자라는, 천재千載*의 후에까지 이름을 남길지 모르는 자라고 하는, 그

런 관록에 압도당할 듯한 것에는 미치지 못했고, 배가 불룩 튀어나온 체형은 풍채가 좋은 것과는 달랐으며, 그 입은 어떤가 하면 투덜투덜 불평을 터트리는 데 익숙한 빈약한 모양을 하고 있었고, 그 눈은 어떤가 하면 여하한 일의 전말도 끝까지 지켜볼 것 같지 않을 만큼 맥없는 눈초리를 하고 있었으며,

측근 중의 측근에 틀림없는 무리만 하더라도 주인과 오십 보백보로, 충의를 다하고자 하는 기개나, 표리의 관계인 생과 사나, 절대적인 신용을 얻어낼 만한 인격을 감지하는 것 따위는 아예 불가능했고, 그저 세재世才에 뛰어난, 뱃속에 감춘 야심만이 큰, 한없이 우우迂愚한, 무장武將다운 고결한 행위 따위는 죽을 때까지 한 번도 펼쳐 보이지 못할 것 같은, 하는 일이라고는 모조리 예상이 뒤틀리고 말 것 같은, 세상 사람들의 책망을 두려워하면서 소인騷人**인 척 노는 데만 정신이 팔린 귀족들과 피장파장인, 실제로는 사회적으로 열등한 위치가 더 잘 어울리는 자―그런 식으로밖에 비치지 않았다.

주목할 만한 인물은 단 한 명으로, 그 또한 맹자猛者로서의 풍모나 제욕制慾의 힘을 갖춘 철인鐵人으로서의 용자容姿가 두드러지는 것은 아니다.

*천 년의 세월 **풍류객의 예스러운 표현

고운 생김새가 특출하다는 점만으로도 눈에 잘 띄었고, 그렇다고 해서 별격別格의 대우로 사원으로의 출입이 허용된 여인은 아니었으며, 중성적인 의상이나 화장이나 머리 모양으로 몸을 치장하고 있긴 했지만 결코 치아와 비슷하지는 않았고, 일견 섬약해 보이는 호리한 몸매이긴 했지만 주위의 사무라이들을 훨씬 능가하는 드센 배짱이 느껴졌으며, 그 외관은 미녀백태美女百態를 압도할 수 있을 정도였고, 행동거지의 우아함은 천녀天女가 저럴 수 있으랴 싶었으며, 움직일 때도 그렇지만 정지해 있을 때의 풍자風姿 또한 각별한 흥취를 풍겼고, 잘 어울리는 애틋한 표정과 더불어 그곳에만 연정과도 닮은 공기가 떠돌았으며,

거기에 질시의 눈초리를 분명하게 던지는 것은 다름 아닌 벽안의 치아였고, 상대 또한 쇼군이 문득 생각난 듯이 내미는 잔에 술을 따르면서 동질의 시선으로 되받았으며, 쌍방이 상식相識*의 사이였고, 서로 아름다움을 다투는 사이라는 사실은 일목요연했으며, 양자 사이에는 일찌감치 눈에 보이지 않는 장절한 격투가 시작되어 벌써부터 격렬함을 더해가기만 했으나, 이윽고 두 사람의 눈동자는 야성미가 넘치는 무묘마루를 두고 불똥을 튀기게 되었으며,

그런데 노골적인 뇌쇄의 응시를 받게 된 당사자는 얼굴을 숙이고 말았고, 하여간 그곳에 자리를 차지하기로 하여 털썩 바닥에 주저앉았으며, 앉기가 무섭게 바지런히 심부름하는 사

내아이들이 술과 안주를 내왔고, 하지만 막상 잔에 손수 술을 따르려 하자 즉시 벽안의 치아가 옆으로 밀어내버렸으며, 자 못 무념한 표정으로 떨어진 곳에서 군침만 삼키며 물끄러미 바라보는 수밖에 달리 방법이 없었고,

치아가 친애의 정 이상의 것을 듬뿍 담아 권해준, 달과 마찬가지 색깔의 술을 한 모금 마신 무묘마루는, 그것이 목을 통과하는 극히 짧은 순간에 지금까지 과소평가하여 멸시하던 세계의 모든 것을 받아들이고 싶은 충동에 휩싸였으며, 여태껏 발아래 짓밟고 있던 흔들림 없는 척도가 휙 일변하는 것을 느꼈고, 마음이 초목이 싹틀 때의 새처럼 들뜬다는 사실을 알아차렸으나, 그렇다고 해서 거기에 녹아들고 싶다거나, 공통의 기반에 서고 싶다거나 하고 바라는 데까지는 이르지 않았으며,

그리고 쇼군을 곁에서 모시면서 끊임없이 곁눈질을 던져오는 자의 정체를 치아에게 확인했을 때는, 평소의 무묘마루로, 인간을 동물로서 볼 확률이 높은, 부자연스러운 것을 모조리 안계眼界로부터 배척하고자 하는 무묘마루로 되돌아가 있었고, 그것이 아버지를 훨씬 능가하는 재능을 지닌 노[能]**의 연기자이며, 기예의 온오蘊奧***가 극에 달했다는 평판을 받는,

*서로 면식이 있음 **일본 전통 가면음악극. 노가쿠[能樂]라고도 함 ***학문이나 지식이 심오함

방방곡곡에 이름을 떨치는 바로 그 인물이라는 사실을 알고
나자, 순간적으로 입맛이 싹 가시는 것이었다.

노가쿠이건 사루가쿠이건 교겐[狂言]*이건, 그런 만들어진
이야기의 세계에 무묘마루가 찾아 헤매는 것 따위가 하나도
있을 리 없다.

무묘마루가 마음을 쏟아 열망해 마지않는 것은 결코 그런
허구가 안겨주는 일시적인 감동이 아니었고, 어디까지나 현실
속에서 소용돌이치는 극한의 슬픔이나 열화 같은 분노의 너머
에 존재할지도 모르는 진짜의 무언가이며, 그것은 바라는 모
든 것과, 이룰 수 있는 모든 것을 해내고, 게다가 적열赤熱한
혼에 질질 끌려 다니며 운명의 불길에 몸을 던지는 나날 속에
서밖에 붙잡을 수 없는 보물 중의 보물이지 결단코 그 외의 아
무것도 아니며,

그런데 바로 그때 치아가 팔꿈치로 옆구리를 찔렀고, 재촉
하는 대로 그쪽으로 눈길을 돌리자 어느 결에 한 명의 승려가
쇼군을 상대하고 있었으며, 일러줄 때까지 그가 사원의 주인
인 대승정이라는 사실을 몰랐고, 검소하다고까지는 못하더라
도 상당히 수수한 법의로 몸을 감싼 그 모습은 창백하고 야윈
고행승의 그것이 아니었으며, 혹은 절조는 눈곱만큼도 없는,
번뇌의 덩어리를 상징하는 비만체의 소유자도 아니었고, 혹은

또한 천신만고 끝에 오늘의 영광을 붙잡은 성공자 같은 풍정
도 아니었으며, 쇼군과 마찬가지로 선열鮮烈한 인상과는 일절
무관한, 높은 자리에 오른 자로서의 현저한 특징을 어디에서
도 찾아낼 수 없는, 평상시 어디에서나 목격되는 일개 노인에
지나지 않았고,

그러나 그 흔해빠진 인물이 눈에 들어오자마자 한 찰나에
밀접한 혈연을 느끼고 말았으며, 아직 상모相貌**에서 이렇다
할 유사점을 발견한 것이 아님에도, 선입견을 깡그리 떨치고
바라보아도 자르려야 자르지 못할 육친의 기색을 깨닫지 않을
도리가 없었고, 즉각 천만무량千萬無量의 느낌에 지배되어 숨
쉬기가 힘들었으며, 손에 쥐고 있던 술잔이 떨어진 것도 알아
차리지 못할 지경이었고, 치아의 손이 흘린 술을 닦으면서 사
타구니를 슬금슬금 만지는 것조차 모를 형편이었다.

정신을 차렸을 때는 그쪽으로 다가가려고 막 일어서는 중이
었고, 그런데 치아가 허리를 꽉 붙잡으며 저지한다.

치아는 생글생글 억지웃음을 지었으며, 일부러 엉뚱한 쪽
을 쳐다보면서 가느다란 손가락으로 어깨너머의 한쪽을 자꾸
가리켰고, 그것을 알아차리고 또다시 똑같은 장소에 주저앉은

*노가쿠의 막간에 상연하는 희극 **생김새

무묘마루는, 되도록 어색하지 않은 동작으로 그쪽으로 눈길을 돌렸으나, 불온한 공기를 품고 있는 것으로는 도저히 여겨지지 않았으며, 행동을 조심하지 않으면 안 될 조건이 있는 것으로는 아무리 해도 느껴지지 않았고, 다시 한 번 일어서려고 했을 때 비로소 어딘가 이상한 분위기를 찰지했으며,

아니, 살기 그 자체를 느꼈고, 두리기둥 하나하나를 자세히 응시해가자 그중 하나의 그늘에서 달빛을 반사하는 자그마한 무엇인가가 눈에 띄었으며, 작으면서도 그것이 금속 특유의 번쩍임이라는 사실은 틀림없었고, 실전용의 화살촉이라는 사실은 의심의 여지가 없었으며, 더욱 뚫어져라 노려보자 검은 활과 검은 화살을 지닌, 쇼군을 직접 모시는 자의 모습이 어렴풋이 드러났고, 그가 누구를 노리는지는 일목요연했으며, 막을 방도가 절무하다는 사실을 금방 알아챘고, 그 바람에 대승정과의 간격을 좁히는 것은 단념한 채 먹고 마시는 데 전념했으며,

치아가 아름다운 미소를 머금고 들려준 바에 의하면, 어둠에 녹아드는 색깔의 활을 지닌 자는, 나무들 사이를 뛰어다니는 토끼의 눈알을 쏘아 맞출 정도의 솜씨를 지녔고, 부르지도 않는데 쇼군의 곁으로 가려고 하면, 그저 그것만으로 목숨을 잃을 지경이 되며, 설사 그런 사태에 빠지더라도 사원이 시끄러워지는 일은 절대로 없고, 또한 전대미문의 불상사를 일으킨 벌로 대승정의 목이 날아가는 일은 없을 것 같으며, 단지 심장에 화살이 박힌 한 명의 유체가 즉시 치워진 다음에는 아

무 일도 일어나지 않았던 것이 되며, 연회는 지체 없이 진행되어갈 따름이라는 것이었다.

오늘밤은 쇼군은 물론이고 대승정에게 접근해도 똑같은 꼴을 당하게 되어 있으니까, 부디 유의해주기를 바란다.

평소의 무묘마루라면 불연怫然*히 얼굴색이 바뀌며 분노가 치밀어 김이 모락모락 나기 전에 자리를 박차고 돌아가버렸겠지만, 혈연이라는 강렬한 자력磁力에 끌어당겨져 움직이려야 움직이지 못했고, 뒤틀리는 기분을 술로 달랠 수밖에 달리 어찌할 방법마저 없는 꼬락서니였으며, 그래도 본의 아닌 상황이 도리어 마음을 냉각시키는 역할을 해주었고, 덕분에 상대의 일거수일투족에 신경을 쓸 수 있었으며, 표정의 사소한 변화로부터 그 흉중이나 사람됨에 이르기까지 이런저런 짐작을 할 수 있었고,

한편 대승정 쪽은 어떤가 하면, 아직 무묘마루를 일별하지도 않았으며, 그럴 마음만 먹으면 담소하는 사이에 시선을 던질 수 있음에도 실로 절대권력을 쥔 주빈의 접대에 여념이 없었고, 모든 감각을 총동원하여 상대의 이야기에 귀 기울였으며, 고개를 끄덕이거나 웃거나 하면서 추종을 그치는 법이 없

*갑자기 성을 왈칵 내는 모양

었고, 본래라면 구원의 정신과는 맞을 리 없는 전투 집단의 우두머리에게 착 달라붙어 알랑거렸으며, 대체적으로 세상이란 이런 것이라는 사회 통념을 몸으로 드러내었고,

그럭저럭하는 사이에 무묘마루의 내면에서 대승정에 대한 답이 서서히 굳어져갔으며, 전단專斷*은 피해야 한다는 자계를 충분히 의식하면서도 벌써부터 아버지와 자식의 상극이 시작되지나 않았을까 하고, 쌍방간에 어쩔 도리가 없는 척력斥力이 작용하고 있지나 않을까 하고 짐작하지 않을 도리가 없었으며, 만나지 않는 편이 낫다, 만나는 게 아니라는 방향으로 기울어가는 스스로를 막을 수 있을 것 같지 않았다.

벽안의 치아가 모처럼 마련해준 자리이긴 하지만, 다음에 만들겠다는 두 사람만의 대면은 사양해야 할지 모른다.

대승정이 배궤拜跪**해 마지않는 것은 교의教義의 이념으로 채색된 부처가 아니었고, 오로지 번뇌를 향하여 매진하는 쇼군 그 자체였으며, 승려 나부랭이라면 갖추고 있어야 당연할 스스로를 객관시하는 능력을 의심하고 싶어졌고, 관찰하면 할수록 기만의 색깔이 짙어져갔으며, 한자리 차지한 것에만 만족하여 어쩔 줄 모르는 범부에 지나지 않는 게 아닐까 여겨졌으며, 그 만남이 바람직하지 않은 결과로 끝나리라는 예상이 점점 강해져갔고,

그러자 그 실망감은 쇼군을 바라보는 눈에도 영향을 미쳤으며, 길을 열어 매진하기 위한 확고한 개성을 지니지 않은 이 까짓 인물로는 조만간 실각을 면하지 못하리라는 직감이 들었고, 소란스런 세상이 닥쳐오고 자시고 할 것도 없이, 미증유의 국난에 빠지기 훨씬 전에, 증상만增上慢*** 같은 행동과 억압적인 여러 정책만 펼쳐나감으로써 그 권력은 단명으로 끝나버리리라고, 그 같은 예상이 머리를 맴돌았으며,

그것은 또한 실력 이상의 지위에 올라간 사내에게 힘껏 봉사함으로써 시골 절의 주지에서 도읍의 대사원을 도맡기까지 출세했고, 대승정의 자리에 유유자적 안주하는 아버지로 여겨지는 사내만 하더라도 마찬가지여서, 운명을 좌우하는 자에게 물어볼 필요조차 없이 그 앞길을 내다보는 것이 가능하게 여겨졌으며, 타인의 눈은커녕 자기 자신의 눈을 여는 것조차 불가능해 보이는, 그런 터에 끝까지 선인善人인 척 밀어붙이려는 이 늙은이는 어쩌면 가까운 인생에서 두 번째 재난을 당하여, 이번만은 목숨이 간당간당하여 도망치는 불행 중의 다행도 일어날 리 없고, 산적 놈들에게 빼앗긴 아내보다도 비참한 최후를 맞지 않을까 하고, 그런 상상에 이러지도 저러지도 못하는 무묘마루였다.

---

*제 마음대로 단행함 **절하고 끓어앉음 ***깨닫지도 못하고 깨달은 것처럼 생각하여 뽐냄

아버지가 아닐지도 모른다, 아버지일 리가 없다, 설령 아버지이더라도 이런 자를 순순히 인정할 수야 없다.

해우소가 어디 있는지를 치아에게 물었고, 볼일을 보는 데에는 등에 화살을 맞지 않는다는 사실을 확인한 뒤, 그냥 그대로 암자로 돌아가 각별한 친구인 칼과 더불어 다시 방랑의 여로를 재개하자는 그런 계획을 굳혔으며, 막상 실행에 옮기고자 치아에게 말을 하려는 바로 그때 담소를 일단락 지은 쇼군의 손이 탁탁 두드려졌고, 동시에 배후에서 어떤 움직임이 일어났으며, 돌아보니 사내아이의 손에 이끌려 한 명의 맹인이, 당목撞木 지팡이와 시에[紫衣]*가 허락된 사내가, 비파를 품에 안고 무대 중앙으로 나아가고 있었는데,

그것이야말로 오늘밤 연회의 금상첨화 격이라는 소문의 만이치 겐교라는 이야기를 들은 무묘마루는 떠나기로 한 계획을 일단 미루었고, 떠나는 것이야 언제든지 가능하다고 생각을 고쳐먹었으며, 언제부터인가 걸출한 재능에서 나오는 예능의 정수를 즐기게 되었다는 쇼군의 눈에 들어 채용된 비파 도사와, 다리 밑이나 다 무너져가는 사당에서 잠을 청하고, 먹는 둥 마는 둥 하는 여로를 거듭한 끝에 객사할 비파 도사와의 역량의 차이를 자신의 귀로 확인해보자며 자세를 다잡았고, 어차피 대수롭지 않으리라, 훌륭한 것은 금사은사金絲銀絲를 듬뿍 사용한 시에와 나전으로 장식한 비파뿐이리라, 나머지는

잔재주를 부린 기교의 눈가림으로 그럴싸한 소리와 이야기를 터트릴 뿐이리라고, 그리 상상하는 반면, 거지 비파 도사와는 엄격하게 선을 긋는 기개 높은 품격을 갖춘 헤이케모노가타리를 전개시켜주지나 않을까 하는 기대도 있었으며,

그리고 만이치 겐교는 무대의 거의 중앙에서 난간을 등지고, 다시 말해 뒤편에 층층이 이어진 연산連山을 긴 깊은 야경의 앞에 앉아서, 쇼군이 어느 방향에 있는지를 안내해준 사내아이에게 물어본 뒤 그쪽을 향하여 머리를 푹 숙였으며, 서서히 비파를 손에 쥐었으나, 그러나 한동안 소리와 말이 나오지 않았고, 흡사 멀리 떨어진 무언가를 바라보는 듯한 표정을 지으며 달 쪽으로 아무 쓸모가 없을 눈을 들었으며,

그러자 청중들도 따라서 그쪽으로 시선을 옮겼고, 거기에 풍려豐麗한 우주의 대위관大偉觀이 펼쳐져 있다는 사실을 새삼 알아차렸으며, 시계視界가 미치는 곳까지 이어지는 별들의 반짝임에서 숭고한 희열을 느꼈고, 색과 모양이 질그릇을 연상시키는 달에서는 아주 슬프고도 발랄한 생명력을 느꼈으며, 얼마 지나지 않아 그 자리에 모인 전원이, 신분이나 처지의 차이에서 급속히 벗어나 독립된 하나의 생물이라는 자각을 지니게 되었고, 그에 따라 마음은 어떠한 규약에도 제약받지 않는 신축자재伸縮自在한 것으로 바뀌어갔다.

*보랏빛 승복으로 옛날에는 천황의 허가 없이는 입을 수 없었음

서곡이 막 연주되고, 억누르고 억누른 극히 짧은 가락이 야기夜氣를 떨게 만들었을 뿐임에도, 갑자기 선미禪味를 띠고 만다.

초월적인 분위기에 물든 서곡은, 마치 지층을 융기시켜버릴 듯이 무시무시한 위력을 발휘했고, 대단히 밀도가 높고 흠잡을 데 없는 가락을 느릿느릿 형성해갔으며, 조금씩 조금씩 파생적인 음계로 발전했고, 미숙한 사상을 떨쳐내면서 요계혼탁澆季溷濁*한 세상에 고매한 정신과 너른 함축을 지닌 질서를 안겨주었으며, 원대하고도 냉혹 무정한 그 이야기는, 좋았던 옛 시절의 무장들이 여차여차한 짓을 했다는 사실을 당장이라도 현실에서 일어나는 일처럼 눈앞에 전개했고, 상보적인 타산打算의 주종관계를 뿌리째 뽑았으며,

그러나 무묘마루만큼 깜짝 놀란 자는 달리 없었고, 그도 그럴 것이 단순히 비파 도사의 기교와 감성의 총화가 안겨주는 예술성에 압도된 것만이 아니었기 때문으로, 솜씨를 비교해보려던 양자가 실은 동일인물이 아닐까 하는 의문에 사로잡혔기 때문이며, 설마, 설마 하는 중얼거림이 점점 심해지는 사이에, 아무리 생각해도 이 비파 도사는 바로 그 비파 도사에 틀림없다는 확신을 갖기에 이르긴 했으나, 예전에 정체불명의 누군가에게 습격당할지도 모른다는 위험을 찰지한 쇼군 일행이 영주의 저택으로 피난했을 때, 쇼군의 노여움을 사고 말아 지하

감옥에서 평생을 보낼 지경에 빠져버렸던 자가, 어째서 지금 여기에서 이렇게 하고 있느냐는 의문을 씻어낼 수가 없었고,

　조금 지나자 결코 있을 수 없는 일이 아니며, 이 세상의 불행을 한 몸에 짊어진 듯한 저 맹인이 망령이 되어 출현했을 리가 없다고 이해했을 때, 지방 행차에서 무사히 도읍으로 돌아온 쇼군이 귀에 달라붙어 떨어지지 않는 헤이케모노가타리야말로 자신이 바라마지 않던 소리이며, 여태까지 최상급으로 믿어왔던 비파 도사들은 고작 어느 수준에 도달했다는 정도에 지나지 않았고, 일부러 데리고 있을 만한 가치가 없다는 사실을 뒤늦게나마 알아차렸으며, 돌출한 미美에 빨려 들어감으로써 일신의 파멸을 초래하더라도 그것은 그것으로 대단한 인생이라는 사실을 깨우쳤으며, 천하의 위재偉才를 맞아들이기 위해 서둘러 사자使者를 파견했다손 치더라도, 당연하고도 필연적인 일이었으리라.

　뾰족한 두건을 쓰고 있는 탓으로, 그것이 한 시절 침식을 함께한 적이 있는 바로 그 비파 도사에 틀림없다는 확증은 얻지 못한다.

　여위어서 피골이 상접하지 않은 것은 쇼군의 비호를 받아

<hr />

*부패하고 흐린 세상

좋아하는 것을 실컷 먹을 수 있었기 때문임에 틀림없고, 그렇지만 다행히 포식의 영향이 그 혼에까지 미치지는 않았으며, 유일 절대의 주체인 자기를 빈틈없이 확보했고, 다시 말해 행려병자로서 인생의 막을 내린다는 자각만은 여전히 잃어버리지 않은 것처럼 비쳤으며,

그 증거로 이 만족할 줄 모르는 미의 추구자가 터트리는 초절超絶의 음音과 성聲은, 이제는 손도 닿지 못할 높은 곳까지 도달해 있었고, 재능을 최대한 구사한다는 범주를 손쉽게 넘어섰으며, 바짝 마른 모래땅에 빨려 들어가는 비처럼 청중의 가슴에 깊숙하게 침투해갔고, 마침내 자신의 행위에 안주할 따름인 날들이 얼마나 허무한 것인지를 깨닫게 하는 방향으로 꾀어 들였으며, 죽고 말 신체라고는 해도 절명의 뒤에도 살아남을 무언가를 갖추고 있는 것이 인간이라고, 그렇게 녹슬어가던 감수성에 드세게 작용하여 자기를 버리는 것이 미래를 거부하는 것이 되지 않는 경우도 있을 수 있다고 강조했으며, 만약 그것이 실컷 할 일을 다한 목숨이라면 결단코 개죽음이 되지 않으리라는 점을 역설했고,

그리고 간단없이 계속되는 싸움에 깊이 뿌리내린 흉포한 분노로 시종일관하는 것이야말로 인간의 인간인 소이에 다름 아니며, 바꿔 말하자면 피의 진흙탕에 빠져가는 속에서밖에 정토로의 길을 찾아내는 것은 이루어지지 않고, 실은 그것을 위한 현세라고 정의 내렸으며, 회개할 틈조차 없을 만큼 무지

무능을 속속들이 드러내면서 숨을 거두는 자야말로 양심의 각성을 얻은 자에 앞서서 구원받을 것이라는, 대략 그런 의미를 담은 울림이 허공을 그리면서, 창명滄溟*과 같은 밤을 때로는 상냥하게, 때로는 거칠게 떨리도록 만드는 것이었다.

일찌감치 흐느낌이 시작되었고, 산들바람처럼 흘러오는 그 목소리를 더듬어가보니 쇼군 곁에 달라붙어 있는 바로 그 미모의 노가쿠 연기자이다.

도읍뿐 아니라 시골에서도 인기를 싹쓸이하는, 여하한 미인도 미치지 못할 완벽한 아름다움을 스스로의 눈물로 더욱 연마하여, 내포한 모든 미를 끌어내고자 흐느껴 우는 그 풍정이, 만이치 겐교가 음과 성에 의해 허공에다 그려내는 이야기와 대항하기 위한, 혹은 고명한 그녀 자신만이 지닌 것으로 믿는 인기를 소산시키지 않기 위한, 혹은 또한 비파 도사를 반주자의 지위로 격하시켜버리기 위한 연기라는 사실은 자명한 이치였고, 그것을 누구보다도 달갑지 않게 여긴 벽안의 치아는 저절로 혀를 찼으며, 어지간히 참을 수 없었던지 두 번, 세 번 계속 찼고, 그때마다 소리가 커졌으며, 급기야는 남보다 갑절은 예민한 귀를 가진 맹인의 연주에 영향을 미칠 지경이 되었

*넓고 큰 바다

으며, 혀를 찰 때마다 일순 손의 움직임이 멈칫거리게 되었고,

그러나 그 변화를 알아차린 자는 목하 무묘마루 단 한 명이었으며, 노가쿠 연기자는 어떤가 하면, 흑흑 엎드려 우는 자신의 연기에 완전히 빠져버려 도통 감조차 잡지 못할 지경이었고, 차츰 초조함을 감추지 못하게 된 비파 도사는 주의를 촉구하느라 얼굴을 훼방 놓는 소리가 나는 쪽으로 돌렸으며, 그리고 달빛이 두건 아래의 얼굴을 뚜렷이 비추었을 때, 치아가 혀를 차는 소리보다 몇 배나 커다란 소리를 내지르고 만 것은 다름 아닌 무묘마루였고,

짧고도 날카로운 경악의 외침은 만이치 겐교뿐만 아니라 청중 모두의 귀에 도달했으며, 다들 일제히 돌아보았고, 비난과 의문을 담은 시선을 던졌으나 그것만으로는 넘어가지 않았으며, 거의 동시에 비파가 터무니없이 가락을 벗어난 소리를, 흡사 정신을 파산시켜버릴 것 같은 소리를 내는가 싶더니, 끊어진 현이 아래로 늘어져 흔들거리는 것이 확실히 눈에 들어왔다.

사소하다고는 하지만 중대한 이변에 그 자리에 모인 사람들은 기분을 완전히 잡쳤고, 전생前生으로 도로 끌려간 듯이 망연자실한다.

하지만 음험한 분위기로 이행해가지는 않았고, 이윽고 무

묘마루의 공축恐縮*이 여기저기서 퍼지는 소곤거림에 의해 부드러워져갔으며, 대신 연주 도중에 비파의 현이 끊어지는 커다란 실태失態를 저지른 만이치 겐교의 공축은 더해질 따름이었고, 이제는 보기에도 딱하리만치 허둥거렸으며, 새로운 술과 안주를 바라는 쇼군의 묘하게 밝은 한마디가 없었더라면, 난간을 뛰어넘어 무대 아래 골짜기로 몸을 던지는 비참한 사태를 초래했을지도 몰랐고,

현이 끊어졌으니 어쩔 도리가 없다, 잠시 동안 기다리기로 하자는, 마음의 균형이 잡힌 인물로 착각하게 만드는 쇼군의 말에 의해 팽팽하던 긴장의 끈이 대번에 풀어졌으며, 절대의 찬미를 받으면서 오랫동안 중인衆人들로부터 사랑받아온 이야기는 일단 보류되었고, 무대는 다시금 속인들의 낙원으로 바뀌었으며, 먹고 마시며 담소하는 자리로 변했고, 봄날 좋은 밤의 도취를 중단시킨 장본인을 무묘마루로 간주하는 자도 없어졌으며, 모든 책임은 비파 도사 오직 한 사람에게 씌워졌고, 만이치 겐교 자신도 그렇게 받아들이는 모양이었으며, 지금은 미리 품속에 준비해두었던 새로운 현을 끄집어내어 바꿔 매는 작업에 여념이 없었고,

노가쿠 연기자는 항상 받아온 총애의 보답으로 만면에 미소를 띠면서 쇼군의 잔에 술을 따랐으며, 오늘밤 연회의 주최

*폐를 끼쳐 죄송하게 여기는 마음

자 격인 대승정은 어떤가 하면, 진행이 지체되는 구멍을 메우기 위해 상당히 자극이 강한 화제를 제공하지 않으면 안 된다며 안달이 났고, 철저하게 알랑거리지 않으면 안 된다는 답을 냈는지 불전을 텅 비워둔 이유에 관해 주위의 자들도 들릴 듯이 큰 목소리로 말했으며, 쇼군의 모습을 거대한 본존으로 모실 예정을 앞당기는 게 어떻겠냐고 권했고, 사후 따위의 유장한 말은 삼간 채 생존 중에 대불의 건립을 시작하여 낙성식에 참석하시는 게 어떻겠느냐, 그편이 강대한 국가로의 지름길이지 않겠는가, 도읍을 모조리 휩쓸 정도의 큰불이나 유행병이나 기근을 몰고 오는 마물을 남김없이 퇴치시킬 유효한 수단이 되지 않겠는가고, 그렇게 진언해 마지않았지만,

그러나 그 이야기는 벌써 몇 차례나 되풀이되었던 모양인지 쇼군의 마음을 끌 만한 효과는 전혀 없었으며, 또한 쇼군을 보좌하는 측근들의 얼굴을 빛나게 만드는 데에도 이르지 못했고, 권력의 송곳니를 계속 갈면서 정적을 가차 없이 어둠에 파묻어버리며, 오로지 병력을 온존시킴으로써 그 자리를 지키고 있는 사내는, 생존 중에 그런 물건을 만들어버리면, 자신의 분신이라고나 할 대불과 똑같은 공간에 몸을 둘 지경에 빠져버리면, 자기 자신의 종자從者로 전락해버릴 따름이지 않겠느냐고 내뱉었으며, 무엇보다 그런 막대한 자금을 무슨 수로 염출할 계획이냐고 되물었고, 지금은 여분의 돈이 있으면 군단을 충실하게 키우는 일을 우선해야만 하며, 그편이 부처의 몇 배,

몇십 배의 이익을 남길 것이라고, 그렇게 이야기하면서 웃어 넘겼다.

쇼군은 쇼군이며, 떠받들리기만 하는 가마 따위가 아니었고, 미의 세계에 빠져 제정신을 잃은 마음 여린 우자愚者도 아니었으며, 제옥制慾의 힘을 갖춘 지배자이다.

참신한 화제거리나 매력적인 먹잇감을 제공하지 않으면 손을 빼지도 못하게 되어버린 대승정은, 그래서 이번에는 벽안의 치아를 손짓하여 불러 자만自慢의 위안거리를 쇼군에게 소개했고, 어딘가에서 이인異人의 피가 섞여버렸는지 모른다는 부가가치를 덧붙여 설명한 다음 쇼군에게 무언지 귀엣말을 했으며, 그러자 세상의 모든 특권과 한없는 무애를 손에 넣고 저급한 것을 절대로 가까이 하지 않는 사내의 얼굴에 변화가 생겼고, 자신의 애완물인 노가쿠 연기자와 길항拮抗할 만한 아름다움을 간직한 치아를 한동안 쳐다보며 비교하더니, 파안일소를 터트린 뒤 몇 번이나 고개를 끄덕였으며, 정말이지 만족스럽다는 듯이 대승정의 무릎을 쥐고 있던 백단향의 부채로 탁탁 쳤고,

그런데 노가쿠 연기자와 치아 사이에는 누구의 눈에도 드러날 만큼 음습한 공기가 교차했으며, 적나라한 멸시의 투쟁이 벌어졌고, 쌍방의 얼굴은 필사의 투쟁이 발효함에 따라 추

하게 비틀어졌으며, 계집아이들 다툼 같은 으르렁거림이 그토록 현저하면서도 쇼군과 대승정 앞에서는 감히 말이나 손을 내미는 것에까지 이르지 못했고, 반발의 형상만으로 시종했으며, 이내 얼굴빛이 바뀌어 원래 자리로 되돌아온 치아는 누구에게도 들리지 않을 말투로 구시렁구시렁 욕을 퍼부었고, 오기 있는 성근性根을 그대로 드러내긴 했지만 그 시선은 한시도 가만있지 못했으며,

또한 무묘마루만 하더라도 비슷한 상태에 있었는데, 그도 그럴 것이 이 비파 도사가 그 비파 도사에 틀림없다는 사실에 의해 격렬한 전격電擊을 당했기 때문이고, 오랜 세월이 흐른 뒤 재회할 수 있으리라고는 꿈에도 상상하지 못했던 상대가 바로 곁에 있다는 엄연한 사실을 어떻게 해석해야 옳을지 어리둥절할 따름이었으며, 한 가지 아는 사실은 경솔하게 말을 걸지 않는 편이 낫다는 것뿐이었고, 아니, 빨리 물러가버리는 편이 낫지 않을까 하는 직감이 끊임없이 작동하고 있었으며,

홍조에 충동되어 막상 일어서려고 하자 또다시 치아에게 저지당해버렸고, 그렇지만 이번에는 검은 화살이 날아오는 것에 대한 경고 따위가 아니었으며, 어디까지나 개인적인 의논을 위한 것이었고, 운명의 대전기를 별안간 맞고 만 마음의 동요를 절반은 무묘마루에게 맡겨서 조금이라도 편해지자는 심보였으며, 방금 대승정의 독단에 의해 쇼군을 위한 선물이 되기로 정해졌음을 고했고, 날이 밝으면 동행하지 않으면 안 될

몸이 되었다고 말했으며, 그렇게 되면 두 번 다시 만나지 못하리라고 말했고, 하다못해 그전에 부자 두 사람만의 대면을 실현시키고 싶었다며, 그렇게 분하다는 듯이 말했다.

그런 것 따위야 이제 아무래도 상관없어진 무묘마루는, 스스로의 혼을 재는 기준이 크게 흔들리기 시작했다는 사실을 알았고, 치아의 손을 뿌리친다.

그리고 사이비 중에서 쇼군으로 갈아타게 된 것은 그야말로 꿈 이야기 같은 어마어마한 출세가 아닌가, 어디 꽃가마가 이보다 더할쏜가 하고 말해주었고, 신세진 은혜를 갚지 못하여 서운하지만 자신에게는 역시 혼자만의 처지가 어울리며, 천애 고독의 몸이 가장 잘 맞을 것 같으므로 이로써 헤어지자는 뜻을 담담하게 전했고, 그런 뒤 화살이건 무엇이건 날아오거나 말거나 알 바 아니라는 듯이 벌떡 일어났으나, 어찌된 영문인지 등에 격통을 느끼는 따위의 일은 일어나지 않았으며, 이게 무슨 일인가 하고 주위를 돌아보자 어느 결에 대승정이 바로 옆에 서 있었고,
가까이에서 보는 대승정의 상모相貌 여기저기에 영락없는 자신의 단편斷片을 알아낸 무묘마루는, 흡사 신의 계시가 현현하기라도 한 듯이 감명을 받았으며, 바로 조금 전까지 품었던 이런저런 악감정이 한꺼번에 날아가버리는 것을 느꼈고, 그로

인해 도리 없이 엄청난 양보를 해야 했으며, 세계를 채우고 있다는 자애의 힘을 난생처음으로 믿어볼 마음이 생겼고, 밀려드는 파도와도 닮은 정情의 물결에 휩쓸려서 상황 판단이 제대로 되지 않기에 이르렀으며, 그저 이것이 아버지가 아니면 대관절 누구란 말인가 하고 여겨지는 상대의 눈을 일심一心으로 바라보는 것밖에 되지 않았고,

그런데 대승정의 눈초리는 어떤가 하면, 반드시 무묘마루와 마찬가지의 그것이 아니었으며, 다시 말해 빛나지도 않거니와 젖지도 않았고, 깊은 주름에 파묻힌 두 눈에서는 인간적인 무게나 위엄을 곁들이고자 하는 허식밖에 발견되지 않았으며, 어렵사리 피어오르려던 뜨거운 정서가 쪼그라들려던 바로 그때, 도통 억양이 없는 싸늘한 말투로 쇼군의 호출이 내려졌음을 고했고, 자신의 뒤를 따라오도록 재촉하며 앞장서서 걸었으나,

무묘마루로서는 뜻밖의 사태에 대처할 방법을 재빨리 생각해야 한다고 초조해하면서도, 쇼군의 자리까지의 거리는 너무나 짧았고, 혼란스럽기만 한 머리를 정리할 시간이 없었으며, 정신이 들었을 때는 이미 상대의 정면에 서 있는 형편이었고, 시키는 대로 얼굴을 들자 붙잡으려고 마음만 먹으면 간단히 그리 할 수 있는 곳에 천하인天下人이 앉아 있었으며,

그러나 쇼군의 배후에 직립해 있는 것은 바로 그 활의 명인으로, 쓸데없는 움직임은 일체 하지 않았고, 깜빡거릴 줄도 모르는 듯한 그 눈은 삼각형으로 뾰족했으며, 화살을 잰 시위는

반쯤 당겨져 있었고, 조금이라도 수상한 움직임을 보이면 순식간에 심장을 꿰뚫을 태세가 빈틈없이 갖추어져 있는 것이었다.

쇼군에게 자신의 아들을 소개하는 식의 축하할 전개가 이루어지지 않을 것임은 분명했고, 그 증거로 대승정은 단 한마디도 하지 않는다.

또한 곁에 선 자들이 쇼군을 대신하여 용건을 전하려는 것 같지도 않았고, 아무래도 그 자리의 대화의 주도권을 쥔 것은 쇼군 자신인 듯했으며, 일개 호호야好好爺를 연상시키는 풍모이면서도 기실은 민초를 학대하는 데 탁월한 솜씨를 지닌 권력자는, 누구도 입을 떼지 못하게 한 채 한동안 무묘마루의 얼굴을 요리조리 꼼꼼히 뜯어보고 관찰했으며,

그렇지만 대승정과 닮은 얼굴의 특징을 발견하기 위한 행위로는 도저히 여겨지지 않았고, 실제로 시선을 대승정에게로 옮기는 일은 한 번도 없었으며, 그렇다고 해서 기억의 실을 잡아당기는 것으로도 보이지 않았고, 어딘가에서 만난 적이 없느냐고 묻지도 않았으며, 오로지 무묘마루를 뚫어져라 바라볼 따름이었는데,

이윽고 입을 열었고, 귀족의 그것을 흉내 낸 듯이 몹시 거드름을 피우는 말투로, 그것도 이보다 더할 수 없는 건방진 태도로 비파 도사의 곁에 앉으라고 명했으며, 점점 궁지의 입구

351

에 세워지고 있다는 사실을 실감하면서도 무묘마루는 시키는 대로 했고, 이제 막 새로운 현으로 갈아 끼운 비파에 무릎이 닿을 만한 곳까지 바싹 다가가 앉자마자 역시 그 비파 도사에 틀림없다는 확신을 더욱 굳혔으며, 동시에 쇼군이 의도하는 바를 환하게 읽을 수 있었고,

아니나 다를까, 세상에도 드문 행운의 소유자인 맹인이 보통 사람보다 몇 배나 뛰어난 후각을 마음껏 살리고자 코를 무묘마루의 어깨 언저리에 갖다대고 개처럼 킁킁 냄새를 맡았으며, 그러자 그 얼굴에 기쁨과 놀라움이 뒤섞인 색깔이 떠올랐고, 그런데 다음 순간에는 원래의 무표정으로 돌아가버렸으며, 그런 다음 아무런 의사표시도 하지 않았고, 보이지 않는 눈을 봄밤의 검푸른 허공으로 돌린 채 침묵을 지켰으며,

한편 혐의가 씌워진 꼴의 무묘마루는 어떤가 하면, 목소리를 듣고 알아맞힐 것을 예상하여 평소와는 다른 소리로 대답하자고 작정하긴 했으나, 결국은 비파 도사로부터도 쇼군으로부터도 일절 질문을 받지 않음으로써 헛수고에 그쳤고, 과연 안도해도 좋을지 어떨지 헤매는 사이에 원래 자리로 돌아가라는 명이 내려졌으며, 거기에 따랐다.

쇼군이 불온한 사태 변화를 즐기고 있음은 분명했고, 연회의 금상첨화를 헤이케모노가타리에서 바꾼 것은 이미 부정하려야 할 수 없는 사실이다.

함께 있는 자들도 그런 기미를 알아차렸는지 무묘마루를 돌려보낸 직후에 무어라고 소곤소곤 대화를 나누는 쇼군과 비파 도사에게서 눈을 떼지 못했고, 또한 여전히 지근거리에서 활로 생명을 위협당하고 있는 것이 분명한 낯선 손님에게도 잔뜩 흥미를 보였으며, 조마조마, 두근두근 하는 기분이 대번에 솟구쳤고,

다행히도 무묘마루가 바로 그때의 바로 그 발칙한 자라는 사실을 떠올린 사람은 없는 듯했으며, 아니 어쩌면 쇼군은 의심 많은 자신의 성격으로 해서 그 이후로 부하를 모조리 교체해버렸는지도 몰랐고, 따라서 무묘마루를 기억하는 것은 쇼군 오직 한 사람일지도 몰랐으며, 그렇다고 해서 그런 짐작만으로 안심할 수는 없었고, 실제로 그 자리의 공기는 서서히 살벌해져가고 있었으며,

그렇게 되자 벽안의 치아도 사태의 중대함을 깨닫지 않을 수 없었고, 무엇이 어떻게 돌아가는지 속 시원히 모른 채 무묘마루를 사원으로 데려온 장본인으로서 벌이 자신에게 내려지지 않도록 빌면서, 연지를 발라 윤이 나는 입술을 와들와들 떨며 조금씩 문제의 인물로부터 떨어졌고, 급기야는 가능하다면 이 자리에서 도망쳐버리고 싶다는 태도를 노골적으로 드러냈으며,

그런데 얼마 이동하지 않아 다시금 대승정에게 불려갔고, 이것저것 질문을 받을 때마다 얼굴이 새파랗게 질려가는 것이

무묘마루의 위치에서도 선명하게 보였으며, 절망적인 풍정의 치아는 그 자리에서 꼼짝달싹도 못하게 되어 무묘마루가 있는 곳으로 다시 돌아오지 못했고,

대승정이 다음으로 부른 것은 무묘마루를 뒷바라지하던 바로 그 사내아이들로, 무언가 명령을 받은 두 사내아이는 곧장 불전으로 달려갔으며, 그 잽싼 발걸음은 모두의 눈을 휘둥그레 뜨게 만들었고, 저벅저벅 하는 경쾌한 발자국 소리가 순식간에 급사면 아래로 내려가 울창한 숲속으로 사라져갔다.

쇼군은 사내아이들이 돌아오기를 기다렸다가 사실 해명에 나설 심산인 듯했고, 이따금 무묘마루를 되돌아보면서 미주를 마신다.

그러는 사이에 대승정은 모든 책임을 벽안의 치아에게 씌우기 위한 작업에 박차를 가했고, 제삼자에게는 들리지 않을 목소리로 쉴 새 없이 힐난하는 모습이 무묘마루에게도 확실히 보였으며, 혹은 행여라도 부자관계의 가능성 따위를 시사해서는 안 된다고, 그렇게 철저하게 입막음을 하고 있는지도 몰랐으며, 일방적으로 당하고 있는 치아 쪽은 당장이라도 숨이 넘어갈 것 같은 상태였고,

또한 자신의 실태失態를 다른 일로 바꾸는 데 성공한 만이치 겐교는 어떤가 하면, 오늘밤 연회의 분위기를 고조시키지

않으면 안 될 자는 자신 외에는 있을 리 없다는 심적 부담에서 놓여남으로써 휴, 하고 가슴을 쓸어내렸으며, 그리고 자신의 일과는 전혀 관계가 없는, 평소와는 다른 형태로 쇼군의 주목을 끌었고, 잘만 되면 칭찬의 말을 한마디쯤 들을 수 있을지 모른다는 그런 기대에 가슴이 두근대는 것처럼 비쳤으며,

만약 그렇다고 한다면, 무묘마루만이 예전에 쇼군이 행차하는 행렬을 엉망으로 만든 장본인이고, 앞장섰던 부하 두 명을 말과 더불어 베어버렸을뿐더러, 가까운 쇼시다이의 저택으로 긴급 피난했는데도 또다시 함정을 파서 목숨을 노린 패덕한 놈이라는 사실까지 깡그리 털어놓을지 몰랐으며, 그렇게 되면 우선 변명은 불가능했고,

어쨌거나 무묘마루로서는 만사가 끝장나기 전에 탈출 하나에만 초점을 맞추어 수단을 강구해야만 했으며, 그러려면 무엇보다 이성에 기반을 둔 사고思考가 중요했고, 무엇보다 등 뒤의 활을 어떻게든 하지 않으면 안 되었으며, 이 한 명의 움직임만 막아낼 수 있다면 극히 짧은 순간이더라도 광명이 비칠지 몰랐고, 가령 쇼군을 인질로 삼는 수도 있으며, 가령 무대의 난간을 뛰어넘어 골짜기 아래로 달아나는 수도 있고, 이렇게 된 이상에는 무엇이든 시험해볼 가치가 있을 터였다.

숨을 헐떡이면서 돌아온 사내아이 두 명은 저마다의 손에 칼을 한 자루씩 들고 있었고, 즉시 쇼군에게로 달려간다.

나전 세공을 한 호화로운 장식의 칼집에 담긴 '별의 칼'과, 소박한 백목의 칼집에 담긴 '풀의 칼'을 양손에 쥔 쇼군은 꽤 목청을 돋우어 이제 기억이 났다고 말했고, 분명히 본 적이 있다고 외친 다음 양쪽 다 칼집에서 빼내어 칼날을 유심히 비교하면서, 마침내 그날 그때 보았던 칼에 틀림없다고 단언했으며,

　한동안 놀라움의 한숨을 쉬었으나, 잠시 뒤 생애의 모든 순간에서 기우奇遇를 만날 때만큼 감동스러운 것은 없다고 내뱉었고, 한바탕 감심感心하더니 세월의 흐름에는 반드시 운명의 모퉁이가 있는 법이라며, 그렇게 흥분한 말투로 외쳤고, 이어서 본시 인연이 무엇이라고 생각하느냐는 질문을 거기 모인 자들 모두를 향해 던졌으며,

　그런 다음 칼날이 송두리째 드러난 칼을 넘겨줄 만큼 신뢰하는 측근에게 명하여 칼에 새겨진 명문銘文을 조사시켰고, 그러자 인내 끝에 현재의 지위에 올랐음이 얼굴에 뚜렷이 드러나는 그 사무라이는, 칼날과 손잡이의 박음새를 풀 도구가 마땅치 않아 허둥거리다가 화살촉을 이용하기로 마음먹어 활의 명수를 불렀으며,

　감시가 풀린 이 기회를 놓치면 그것으로 끝장이라고 판단한 무묘마루는, 재빨리 몸을 반전시키면서 일어서려고 했으나 어느 결에 배후에 무장한 경호 무사들이 줄지어 늘어서 있었고, 반쯤 당겨진 열 개가 넘는 화살에 의해 모든 각도에서 조

준당하고 있다는 사실을 알았으며, 도리 없이 원래의 자리에 다시 앉았다.

도망치건 그 자리에 있건 대단히 확률이 높은 위험성을 안고 행동하지 않으면 안 되었고, 자신 속에 존재하는 죽음이 급부상한다.

'별의 칼'에 새겨진 야쿠오지의 명문이 크게 외쳐지는 도중에 쇼군은 문득 다른 일을 떠올렸는지 콧구멍을 벌름거렸고, 야쿠오지라고 하면 분명 대승정이 기초를 닦은 절이 아닌가 하고 물었으며, 질문을 받은 당사자는 동요를 감추려야 감추지 못했고, 횡설수설하면서도 초조하기 짝이 없는 시선을 이리저리 던지면서 똑같은 이름의 절은 이 너른 세상에 얼마든지 있다고 터무니없는 변명을 시작했으나, 초대 도장이 우연히 근처에 있던 야쿠오지의 이름을 명문으로 삼도록 승낙해 달라고 부탁하러 왔었던 일화까지 쇼군이 기억하고 있었던지라 더 이상 발뺌을 할 수는 없었으며,

대답이 궁해진 대승정을 곁눈질하면서 쇼군은 무묘마루를 데리고 오라며 부하에게 명했고, 무수한 활에 포위당한 채 무묘마루는 다시금 그쪽으로 이동하지 않을 도리가 없었으며, 아까와 거의 마찬가지 위치에 앉혀졌고, 취조를 받는 형식으로 야쿠오지의 칼을, 더군다나 아주 잘 어울리는 한 쌍의, 둘

357

다 진귀한 쇠를 담금질하여 만들어진 칼을 손에 넣게 된 경위에 관해 직접 힐문했으며, 무사답지 않은 행색의 사내가 이토록 명도를 지닐 리가 없다고 단정했고, 그렇다면 어딘가 도적 패거리의 똘마니가 아닌가 하고 다그쳤으며,

그러나 어찌된 영문인지 부하 사무라이를 몇 명이나 베어버리고 도주해버린 일에 관한 원한은 입에 담지 않았고, 어쩌면 조무래기 사무라이의 목숨 따위 대수롭지 않게 여기고 있는지 몰랐으며, 칼에 관한 것과 감쪽같이 달아난 것 정도밖에 기억에 남아 있지 않는지도 몰랐고,

무묘마루는 어떤가 하면, 무엇을 물어도 대답하지 않았으며, 정신을 다잡아 자신의 이름조차 밝히려 들지 않았고, 쇼군의 눈짓에 의해 활의 시위가 일제히 팽팽하게 당겨지는 것을 느끼면서도 완강히 침묵을 지키고 있었는데,

바로 그때, 쇼군의 눈짓으로 절반가량의 화살이 핑핑 하고 시위를 떠나 무릎과 엉덩이 바로 곁의 바닥에 곽곽 하고 꽂혔으며, 그래도 무묘마루는 꼼짝도 하지 않았고, 두 번째 화살은 위협이 아니라는 사실을 들려주었건만 천연덕스레 눈썹 하나 꿈틀거리지 않았다.

막상 그때가 되면 자신을 꿰뚫은 화살 하나를 뽑아, 그것을 무기로 삼아 쇼군에게 덤벼들어 함께 죽고자 한다.

그렇지만 여태까지 온갖 종류의 노련한 용사를 골라낸 경험이 있었던 쇼군은 무묘마루가 거지나 다를 바 없는 떠돌이라는 평가를 즉시 취소했고, 어쩌면 명도의 소유자로서 걸맞은 상대가 아닐까 하는 눈으로 다시 보았으며, 어쩌면 그 이상의 숨겨진 보물이 아닐까 하고 생각했고, 수하의 한 명으로 끌어들이기 전에 한 가지를 시험해보자는 마음을 먹었으며, 기학嗜虐 취미를 온통 그대로 드러낸 새로운 좌흥을 머릿속에 떠올리자마자 이내 그것을 실행에 옮기도록 지시했고,

준비를 위한 소란스러운 일련의 움직임이 가라앉았을 때 무묘마루는 골짜기에 면한 측에 난간을 등지고 일으켜 세워졌으며, 그렇다고 해서 긴박緊縛되어 있지는 않았고, 빈손도 아니었으며, '별의 칼'과 '풀의 칼'을 칼집에서 뽑은 채 들도록 허용해주었고, 그리고 화살을 다섯 개씩 세 차례에 걸쳐 잇달아 쏠 테니 자신의 목숨을 지켜보라는 억지스럽고 무모한 시련을 부과했으며,

하지만 사수들 가운데 검은 활을 든 자는 포함되지 않았고, 그자는 무묘마루가 제 몸을 돌보지 않고 반격으로 나올 것에 대비하여 양팔을 긴장시키면서 쇼군의 등 뒤에서 대기했으며,

절체절명의 위기에 처한 무묘마루는 어떤가 하면, 자신의 칼을 손에 쥠으로써 혼돈스러운 공포가 급속하게 정리되어갔고, 당사자 자신의 이해력조차도 미치지 않을 냉정함을 더욱 강화했으며, 전 우주에서 번쩍이는 별들 하나하나가 식별될

듯한 마음가짐이 되었고, 소극적인 기분은 소멸했으며, 난간을 뛰어넘어 탈출을 꾀한다는 제2안을 완전히 접어버렸고, 처형이나 마찬가지의, 아니, 지옥의 업화業火에 불태워지는 게 오히려 나을지 모르는 처사가 집행될 순간을 서서히 태세를 갖추고 기다렸다.

쇼군은 피비린내 나는 좌흥을 즐기기 위해 일부러 신호를 늦추었고, 그 눈동자는 미친 자의 그것과 종이 한 장 차이였으며, 양심을 내버린 자의 번득임을 드러낸다.

동정심을 가진 자는 없었고, 깊은 근심에 젖은 자도 없었으며, 염려스러운 시선을 던지는 자도 없었고, 대승정마저도 사태의 진전을 완전히 용인하고 있었으며, 빈말이나마 사원이니 살생은 삼가주기 바란다, 사정이 어쨌든 유혈만은 피해주기 바란다고, 그렇게 말하면서 말릴 기색은 털끝만큼도 보이지 않았으며, 그렇기는커녕 자신의 아들일지도 모르는 자의 죽음을 바랐고, 만약 이런 자와 피가 이어져 있다는 사실이 증명된다면 오랜 세월에 걸쳐 쌓아올린 지위를 하룻밤에 잃어버리고 말 터인지라 한시 바삐 배척하고 싶다고, 그렇게 얼굴에 뚜렷이 적혀 있었으며,

그 무자비한 원망願望은 어쩐지 만이치 겐교도 마찬가지인 듯했고, 예전에 쇼군에게 다가가기 위한 소도구로서 이용당했

다고는 하지만, 쇼군의 목숨을 노리는 기도의 한 부분을 담당했던 것은 영락없는 사실이었으며, 만약 그 건이 무묘마루의 입에서 폭로된다면 도저히 그냥 넘어갈 리 없었고, 맹인으로서의 최고 지위를 박탈당한 뿐만 아니라, 온갖 고통을 다 겪으면서 이 세상에서 방축放逐되고 말 것은 필정이었으며, 그 같은 상상이 만이치 겐교를 전율시켰고, 이제 와서 쓸데없는 이야기를 쇼군에게 속삭임으로써 스스로 묘혈을 파고 있다는 사실을 몹시 후회했으며,

그런데 벽안의 치아만은 언제부터인지 모르나 막연한 희망을 품고 있었고, 무묘마루가 이 난관을 멋지게 돌파하여 쇼군의 휘하에 들어가게 되며, 나아가서는 대승정의 친아들이라는 사실이 판명되고, 그 중개의 노고에 대한 공적을 높이 사 자신의 처지가 더욱 확립되며, 노가쿠 연기자를 훨씬 뛰어넘는 총애를 받는다―그런 망상을 펼침으로써 눈앞에서 펼쳐지려는 만행蠻行을 조금이나마 누그러뜨리려 애를 쓰는 것이었다.

최초의 화살 다섯 개가 쏘아짐과 동시에 벽안의 치아의 긴 머리카락이 쭈뼛 솟구쳤으며, 거기에 자리를 함께한 자들 전원이 혼의 부재를 깨닫는다.

그러나 그것은 화살의 비를 맞는 무묘마루 역시 마찬가지였고, 그 찰나에는 정신이 통째로 어딘가로 날아가버렸으며,

어떤 종류의 감각적인 쾌락과 번쩍이는 부조리에 휩싸였고, 자율의 습관이 단단히 몸에 배인 검사劍士로서의 완전한 육체의 완벽한 움직임만이 그 무엇보다 우선되었으며, 의식 쪽이 그 뒤를 따르는 모양이 되었고, 두 자루의 칼이 쇼군의 치세를 비추는 달빛을 번쩍 반사했을 때는 세 개의 화살이 발밑에 떨어졌으며, 하나는 난간에 쑤셔 박혔고, 나머지 하나는 흡사 본원本源의 심연을 연상시키는 낭떠러지 아래로 빨려 들어갔으며,

그리고 무묘마루는 찰과상조차 입지 않은 자신을 선명하게 자각할 수 있었고, 그 눈은 다음의 시련을 찾아서 점점 더 예리함을 증폭시켰으며, 그렇기는 하지만 나라의 모든 것을 몽땅 자신의 소유물로 간주한 채, 민초를 괴롭히는 솜씨가 탁월한 쇼군이 뿌리는 광기의 눈빛에는 도저히 미치지 못했고, 두 번째 화살을 퍼붓도록 명하느라 집게손가락을 한 번 흔들 때는 점점 더해지는 기쁨에 저절로 만면에 미소를 머금었으며, 감정 폭발의 유혹에 저항하지 못하게 된 여자의 비명과도 닮은 환성을 지르는가 싶더니, 다시금 지근거리에서 날아간 다섯 개의 화살이 의지가지없는 신세로 태어난 목숨에 명중하여, 이번만큼은 무대의 구석에서 무방비로 드러누워 전신이 급속도로 식어가는 사내의 가련한 모습을 떠올리지 않고는 배겨나지 못할 상태에 빠졌으나,

하지만 결과는 전회前回와 조금도 달라지지 않았고, 다시

말해 유혈을 부르는 사태에는 이르지 않았으며, 오직 한 개의 화살이 소매를 꿰뚫었을 따름이었고, 나머지 네 개는 무용無用의 토막 난 막대기로 바뀌어 태탕駘蕩한 봄의 야경에 삼켜졌으며, 무한의 변전變轉을 더듬는 유기물의 하나로 전락해버렸고, 칼에 기대는 법 없이 세월에 의해 단련된 몸놀림만으로 두 번째의 위기에서 벗어난 무묘마루는 여전히 불가사의한 도취감에 젖어 있었으며, 그 풍모는 죽음에 직면함으로써 깨달음을 얻은 자와 흡사한지도 몰랐다.

한없이 뒤틀린 심보를 가졌으며 한없이 타락해가는 자들은, 인간의 것이 아닌 동작으로 난을 피한 사내를 앙천의 눈으로 바라본다.

그렇지만 가장 놀란 것은 무묘마루 자신인지 몰랐고, 번민하는 듯한 눈길로 잇달아 일어난 기적을 바라보았으며, 만약 이 기적이 세 차례 발생한다면 혼이 일신되어 전혀 다른 존재로 바뀌는 것이 아닌가 하고 진심으로 생각했고, 바로 그것이야말로 방황의 정신으로 채색된 자신에게 어울리는 구극의 목표가 아닐까 하고 생각했으며, 최후의 화살을 시위에 재려 하는 사수들을 향하여 스스로 쓱 앞으로 나아가, 몸의 일부분이 되어가는 칼을 다리에 맞추어 아래로 늘어뜨렸고, 입 언저리에는 불가사의한 미소를 머금었으며, 흡사 자신의 목숨을 몽

땅 신불에게 바치기라도 하듯이 당당하게 가슴을 폈고,

그러자 활의 명수가 더 이상 접근하면 쏘겠다는 자세를 취했으며, 쇼군은 안치된 불상인 양 굳어져버렸고, 그 얼굴 표정이 어떤가 하면 암우暗愚한 겁쟁이의 전형이나 다름없었으며, 공포를 단숨에 물리치려면 말살 이외에는 있을 리 없다는 결론에 도달한 것인지, 수하에 끌어들이기에는 벅찬 상대이므로 일찌감치 제거하여 이 좌흥을 빨리 끝내야겠다고 안달이 난 것인지, 배후에 선 검은 활을 지닌 부하에게 눈짓을 하여 처형 집행의 신호를 보내려고 하는 그때,

화살과 무묘마루 사이에 벽안의 치아가 별안간 뛰어들어 두 팔을 활짝 펼치면서 제지의 흉내를 드러내는가 했더니, 쇼군을 향하여 사내도 계집도 아닌 해맑은 목소리를 터트렸으며, 연기자는 저리 가라고 할 혓놀림으로 무묘마루와 대승정의 관계를 짤막하게, 그러나 명료하게 말했고, 실은 오늘밤이 그 진위 여부를 가릴 만남의 장이었다는 사실을 밝혔으며, 하다못해 그 답이 나올 때까지 부디 집행을 유예해주었으면 좋겠노라고 호소했고, 말을 마치자마자 풀썩 쓰러졌으며, 대성통곡을 하는 것이었다.

구원받은 기분이 든 것은 오히려 쇼군 쪽일지 몰랐고, 실제로 마치 기다렸다는 듯이 중지 명령을 내렸으며, 사수를 물러가게 한다.

그리고 치아가 털어놓은 어마어마한 이야기에 거짓이 없다는 사실을 대승정에게 확인한 쇼군은, 끊임없이 신기한 취향을 즐기는 성격상 이쪽을 좌흥으로 하는 편이 몇 배나 재미있으리라는 사실을 알아차렸고, 서둘러 준비를 시작했으며, 경계는 대번에 풀렸고, 다섯 명의 사수는 물러났으며, 오직 한 명의 경호 담당인 활의 명수조차도 두리기둥 뒤편으로 후퇴하도록 했던지라 살벌했던 기미는 단숨에 사라졌고,

칼을 압수당한 무묘마루는 대승정의 정면에 앉혀졌으며, 양자를 바로 옆에서 바라보는 위치에 쇼군 이하 체제에 영합하는 것으로 저마다의 지위를 누리는 전원이 줄지어 앉았고, 향기가 좋은 상등의 술과 공들여 만든 안주가 새롭게 차려지자 비로소 대면극對面劇의 막이 올랐으며,

주위에는 누구 한 사람 없는 것으로 치고, 당사자 두 사람만의 오붓한 만남이라고 치고, 격의 없이, 납득이 갈 때까지, 실컷 이야기를 나누도록 하라는 쇼군의 친절을 가장한 권유를 받은 아버지와 아들은 한동안 사태의 급진전을 좇아가지 못했으며, 예의 바른 인사를 나누는 것은 물론 서로의 얼굴을 바라보는 것조차 하지 못하는 지경이었고, 속삭이는 말도 없는 답답하기 짝이 없는 공기를 어쩌지 못했으며,

그래도 달이 한 조각 부운浮雲에 가려지고 하늘로부터의 빛이 약해진 순간, 주목받는 당사자들에게는 그런 자각이 전혀 없긴 했으나, 두 사람을 가로막고 있던 눈에 보이지 않는 벽이

365

우르르 무너졌으며, 거기에 일종의 독특한 정조情操의 기운이
흐르는 것은 분명했고, 그 조그만 변화가 양자의 긴장을 다소
완화시켰으며, 피가 이어지고 있음을 체인體認*하기까지에는
이르지 않았지만 결코 생판 모르는 남과 같은 서먹서먹한 분
위기가 들지는 않았고, 내습성耐濕性이 탁월할 마음과 마음이
조금씩 조금씩 젖어가기 시작했음은 분명한 것 같았다.

난관을 통과한 무묘마루의 안도감은 그와는 별종의 편안함
과 뒤섞이고 서로 녹아서, 헤쳐 나온 오랜 세월에 가치를 부여
한다.

그렇긴 하지만 여전히 양자는 입이 무거운 채였고, 오로지
침묵을 지키면서 서로 상대의 모습을 슬쩍슬쩍 훔쳐볼 따름이
었으나, 그래도 무묘마루 쪽은 누적적 추억을 공유해주는 세
상에서 오직 한 사람의 인물이 아닐까 하는 착각을 떨치려야
떨치지 못했으며, 지금의 그 눈길은 어떤가 하면, 흡사 이루지
못할 꿈이라는 사실을 알면서도 끝까지 쫓아가는 자의 그것을
닮아 실로 반짝반짝 윤기가 났고, 처지의 차이와 태생의 차이
에 끼인 엄청난 수의 현실을 쉽사리 떨쳐낼 수 있으리라 여겼
으며,

아직 한마디도 이야기를 나누지 않았음에도 불구하고 평소
의 뜻을 이룬 것 같은, 경사스러운 대미를 맞은 것 같은, 다년

多年의 의문이 눈 녹듯이 녹은 것 같은, 야쿠오지가 도둑떼들에게 습격당한, 기억에 남아 있을 리 없는 그날 밤을 추체험한 것 같은 그런 심경이 되었고, 투쟁적인 인간성이 순식간에 사라져가는 것을 깨달았으며, 눈앞에 천진난만한 동자인 양 다소곳이 앉아 있는, 나이를 너무 많이 먹은 고승이 볼수록 타다가 남은 장작처럼 느껴졌고, 혹은 내다버려야 할 고물로 여겨졌으며, 혹은 또한 달구지 한 대분에 상당할 현란한 옷에 감싸인 그 노체老體가 살아 있는 시체로 보여 불쌍하게 생각되었고, 하다못해 조문할 날이 올 때까지는 가족과 세상에 예속되지 않는다는 처지를 반납하고 함께 있어주어야겠다는, 그런 격에 맞지도 않은 감정이 솟구쳤으며,

이윽고 구경꾼에 대해 일체 신경이 쓰이지 않게 되었고, 아니, 바로 곁에 무제한의 권력을 획득한 천하인이 있다는 사실마저도 잊어버릴 지경이었으며, 급기야는 속고만 살아가는 우민愚民들이 부지런히 갖다바친 세금으로 건립한 대사원 안에 있다는 자각마저 희미해졌고, 마치 자유의사에 의한 두 사람만의 대면이라는 착각이 생겨났으며, 상대의 눈동자에서 냉담한 색깔이 말끔히 사라졌고, 두 사람의 시선이 오가는 횟수가 늘어남에 따라 모든 생애를 지배해온 운명의 끊임없는 작용을 여실히 느꼈으며, 그것만이 마음의 자양滋養이 될 양식임

*마음으로 깊이 인정함

에 틀림없다는 확신을 불러일으키는 것이었다.

무묘마루와 대승정이 진짜 부자라는 사실에 그 어떤 의혹도 끼어들 여지가 없었고, 그런 답으로부터 퇴보하는 일도 우선 있을 리 없다.

그 같은 확고한 믿음은, 당사자뿐 아니라 마른침을 삼키며 사태의 추이를 지켜보던 제삼자 전원에게도 상통했고, 그로 인해 생이별했을 때의 앞뒤 이야기를 서로 맞추어보면 어떻겠느냐는 식으로 주제넘은 말참견을 하는 자는 한 명도 없었으며, 변덕스럽고 성급한 쇼군조차도 잠자코 그 무언극을 즐겼고,

어쩌면 당사자들보다 주위의 인간들 쪽이 몇 배나 더 가슴이 두근거리는지도 몰랐으며, 또한 오늘밤에 한해 세계는 공정하다고, 그렇게 믿고 싶어졌는지도 몰랐으며, 짧은 순간의 일이기는 했으나 혼을 폐색閉塞당한 주인主因에 틀림없는 철저한 상하관계의 저주를 벗어난 것 같은, 가슴속으로 울적했던 모든 것이 휙 소멸해버린 듯한 그런 환상을 품었고,

엄청난 책망을 받을 것을 각오하고 좌흥을 백팔십도 바꾼 당사자인 벽안의 치아는, 한풍寒風을 맞은 어린 새와 같이 어깨를 부들부들 떨면서 눈물을 흘렸으며, 덩달아 눈물짓는 젊은 노가쿠 연기자도 색향을 늘리려는 것이 아닌, 치아의 때 묻지 않은 아름다움에의 대항 의식을 불태우기 위한 것이 아닌,

본심에서의 눈물을 흘렸고,

거의 청각에 의지하여 외계의 움직임을 알아낼 수밖에 없는 만이치 겐교마저도, 길게 이어지는 침묵 속에 흐르기 시작한 부자의 정애를 절실히 느낀 모양이었는지 보신保身에 대한 배려를 일단 뒤로 밀쳐둔 채, 스스로의 혼이 인간의 도리를 따라 연주하는 비파 소리에 가만히 귀 기울였으며, 활의 명수에 이르러서는 그 자리에서의 가장 중요한 역할을 완전히 잊어버린 채 화살을 시위에서 떼어놓았을 지경이었다.

악의 상속인 격인 쇼군이 진짜로 영매英邁한 지배자로 비쳤고, 번뇌의 덩어리여야 할 대승정이 신자가 숭경崇敬하여 마지 않는 진짜 고승으로 비친다.

아름다운 궤도를 그리며 운행하는 천체 아래, 아득히 멀리 지붕을 넘어가는 바람 소리가 끊어졌다 이어졌다 들려오는 가운데, 거기에 모인 자들 모두가 숭고하고 엄정하게 선발된, 존속할 가치가 있는 목숨을 부여받은 인간으로 여겨졌고, 어른의 풍격을 갖춘 것처럼 받아들여졌으며, 평소의 그들과는 완전히 대조적인, 다시 말해 정신력의 진가를 다 알아낸 기개 높은 존재를 방불했고,

변함없이 아버지와 아들 사이에는 말이 없었으며, 양자 사이에는 피의 이어짐을 인정해주면 좋겠다, 아니, 인정하지 않

겠다는 식의 무의미한 입씨름도 없는가 하면, 꾀죄죄한 의도에 의해 상대의 질문을 얼버무리는 따위의 줄다리기도 없었고, 오로지 서로 바라볼 따름인 단조로운 시간의 흐름이 길게 이어질 뿐이었으나, 인연의 끈을 멀찌감치 떨어뜨렸던 조건의 숫자는 줄어들기만 했으며, 마침내 자신 이외에는 믿지 않는다는 공통의 심리적 매듭이 서서히 풀려나갔고, 절실히 바라야 할 것을 바로 이 자리에서 깨우친 것처럼 생각하기 시작했으며,

너무 늙어 정신활동이 침체되기만 하는, 그 반동으로 죽음이 가까워져서 더 욕심이 많아지기만 하는 아버지는, 이윽고 방타滂沱*하게 뺨을 타고 흐르는 눈물에 감싸였고, 그칠 줄 모르고 흐르는 자애의 물방울은 벌 받은 혼에 순식간에 침투하여 만성화되어가는 마음의 메마름을 축축하게 적셨으며, 인생 만반에 온통 박혀 있던 이런저런 허식이 너덜너덜 벗겨져 떨어져 나갔고, 그리고 아무런 망설임도 없는 극히 자연스런 행동으로 내 아들 쪽으로 다가가서, 마른 가지를 연상시키는 앙상한 두 팔을 아무런 망설임 없이 뻗어서, 그 체내에 육친의 깊은 족적을 뚜렷하게 남기고 있는 상대의 어깨를 꽉 끌어안았다.

무묘마루의 내면에서 혼에 호응하는 무운無韻의 시詩가 빙글빙글 소용돌이치기 시작하는가 싶더니, 존재에 대한 부동의 기초가 즉시 굳어져간다.

우주 법칙에 따르는 것의 의의를 감득한 듯한, 애착을 깊이 깨닫는 흔들림 없는 진리에 상도想到한 듯한, 무엇을 통해 무엇을 봐야 할 것인가를 완전하게 심득한 듯한, 결말이 없는 장대한 이야기가 드디어 대단원을 맞은 듯한, 어디의 누구로부터도 상처받지 않는 일생을 손에 넣은 듯한, 인간의 친구가 결단코 칼 따위는 아니라는 사실을 확실하게 이회理會**한 듯한, 그런 강렬한 생각이 떠올라 부들부들 떨리는 오체를 어떻게 할 수 없었고, 이제까지 매달려왔던 신념을 모조리 뒤엎어버려도 상관없다고까지 여겼으며,

나아가서는 이로써 후반생後半生이 파멸의 첫 걸음을 내딛지 않고 끝난 게 아닌가, 지옥 깊숙한 곳으로 헤치고 들어가지 않고 끝난 게 아닌가, 항상 달라붙어 맴돌던 자기 소외와 의거依據하지 않고는 배겨나지 못했던 고독으로부터 마침내 해방된 것이 아닌가, 이것이야말로 혼의 뒷바라지를 해줄 듯직한 후견인의 출현이 아닌가 하는, 그런 결정적인 안도감에 흠뻑 젖을 수가 있었고,

아울러 스스로가 갈망해 마지않았던 것은 어차피 남들 같은 혈연관계였음을 알게 되었으며, 의지하지 않을 수 없는 상대가 있음으로써의 행복이었다는 사실을 새삼스럽게 깨달았고, 그러자 몸의 안전을 유지하기 어려운 상황 속에서 넘쳐흐

*눈물이 끊임없이 흘러내림 **사리를 깨달아 알아들음

르던 씩씩한 긴장감이 순식간에 줄어들었으며, 철저한 감독 하에 놓인 처지에 아무런 변화가 없다는 사실도 잊어버렸고, 오랫동안 고독의 방에 격리되어 있던 혼이 거기에서 쑥 빠져 나오는 것을 느꼈으며, 별안간 단순하고 소박한 온기로 가득 찬 눈물에 뒤덮이는가 싶더니 말없이 쓰러져 흐느껴 울었다.

피 냄새가 밴 백열白熱의 날들이, 회한의 마음으로 되돌아보지 않을 수 없는 과거가, 증오가 안겨주는 고유의 결말이, 사라져간다.

분노였건 슬픔이었건, 곁에 있어준 자는 결국 자기 자신뿐이라는 서글픈 운명이야말로 무애의 정신을 질식시키던 원인이었고, 해마다 공포의 추억을 심화시킨 도화선이었다는 사실을 알게 된 무묘마루는, 그 가슴속에 부자간의 초자연적인 인연의 끈이 무변無邊하게 퍼져가는 것을 깨달았으며, 여기저기 단열斷裂해 있던 마음이 급속도로 수복修復을 향해 치닫는 것을 생생하게 실감했고, 설령 헤져 낡아빠진 진리이더라도 그것을 모아 기우는 것에 전혀 망설임이 없어졌으며,
그러자 타다 남은 불처럼 미적지근한 눈물이 점점 가산加算되었고, 어찌된 영문인지 유채꽃의 노란색 일색으로 뒤덮인 아름다운 마을을 지나갈 때 어딘지 모르는 곳에서 들려오던 축혼가祝婚歌가 떠올랐으며, 이어서 노도가 소용돌이치는 대

해원을 넘어 날아온 희고 연약한 나비의 기억이 되살아났고, 그러는가 싶더니 흔들림 없는 위용을 뽐내는 불의 산을 적시던 안개비 속에서 마주친 묘하게 밝은 표정의 동녀의 망령이 문득 뇌리를 스쳤으며,

그리고 출발점은 자신에게 있다는, 퇴로를 끊기에는 더할 나위 없는 격해진 마음가짐이 흐물흐물해졌고, 당당하여 요지부동인 확고한 신념의 유랑자쯤 되는 자가, 진짜 자신은 여기에만 존재하고 달리 어디에도 없으며, 결코 부자의 정애에 걸맞지 않은 자 따위는 없다는 사실을 비로소 발견했고, 세상의 틀 바깥에 홀로 서 있음으로써 마음을 불태워주는 야수의 그것과 표리일체의 인생은 무용無用이며, 낙엽성의 정신에 물들어가는 것이야말로 생을 증명하는 유일한 길이 아닐까 하는, 그와 같은 퇴행적인 답 쪽으로 질질 끌려가는 것이었다.

민초를 탄압 하에 두는 것을 잊고, 사邪를 바로잡으며, 약자의 벗을 닮은 풍모로 변한 쇼군은 말을 꺼내는 법이 없었고, 손짓으로 물러날 것을 재촉한다.

쇼군 스스로 벌떡 일어나 데리고 온 수행원들을 이끌었고, 바닥을 밟는 소리도 극력 억제하면서 다른 인사는 생략한 채 연회장에서 조용히 벗어났으며, 그 철수하는 모습은 여태까지 경험한 어느 전투의 경우보다 더 엄숙한지도 몰랐고, 마치 역

사의 무대에서 사라져가는 것 같은 비장감마저 감돌았으며, 혹은 인간성의 빛의 부분을 사람들 앞에 송두리째 드러낸 최초이자 최후의 귀중한 하룻밤이 되었을지도 몰랐고,

그렇기는 하나 무엇보다 토산품, 살아 있는 선물을 잊어버릴 정도의 호인은 아니었으며, 막 선물 받은 벽안의 치아를 데리고 돌아가는 것은 빈틈없이 기억하고 있었고, 주인이 바뀌더라도 희생과 헌신을 강요당하는 데는 눈곱만큼의 변화가 없을 아름다운 노예는, 대승정에게 이별의 말을 할 틈조차 없었으며, 딱 두 번 뒤돌아보았을 뿐이었고, 오늘까지의 삶을 획일변시켜, 자웅의 관례에 어긋나는 관능미를 서로 다툴 호적수들에 에워싸이지 않으면 안 될 내일을 향해 걸음을 내밀었으며,

종교적 광기와 신성불가침의 분위기에 가득 찬 대사원의, 장래에는 억지로 신격화시킨 쇼군의 거대한 상像을 모시도록 되어 있는 불전 앞에 펼쳐진 무대 위의 두 사람은, 아직 남겨졌다는 사실조차 알아차리지 못할 만큼 감격에 젖어 서로 어깨를 끌어안았고, 그런 두 사람 주위에 인기척은 전혀 없었으며, 예상외로 좌흥을 초월한 좌흥에 대만족하여 돌아간 쇼군 일행의 기색은 이미 어디에도 없었고, 대승정의 안색을 살피는 것에 익숙한 승려들도 눈치를 알아차리고 다가오려 들지 않았으며, 그로 인해 주변 일대는 별안간 휑뎅그렁해졌고, 이따금 화톳불이 터지는 소리가 울려날 뿐이었다.

분홍색의 담담한 빛을 뿌리는 달은 인간 고유의 정서 세계를 골고루 비춰주었고, 마침내 만난 아버지와 자식을, 그리고 두 자루의 칼을 비춘다.

별똥별은 어떤가 하면, 미개한 야만 사회를 둘러싸고 전개되는 각종의 잡다한 행불행에 대해 선악을 초월한 찰나의 빛을 던졌고, 신불의 은총 따위와 같은 유의 웃음을 금치 못할 농지거리에 진실미를 안겨주었으나 이내 질려버렸으며, 밤하늘의 일부분으로서의 존재가치에만 그치기로 한 것인지 그 뒤로는 어느 별똥별도 내 알 바 아니라는 식이었고, 중력에 몸을 맡기면서 일시적인 영광에 흠뻑 취하기에 전념했으며,

그리고 한층 두드러진, 달을 제쳐두자면 야경 전체가 드러날 정도의 별똥별이 휙 하고 스쳐 지나가는 순간 별안간 무묘마루의 내면에서 차가운 바람이 불었고, 아니, 보편적 자아에 대한 정열적인 집착이 부활했으며, 잃어버려가던 비판정신이 되살아났고, 끝없이 존엄의 포기를 거부했으며, 끝없이 반항을 관철했고, 다혈질의 예외적인 인물로서의 긍지가 되살아나는가 싶더니, 이런 꼬락서니로는 무의 상태로 폄하되기만 할 따름이지 않을까 하는 위구危懼가 몰려들었으며,

그 필연적인 흔들림의 격심함은 예사롭지 않았고, 대지진에 비할 바가 아니었으며, 자기 자신밖에 인정하지 않는, 여하한 권력에도 굴복하지 않는, 권위에 대한 경의 따위 똥이나 처

먹으라고 하는, 사회적인 모든 연결고리를 잘라버린, 급기야는 영구히 야수野獸에 머무는 것이야말로 신성하고도 고귀한 사명이기라도 한 것 같은 신념의 소유자로 변했으며, 다시금 번쩍번쩍 빛나기 시작한 어긋나지 않는 지표가 소멸 직전의 상태에 빠져들던 자신을, 노쇠한 세계에 끌려들어갈 뻔했던 자신을 가까스로 구출했다.

무묘마루는 허식을 벗어던진 대승정으로부터 몸을 뗌으로써 한없이 자유롭고 싶다는 열렬한 원망願望에 또다시 불을 지핀다.

끌어안았던 육친으로서의 정애의 대상을 잃어버린 노인은 그저 허둥지둥할 따름이었고, 범속한 사안 따위에는 초연하지 않으면 안 될, 사후에는 극락을 약속받은 단엄端嚴한 노사老師라는 모습과는 동떨어졌으며, 아무리 보아도 재물에 의해 조달된 조야한 행복밖에 모르는, 포식난의飽食暖衣에 의해 몸도 마음도 다 썩은 부유 계급의 한 패거리로밖에 여겨지지 않았고,

그로 인해 자기 완성이라는 고결한 목표를 향하여 계율을 엄격하게 준수하는 인물로는 도저히 느껴지지 않았으며, 비뚤어진 야심과 추악한 지배욕에서 아무리 해도 탈출하지 못할, 또한 애당초 그럴 마음이 눈곱만큼도 없는, 일생을 다 바친다고 한들 번뇌의 미로에서 벗어날 수 있을 것 같지 않은, 너무

나도 어리석은 중생의 한 명에 지나지 않는 패거리라고, 그렇게 확신할 수 있었고,

바로 그때, 무묘마루는 머나먼 밤의 저 너머에서 자신을 향해 큰 소리로 질호疾呼*하는 자가 있음을 알아차렸으며, 난간 앞으로까지 나아가 귀 기울여보긴 했으나 아무리 들어도 타자가 아니었고, 그것은 다름 아닌 자기 자신의 목소리에 틀림없었으며, 주변에는 아랑곳하지 않고 마구 떠벌이는 그 말은 추려낸 것들뿐이었고, 요약하자면 '정신을 똑바로 차려라'는 한마디였으며, 그것을 순식간에 가슴 깊이 새기고 나자 오랜 세월에 걸쳐 마침내 원수를 갚았다는 사실만은 전하자는 기분이 들었고,

그렇지만 어머니의 한을 풀었다는 투의 짤막하고 단호한 말투에 지나지 않았으며, 야쿠오지를 불태우고 주지 일가의 행복을 엉망진창으로 만든 행위에 대한 보복이라고는 일체 말하지 않았고, 혹은 자신이 여하한 운명을 더듬으면서 오늘까지 생명의 줄을 붙잡을 수 있었는가 하는 경력도 언급하지 않았으며, 혹은 또 자신만 난을 피하여 살아온 아버지에 대한 지극 당연한 의문을 따져 묻지도 않았고, 당시 그 지역에서 설치고 다니던 도적 무리의 두목을 찾아내어 복수했다는 사실을 고하자, '별의 칼'을 등에 메었고 '풀의 칼'을 허리에 찼으며,

*급히 부름

377

새삼 가슴속에 표주標柱를 박는 듯한 말투로 '이제 끝났다'고 중얼거렸다.

느닷없이 달견지사達見之士°로 바뀐 달은 달걀색 빛의 언어로 무묘마무를 미래로 몰아세웠고, 혼의 새로운 활약기로 이끈다.

그런 한편에서 내 자식에 교시敎示할 것을 지니지 못한 아버지는, 촉촉이 젖은 눈으로 자신에게서 떠나지 말 것을 필사적으로 호소했고, 내버려두고 가지 말라고 간원懇願했으며, 급기야는 무묘마루의 허리춤에 매달려 아무런 보탬이 되지 않을 부모와 자식의 인연에 관해 쉴 새 없이 지껄였고, 이 세상에서 가장 소중한 관계는 피로 이어진 것 외에는 달리 있을 수 없음을 큰 목소리로 강조했으며, 후생後生이니까 겸허하게 귀를 기울여주지 않겠느냐고 열심히 매달렸고,

그렇기는 하나 충정衷情을 면면히 호소하는 척할 따름이었으며, 그 증거로 복수 성공의 보고에 대해 아무런 칭찬도 없었고, 손톱만큼도 관심을 내비치지 않았으며, 또한 부자 둘이서만 지낼 수 있다면 그동안 쌓아올린 확고한 모든 지보地步°°를 내던져버려도 상관없다고는 말하지 않았고, 그렇기는커녕 유리한 처지를 실컷 활용하여 평생 즐겁게 살 수 있도록 해주겠노라고 덧붙였으며,

378

나아가서는 자신이 눈을 감을 때는 후계로 삼고 싶다거나, 중이 되고 싶지 않고 무사로서 나라의 주석柱石이 될 정도의 출세를 바란다면 쇼군의 지우知遇***를 받도록 추거推擧해주겠다거나, 그런 허튼소리만 늘어놓았고, 끝까지 야쿠오지의 주지를 하고 있을 때 데리고 살던 아내의 안부에 관한 질문은 하지 않았으며, 모든 것을 죄다 잃어버린 채 살아갈 희망조차 사라져버렸을 당시를 돌이키며 터트리는 통곡이나 통분도 없었고, 실컷 고생을 시킨 자식에게 흡족해질 때까지 서로 이야기라도 나누면 어떻겠느냐는 지정의知情意가 갖추어진 말을 하는 법은 없었으며,

제멋대로의 생각에만 사로잡혀 자신의 아들에게 착 달라붙는 것은, 한눈팔지 않고 지덕을 닦고, 불멸의 영혼을 믿어 의심치 않는 고승 따위는 아니었으며, 새로운 일파를 여는 것으로 수많은 중생을 속이고, 보답을 노리는 부호 신자들로부터 다액의 자금을 끌어 모아, 급기야는 쇼군을 초청하여 밤새도록 연회를 개최하기에 이른 간물奸物이었으며,

이제는 그 음산한 본성을 당당하게 드러내어 둘이서 손을 잡으면 보다 나은 대망을 품을 수 있다며, 그렇게까지 거리낌없이 말했고, 오랜 세월을 거쳐 비로소 얼굴을 대할 수 있게

*사리에 통달한 견식을 가진 선비 **자신의 지위나 처지 ***자신의 인격과 학식을 알아서 남이 후히 대접함

된 자식에게 자신의 형편과 속이 뻔히 들여다보이는 타산만을 내세웠으며, 혈연과 칼 솜씨를 합쳐서 야망을 재구축할 궁리만 했고, 오직 그것을 위해 붙잡는다는 사실을 노골적으로 털어놓는 것이었다.

무묘마루의 평온한 마음에 풍파가 일기 시작하는가 싶더니 그것은 순식간에 황파荒波로 바뀌었고, 예사롭지 않은 결의를 이끌어낸다.

그러나 마음의 구석에는 그것을 실행에 옮기지야 않을 것이라는 낙관적인 믿음이 있었고, 실제로 대승정을 들이받아버리는 것 같은 태도는 취하지 않았으며, 만족할 때까지 이야기하도록 내버려두었다가 잠자코 떠나갈 요량이었고, 예상한 대로 이내 상대는 농락할 말이 다해버렸으며, 두 사람 사이에 더 이상 참을 수 없는 침묵이 끼어들었고, 그냥 그대로 포기하는 방향으로 나아가주리라고 여겼더니, 만나고 싶어지면 언제라도 오라거나, 연락하려면 어떻게 해야 하면 좋겠느냐거나, 하다못해 얼마 동안이라도 묵다가 가면 어떻겠느냐는 따위의 말이 아니었으며, 너무나도 분명히, 저 미곡상인 몬지로조차도 입에 담지 않았던 유혹의 말을 내뱉었고,

힘을 합쳐서 한바탕 멋지게 해보면 좋지 않겠느냐, 그것을 위한 세상이 아니냐, 극락정토에 기대를 품는 것은 패자敗者가

지지 않았다고 떼를 쓰는 것에 지나지 않는다고 하는, 그런 말이 귀에 들어온 순간 무묘마루의 가슴속에 갑자기 강렬한 지진이 발생했으며, 동시에 어마어마한 해일이 몰려들었고, 간신히 유지하던 이성이 압살되어갔으며, 신음 소리라고도 울음 소리라고도 하지 못할 소리가 새어나왔고,

그 같은 대혼란의 한복판에 있으면서도 지금까지 몽롱했던 의문점이 확실히 파악되었으며, 철이 든 이래 늘 달라붙어온 문제는 다름 아닌 아버지에게 있다는 사실이 판명되었고, 다시 말해 진짜 원수는 다름 아닌 아버지라는 사실을 깨달았으며, '어, 이 무슨 짓인가!' 하는 고함 소리가 혼의 방 안에 울려 퍼졌고, 그 반향이 마음의 통점을 자극했을 때 무묘마루는 용맹무쌍한 사무라이처럼 대번에 떨치고 일어났으며, 차제에 피가 통하는 아버지와 자신의 차이점을 분명히 하지 않으면 안 되겠다는 기분이 울컥울컥 치밀어 올랐고,

아버지의 목덜미를 꽉 붙잡아 쓰러뜨리려 하는 순간, 옷이 크게 벌어져 주름살투성이 점투성이의 등이 온통 그대로 드러났으며, 그중에서 가장 두드러진 점이 화살촉으로 입은 오래된 상처라는 사실을 알았고, 그러자 그 상처를 통해 비열한 성근性根이 뚜렷이 보였으며, 가족 걱정 따위는 전혀 개의치 않고 자기 혼자만 살고 싶다는, 더군다나 산적 패거리들에 대한 보복조차도 고민하지 않은 채 새로운 인생에 몰두했다는, 그런 사내의 후반생이 송두리째 드러났으며,

그리고 흰 구름 덩어리가 달의 시야를 가린 찰나, 달빛과는 비교조차 되지 않는 날카로운 섬광이 양자 사이를 재빠르게 스쳤고, 대승정은 머리와 몸통의 두 개 부위로 나뉘었으며, 머리 쪽은 앙천의 표정을 지닌 채 허공으로 날았고, 머리로부터 아래쪽은 천천히 바닥으로 쓰러졌으며, 방바닥에 나뒹굴었을 때는 둘 다 피범벅이 되어 있었고,

그래도 한동안은 욕심 많은 늙은이의 생과 사가 착 달라붙어 있었으나, 이제는 누구도 감당하지 못할 야수가 된 사내에 의해 잇달아 넘어뜨려지는 화톳불이 무대를 확 불태웠으며, 텅 빈 불전에 홍련의 불길이 넘실댈 무렵에는, 들불에 휘말려 타죽은 임신한 여인의 그것과 큰 차이가 없는, 비참하기 이를 데 없는 시체로 바뀌어버렸다.

목숨이 단석旦夕*에 임박한 무묘마루는 드디어 자신의 생애를 단념할 때가 찾아왔다는 사실을 온몸으로 깨닫지만, 죽음을 두려워하여 마음이 흔들리는 법은 없다.

'별의 칼'을 휘둘러 이제 막 완성한 병풍 그림을 갈기갈기 찢어버리고, '풀의 칼'로 스스로의 생명의 막을 내려버릴 만큼의 힘도 잃었으며, 조그만 산꼭대기에 있는 초암에 드러누운 채 간신히 개활開豁하기 짝이 없는 춘광春光을 바라보는 것이 고작이었고,

*시기가 절박하여 급함

그러나 그래도 버드나무 그늘에서 뒹굴면서 미주를 통음하던 때처럼, 늘 주변을 지나가던 도중에 침종沈鐘* 소리를 분명히 들었던 때처럼, 남을 돕는 척하여 자신에게 보장해주고 싶었던 때처럼, 그 마음은 실로 흡족함을 얻었으며,

그러므로 이제 와서 먼 옛날의 과오를 속죄하지 않으면 안 된다는 투의 내성적인 말을 중얼거릴 상황에 있지도 않았고, 마지막 헤어짐이라는 결과가 한층 요연瞭然해지는 가운데 그 혼은 이 세상에서 스스로가 이룰 수 있는 것을 남김없이 이루었다는 만족감으로 가득 찼으며, 운명 그 자체에 다름 아닌 인생을 실컷 즐길 수 있었노라고, 그렇게 당당히 큰소리친다고 해서 비난받을 것 같지는 않았으며,

하늘 높이 날아올라 지저귀면서 진종일 태평스럽게 노는 종달새나, 언뜻 다 똑같아 보이면서도 실제로는 색깔도 형태도 천차만별인 벚꽃이나, 담담한 맛이 나는 옅은 녹색으로 저마다 물든 자연계를 다정하게 비추어온 태양은, 드디어 서쪽 끝을 향하여 무묘마루로서는 맞을 수 없는 내일을 향해 크게 기울어갔고,

엄숙한 향수鄕愁를 꾀어내는 그 사광斜光은 불합리 천만의, 선한 것이 훼손되기 쉬우며, 이념이라는 것이 돈좌頓挫하기 쉽고, 가는 곳마다 부식 작용이 만연된 현세 전체를 골고루 평등하게 비춰주었으며, 일찌감치도 그 역할을 달에게 넘겨줄 준비를 시작하고 있었다.

중하仲夏**의 일륜을 머리 꼭대기에 이고 너무나 그리운 고지故地로 되돌아온 무묘마루에게, 그곳은 여전히 변함없는 인적 드문 초원이다.

　　밥공기를 엎어놓은 듯이 둥근 형상의 야트막한 산들에 사방이 둘러싸인 채, 숨이 콱 막힐 듯이 풀숲에서 풍겨나는 뜨거운 열기에 뒤덮인 묘망渺茫***한 들판을 뚫고 빛나는 것은 무묘마루의 기구한 태생이었고, 지금은 돌아가신 키워준 부모에 대한 추모였으며, 그리고 자신의 목숨을 존속시키자는 본능에 따라 베어버려온 타자의 목숨이었고, 그런 모든 뜨거운 기억이 복잡하게 서로 뒤엉켜, 체력에 의지하여 앞뒤 따지지 않고 무작정 살아온 건아健兒를 깊은 침음沈吟****으로 끌어들였으며, 그 눈길이 몹시 우울하게 바뀌어졌고,

　　그렇다고 해서 가슴에 손을 얹고 고민하는 듯한 행동은 행여라도 취하지 않았으며, 절규하고, 머리카락을 헝클어트린 채 함부로 날뛰며, 칼을 휙휙 휘둘러 여름풀을 닥치는 대로 베어버리고 싶은 강렬한 충동을 꾹 눌렀고, 오로지 몸을 움직이지 않으려고 애쓰면서 열풍이 부는 대로 찾아오는 한낮의 정적에서 구원을 찾았지만, 일단 산산조각 흩어져버린 정신을

---

*늪 따위의 물밑에 있다는 전설의 종. 세계 각국의 전설에 등장한다고 함　**음력 5월의 여름이 한창인 때　***한없이 넓고 끝이 없는 모양　****근심에 잠겨 신음함

다시 진정시키는 것은 이미 불가능했으며, 뿐만 아니라 그런 자기 부정의 기분에 대해 또 한 명의 자신이 끊임없이 탄미嘆美의 소리를 지를 지경이었고,

그러자 이 세상에서 여심旅心이 솟구치는 것 같은 일은 더 이상 없었으며, 다시 말해 언제나 의중을 차지했던, 살아가는 이유라는 원동력을 몽땅 다 써버렸다는 고고枯槁하고 초췌한 자각이 깊어질 따름이었고, 그 다음은 이제 죽음과 손을 잡고 저세상으로 길을 나서는 것밖에 달리 방법이 없는 것으로 여겨졌으며,

그렇다고 해서 이 강렬한 더위와 눈부심의 한복판에서 인생을 골똘히 고민하고, 자못 심각한 척 답을 내면서, 그런 끝에 스스로 목숨을 끊을 기분이 생겨나지 않고, 마음을 과거에 정체시킨 채 일단 밤까지 기다려보자며 대지에 웅크렸고, 내친 김에 그 자리에 털썩 드러누워 대자가 되어서, 파멸로 이끌려갈 수밖에 없는 위험한 혼을 자신의 숨결에 맡겨버리고 말았다.

사람을 베기 위해 태어난 것 같은 추악한 인생이 당도할 곳은 고독의 지옥뿐이고, 그것은 사후에 이르기까지 이어지리라.

그때 높은 곳에서 소리도 없이 급강하해온 한 마리 소리개가 무묘마루가 누운 상공에서 유유히 맴돌기 시작했고, 밉살

스러운 소리로 울면서 무겁게 짊어진 과거를 회피할 방법 따위 결코 있을 리 없음을 은근히 암시했으며, 피로 물들고 만 손을 망각의 늪에 담그는 것은 불가능하다고 잘라 말했고, 이제는 혼의 심연을 향해 저지底止*할 곳을 모른 채 추락해갈 수밖에 없으리라고 꾸짖었으며,

거기에 반하여 황야의 묘한 풍경에 이채로운 미관美觀을 부여하는 사死의 꽃의 군락 주위를 날아다니는 꿀벌들은, 이따금 무묘마루가 있는 곳으로 날아와 본능이 가는 대로 생生에 몰두하는 게 낫다고, 그렇게 귓전에서 속삭였으며, 인생에 파흥破興하는 것은 오로지 믿을 수 없는 행복과 본시부터 있지도 않은 인간의 길이라는 따위의 눈가림에 당해버렸기 때문이라고, 그렇게 소곤거렸고,

태양은 또 태양이어서, 낭랑한 목소리로 작열灼熱의 말을 흥청망청 흩뿌렸으며, 작비금시昨非今時**의 세상을 강인하게 살아가기를 바란다면 광의의 해석이나 사위四圍와의 조화가 절대 불가결하다고, 그것만을 설파했으며, 혹은 완전히 음미할 진리는 개무皆無하다고 덧붙였고, 생애를 결정하는 가장 강한 인자因子는 오로지 천의天意를 따르는 것뿐이라고 단정했으며, 나누기 어렵게 뒤섞여 있는 생과 사를 헤치고 돌진하는 것이야말로 목숨을 얻은 자의 유일무이한 목적이라고 했고, 그 이

*벌어져 나가던 것이 그침 **전에는 그르다고 생각했던 일이 지금은 옳다고 생각됨

외의 건件은 고뇌할 필요가 애당초 없노라면서, 그런 것까지 큰소리를 칠 지경이었다.

현세에 음울한 눈길을 던지는 솜씨 뛰어난 검사劍士의 표정은 강의지사剛毅之士의 그것과는 거리가 멀었고, 투쟁의 무대에 몸을 둔 자로서는 단연 실격이다.

그 형상이 어떤가 하면, 쌓인 세월을 되돌아보는 것도, 필사적으로 항변하는 것도 할 수 없는 극중極重의 죄인의 그것이었고, 그 정신이 어떤가 하면, 그저 한없이 황폐해지는 경향이 심해질 따름이었으며, 이제는 아직 젊은 나이에 벌써 생애의 막판으로 몰려버렸고, 무엇보다 뺨을 타고 흐르는 눈물이 그것을 여실히 이야기해주었으며, 그리고 통곡의 충동이 점점 높아져갔고,

그런데 바싹 마른 목구멍에서 튀어나온 것은 귀청을 먹먹하게 하는 신음의 비명에 지나지 않았으며, 눈을 칩뜨고 외치는 무묘마루는 천공天空의 어딘가에 살면서 인간을 내려다본다는 존재에 대해 분노가 울컥 치미는 것을 느꼈고, 마구 욕설을 퍼부었으며, 이게 무슨 꼴이냐, 이 목숨이 대관절 무어냐, 희망을 갖고 꾸민 인간 세상이 고작 이따위냐, 친아버지를 베어 죽였기 때문에, 오직 그것 때문에 생을 거두어가느냐고 서슬이 시퍼렇게 대들었고,

그러나 그런 답답한 도발의 질문에 정곡을 찌르는 해답을 던지는 목소리는 어디에서도 들려오지 않았으며, 또한 세계는 불모라면서 일일이 비非를 외치는 성가신 자를 다른 세상으로 방축해버릴 듯한 상식을 초월한 힘도 작동하지 않았고, 왠지 버림받은 느낌에 사로잡힌 무묘마루는 끝까지 적대적인, 그리고 항거 불능의 운명에 맞설 수단은 오직 하나, 죽음이 있을 뿐이라는 결론에 도달했으며, 깊은 감상感傷을 일으켜 마지않는 황야의 흙이 되리라고, 그것도 중얼중얼 구시렁거리지 말고 지금 당장 그렇게 하자고 뜻을 굳혔으며, 저녁이 오기를 기다리지 않고 일어나 한창 햇볕이 쨍쨍 내리쬐는 가운데 두 자루의 칼을 뽑았고,

'별의 칼'을 목덜미에, '풀의 칼'을 심장에 딱 갖다대고 겨냥하여, 이제 됐다, 이제 지긋지긋하다는 혼잣말을 되풀이하면서, 한여름의 미관이 충일한 속에서 죽음이 삶을 감싸버릴 일순을 대비하여 기다렸으며, 절묘하게도 동일한 곳에서 생명의 시작과 생명의 종말의 감미로운 혼융渾融에 취했고, 전신의 땀이 쓰윽 빠져나갔으며, 한마디로 표현하기 힘든 유열愉悅을 느꼈고, 도연陶然*한 표정으로 중대한 전기를 맞을 마음의 태세를 빈틈없이 갖추었다.

*술이 거나하게 취함

그때 시퍼런 칼날의 섬광을 방해하는 자가 풀숲을 헤치고 불쑥 나타났고, 그것은 거듭되는 해우로 잊어버리지 못할 얼굴이 된 바로 그 행각승이다.

철심鐵心의 소유자이자 모든 의문으로부터 구해줄 듯한 제일급의 걸출한 인물임에 틀림없었고, 먼 변경의 땅으로부터의 방문자라는 풍정을 드러내는 상대는, 혼미의 나락에 빠짐으로써 죽고 싶어 하는 자를 앞에 두고 평범한 사람과는 분명히 다른 반응을 드러냈으며, 다시 말해 얼굴이 굳어지는 일 따위는 일체 없었고, 남을 위하는 체하면서 자기 실속을 차리느라 사정을 묻거나, 본척만척하고 서둘러 그 자리를 떠나는 것 같은 행동은 취하지 않았으며, 싱긋 웃었다고 여겼더니 천천히 한번 살펴보겠노라는 투의 짓궂은 태도로 그 자리에 털썩 주저앉았고,

그렇기는 하지만 그 눈은 잔잔한 바다처럼 고요하면서도 무묘마루에 대한 정력적인 간섭으로 흘러넘쳤으며, 꾸밈없는 인품을 돋보이게 해주는 표표飄飄한 풍모 자체가 그렇게까지 신경 쓸 필요 없다는 유의 충언을 터트리고 있었고, 그로 인해 불에 기름을 끼얹은 듯한 결과를 회피할 수 있었으며, 한참 지나자 무묘마루는 제아무리 비참한 그림자 아래에서도 평연平然히 앉을 수 있을 것 같은 행각승의 무언의 충고에 가슴이 진정되었고, 자신도 모르게 저절로 칼을 칼집에 꽂은 뒤 불쑥 무릎

을 끓었으며,

이어서 조금도 방해가 되지 않을뿐더러 거기 그렇게 있어주는 것만으로 지고의 안식으로 녹아들 것만 같은 불가사의한, 확삭矍鑠*한 노인을 오랫동안 물끄러미 쳐다보았고, 상대쪽도 역시 이쪽을 쳐다보았으나 그 눈길에서 따끔한 지적을 하거나 통봉痛棒**을 먹일 듯한 기색은 전혀 느껴지지 않았으며, 편향 없는 자유의지로 채색된 선명한 인상을 풍기는 시선을 받는 것만으로도 서로의 속마음을 알 수 있을 듯싶었고, 아울러 죽음에서 멀어져가는 것을 깨달았으며, 화석화化石化로 향하던 혼이 다시금 유연해졌고, 살아갈 힘이 배가되는 것을 느꼈다.

아무리 용을 써도 칼을 버리지 못했던 인생에 싫증이 났던지라, 그 양쪽을 한꺼번에 버리고 가려던 참이다.

의지에 반하여 그런 거짓말이 무묘마루의 입에서 튀어나오자, 천공해활天空海闊의 기운이 온몸에서 넘쳐나고, 밀접한 우애의 마음을 풍기는 행각승은, 이로써 간신히 제일단계가 종료했다는 의미의 이야기를 딱 부러지는 말투로 고했으며, 내

*늙어도 기력이 정정함 **좌선할 때 마음의 안정을 찾지 못하는 사람을 징벌하는 데 쓰는 방망이

일부터는 지금까지처럼 칼을 차고서도 그것을 결코 사용하지 않도록 노력하여 고루孤壘를 지키는, 사람다운 사람으로서의 인생이 시작되리라고 말했고,

　정신을 똑바로 차려서 흘러가라.
　흐르고 흘러서, 이 세상이 무엇인가를 체시諦視하라.

　그리, 계속하고,
　그런 연후에,

　너는 나다.
　나는 너다.
　이 사실을 꼭 사념思念토록 하라.

　그 같은 의미 불명의, 이해 불능의, 그러면서도 어쩐지 득심得心하고 싶어질 것 같은 묵직한 말을 던지더니, 고발도 단죄도 없이, 이로써 이제 만날 일은 없을 것이라고 이야기하면서, 등에 짊어진 짚신 다발을 풀어서 다섯 켤레 전부를 툭하고 무묘마루 앞으로 던졌으며, 그것이 다 닳을 때까지 방황하고, 마지막 한 켤레가 다 닳아빠질 즈음에 생애의 종장이 닥치리라고 예언했으며,

그리고 죽기 직전에 그림쟁이가 되어, 좋든 나쁘든 혼에 호응하여 마지않는 이 세상을 실컷 산 증거로 삼아, 오직 하나의 작품으로서의 병풍 그림을 그리게 되리라.

그리고 무엇이 어떻든 간에 살아갈 값어치가 있는 세상이라는 사실을, 나아가서는 괴롭게 숨을 쉬는 것은 문제 많은 인간이나 짐승이나 물고기나 곤충뿐 아니라, 이 세상 그 자체라는 사실을 널리 알리게 되리라.

그리고 비통해야 할 생에 벌써부터 참지 못할 지경에까지 몰린 자들에게, 지옥과 같은 이 세상에도 극락과 흡사한 일각이 현존한다는 사실을 드러내어 쇠약해진 마음을 강화하게 되리라.

그리고 이 세상을 산 모두를 위해 저세상은 언제라도 문이 열려 있다는 사실을 암시하게 되리라.

그렇게 말끝을 맺자마자 자연을 초월한 존재로밖에 여겨지지 않는 행각승은 재빨리 몸을 돌리더니, 강하게 햇볕이 내리쬐는 가운데 여름풀을 짓밟으면서 종종걸음으로 사라져갔고,

여느 방랑자와는 어딘가 다른 인상을 풍기는 뒷모습을 발돋움하여 배웅하는 무묘마루는 어떤가 하면, 마치 실지失地를 회복한 듯한 기분이 되어, 태생에 깊이 뿌리내린 이런저런 것들에 의해 패배를 맛보았다는 자각에서 급속히 이탈해갔으며, 자신의 마음에 들도록 살아가면서 벌칙 없이 존재할 수 있는 스스로라는 사실을 순순히 오료悟了*했고, 인간의 기원으로 거

슬러 올라가더라도 도저히 알 수 있을 것 같지 않은, 인간이라는 생물이 감추고 있는 불가사의한 저력에 스스로 압도되었으며, 목하 이 순간에도 피의 순환이 제대로 이루어지고, 목숨의 힘이 제방을 뚫고 솟구치며, 혼이 다시 짜이는 것이 흡사 부스럼이 떨어질 때처럼 또렷하게 느껴지는 것이었다.

*깨달아 알아차림

힘닿는 데까지 방황하면서 명상에 몸을 맡긴 나날은 한시도 끊어지지 않고 길게 이어졌고, 이 세상을 조용히 저회低回*하는 세월이다.

오 년에 한 번 갈아 신으면 되는, 도저히 예사 물건으로는 여겨지지 않을 만큼 튼튼한 짚신과 더불어 방방곡곡을 헤매면서 흘러감에 따라, 편력함에 따라, 나이를 먹어감에 따라, 늙어감에 따라, 그 마음은 부드럽게 활짝 개었고, 어느 결에 무묘마루를 에워싼 세계가 조화적인 것으로 명확해져갔으며,

*머리를 숙이고 생각에 골몰하며 왔다 갔다 함

발길 닿는 대로, 마음 가는 대로 찾아가는 모든 동네가 현세의 축도縮圖에 다름 아니라는 사실을 감득感得하게 해주었고, 나쁜 행위까지를 포함한 목숨이라는 가치평가가 굳어졌으며, 그 선을 따라 기이하게 느껴지는 것이나 지긋지긋한 것이 점점 사라져갔고, 여하한 모순도 일부러 들먹일 필요가 없다는 사실을 알았으며, 그렇다고 해서 선과 악이 혼동되는 법은 절대로 없었고,

검은 갑주처럼 답답한 밤을 땅바닥에 엎드려 보낼 때에도 ─살을 에는 듯이 차갑고 맹렬한 눈보라에 휩쓸린 사람 하나 눈에 띄지 않는 역참驛站을 통과해갈 때에도─부모의 관이 안치된 곁에서 죄 없는 얼굴에 웃음을 짓는 병든 아이가 쳐다볼 때에도─인간 세상의 신산을 다 맛본 눈먼 여자 거지가 봄의 여명을 피부로 느끼면서 기쁨의 눈물을 흘리는 것을 엿봤을 때에도─일부에 결손이 생긴 혼과 부수어진 마음을 한데 모아 서로 위로하면서 조용히 살아가는 굶주린 사람들 바로 곁을 지나갈 때에도─적의 목을 몇 개나 허리춤에 늘어뜨린 채 불그스름한 털의 말 위에 걸터앉은 난폭한 병사의 곁을 스쳐 갈 때에도─체관諦觀의 경지에 도달했다는 것이 입버릇인, 스스로 풍류에 심취했다고 칭하는 호주가好酒家의 냄새나는 입김에 쐬었을 때에도─,

언제, 어떤 경우에도 무묘마루는 오로지 무묘마루였으며, 항산恒産* 없는 계급의 한 사람으로서, 유랑자의 한 사람으로

서, 가는 곳마다 선동하기만 하는 건전한 정신적인 쾌락을 즐 길 수 있었고, 쓰라리고 슬픈 기억에 시달리지 않는, 말하고 싶지만 말하지 않겠다는 따위의 옹색한 처지도 아닌, 정말이 지 꿈처럼 지나가는, 눈이 아득해질 만큼 위대한 세월의 흐름 속에 있으면서, 그 삶의 방식을 정정하지 않으면 안 될 지경에 빠진 적은 단 한 차례도 없었고, 고살故殺의 충동에 휩싸인 적 도 없었으며, 차가운 선율이 몸을 빠져나간 적도 없었고,

또한 일살다생一殺多生의 대의명분 아래 몸을 내던져 폭정에 맞서고 싶었던 적도 없었으며, 열심히 화해를 위해 애쓰지 않 으면 안 될 만한 영과 육의 대립도 없었고, 우행愚行으로 나를 잊고 빠져든 적도 없었으며, 순서대로 돌아오는 계절을 살짝 빠져나갈 때의 희열은 그 어떤 비극과 조우하더라도 미동조차 하는 법이 없었고, 따라서 눈물을 꿀꺽 삼키거나 할 필요도 없 었으며,

그러므로 일식과 월식이 잇달았던 어느 해 어느 날, 강변의 무너져 내리는 둑 위에서 얼어붙어, 그 부육腐肉을 까마귀 무 리가 쪼아 먹던 객사한 노인이, 그런 꼬락서니가 되어서도 품 에 꼭 껴안고 있던 호사스런 장식의 비파와 구깃구깃해지고 잔뜩 때에 전 자줏빛 옷에 의해, 바로 그 만이치 겐교에 틀림 없다는 사실이, 쇼군이 바뀜으로써 영광의 절정에서 실의의

밑바닥으로 떨어지고 만 저 비파 도사라는 사실이 판명되었을 때마저도, 그다지 마음의 동요를 일으키지는 않았다.

다섯 켤레의 짚신이 다 닳아 없어질 때까지 한 번도 의식衣食에 곤란을 당한 적이 없었던 것은, 도검을 감정하는 눈썰미의 정확함과, 그 이야기의 흥미로움에 의한 것이다.

그것을 생업으로 삼을 의도는 애당초 없었음에도 불구하고, 여로 도중에 만난 병사들이나 도검에 매료되고 만 자들로부터, 똑같은 길이의 칼을 등과 허리에 차고 있으면서도 전혀 살기를 드러내지 않으며, 그러면서도 결코 예사로운 인간이 아니라는 인상 탓으로 종종 이야기를 걸어왔고, 감정을 부탁했으며, 그저 단순히, 기왕 말이 나온 김에 몇 명까지 벨 수 있는지, 심하게 부딪쳐도 괜찮은 대물인지 아닌지를 딱 잘라 답해주는 것일 뿐이었음에도,

하지만 바라지도 않았건만 헤어질 때는 얼마간의 돈을 주었고, 때로는 수집가인 호상豪商이 다액의 사례를 억지로 찔러준 적도 있었으며, 그럭저럭 동냥을 하지 않고서도 끊임없이 여로를 이어갈 수 있었고, 유랑의 날들에 의해 새로운 만남이 생겨났으며, 그 만남이 결과적으로 새로운 생계를 불러왔고,

오로지 실전용인가 아닌가 하는 관점에서 다수의 도검을

감정했으며, 때로는 대나무나 짚으로 만든 허수아비로 시험삼아 베어볼 것을 부탁받는 사이에, 무묘마루도 제법 눈썰미가 늘어났고, 마침내 칼 그 자체보다는 칼의 소유자에게 관심이 쏟아지게 되었으며, 여하한 명도라도 거기에 걸맞은 자가 지니지 않으면 흔해빠진 무딘 식칼이나 마찬가지이고, 혹은 단순한 공예품의 영역을 넘어서지 못하는 대물일 뿐이라는 사실을 알아차렸으며, 다시 말해 칼을 살인의 도구 이상의 물건으로 만들 수 있느냐 없느냐는 오직 소유자의 인품 여하에 달려 있다는 사실을 깨달았고,

그리고 다섯 켤레 째의 짚신으로 갈아 신을 무렵에는, 제대로 된 인간으로 살아가려면 칼 따위는 쓸모가 없지 않을까 하는 경지에 도달했으며, 만약 욕심내는 자와 마주칠 때는 주저 없이 넘겨주리라고 작심했고, 원하기만 하면 금액의 많고 적음에는 관계없이 두 자루 다 즉석에서 넘겨주리라는 생각으로 기울어져갔는데, 그러나 '별의 칼'과 '풀의 칼'을 보고 감탄의 소리를 터트린 자가 꼬리를 물었음에도 불구하고, 어찌된 영문인지 팔라는 말은 끝내 들려오지 않았으며, 그런 흥내를 내는 자마저 없었고,

무묘마루가 짐작건대 아주 진귀한 그 두 자루의 칼을 한번 보자마자, 칼에 의해 자신이 간파당하리라는 사실을 직관했음에 틀림없었으며, 그렇지 않다면 공포의 씨앗을 뿌리면서 희희낙락 파멸로 떨어져가는 자 따위가 되고 싶지 않다는 본능

적인 두려움에 의한 것인지도 몰랐고,

어쨌거나 '별의 칼'도 '풀의 칼'도 여전히 소유자가 바뀌는 일은 생겨나지 않았으며, 필경 그것과 거의 마찬가지 이유에 의해 칼과 함께 무묘마루도 거두어들이겠다고 나서는 자도 나타나지 않았다.

최후의 짚신이 발에 익숙해진 어느 봄날, 칼이 아니라 그 풍모에 너무나 남다른 분위기가 풍긴다는 이유로 누군가가 불러세운다.

기묘한 풍속이 족출族出*하는 도읍으로 되돌아온 최초의 날에, 이제부터 이런저런 그리움에 젖어보려던 참에, 굉장히 멋진 차림새의, 아직 젊게 보이는데도 수행하는 사람을 두 명이나 거느린, 그러나 신분을 얼른 짐작하기 어려운 사내가 불렀는데, 그자는 스스로를 화가라고 했으며, 있는 그대로의 무묘마루를 화제畵題로 삼고 싶다는 뜻을 밝혔고, 그것을 위해 자신의 저택으로 초대하고 싶은데 어떤가 하고 제의했으며, 딱잘라 거절하는 무묘마루의 앞을 가로막으면서 자신의 뜻이 강함을 드러내는 말을 낭랑하게 읊었고, 온몸으로 간청했으며, 수제자라 칭하는 동반자들도 스승을 위해 무릎을 꿇고 애원했고,

간신히 거절할 구실을 찾아내어 그것을 입에 올리려는 순

간, 무묘마루의 뇌리에 바로 그 행각승의 말이 되살아났으며, 최후에는 그림쟁이가 되리라던 징조가 바로 이것이 아니고 무엇이겠느냐는 생각이 들었고, 입을 크게 벌린 운명의 구멍에 빠져보는 것도 흥미롭지 않겠느냐는 마음에 승낙했으며, 도읍의 조용한 한 모퉁이에 있는 저택에 객인으로 맞아들여졌고, 이후 수십 일 동안 다소 때가 묻은 나그네의 행색 그대로 젊은 그림쟁이의 앞에 세워졌는데,

그러는 동안 무묘마루는 따분함을 푸념하면서도 제자들이 여럿 달라붙어 만들어가는 화조풍월花鳥風月을 제재로 한 병풍 그림의 공정을 자세히 관찰했고, 화재畵材나 수순 등에 관해 하나하나 모조리 외워서 단계적으로 머릿속에 집어넣었으며,

그러자 자상한 가르침을 받지 않고서도 그럴 마음이 생길 때는 홀로 그릴 수 있을 것 같은 자신이 굳어져가긴 했으나, 목하 잘 팔려나가는 그림쟁이와 그 일문이 좋다고 치는 작품은 너무나 획일적이었고, 너무나 장식적이었으며, 너무나 평면적이었고, 전통주의와 선례주의에 지나치게 물들어 있었으며, 무엇보다 약동감과 생명감이 결여되었다는 결정적인 흠이 있었고, 가슴을 울렁거리게 만드는 그림이라고는 도저히 말할 수 없다는 사실을 깨달았으며,

요컨대 이야기하지 않고 끝나버린 꿈을 떠올리고 있는 듯

*떼 지어 잇달아 나옴

한, 사체死體를 바라보고 있는 듯한, 그 정도의 대물에 불과한 것이 아닐까 싶어 안달이 났고, 의문에 잠겼으며, 그래도 세상에서는 그리 여기지 않는 모양이었고, 실제로 주문은 꼬리를 물었으며, 매일같이 고액의 돈이 굴러들어오는 것을 직접 목격하는 사이에 진절머리가 났고, 마지막에는 그림쟁이가 된다는 예언의 위력이 흐지부지 사라지고 마는가 싶더니, 고작 이 정도 그림이 인기를 끈다면 그림쟁이 따위가 되어보았자 별볼일이 없다는 답이 튀어나왔다.

어디까지나 스스로의 기호에 맞는 작품을 갈구하는 잘 팔리는 그림쟁이는, 주문받은 그림은 죄다 제자들에게 맡겨버린 채 정혼精魂을 담아 자작自作에 몰두한다.

그런데 모든 재능을 다 쏟아서 적극적이며 과감하게 도전했음에도 불구하고 도무지 마음먹은 대로 그려지지 않았으며, 실패에 이은 실패로 인해 눈앞에 현상現象하고 있는, 존재감의 덩어리와 같은 살아 있는 노인을 볼 만한 가치 있는 그림으로 그려낼 수 없었고, 악전고투 끝에 자신의 무능에 싫증이 났으며, 포기해버렸고, 맥이 빠졌으며, 화가 치밀었고, 고가의 종이에다 고가의 안료를 아낌없이 몽땅 털어내버리더니, 무묘마루 앞으로 서서히 다가가 제자들이 보건 말건 엉엉 울음을 터트렸으며,

급기야는 어찌할 바를 모르는 초조함을 무묘마루에게 발산함으로써 혼의 자살로 이어지는 자기 부정을 회피하고자 했고, 그저 쪼글쪼글하기만 한 늙은이를 아무리 그려보았자 그림이 될 리가 없다면서 불쾌한 표정으로 투덜거렸으며, 입막음을 위한 용도를 겸한 것으로 믿어지는 엄청난 사례비를 왕창 집어주면서 지금 당장 저택에서 나가주었으면 좋겠다고 내뱉듯이 말했고, 그런 다음 눈길조차 던지지 않았으며, 제자와 더불어 평소의 그림을 평소 하던 대로 그리기 시작했고, 어린 시절부터의 소망을 달성했다는 세속적인 지위에 흡족한 표정을 지었으며, 범인들이 바치는 찬사와 감사에서 살아가는 보람을 찾는 처지로 되돌아가긴 했으나 이를 어찌하랴, 진공화眞空化된 정신은 숨길 도리가 없었고,

야유도 빈정거림도 하지 않으면서, 오히려 가능한 한 상대의 마음에 상처를 입히지 않도록 신경을 쓰면서 조용히 물러가는 무묘마루의 발자국 소리는, 완전히 예의를 잃어버리지 않았음이 도리어 화가 되고 무시무시한 잔향殘響이 되어 벼락출세한 자의 가슴을 어지럽혔으며, 잔뜩 우쭐거리는 혼의 가장 깊숙한 곳까지 동요하게 만들었고, 그것이 비통한 외침이 되어 바깥으로 튀어나오더니, 사실은 아름다움에서 가장 거리가 먼 곳에 몸을 둔 고귀한 신분의 사람들로부터 지지받는 얄팍한 미美의 전당의 기반을 근들근들 흔들었다.

결코 가향家鄕을 찾지 않았고, 어디까지나 불복종의 생애를 보내기 위한 기나긴 여로의 도중에 신고 있던 마지막 짚신의 매듭이 뚝 끊어진다.

그것이 작년 늦가을 오후의 일로, 끊어진 매듭을 어떻게 해보려고 몸을 수그린 순간, 여든 나이를 이제 막 맞은 무묘마루는 심장의 움직임이 정상적인 상태가 아니라는 사실을 알았고, 드디어 목숨이 다할 때가 찾아왔음을 알았으며, 하다못해 길거리가 아닌 곳에서 마지막을 맞자고 주변을 둘러보았으며, 마침 맞은편에 청빈해 보이는 조그만 절이 있었고, 안으로 들어가려는 순간 문 앞에서 털썩 쓰러졌으며, 그대로 혼수상태에 빠졌고,

그렇지만 죽지는 않았으며, 정신이 드는가 싶더니 이내 다시 잠에 빠져들기를 사흘 밤낮을 거듭한 끝에 제정신을 차렸고, 별안간 시야에 들어온 것은 나이든 승려였는데, 그것은 부처의 좋은 반려인 척하면서 그럴듯한 말로 사람들을 현혹시킬 것 같은 부류의 무리가 아니었으며, 또한 난행고행難行苦行이 장기인, 정원사나 술 잘 빚는 사람들처럼 강건굴지剛健屈指의 험상궂은 사내도 아니었고, 누긋하고 대범하며 기품 있는 생김새나 태도는 어딘지 마음을 끄는 구석이 있었으며, 기억을 자극하는 것도 있었고,

뚫어져라 자세히 살펴보니 부끄러워하는 표정의 중심을 차

지하고 있는 것이 깊은 환희의 빛을 띤 벽안으로, 나긋나긋한 어깨의 선은 분명히 눈에 익었으며, 무묘마루는 그 얄궂은 인연에 앙천했고, '아아, 아아, 아아'라는 감동의 중얼거림이 입에서 새어나가는 것을 계기로 단숨에 쾌유로 나아갔으며, 극진한 간호와 정중한 배려에 의해 며칠 뒤에는 사그라지던 생명이 순식간에 되살아나기 시작했고, 짧고도 간단한 이야기를 주고받을 정도로 회복하긴 했으나, 파계무참破戒無慙의 대승정이 쇼군을 초대하여 열었던, 몽매에도 잊지 못하는 그 봄밤의 향연 이래의 과거를 떠올리게 하는 행동은 일체 없었으며, 또한 스스로 그것을 말하지도 않았다.

겨울 한철을 그 절에서 보냈고, 주변의 산이 봄의 기색으로 뒤덮여갈 때 치아 출신의 주지는 방황을 재개하려는 무묘마루에게 말한다.

그 몸으로는 고작 한나절도 걸을 수가 없고, 이번에 쓰러질 때야말로 숨이 끊어지게 될 것이라고 충고했으며, 그래도 의존해야 할 아무것도 지니고 싶지 않았고, 마음의 폭양曝涼*을 아직도 필요로 하는 늙은이가 이미 저 짚신이 다 닳았음을 잊고 작별을 고하려고 하자 부디 봐주었으면 하는 물건이 있다

*책이나 의복을 널어 말림

면서 후미진 방으로 안내했으며, 거기서 무묘마루가 본 것은 깨끗한 여섯 폭 병풍과 화재畵材 도구 일습이었고,

주지의 설명에 의하자면, 벌써 몇 해 전에 한 명의 행각승이 스쳐가는 바람과 더불어 찾아와서, 느닷없이 이런 이야기를 들려주기 시작했는데, 그리 멀지 않은 장래에 똑같은 크기의 칼을 차고 향일성向日性의 혼을 간직한 사나이가 찾아올 테니까, 병풍 그림을 그려달라고 하라, 전망 좋은 조그만 산꼭대기에 지은 초암에서 당사자의 마음이 가는 대로 대번에 묘파描破하도록 하는 게 좋다, 그리고 그것을 관정灌頂* 의식을 할 때 산수병풍으로 쓰면 좋으리라, 그러면 제세구민의 등불이 켜지고 천상天上하는 혼의 숫자는 비약적으로 증대하리라고 말한 다음, 한 잔의 차를 단숨에 마시더니 둔하게 울려 퍼지는 천둥소리에 이끌려서 서쪽 끝을 향하여 떠났다는 것으로,

혹시 해서 행각승의 풍모를 시시콜콜 물었고, 그것이 바로 그 행각승이 아닐 수 없다는 사실을 깨닫는 순간 무묘마루의 눈동자 색깔이 바뀌었으며, 혹시 이것이 한평생의 마지막 부침浮沈이 되리라고 생각했고, 거듭되는 은혜를 갚는다는 의미를 포함하여 군말 없이 승낙했으며, 그 대신 난생처음 그리는 그림이니까 마음에 들지 않을 경우에는 가차 없이 그림을 찢어버릴 텐데 그래도 괜찮으냐고 물었고, 상대의 뜨거운 눈초리를 움푹 팬 눈에서 절절이 느끼자 들판의 이슬로 사라지기 위한 떠돌이 여로를 한동안 연기하기로 작정했으며, 그날

로 벌써부터 준비되어 있던 산꼭대기의 초암으로 거처를 옮겼다.

그림에 몰두하는 동안 정복淨福을 실컷 맛보았고, 이 세상에서 살아온 기나긴 날들의 수지결산을 했으며, 자신의 생애에서 독자적인 가치를 이끌어낸다.

　　그리고 탈속초범脫俗超凡한 아름다움을 풍기는 병풍 그림을 완성시킨 지금, 죽음으로 나서는 여로를 위해 만사유루萬事遺漏*는 없었고, 저녁 해에 비치는 온 산을 물들인 벚꽃과, 적적한 저녁 가운데 고요히 지는 벚꽃 사이에 낀 자신의 혼이, 마침내 금녹색金綠色 구름 저 너머의 천외天外를 향하여 날아가는 순간이 강하게 예감되었으며, 돌이키면 장거리였던 소광消光**의 팔십 년을 애처로워하는 기분에 푹 젖었고,

그런 무묘마루에게 이제는 사절해야 할 것이 전혀 없었으며, 통탄해야 할 것도 없었고, 어울리지 않는 것도 없었으며, 흡사 화생化生***이라도 된 것 같은 기분이었고, 자신의 모든 것이 단단히 지계地界와 동화했음을 강하게 느꼈으며, 내관內觀의 힘이 증가했고, 무욕염담無慾恬淡****의 경지 구석구석까지 명시할 수 있었으며, 아울러 현세 전체를 대관할 수도 있었고,

인간 상호간에 생기는 이런저런 마찰과 알력이 이제 막 그린 그림 속의 후배지後背地로 슬그머니 삼켜졌으며, 널리 입버릇처럼 말해지는 죽었다가 다시 살아난다는 개념이 급속도로 진실미를 띠었고, 세상에 목숨의 씨앗은 다할 리가 없으며, 따라서 죄의 씨앗도 다하지 않는다는 고리타분한 진리가 무한히 겹쳐졌으며, 숭고미와 진선미와 신비가 혼연일체가 되어 깃든 그림의 세계로 드디어 빨려 들어가는 자신의 혼이 실감되었고,

이내 눈이 개개풀려 유향乳香과 같은 냄새가 느껴졌으며, '사생死生 목숨이 있다'*****는 속삭임이 들려왔고, 행동은 점점 둔중해졌으며,

그러나 그래도 아직 지상의 인간이었고, 자존자위自存自衛의 정신을 잃지 않은 무묘마루는, 벌써 해가 저물어 저녁 빛이 밤

---

*만사 비거나 빠짐 **날을 보냄 ***의탁할 곳이 없이 홀연히 생김, 즉 귀신의 무리 ****욕심이 없고 담박하여 돈이나 지위에 집착하지 않는 모양 *****논어에 나오는 말로, 삶과 죽음은 천명에 의한 것이므로 인간의 힘으로 어쩌지 못한다는 뜻

으로 이행해가는 가운데, 마치 패업霸業을 이룬 자나 마찬가지 표정이 되었으며, 흐물흐물 녹아가는 일륜을 향해 임종이 다가오고 있음을 고하면서, '풀의 칼'을 받들어 태양 대신 서서히 솟구쳐 오르는 월륜을 향하여 팔십 년 전의 한밤중에 이 세상에 태어나, 오늘밤 이 세상에서 사라져가는 것의 심서心緖*를 시원스레 털어놓았고, 운명에 대해 아무런 미련이 없다는 뜻을 솔직하게 전했다.

눈길이 닿는 데마다 밤 벚꽃이 달빛에 빛났고, 주지를 재촉하면서 산길을 올라오는 치아들의 목소리가 어쩐지 즐겁게 들린다.

난치병에 걸리지도 않았고, 할복이라는 형태로 자살하는 것도 아니었으며, 칼에 찔려 죽는 것도 아니었고, 베어 죽인 상대의 원령怨靈이 달라붙어 죽는 것도 아니었으며, 장수를 축복할 수 있었고, 해와 달이 마지막을 지켜보는 가운데 자연사에 의해 생애의 막을 닫아가는, 맡겨야 할 후사 따위 하나도 없는 무묘마루에 대해 이대로 떠나는 것은 너무나 안타깝다는 분위기는 어디에도 없었으며, 어둠이 짙어짐에 따라 장엄한 기운이 떠돌았고,

이내 장송葬送의 바람이 불어왔으며, 순간적인 꽃샘바람이 휘몰아 닥치는가 싶더니, 생체 반응을 차츰차츰 줄여가는 무

묘마루의 입에서, 현생의 사람들에게 행복 있으라는 기쁨의 빛으로 물든 조용한 외침이 새어나왔고, 그 목소리가 끊어짐과 동시에 편안한 미소를 머금은 채 숨을 거두었으며,

그러자 기나긴 여든 살을 맞아서도 퇴보의 기색을 보이지 않았던 그 혼은 순식간에 천외를 향하여 튀어나갔고, 잠시 동안 다사다난한 현세의 대해원을 유익遊弋**했으며, 공중 멀리 높다란 곳에서 바라보는 잔존물인 자신의 육신은 마치 의태擬態한 벌레와 같았고, 역시 그것은 임시로 깃든 곳에 지나지 않았던가, 자신의 의향에 등돌려온 성가신 물건이었던가 하는 아쉬움으로 가득 차긴 했으나, 어슴푸레한 밤으로 뒤덮인 첩첩산중 전체가 이 세상이 아닌 듯한 분위기를 짙게 띠게 되자, 생로병사만으로 성립된 세계는 아니라는 사실이 선명하게 떠올랐으며, 생과 사가 뒷전에서는 빈틈없이 서로 이어져 있음이 선명해졌고,

적어도 초암의 채광창을 통해 들어온 빛에 비치는 병풍 그림 속에는, 이 세상보다 나은 세상은 없다는 시인是認의 기색이 넘쳐흘렀으며, 그것을 논파하는 것은 쉽지 않을 것으로 여겨졌고,

그리고 그림 앞에 칼집에서 빼어진 채 놓여 있는, 지금까지 햇빛과 달빛과 선혈을 무수히 빨아들였던 두 자루의 칼은, 상

*마음이 움직이는 실마리, 심회 **경계하느라 바다 위를 떠돌아다님

궤에 따르는 것도 괜찮다, 거스르는 것 또한 괜찮다는, 때로는 매일 밤의 어둠조차도 일도양단할 수 있다는, 그런 속 깊은 번쩍임을 뿌리고 있었으며, 그렇다고는 해도 결코 보기에도 끔찍한 저주스러운 물건 따위로는 여겨지지 않았고,

두 개의 칼날 또한 기록에 남지 않는, 따라서 후세에도 남지 않을 생몰연대 불상인 작자의 이름과 마찬가지로, 신불조차 감당하지 못할, 무엇보다도 살아남기 위한 풍요로운 천품天稟을 갖춘, 가장 인간다운 인간으로서의 긍지를 실로 생생하게, 실로 듬직하게 남기고 있는 것이었다.

벽안의 주지가 터트리는 깊은 감탄의 목소리가 병풍 그림의 세계로 퍼져갔고,

그 음성이 초암을 에워싸고 장대하게 꽃이 핀 뜰 전체에 골고루 메아리쳤으며,

수만 그루, 수십만 그루나 되는 밤 벚나무를 벌벌 떨게 만들면서

이별의 음파音波가 되어

칼에도 짚신에도 의지하지 않고 끝나는

태생의 해명이나 자기 도취에 괴로워하지 않고서도 끝나는

새로운 여로를 이제 막 시작한 무묘마루의 뒤를 끝없이 쫓아간다.